KB169176

고독 깊은 곳

묘보설림
____005

고독 깊은 곳

하오징팡
강초아 옮김

글항아리

| 일러두기 |

· 고유명사는 외래어 표기법에 따라 표기했다.
· 본문의 주는 모두 옮긴이 주다.

차례

들어가며

2016년 휴고상을 받은 중편소설 「접는 도시北京折疊」 덕분에 이 책도 관심을 받게 되었다. 이 책에는 내가 2010년에서 2016년 사이 발표한 SF소설들이 실렸다. 그중에는 발표한 적 없는 작품도 있다.

예전에도 밝힌 적 있지만, 「접는 도시」는 구상하던 장편소설의 1장으로 쓴 것이다. 그러나 그 작품은 아직 쓰지 않았으니 「접는 도시」를 잠시 이 책에 넣어두기로 한다. 그 장편소설을 쓰지 않은 것은 나 자신이 아직 준비가 부족하다는 생각 때문이었다. 처음의 구상을 많이 수정해야 한다. 그동안 일이나 일상에서 경험한 것들 때문에 새로운 생각이 많이 떠올랐다. 어쩌면 아주 오랜 시간이 흐른 뒤에야 쓸 수 있을지도 모른다.

『고독 깊은 곳』이라는 책 제목은 내가 SF소설에 대해 갖는 감상과 관련이 있다. SF소설을 쓰는 것은 가능성의 세계를 구상하고 그 세계의 끄트머리에 인물을 세워놓는 일이다. 그때 가장 쉽게 느끼게 되는 것은 탄생과 소외라는 감각이다. 세계에서 떨어져 나오는 느낌보다 더 고독한 것이 있을까.

이 책에 실린 소설 중 미발표작이 몇 편 있다. 「현의 노래弦歌」는 몇 년 전 발표한 작품인데, 인류가 음악을 이용해 외계인에 맞서 영웅적인 항전을 벌이는 내용을 담았다. 이 작품은 전체 이야기의 A면이다. 이 작품을 쓰던 중, B면에 해당하는 다른 이야기가 떠올랐다. 「화려한 한가운데繁華中央」는 외계인에 대한 진실을 다룬다. 사실 이 두 작품은 인간과 인간의 마음이 스스로 대치하는 이야기다. A면과 B면이 합쳐져야 내가 의도한 상징과 의미가 나타난다.

앞서 출간된 소설집 『먼 곳에 가다去遠方』 이후, 나는 더욱 플롯에 집중한 이야기를 쓰기 시작했다. 첫 소설집에서처럼 의식화된 작품은 많지 않다. 비록 많은 독자가 여전히 내 작품에 플롯이 부족하다고 지적하지만 나 스스로 보기에는 이미 많은 내용이 늘어났다고 생각한다. 하지만 내가 관심을 두는 부분은 예나 지금이나 플롯이 아니다. 나는 추상화된 의미와 상징에 매혹된다. 평생 그 추상적인 감각을 구체화하는 일에 빠져 있을 것이다. 그러다 보면 플롯에 소홀해지는 일도 종종 벌어진다. 앞으로는 소설 창작에서 양자 간의 균형을 잡기 위해 더 노력하려고 한다.

오랫동안 묵묵히 나를 응원해준 친구, 독자들께 감사드린다. 나도 끝까지 포기하지 않겠다고 다짐한다. 소설 창작은 내 삶에서 가장 중요한 즐거움의 원천이며, 이 '고독 깊은 곳'에서 가장 중요한 정서적 힘이다.

2016년 6월
하오징팡

접는 도시

北京折疊

1

새벽 4시 50분, 라오다오老刀*는 붐비는 거리를 가로질러 펑리彭蠡를 만나러 갔다.

쓰레기 처리장에서 퇴근한 후, 라오다오는 집에 가서 몸을 씻고 옷을 갈아입었다. 흰 셔츠와 갈색 바지는 그가 가진 옷 가운데 유일하게 봐줄 만한 것이었다. 그러나 셔츠의 소맷부리가 해져서 팔꿈치 근처까지 접어 올렸다. 라오다오는 마흔여덟 살이다. 결혼은 하지 않았다. 외모에 신경 쓸 나이도 지났고 챙겨주는 사람도 없다. 이 옷도 벌써 여러 해를 입었다. 가끔 이 옷을 입은 날에는 집에 돌아온 뒤 곧바로 벗어서 개어놓는다. 그는 쓰레기 처리장에서 근무하니 차려 입을 필요가 없다. 이번에는 지저분한 몰골로 낯선 사람을 만나고 싶지 않아서 이 옷을 꺼냈다. 그는 쓰레기 처리장에서 연이어 다섯 시간을 일

---

* 중국에서는 서로 친근하게 부를 때 성씨 앞에 라오老, 샤오小 등을 붙인다. 나이에 따라 연배가 있는 사람에게는 라오, 어린 사람에게는 샤오를 붙인다.

했기 때문에 혹시 몸에 냄새가 배었을까 걱정이 되었다.

거리에는 막 퇴근한 사람들로 가득했다. 남자도 여자도 무리를 지어 노점상을 에워싸고 토산품을 고르면서 큰 목소리로 값을 흥정했다. 식사를 하려는 사람은 플라스틱 탁자에 둥글게 모여 앉아 김이 모락모락 나는 쏸라펀酸辣粉•에 고개를 처박고 있다. 그들은 배고픈 호랑이가 먹이를 향해 달려드는 것처럼 맹렬하게 음식을 먹어치웠다. 희끄무레한 증기가 그들의 얼굴을 가리고 있다. 재료를 볶는 기름 냄새가 공간을 가득 채웠다. 조리대 위에 멧대추와 호두가 산처럼 쌓였고, 공중에 소금에 절여 말린 돼지고기가 대롱대롱 매달려 있다. 이 시간이 하루 중 가장 활기차고 복작이는 때다. 기본적으로 다들 일을 마친 시간이기 때문이다. 몇 시간을 바쁘게 일한 사람들은 얼른 위장을 채우고 싶어한다. 그러니 자연히 목소리도 높아질 수밖에 없다.

라오다오는 힘겹게 사람들 사이를 지나갔다. 접시를 든 청년이 비켜달라고 소리치면서 길을 막은 사람들을 한쪽으로 밀어낸다. 라오다오는 옳다구나 하고 청년의 뒤를 졸졸 따라 거리를 지나갔다.

펑리의 집은 골목 깊숙이 있다. 라오다오는 그가 사는 층에 올라갔다. 집은 비어 있다. 이웃집에 물어보니 펑리가 매일 문 닫을 때가 다 되어 돌아온다며, 정확한 시각은 모르겠다고 한다.

라오다오는 걱정스러웠다. 손목시계를 보니 새벽 5시다.

그는 건물 입구로 내려와 펑리를 기다렸다. 양 옆으로 게걸스럽게 무언가를 먹고 있는 허기진 소년들이 보인다. 소년들 중 두 명은 라오다오가 아는 얼굴이다. 펑리의 집에서 두어 번 마주친 적이 있다. 소

• 고구마 전분으로 만든 쫀득한 식감의 국수에 매콤하고 신 국물을 넣은 쓰촨 지역 국수 요리.

년들은 각자 볶음국수를 한 접시씩 앞에 두고 요리는 두 가지만 시켜 여럿이 나눠 먹는 중이다. 접시 위는 엉망으로 어질러져 있고, 젓가락은 희망이 없는데도 끈기 있게 움직이면서 고추 무더기 속에서 고기를 찾아내려 애쓴다. 다오는 또 무의식적으로 팔뚝을 들어 혹시라도 쓰레기 냄새가 나지 않는지 맡아본다. 주변의 모든 것이 떠들썩하고 일상적이다. 언제나의 새벽과 하나 다를 것이 없다.

"이봐, 저기 있는 후이궈러우回鍋肉•가 한 접시에 얼마인지 알아?"

샤오리小李라는 소년이 말했다.

"니미, 돌 씹었어!"

샤오딩小丁이라는 뚱뚱한 소년이 갑자기 입을 싸쥐며 말했다. 소년의 손톱 아래에 시커먼 흙이 끼어 있다.

"이런 음식을 돈 받고 팔아? 환불해달라고 하겠어!"

"후이궈러우는 340위안이야, 340위안! 삶은 쇠고기는 420위안이나 하고."

소년 샤오리가 말했다.

"미쳤군? 그렇게 비싸다니."

소년 샤오딩이 볼따구니를 주무르며 고시랑거렸다.

나머지 두 소년은 대화에 끼지 않고 국수만 먹어댔다. 샤오리가 고개를 숙이고 그들을 쳐다보았다. 그의 시선은 그들을 투과해 보이지 않는 어떤 곳을 보는 듯이 눈빛에 열망이 담겼다.

라오다오도 허기를 느꼈다. 그는 얼른 음식에서 눈을 뗐지만 이미 늦은 뒤였다. 배가 고프다는 감각이 빠르게 그를 지배했고, 위장의 공

• 삼겹살에 파, 피망, 고추 등 채소를 넣고 볶은 요리.

허감은 심연처럼 덮쳐와 그의 온몸을 덜덜 떨리게 만들었다. 한 끼 식사는 100위안 가까이 든다. 한 달에 3000위안, 1년을 모아야 탕탕糖糖의 두 달치 유아원 비용이 된다.

멀리서 도시정비대의 차량이 모습을 드러내기 시작했다.

그는 준비를 해야 했다. 만약 펑리가 돌아오지 않는다면 혼자서라도 움직일 작정이었다. 많은 문제가 생기겠지만 시간은 기다려주지 않는다. 언젠가는 해야 할 일이었다. 옆에서 대추를 파는 여인이 호객하는 외침 때문에 그의 생각이 자꾸 끊겼다. 시끄러운 소리에 두통까지 일었다.

거리 한쪽 끝부터 노점들이 좌판을 걷는다. 사람들이 막대기로 휘저은 연못 속 물고기처럼 흩어진다. 이 시간에 도시정비대와 대치하려는 사람은 없다. 노점이 좌판을 정리하는 속도가 느려도 정비대는 인내심 있게 이동하고 있었다. 이 거리는 보행자 전용이지만 정비대의 차량은 예외다. 이 거리를 떠나지 않고 머뭇거리다가는 체포된다.

펑리가 나타났다. 어슬렁어슬렁 걸어오는데 셔츠에 단추가 다 풀려 있다. 그는 이를 쑤시며 트림을 했다. 예순 살이 넘은 그는 갈수록 외모에 신경 쓰는 것을 귀찮아했다. 그의 빰은 샤페이 종 강아지처럼 축 늘어졌고 입술은 늘 불만스러운 듯 삐뚜름한 모양새였다. 그의 젊은 시절을 모르는 사람이라면 지금 이런 모습만 보고 그를 삶에 큰 뜻도 없이 오로지 배불리 먹고 마시는 일만 생각하는 사람이라고 여길 것이다. 하지만 라오다오는 어릴 때 아버지에게서 펑리의 이야기를 들은 적이 있다.

라오다오는 앞으로 나섰다. 펑리가 그를 보고 알은체를 하려 했지만, 라오다오가 얼른 말을 가로챘다.

"설명할 시간이 없어요. 제1공간에 가려면 어떻게 해야 하는지 알려주세요."

펑리는 당황했다. 벌써 10년간 그에게 제1공간 이야기를 꺼낸 사람이 없었다. 라오다오는 정말로 간절해 보였다. 펑리는 그를 끌어당겨 건물 안으로 들어갔다.

"우리 집에 가서 얘기하세. 어차피 거기서 출발해야 하니까."

두 사람 뒤로 정비대가 천천히 지나가면서 낙엽 청소하듯 사람들을 집 안으로 쓸어 넣었다.

"집에 들어가십시오! 집에 들어가십시오! 전환이 곧 시작됩니다."

정비대의 차량에서 누군가 이렇게 외쳐대고 있었다.

펑리가 라오다오를 데리고 집으로 들어갔다. 그가 사는 1인 세대용 아파트는 일반적인 공용임대주택과 마찬가지로 6평방미터의 공간에 방 하나와 화장실 하나, 방의 한쪽 구석에는 요리를 할 수 있는 시설이 마련되어 있다. 방에는 캡슐형 침대와 탁자, 의자가 하나씩 구비되어 있다. 침대 아래에는 서랍 형태의 수납장이 있어서 옷가지와 생활용품을 넣는다. 벽에는 물 얼룩과 신발 자국이 나 있고, 아무런 실내장식 없이 옷을 거는 용도로 못만 몇 개 박혀 있다. 집 안에 들어온 펑리는 곧장 벽에 걸린 재킷이며 바지, 수건 등을 내려 가장 가까운 서랍에 쑤셔 넣었다. 전환할 때는 벽에 아무것도 걸어둘 수 없다. 라오다오도 예전에 이런 1인 세대용 집에서 산 적이 있었다. 이 집에 들어오자마자 그는 옛날 생각에 사로잡혔다.

펑리는 라오다오를 똑바로 쳐다보며 말했다.

"이유를 말해주지 않으면 가는 방법도 알려줄 수 없네."

벌써 5시 반이다. 이제 30분 남았다.

라오다오는 간단히 자초지종을 설명했다. 쪽지가 든 병을 주운 일, 몰래 쓰레기 이동로로 들어가 제2공간에 가서 의뢰를 받은 일, 그리고 그가 해야 할 일까지. 상세히 이야기하기에는 시간이 부족했다. 당장이라도 출발해야 했다.

"어제 쓰레기 이동로에 숨어들어갔다고? 제2공간에 다녀왔단 말인가?"

펑리가 미간을 찌푸리더니 말을 이었다.

"그러면 24시간을 기다려야 하네."

"20만 위안이 걸렸는데 일주일이라도 기다려야죠."

"그렇게도 돈이 필요한가?"

라오다오가 잠시 입을 다물었다.

"1년 조금 더 지나면 탕탕이 유아원에 가야 해요. 정말 시간이 없다고요."

라오다오는 유아원의 원아 모집 설명회에 갔다가 충격을 받았다. 좀 괜찮은 유아원은 접수일 이틀 전부터 부모들이 유아원 주변을 빙둘러 줄을 선다. 부모 둘이서 번갈아 가며 한 명이 밥을 먹거나 화장실에 다녀올 때 나머지 한 명이 자리를 지킨다. 그렇게 40시간 넘게 줄을 서도 모집 정원에 포함된다는 보장이 없다. 정원 중 앞자리 인원은 이미 돈을 낸 사람에게 돌아갔고, 겨우 남은 몇 자리만 고생스럽게 줄을 선 사람에게 주어진다. 이것도 보통 수준의 나쁘지 않은 유아원이나 그렇다. 더 나은 조건의 유아원은 줄을 설 기회조차 없다. 애초에 돈으로 기회를 사야 한다. 라오다오가 처음부터 탕탕을 좋은 유아원에 보낼 꿈을 꾼 것은 아니다. 그러나 탕탕은 한 살 반이 넘어가면서부터 음악에 큰 관심을 보였다. 밖에서 음악소리가 들리면 조그만 얼굴이 반짝반짝 빛났고, 작은 몸을 움직이며 춤을 추곤 했다. 춤을 추는 탕탕의 모습은 너무도 예뻤다. 라오다오는 춤추는 탕탕에게 저항할 수 없었고, 어떤 대가를 치르고서라도 아이를 음악과 춤을 가르치는 유아원에 보내겠다고 결심했다.

펑리는 겉옷을 벗었다. 그는 세수를 하면서 라오다오와 이야기를 나눴다. 세수라고 해도 물로 대강 문지르는 데 지나지 않는다. 곧 물도 끊길 것이다. 물줄기가 이미 상당히 약해졌다. 펑리는 욕실 벽에 걸린 더러운 수건을 잡아당겨 아무렇게나 얼굴을 닦았다. 쓴 수건은 역시 서랍행이다. 그의 축축하게 젖은 머리카락은 기름기로 번들거렸다.

"죽으려고 작정했군. 그 애는 자네 딸도 아닌데 그렇게까지 할 필요가 있나?"

"그런 얘기는 됐어요. 빨리 가는 방법이나 알려줘요."

펑리가 한숨을 쉬었다.

"붙잡히면 벌금 정도로 끝나지 않는다는 걸 알아야 해. 몇 개월씩 구금될 수도 있어."

"여러 번 다녀오셨잖아요?"

"딱 네 번일세. 다섯 번째에 붙잡혔지."

"그거면 됩니다. 네 번이나 다녀올 수 있다면 한 번쯤 붙잡혀도 상관없어요."

라오다오는 제1공간에 가서 물건을 전달해야 한다. 전달에 성공하면 10만 위안, 답장을 받아 전해주면 20만 위안이다. 규칙을 어기는 것은 큰일이지만 경로와 방법만 정확히 알면 붙잡힐 가능성은 크지 않다. 위험이 따르지만 일을 해내면 확실히 돈이 들어온다. 그는 거절할 이유가 없다고 생각했다.

평리는 젊은 시절 제1공간에 숨어들어가 술과 담배를 밀수했었다. 라오다오는 이 일이 가능하다는 것을 알고 있다.

5시 45분이다. 이제 정말 출발해야 했다.

평리가 다시 깊게 한숨을 쉬었다. 그는 라오다오를 설득해도 소용없음을 알았다. 그는 나이를 먹었고, 세상일에 느슨해졌다. 하지만 그 역시 쉰 살이 되기 전에는 라오다오와 똑같았다. 감옥에 가는 일 정도는 별것 아니라고 생각했다. 몇 달 견디고 조금 두들겨 맞고 나면 돈이 들어온다. 돈은 세상에서 가장 확실한 것이다. 죽을 각오를 하고 돈이 어디서 났는지 말하지 않으면 결국은 이렁저렁 넘어갈 수 있다. 치안국의 경찰은 의례적으로 일처리를 하기 때문이다. 평리는 라오다오를 창 앞으로 데려갔다. 아래쪽의 그늘진 좁은 길을 가리켰다.

"여기서 벽을 타고 내려가게. 배수관에 부직포가 붙어 있는데 그 밑에 내가 박아둔 디딤판이 있어. 몸을 최대한 벽에 딱 붙이면 감시 카메라를 피할 수 있을 거야. 저기서부터 빌딩 그늘을 따라 쭉 가게. 그러면 지반의 틈이 만져질 거야. 눈으로 볼 수도 있지. 그럼 틈을 따라서 북쪽으로 가게. 반드시 북쪽으로 가야 해. 실수하면 안 되네."

평리는 이어서 지반을 넘어가는 요령을 설명했다. 땅이 솟아오르면 갈라진 지반의 단면을 타고 50미터를 기어 내려간다. 그런 다음 반대쪽 지면에 닿으면 그 위로 기어 올라간다. 거기서 동쪽을 향해 돌면 관목 덤불이 보인다. 땅이 합쳐질 때 붙잡을 수도 있고 몸을 숨길 수도 있다. 라오다오는 평리의 설명이 끝나기도 전에 창밖으로 몸을 내밀었다. 그는 주변을 살핀 뒤 당장 벽을 타고 내려가려 했다.

평리는 라오다오가 창을 타넘는 것을 도왔다. 그가 창틀 아래의 디딤판에 안정적으로 발을 얹을 때까지 붙잡아준 평리가 갑자기 입을 열었다.

"듣기 싫은 소리 좀 함세. 난 역시 가지 말라고 하고 싶군. 가봐야 좋을 게 하나도 없어. 자네 삶이 얼마나 끔찍하고 희망 없는지 느낄 뿐이야."

그때 라오다오의 발은 아래쪽을 더듬고 있었고, 몸은 아직 창틀에 반쯤 걸려 있는 상태였다.

"상관없어요."

그렇게 말하는 라오다오의 목소리가 조금 힘들어 하는 듯했다.

"거기 안 가도 내 삶이 얼마나 끔찍한지 잘 알거든요."

"알아서 하게."

펑리가 마지막으로 말했다.

라오다오는 펑리가 알려준 대로 빠르게 벽을 타고 내려갔다. 디딤판이 적당한 위치에 잘 마련되어 있었다.

고개를 들면 창문가에 선 펑리가 보였다. 담배에 불을 붙여 깊게 들이마시고, 길게 내쉰다. 빠른 속도로 몇 번 담배를 빨고는 곧 눌러 끈다. 펑리는 딱 한 번 창 밖으로 몸을 내밀었다. 뭔가 말하려는 듯 머뭇거렸지만, 결국 도로 몸을 물렀다. 창문이 닫힌다. 닫힌 유리창이 은은하게 빛을 낸다. 라오다오는 펑리가 전환 직전, 최후의 1분이 남았을 때야 캡슐에 들어갈 것을 알았다. 이 도시의 수천만 명과 마찬가지로 캡슐에서 정시에 분출되는 최면 가스를 마시고 깊은 잠에 빠질 것이다. 자기 몸이 이 세계와 더불어 뒤집히는 것을 그의 대뇌는 전혀 인지하지 못한다. 그렇게 줄곧 40시간을 자고 이튿날 저녁에 다시 눈을 뜰 것이다. 펑리는 늙었다. 그는 마침내 이 세계의 다른 5000만 명과 똑같아졌다.

라오다오는 할 수 있는 한 빠른 속도로 아래로 내려갔다. 땅에 충분히 가까워졌을 때 몸을 휙 날려 뛰어내렸다. 펑리의 방은 4층이라 그리 높지 않아 내려오는 데 얼마 걸리지 않았다. 그는 고층 빌딩이 호 숫가까지 드리운 그림자를 따라 뛰었다. 풀밭 위로 갈라진 틈을 발견했다. 그게 바로 땅이 뒤집히는 부분이다. 벌써 콰르릉 소리와 가끔씩 맑게 울리는 끽끽 소리가 시작되었다. 라오다오는 고개를 돌렸다. 빌딩 허리가 갈라지고, 꼭대기층이 거꾸로 뒤집혀 땅에 처박히기 시작한다. 느리지만 거침없는 움직임으로 빌딩들이 움직이고 있다.

라오다오는 혼이 빠져서 한참 동안 그 광경을 멍하니 바라보았다. 겨우 정신을 차리고 지반의 틈에 도착해서 땅바닥에 딱 붙어 엎드렸다.

전환이 시작되었다. 전환은 24시간 주기로 실행된다. 지금이 바로 시간을 분할하여 사용하는 공간 전환 시점이다. 세상이 뒤집힌다. 철근과 벽돌이 한데 모이는 소리가 계속 이어진다. 고장 난 컨테이너 벨트 생산 라인에서 들을 것 같은 소리다. 고층 빌딩은 접히고 서로 합쳐져서 정육면체로 바뀐다. 네온사인, 간판, 베란다 등 건물 외벽에 붙은 부가적인 구조물이 전부 벽면에 흡수되듯 달라붙는다. 이렇게 외벽의 부가 구조물이 변형될 때는 건물 벽면에 난 조그만 빈 공간 하나까지도 다 활용하기 때문에 빌딩은 매끈한 정육면체가 될 수 있다.

이제 땅이 치솟는다. 라오다오는 지반의 틈에 딱 붙어 움직임을 관찰하다가, 땅이 상승하기 시작하면서 드러난 단면을 따라 기어 내려갔다. 그는 두 손 두 발을 다 사용해서 대리석이 깔린 지면의 경계에서부터 흙으로 된 단면을 따라 기었다. 흙 속에 숨겨진 금속 골조를 붙잡고서 처음에는 아래로, 발끝으로 더듬어가며 내려갔다. 얼마 지나지 않아 지반이 뒤집히면서 그가 매달린 쪽이 위로 들렸다.

라오다오는 어제 저녁 본 도시 전환 모습을 떠올렸다.

그때 그는 쓰레기더미에 파묻힌 채 문 밖에서 들리는 소리를 경계하고 있었다. 주변을 둘러싼 쓰레기가 썩으면서 코를 찌르는 악취를 풍기는 가운데, 고기 비린내와 섞인 달콤하면서도 느끼한 음식 냄새가 느껴졌다. 그는 문에 몸을 기댔다. 철문 바깥의 세계가 깨어나고 있었다.

철문 틈새로 첫 번째 가로등의 노란 불빛이 새어 들어왔다. 그는 허리를 구부려 천천히 커지는 틈새로 몸을 욱여넣었다. 거리는 텅 비어 있다. 고층 빌딩에 한 층 한 층 불이 켜진다. 접혀 있던 빌딩의 부가 구조물이 뻗어 나오더니 하나씩 펼쳐진다. 건물 현관도 건물 내부에서 쭉 밀려 나온다. 거리의 양 옆에 죽 늘어섰던 검은색 정육면체가 하나씩 하나씩 기지개 켜듯 몸을 펼치고 있다. 가운데가 갈라지면서 양쪽으로 열리고, 그 속에 수납되었던 구조물이 드러난다. 정육면체의 윗부분에서 간판이 뻗어 나와 상점의 복도와 연결되고, 옆면의 차양도 펼쳐져 아케이드 형태로 자리를 잡는다. 거리는 아직 텅 비어 있다.

네온사인이 켜지고, 상점의 꼭대기 부분에 작은 전등이 신장新疆의 대추, 둥베이東北의 라피拉皮*, 상하이上海의 카오푸烤麸**, 후난湖南의 라러우臘肉*** 등 글자를 만들어낸다.

하루 종일 라오다오의 머릿속에서 그 광경이 잊히지 않았다. 그는 이곳에서 48년을 살았는데 이런 장면은 본 적이 없었다. 그의 나날은

---

* 전분으로 만든 묵과 비슷한 식감의 음식으로, 넓적한 면처럼 얇고 길게 잘라서 만든다.
** 밀기울을 쪄서 익힌 음식.
*** 음력 섣달에 소금에 절여 말리거나 훈제한 돼지고기.

캡슐에서 시작해 캡슐에서 끝났으며, 더러운 식탁과 드잡이질의 기운이 감도는 가판대 사이를 흘러갔다. 그는 처음으로 이 세계의 순수한 모습을 본 것이다.

매일 새벽 멀리서 바라본다면, 대형 화물트럭 운전사들이 베이징北京으로 진입하는 고속도로 입구에서 전환을 기다리며 그러는 것처럼 멀리서 지켜본다면, 이 도시 전체가 펼쳐지고 접히는 모습을 볼 수 있다.

이른 아침 6시, 트럭 운전수들은 차에서 내려 고속도로변에 선다. 지난밤 제대로 자지 못해 흐리멍덩한 눈을 비비고 하품을 하면서, 서로 멀리 보이는 도시의 중심을 바라보거나 가리킨다. 고속도로의 경계는 7환七環 바깥에 있고, 전환은 모두 6환六環 내에서 일어난다.• 아주 멀지도 가깝지도 않은 거리라 시산西山산••을 조망하는 것이나 바다 위의 외딴 섬을 바라보는 것과 비슷한 느낌이다.

희미한 아침 햇살을 받으며, 도시 하나가 자신의 몸을 접어 지면을 향해 수렴한다. 빌딩들이 비천한 종복이 그러듯 고분고분 허리를 구부리고, 몸을 잘라 머리와 발이 맞닿게 한다. 그런 다음 머리와 팔을 구부리고 접어 틈새로 밀어 넣는다. 마천루는 접힌 다음 새롭게 조립된다. 수축되어 자리 잡은 모양새가 마치 루빅큐브를 보는 듯하다. 빽빽하게 서로 몸을 붙이고서 한데 모여 깊은 잠에 빠진다. 그런 다음 지면이 뒤집힌다. 작게 분할된 구역별로, 땅덩이가 축을 중심으로

• 베이징에는 도시를 둘러싸는 환형의 순환도로가 있는데, 도시 중심에서 외곽을 향해 점점 커지면서 퍼져나가는 형태다. 베이징 순환도로는 가장 가운데의 1환부터 7환(2016년 완공)까지 건설되었고, 지금은 베이징 주변의 도시까지 아우른다.
•• 베이징 서쪽 교외에 있는 산.

180도 빙글 돌아 반대쪽 면을 드러낸다. 반대쪽 세계의 건축물이 지표면에 나타나는 것이다. 빌딩들이 접힌 상태에서 몸을 펴 일어선다. 청회색 하늘 아래 잠에서 깨어나는 괴수처럼 보인다. 외딴섬 같은 도시는 주황색의 아침 햇살 속에서 자리를 잡고, 펼쳐져서, 바로 선다. 도시 주변으로 희끄무레한 구름이 일어난다.

트럭 운전수들은 도시의 경계 바깥에서 피로와 허기를 느끼며 끝없이 순환하는 도시 베이징의 연극 한 자락을 감상한다.

2

'접는 도시'는 세 개의 공간으로 구성된다. 대지의 한쪽 면은 제1공간이고 500만 명이 산다. 할당된 시간은 아침 6시부터 이튿날 아침 6시다. 제1공간이 휴면에 들어가면 대지가 뒤집힌다. 대지의 반대쪽은 제2공간과 제3공간이다. 제2공간의 인구는 2500만 명이고 둘째 날의 아침 6시부터 밤 10시가 할당된다. 제3공간에는 5000만 명이 살고 있다. 밤 10시부터 그 다음 날의 아침 6시까지를 산다. 그런 다음 제1공간으로 돌아간다.

각 공간의 할당 시간은 심혈을 기울여 최선의 방식으로 분배되었다. 500만 명이 24시간을, 7500만 명이 그 다음 24시간을 사용한다.

대지 양쪽의 중량이 다를 수밖에 없다. 이런 불균형을 메우기 위해 제1공간의 토지가 더 두껍고 흙 속에 무거운 물질이 매장되어 있다. 인구와 건축물의 불균형을 토양으로 상쇄하는 것이다. 제1공간의 거주민은 자신들이 뛰어난 재능과 식견을 갖췄기 때문에 인구가 적어도 무게의 균형이 맞는 것이라고 반쯤 농담으로 말하기도 한다.

라오다오는 어려서부터 제3공간에서 살았다. 그는 자신의 삶이 어떤지 잘 알고 있다. 펑리가 말하지 않아도 잘 안다. 그는 쓰레기 처리공이다. 28년간 이 일을 했고, 앞으로도 계속 이 일을 할 것이다. 그는 자신의 존재 의의도 느끼지 못했지만, 마찬가지로 삶이 허무하다는 회의감에 괴로워하지도 않는다. 그는 변함없이 누추한 생활의 틈새에서 한 구석을 점유하며 살 것이다.

라오다오는 베이징에서 태어났다. 그의 아버지도 쓰레기 처리공이었다. 아버지의 말에 따르면, 그가 태어날 때쯤 아버지가 막 이 일을 얻었다. 아버지는 기쁜 나머지 사흘을 내리 축하하며 보냈다. 아버지는 원래 건축 인부였다. 수천만 명의 다른 건축 인부들이 그랬듯 젊은 시절 일자리를 찾아 베이징으로 쇄도했다. 접는 도시 베이징은 아버지와 건축 인부들의 손으로 만들어졌다. 그들은 한 구역 한 구역씩 옛 도시를 개조했다. 마치 흰개미가 목조 건물의 오래된 처마와 문지방을 갉아먹듯, 땅을 뒤집어 완전히 새로운 건물을 올렸다. 그들은 건물을 짓는 데 골몰하여 자신을 가운데 놓고 빙 둘러 벽돌을 차곡차곡 쌓아올렸다. 고개를 들어도 하늘이 보이지 않았고, 먼지구름이 시선을 가렸다. 그들은 자신이 짓는 것이 어떠한 위용을 자랑하게 될지 알지 못했다. 그렇게 고층 빌딩들이 살아 있는 사람처럼 일어설 때가 되어서야 그들은 놀라움에 정신이 나간 것마냥 사방팔방으로 달아났다. 자신들이 괴물을 낳았다고 생각했는지도 모른다. 첫 반응은 도주였고, 경악이 가라앉자 그때서야 앞으로 이러한 도시에서 살아간다면 얼마나 영광일 것인지에 생각이 미쳤다. 그러기 위해 그들은 계속해서 손발이 닳도록 고생스럽게 일했다. 얌전하고 성실하게 순종하면서,

도시에 남을 온갖 기회를 잡으려 했다. 도시가 완공되었을 때는 일자리를 잡아 도시에 남으려는 건축 인부가 8000만 명에 이르렀다. 그러나 도시에 남은 건 겨우 2000만 명에 불과했다.

쓰레기 처리장에서 일하는 자리도 쉽게 얻을 수 없었다. 단지 쓰레기를 분류해 처리하는 일일 뿐이지만 몇 단계나 심사를 거쳤다. 힘도 있고 기술도 있어야 했으며, 버릴 것과 재활용할 것을 분별하고 정리하는 능력도 가져야 했다. 힘들어도 참는 성격, 악취를 견딜 인내심도 필요했다. 근무 환경에 이러니저러니 불평을 늘어놓지 않아야 했다. 라오다오의 아버지는 강한 의지력으로 수많은 구직자 중에서 기회를 거머쥔 소수의 사람에 속했다. 그는 자신의 주변에서 수많은 사람이 파도처럼 쓸려나가고 메마른 해안에 혼자 남을 때까지 가느다란 구직의 줄을 꽉 움켜쥐었다. 그는 고개를 숙이고 몸을 웅크린 채 시큼털털하니 썩어가는 냄새 속에 파묻혀 힘들게 일했다. 그렇게 쓰레기 처리공으로 일한 것이 20년이다. 그는 이 도시의 건설자였고 거주자였으며 또한 분해자였다.

라오다오가 태어난 해는 접는 도시가 완공된 지 2년째였다. 그는 다른 지역에 가본 적이 없었고, 갈 생각도 하지 않았다. 그는 고등학교를 마친 후 3년 동안 대학 입시에 도전했지만 합격하지 못했다. 그는 결국 쓰레기 처리공이 되었다. 매일 밤 11시부터 이튿날 새벽 4시까지 다섯 시간 동안 일한다. 쓰레기 처리장의 동료들과 똑같다. 신속하고 기계적인 손놀림으로 쓰레기를 처리한다. 제1공간과 제2공간에서 온 생활 폐기물을 재활용이 가능한 것과 아닌 것으로 분류해 재처리 용광로에 집어넣는다. 그는 매일 쓰레기 운반로에서 시냇물처럼 흘러나오는 잔여물을 앞에 두고, 플라스틱 그릇에 들러붙은 먹다 남은 채소 이파리를 떼어내고, 깨진 술병을 끄집어내고, 피 묻은 생리대 뒤쪽에 오염되지 않은 얇은 솜의 막을 분리한다. 그런 다음 재활용 가능한 것을 녹색 줄무늬가 있는 원통에 던져 넣는다. 그들은 모두 이렇게 일한다. 속도를 생명과 바꾸고, 수량을 매미 날개처럼 얇은 상여금 봉투와 바꾼다.

제3공간에는 2000만 명의 쓰레기 처리공이 있다. 그들은 밤의 주인이다. 나머지 3000만 명은 옷이나 음식, 연료, 보험 등을 팔아 생계를 잇는다. 거의 대부분의 사람이 쓰레기 처리공이야말로 제3공간을 번영하게 하는 기둥이라는 사실을 인정한다. 화려한 네온사인 아래를 느릿느릿 걸어갈 때마다 라오다오는 머리 위에 음식물 찌꺼기로 만들어진 무지개가 있다고 느낀다. 그런 느낌을 다른 사람에게 말할 수는 없다. 젊은이들은 쓰레기 처리공으로 일하는 것을 싫어한다. 그들은 온갖 방법을 동원해 클럽에서 자기 자신을 드러내려고 애쓴다. 디제이나 댄서로 일할 기회를 잡기를 바라면서 말이다. 옷가게 종업원도 괜찮은 선택지다. 손으로 옷감만 만지면 된다. 시큼한 냄새가 나는 썩은 쓰레기를 뒤지며 플라스틱이나 금속을 찾아내지 않아도 된다. 청소년들은 더 이상 생존을 걱정하지 않는다. 그들은 외모에 더 신경을 쓴다.

라오다오는 자신의 직업을 부끄럽게 여기지 않았지만, 제2공간에 갔을 때는 다른 사람들이 그를 싫어하지 않을까 몹시 걱정이 되었다.

하루 전 새벽에 그 일이 일어났다. 그는 쪽지 한 장을 쥐고 쓰레기 운반로 속으로 기어들어갔다. 쪽지에 적힌 주소대로 쪽지를 쓴 사람을 찾았다. 제2공간과 제3공간의 거리는 멀지 않다. 그 두 공간은 대지의 같은 면에 있지만, 같은 시간에 나타나지 않을 뿐이다. 전환이 일어날 때, 한 공간의 빌딩이 접혀서 땅 안으로 들어가면 다른 공간의 빌딩이 땅속에서 차차 솟아올라 앞서 접혀 들어간 공간의 건물 꼭대기를 지면 삼아 밟고 선다. 딱 하나 차이점이라면 건물의 밀도다. 그는 쓰레기 운반로에 숨어 하룻밤을 꼬박 기다렸다. 그는 처음으로 제2공간에 갔지만 긴장하지는 않았다. 유일한 걱정은 몸에서 나는 썩은 내였다.

다행히 친톈秦天은 관대한 사람이었다. 그는 자신이 부른 사람이 어떤 사람일지 미리부터 예상했을 것이다. 쪽지를 유리병에 넣을 때 이미 자신이 누구를 마주하게 될지 알았을 것이다.

친톈은 붙임성이 좋았다. 그는 라오다오의 방문 목적을 금방 알아차렸고, 그를 방에 들인 다음 따뜻한 물로 목욕을 하라고 권했다. 심지어 그에게 목욕 가운을 건네주며 갈아입으라고 했다.

"전 당신만 믿습니다."

친톈은 그렇게 말했다.

친톈은 대학원생이고, 학생 기숙사에 살고 있다. 기숙사는 한 아파트에 방이 네 개 있는 구조다. 네 사람이 방 하나씩을 쓰고 부엌과 화장실은 공용이다. 라오다오는 이렇게 큰 욕실에서 처음 목욕을 해보았다. 최대한 오래 씻어 몸에 배인 냄새를 많이 없애고 싶었다. 그러나 욕조가 더러워질까 걱정되어 몸을 박박 씻지도 못했다. 벽에서 거품이 쏟아지는 바람에 라오다오는 깜짝 놀랐다. 뜨거운 바람으로 몸을 말려주는 것도 적응이 되질 않았다. 목욕을 마친 후, 그는 친톈이 준목욕 가운을 들고 한참을 망설인 끝에야 몸에 걸칠 수 있었다. 라오다오는 자신이 입고 온 옷을 빨았다. 빨래하는 김에 욕실 안의 바구니에 아무렇게나 던져놓은 옷도 같이 빨았다.

일은 일이고, 신세를 지고 싶은 생각은 없었다.

친톈은 좋아하는 여자에게 선물을 보내고 싶어했다. 그들은 일하다 알게 되었다. 당시 친톈은 제1공간에 있는 유엔 경제부에서 인턴으로 일했다. 친톈이 좋아하는 그 여자도 같은 곳에서 인턴으로 일했다. 그러나 인턴 기간은 딱 한 달뿐이었다. 제2공간으로 돌아온 뒤에는 다시 만날 방법이 없었다. 그녀는 제1공간에 거주하는 데다 집안이 엄격해서 아버지가 제2공간 출신의 남자와 교제하는 것을 허락하지 않았다. 그래서 공식적인 경로로는 연락을 취할 수 없었다. 그는 미래를 낙관적으로 보고 있었다. 졸업 후에 UN의 청년 프로젝트를 신청할 거고, 합격한다면 제1공간에 가서 일하게 될 거라고 말했다. 친톈은 대학원 1학년생이었고, 졸업까지 1년이 더 남아 있다. 그는 마음이 조급했다. 그녀가 보고 싶어서 미칠 지경이었다. 그는 그녀에게 줄 펜던트 목걸이를 만들었다. 투명한 발광체 소재로, 장미꽃 모양으로 만들어진 펜던트는 그의 청혼 예물이었다.

"그때 심포지엄에 참석했어요. 전에 열렸던 유엔 국채를 논의한 그 회의요. 들어보셨겠죠? 애니웨이anyway, 전 그때 첫눈에 반해 그녀에게 말을 걸고 싶었지만 무슨 말을 해야 할지 모르겠더라고요. 일단은 뒤를 졸졸 쫓아갔죠. 그녀는 귀빈 안내 담당이었어요. 결국 저는 동시통역사를 찾으러 왔다고 거짓말을 했고, 그녀가 나를 안내해줬지요. 그녀는 무척 다정했어요. 목소리도 속삭이는 것처럼 가늘고 부드러웠죠. 저는 사실 연애 경험이 없어서 무척 긴장했거든요. 나중에 우리 두 사람이 좋아하게 된 뒤에 그 얘기를 꺼낸 적이 있는데…… 왜 웃으세요? ……맞아요, 우리는 서로 좋아하게 되었어요. 아직 그런 관계는 아니지만, 그래도…… 그녀에게 키스는 했어요."

친톈도 웃었다. 조금 수줍은 기색이었다.

"정말이에요. 못 믿겠어요? 맞아요, 저도 믿기지가 않아요. 그녀도 절 좋아하겠죠? 어떻게 생각하세요?"

"내가 어떻게 알겠습니까. 그분을 만난 적도 없는데."

그때 친톈과 같은 기숙사를 쓰는 남학생이 끼어들었다.

"아저씨, 너무 진지하게 받아주지 마세요. 저 녀석은 질문을 하고 있는 게 아니에요. 그냥 '자넨 아주 잘생겼으니 그 아가씨도 분명히 좋아할 거야' 같은 말을 듣고 싶은 거라고요."

"그 아가씨는 무척 아름답겠지요?"

"제가 당당하게 말씀드릴 수 있어요. 그녀를 보면 '청아하다'는 말이 무슨 뜻인지 바로 이해할 수 있을 겁니다."

친톈은 방 안을 왔다 갔다 하면서 말했다.

그렇게 말한 친톈은 갑자기 말을 멈추고 기억 속으로 빠져들었다. 그는 이옌依言의 입술을 떠올렸다. 그는 그녀의 입술을 가장 좋아했다. 그 작고 윤이 나는 입술. 아랫입술이 도톰한 입술. 뭔가 바르지 않아도 예쁜 분홍색을 띤다. 그 입술을 보고 있노라면 저도 모르게 깨물어주고 싶다. 그는 이옌의 목에도 마음을 빼앗겼다. 너무 가늘어서 가끔 핏줄이 드러나 보일 때도 있었지만 선이 가늘고 곧아서 보기가 좋았다. 피부도 희고 부드러웠다. 목에서 블라우스까지 시선이 죽 따라 내려가게 된다. 시선이 멈출 수밖에 없는 블라우스의 두 번째 단추가 있는 그곳까지 말이다. 그가 처음으로 입 맞췄을 때, 그녀는 몸을 피했지만 그가 따라가면서 입을 맞췄다. 결국 그녀는 더 피할 곳이 없어지자 눈을 꼭 감았다. 마치 형 집행을 기다리는 죄수처럼, 그런 모습은 친톈의 눈에 가엾어 보였다. 그녀의 입술은 폭신했다. 친톈의 손이 그녀의 허리와 엉덩이의 곡선을 계속 어루만졌다. 그날부터 그는 환상 속에 살았다. 그녀는 그가 꾸는 꿈이었고, 또한 그가 수음할 때 눈앞에 나타나는 빛이었다.

친톈의 친구는 장셴張顯이라고 했다. 그는 라오다오와 신나게 수다를 떨었다.

장셴은 라오다오에게 제3공간의 생활이 어떠냐고 물었다. 그리고 자신도 제3공간에 가서 한동안 머물 생각이 있다고 했다. 제3공간에서 관리자로 경험을 쌓는 것이 승진하는 데 큰 도움이 된다고 들었단다. 지금 잘나가는 인물 중에는 우선 제3공간에 가서 관리자로 지내다가 제1공간으로 승진해 올라온 사람이 많다고 했다. 제2공간에 머물러 있으면 미래가 없는 거나 다름없다면서, 고위 공무원이 되어도 평생 직급이 높아지기 어렵다고도 했다. 그는 정부에서 일하고 싶다고 했고, 진로도 이미 다 생각해두었다고 한다. 그러나 우선 2년 정도 돈을 모을 계획이라고 했다. 은행에 취업하면 돈을 빨리 벌 수 있다. 그는 라오다오의 반응이 굼뜨고 좋은지 싫은지 태도가 애매한 것을 보고는 라오다오가 그런 길을 좋지 않게 본다고 생각했다. 그래서 장셴은 급히 몇 마디 설명을 덧붙였다.

"지금 정부 조직은 경직되어 있어요. 일처리도 몹시 느리죠. 체계도 전혀 바뀌지 않고요. 나중에 기회가 되면 신속한 일처리가 가능하도록 조직을 개혁할 거예요. 일을 못하는 사람은 당장 잘라버려야죠."

장셴은 라오다오가 여전히 말이 없자 다시 입을 열었다.

"공무원 선발도 개방해야 한다고 생각해요. 제3공간에도 개방해야죠."

역시 대답하지 않았다. 장셴의 말을 싫어하는 것은 아니다. 그다지 믿음이 가지 않을 뿐이다.

장셴은 라오다오에게 말을 걸면서 동시에 거울을 보며 넥타이를 매고 헤어스프레이를 뿌렸다. 그는 옅은 파란색 줄무늬가 있는 셔츠를 입고 광택이 도는 파란색 넥타이를 맸다. 헤어스프레이를 뿌릴 때는 눈을 감고 휘파람을 불었다.

그는 가방을 옆구리에 끼고 기숙사를 나갔다. 은행에서 인턴으로 근무한다고 했다. 친톈도 나가봐야 한다고 했다. 그는 오후 4시까지 수업을 들어야 했다. 기숙사를 나가기 전, 그는 라오다오가 보는 앞에서 5만 위안을 인터넷 뱅킹으로 라오다오의 은행 계좌에 넣어주었다. 잔금은 일을 성공하면 보내주겠다고 한다. 라오다오는 친톈에게 이 돈을 오랫동안 모은 게 아니냐고 물었다. 친톈은 아직 학생이니 사정이 여의치 않다면 자신이 조금 덜 받아도 된다고 말했다. 친톈은 괜찮다고 대답했다. 그 역시 인턴으로 근무 중이었다. 금융자문회사에서 일하면서 한 달에 10만 위안 정도를 받는다. 두 달 치 월급이니 그 정도는 낼 수 있다는 것이다. 라오다오는 한 달에 1만 위안의 표준 임금을 받는다. 그는 임금 격차를 실감했지만 입 밖에 내어 말하지 않았다. 친톈은 반드시 답장을 받아와야 한다고 신신당부했다. 라오다오는 노력하겠다고만 대답했다. 친톈은 식사를 할 수 있는 곳을 알려주고, 방에서 편안하게 전환을 기다리라고 했다.

창밖으로 거리를 내려다보았다. 그는 창밖의 햇빛에 적응할 수가 없었다. 태양이 노란색이 아니라 흐린 흰색이었다니! 햇빛을 받는 거리는 무척 널찍했다. 라오다오는 제3공간보다 두 배는 넓어 보이는 거리를 보면서 자신이 착시를 일으키는 게 아닌지 의심했다. 빌딩은 특별히 높지 않았다. 제3공간의 빌딩에 비하면 오히려 많이 낮았다. 거리에는 사람이 많았고, 다들 총총걸음을 옮긴다. 때때로 어떤 사람이 반쯤 뛰듯이 인파 속으로 파고들면 그 앞을 걷던 사람도 속도를 높인다. 교차로를 지날 때는 모든 사람이 뛰다시피 걷는다. 대부분 옷차림이 깔끔하다. 남자는 양복을, 여자는 블라우스에 치마를 입었다. 목에는 머플러를 두르고 손에 딱딱한 서류 가방을 들고 있는 모습이 다들 유능해 보였다. 거리에는 자동차도 많았다. 신호를 받으며 서 있는 동안, 차를 운전하는 사람은 때때로 차창 밖으로 고개를 내밀고 초조한 기색으로 앞쪽을 살폈다. 라오다오는 이렇게 많은 자동차를 본 적이 별로 없었다. 그에겐 자기부상열차가 익숙했다. 승객이 꽉 찬 열차가 휭 하니 바람을 일으키며 달려가는 모습을 자주 보았다.

정오. 바깥에서 소음이 들렸다. 라오다오는 현관문의 방범 렌즈로 복도를 내다보았다. 복도 바닥이 컨테이너 벨트로 변해 움직이고 있다. 각 세대 현관문 앞에 놓인 쓰레기 봉지가 복도 끝의 쓰레기 운반로에 들어가는 중이다. 그런 다음 복도에 연기 같은 것이 차오르더니 촘촘한 비누거품으로 바뀌고, 허공을 날아다니던 거품이 바닥에 내려앉자 물이 흘러와서 거품을 씻어냈다. 물줄기가 쓸고 간 다음에는 뜨거운 증기가 뿜어졌다.

그때 등 뒤에서 갑자기 소리가 들려 라오다오는 화들짝 놀랐다. 몸을 돌리니 기숙사 안에 또 다른 남자가 있었다. 그는 막 자기 방에서 나오는 참이었다. 남자는 무표정한 얼굴로 라오다오를 보고도 별 반응이 없었다. 그는 베란다 옆에 있는 기계 앞으로 다가가 뭔가를 눌렀다. 기계에서 달그락달그락 쉭쉭 웡웡 땅 하는 소리가 나고, 곧 향기로운 냄새가 퍼졌다. 남자는 요리 한 접시를 들고 도로 자기 방으로 들어갔다.

그의 반쯤 열린 방문 틈으로 건너다보니, 남자는 방바닥에 놓인 이 불과 양말 사이에 앉아 아무것도 없이 텅 빈 벽을 바라보며 음식을 먹었다. 음식을 먹는 동안 낄낄 웃기도 했고, 때때로 안경을 치켜올리곤 했다. 음식을 다 먹은 그는 그릇을 발치에 내려놓고 일어섰다. 그런 다음 여전히 아무것도 없는 벽을 향해 싸우는 듯한 흉내를 내기 시작했다. 마치 투명한 적이 눈앞에 있는 것처럼 힘껏 상대를 옥죄거나 제압하기도 했고, 가끔 뒤로 공중제비를 돌기도 했다. 남자는 금세 숨을 헐떡였다.

라오다오가 제2공간에서 본 마지막 기억은 거리에서 사람들이 빠져나갈 때의 우아함이었다. 아파트의 창문으로 아래를 내려다보는데, 모든 것이 부러울 정도로 질서정연했다. 밤 9시 15분부터 거리의 옷가게들이 전등을 껐고 회식을 한 듯한 단체 손님들이 붉어진 얼굴로 서로 작별인사를 나눈다. 젊은 남녀는 택시 옆에 서서 입맞춤을 한다. 그런 다음 모든 사람이 건물로 돌아가고 세계가 잠에 빠져든다.

밤 10시, 그는 자신의 세계로 돌아와 출근했다.

3

제1공간과 제3공간 사이에는 연결되는 쓰레기 운반로가 없다. 제1공간의 쓰레기는 커다란 금속 갑문을 거쳐 이동한다. 제3공간에 쓰레기가 도착한 다음에는 갑문이 바로 닫힌다. 라오다오는 지표면을 넘어가는 것을 좋아하지 않지만 다른 방법이 없다.

그는 씽씽 불어 닥치는 바람 속에서 뒤집어지는 중인 땅을 기었다. 한 치 정도의 사이를 두고 배열된 금속 돌출부를 부여잡고 최대한 몸과 마음의 균형을 유지하려 애쓰면서. 드디어 그는 자신에게서 가장 먼 세계의 땅 위에 엎드릴 수 있었다. 기어오르는 동안 현기증을 느꼈고 속이 메스꺼웠다. 그는 구토감을 억누르며 땅바닥에 잠시 엎드려 있었다.

그가 몸을 일으켰을 때는 이미 날이 밝았다.

라오다오는 단 한 번도 이런 광경을 본 적이 없었다. 태양이 천천히 솟아오른다. 하늘 끝은 아득하고도 순수한 파란빛을 띠고 있다. 파란 빛깔 아래로는 옅은 주황색이 이어진다. 비스듬히 위로 솟구치는 듯한 길쭉하고 얇은 구름이 그 주변에 흩어져 있다. 태양이 어느 건물 귀퉁이에 가려졌다. 그러자 건물의 그 부분이 이상할 정도로 새카맣게 보였고, 건물 뒤로 눈이 멀 듯한 빛이 비껴 있다. 태양은 점점 떠오르고, 하늘의 파란빛은 차차 옅어진다. 옅어지는 대신 더욱 평온하고 맑다. 라오다오는 일어서서 태양 쪽을 향해 뛰었다. 그는 그 희미해져 가는 금빛을 붙잡고 싶다고 생각했다. 푸른 하늘에 나뭇가지의 그림자가 보인다. 그의 심장이 두방망이질 쳤다. 일출이 이토록 매혹적일 줄은 상상도 못 했다.

한동안 달리다가 멈췄다. 냉정을 되찾았다. 그는 거리 가운데 서 있었다. 도로의 양쪽은 높다란 나무와 풀밭이 펼쳐진다. 사방을 둘러보았다. 시력이 닿는 한 멀리, 또 가까이, 어느 곳에도 빌딩은 보이지 않았다. 그는 당황했다. 자신이 정말로 제1공간에 왔는지 확신하기 어려웠다. 양 옆으로 줄지어 선 거대한 은행나무를 볼 수 있었다.

그는 뒤로 몇 걸음 물러서서 자신이 달려온 방향을 돌아보았다. 길가에 표지판이 보인다. 휴대전화에 저장한 지도를 열어보았다. 그에게는 제1공간의 내비게이션 지도를 볼 권한이 없다. 대신 미리 내려받은 평면 지도가 있다. 현재 위치와 그가 가야 할 곳을 확인했다. 그는 막 거대한 공원에서 뛰어나왔다. 뒤집히는 지점이 바로 공원의 호숫가다.

라오다오는 아무 소리도 들리지 않는 거리를 1킬로미터 정도 달렸다. 쉽게 목적지를 찾았다. 그는 관목 수풀 뒤에 숨어 멀리 보이는 아름다운 저택을 관찰했다.

8시 30분, 이옌이 나왔다.

그녀는 친톈이 묘사한 그대로 청아했다. 하지만 그렇게 아름다운 것은 아니었다. 라오다오는 이럴 거라고 예상했다. 친톈이 묘사한 것처럼 아름다운 여자는 세상에 존재할 리가 없다. 친톈이 특히 이옌의 입술에 대해 거듭해서 이야기했던 이유도 알 수 있었다. 그녀의 눈과 코는 평범했다. 단정하기는 했지만 특별히 언급할 정도는 아니다. 그녀의 몸매는 보기 좋은 편이다. 체구가 작은 편이고, 키는 크지만 딱 봐도 마르고 선이 가는 여성이다. 우윳빛 원피스를 입은 그녀의 치맛자락이 바람에 팔랑거렸다. 목에는 진주목걸이를 걸고 검은색 구두를 신었다.

라오다오는 조심스럽게 그녀 앞으로 다가갔다. 놀라게 하지 않으려고 일부러 정면에서 걸어갔고, 아직 서로의 거리가 좀 멀다 싶은 곳에서 허리를 숙여 인사했다.

그녀는 걸음을 멈추고 의아한 표정으로 그를 쳐다보았다.

라오다오는 좀더 가까이 걸어가서 찾아온 용건을 설명했다. 친톈의 편지와 목걸이가 든 봉투를 품에서 꺼냈다.

그녀의 얼굴에 당황스러움이 스쳤다. 그녀는 조그만 목소리로 속삭이듯 말했다.

"우선 다른 데로 가서 계세요. 지금은 말씀을 나누기가 어려워요."

"어……. 전 별로 할 말이 없습니다. 그냥 편지를 전달하러 온걸요."

이옌은 받지 않았다. 두 손을 깍지 끼어 움켜쥐고는 이렇게 말하기만 했다.

"지금은 받을 수 없어요. 일단 가세요. 제발. 부탁드려요. 일단 가주세요. 네?"

그녀는 그렇게 말하며 가방에서 명함을 한 장 꺼냈다.

"점심때 이곳에서 만나요."

라오다오가 고개를 숙여 명함 위에 적힌 은행의 이름을 바라보았다.

"12시에요. 지하 마트에서 기다리세요."

라오다오는 이옌이 불안해한다는 것을 느꼈다. 그래서 고개를 끄덕이고는 명함을 받아들였다. 그는 아까 몸을 숨겼던 관목 수풀 뒤에 가서 상황을 살폈다. 얼마 지나지 않아 한 남자가 그 집에서 나와 이옌 곁에 다가섰다. 그는 라오다오와 비슷한 연배이거나 한두 살 적어보였다. 몸에 잘 맞는 짙은 회색 양복을 입었다. 키도 크고 어깨도 딱벌어진 건장한 남자였다. 배가 튀어나오지는 않았지만, 전체적으로 몸이 두텁다는 인상이다. 남자의 얼굴은 딱히 특징이 없다. 안경을 썼고 얼굴형은 둥글며 머리카락은 한쪽으로 가지런히 빗어 넘겼다.

남자는 이옌의 허리를 감싸고 가볍게 입을 맞췄다. 이옌은 피하고 싶은 것 같았지만 피하지 못했다. 몸을 살짝 떨며 손으로 가슴을 가리는 듯한 태도가 몹시 불편해 보였다.

라오다오는 모든 것이 이해되었다.

작은 차가 달려와 집 앞에 멈췄다. 한 사람이 탈 수 있게 디자인 된

바퀴가 둘 달린 작은 차였다. 검은색이고 덮개가 없는 차다. 마치 텔레비전에서 보던 옛날의 마차 같은 모양새인데 말도 마부도 없는 형태다. 차가 멈추고 앞을 향해 비스듬히 섰다. 이옌은 차에 타서 치맛자락을 잘 모으고 앉았다. 치마 끝이 무릎 위로 가지런히 흘러내려와 차 바닥에 닿았다. 차가 천천히 움직였다. 눈에 보이지 않는 말이 차를 끌고 달리는 것 같다. 이옌은 차 안에 앉아 느리고 가볍게 흔들거리며 달려갔다. 이옌이 떠난 다음, 운전석이 비어 있는 자동차 한 대가 굴러왔다. 남자가 차에 올랐다.

라오다오는 숨어 있던 곳에서 이리저리 가볍게 움직였다. 답답한 기분이 들었지만 그걸 입 밖에 내어 말할 수 없었다. 그는 햇빛 아래 서서 눈을 감았다. 이른 아침의 깨끗한 공기가 폐 깊숙이 들어왔다. 시원한 공기가 조금 위안이 되는 듯했다.

잠시 시간이 흐른 뒤에야 그는 거리로 나왔다. 이옌이 준 주소는 그녀의 집에서 동쪽으로 3킬로미터 넘게 떨어진 곳이다. 거리에는 사람이 별로 없다. 널찍한 8차선 도로 위에 드문드문 차량이 달린다. 차가 어찌나 빠르게 스쳐 가는지 어떤 차인지 제대로 알아보기도 힘들었다. 가끔 잘 차려입은 여자가 이륜차를 타고 인도 위에서 천천히 그의 옆을 지나쳐갔다. 거리가 아니라 패션쇼 무대인 것처럼 단정한 앉음새가 우아하고 아름다웠다. 아무도 라오다오에게 주의를 쏟지 않는다. 초록빛 나뭇잎이 흔들흔들 늘어지고, 나뭇잎 아래로 늘어뜨려진 나무 그늘은 긴 치마를 보는 듯한 기분이다.

이옌의 직장은 시단西單 어딘가다. 그곳은 높은 건물이 없고 공원을 둘러싸고 띄엄띄엄 낮은 건물들이 분포되어 있다. 건물들은 겉보기에는 서로 일체화되어 있는 것을 알아보기 힘들다. 지하로 내려가야 통로로 연결되어 있음을 알 수 있다.

라오다오는 마트를 찾아갔다. 아직 시간은 한참 남았다. 마트에 들어가니 쇼핑 카트 한 대가 그의 뒤에 따라붙는다. 그가 상품 진열대 앞에 멈춰서면, 카트 위의 모니터에 상품 소개, 구매자 평점 등이 나타났다. 마트에 있는 물건에는 그가 알아보지 못하는 문자들이 적혀 있다. 식료품은 포장이 깔끔했다. 작게 자른 케이크나 과일이 유혹적인 자태로 접시에 곱게 담겨 있어서 아무나 집어먹을 수 있게 해놓았다. 라오다오는 아무것도 건드리지 않았다. 마치 그 물건들이 위험한 맹수이기라도 한 듯 슬슬 피했다. 마트에는 경비원도 종업원도 없었다.

아직 12시가 되지 않았다. 마트 안에 점점 고객이 늘어났다. 양복을 입은 남자가 마트에 들어와 샌드위치를 집어 든다. 그는 샌드위치를 계산대에 한 번 찍고는 바쁜 걸음으로 마트를 떠났다. 역시나 아무도 라오다오에게 주의를 기울이지 않는다.

그는 마트 입구에 눈에 잘 띄지 않는 시선의 사각지대에 멀거니 서서 기다렸다.

이옌이 곧 나타났다. 라오다오가 그녀 앞으로 다가갔다. 이옌은 주변을 슬쩍 둘러보며 별말 없이 그를 데리고 옆에 있는 작은 식당으로 들어갔다. 체크무늬 치마를 입은 작은 로봇이 다가와 이옌의 가방을 받아 들었다. 로봇이 두 사람을 자리로 안내한 다음 메뉴를 건넸다. 이옌은 메뉴 패드 위를 몇 차례 눌렀다. 로봇은 바퀴를 도르르 굴리며 매끄럽게 움직여 주방으로 향했다.

두 사람은 서로 바라보며 잠시 침묵했다. 라오다오는 다시 봉투를 꺼냈다.

이옌은 여전히 봉투를 받아들지 않는다.

"제 설명을 좀 들어주시겠어요?"

라오다오는 봉투를 그녀의 앞으로 밀었다.

"이것부터 받으세요."

이옌이 도로 라오다오 쪽으로 밀어냈다.

"설명을 먼저 해도 될까요?"

"저한테 꼭 설명을 해야 한다면요. 편지는 제가 쓴 게 아닙니다. 저는 그냥 전달만 하는 거라고요."

"돌아가서 그 사람에게 제 말을 전해주세요."

이옌이 고개를 숙였다. 로봇이 접시 두 개를 들고 다가왔다. 한 사람 앞에 하나씩, 붉은색 생선회가 얹혀 있는 접시다. 생선 조각은 아주 얇았고 꽃잎 모양으로 펼쳐져 있다. 이옌은 젓가락을 들지 않았다. 라오다오도 그랬다. 봉투는 접시 두 개 사이에 갇혔다. 두 사람은 더 이상 서로에게 봉투를 밀어내지 않았다.

"그 사람을 배신하려는 것은 아녜요. 지난해에 그가 이곳에 왔을 때, 전 이미 약혼한 상황이었죠. 일부러 그를 속인 게 아니라……. 맞아요, 제가 그를 속인 거죠. 그렇지만 그 사람이 넘겨짚은 것도 있어요. 그 사람은 우원吳聞이 저를 데리러 온 것을 보고는 '당신 아버지예요?'라고 물었다고요. 뭐라고 대답해야 할지 모르겠더군요. 당신도 알겠지만, 너무 민망하잖아요. 그러니까, 저는……."

이옌은 더 말을 잇지 못했다.

라오다오는 한참 그녀의 다음 말을 기다렸다.

"당신들의 과거를 캐물을 생각은 없습니다. 당신이 이 편지를 받아주면 제 일은 끝나요."

이옌은 고개를 오랫동안 들지 않았다. 겨우 고개를 들고 물었다.

"돌아가면, 그 사람에게는 비밀로 해주실래요?"

"왜요?"

"그 사람이 나쁜 여자에게 걸려서 속았다고 생각하는 게 싫어요. 사실 저도 그 사람을 좋아하거든요. 참 모순적이죠."

"그건 저와 상관없는 일입니다."

"부탁드릴게요. 전 정말 그 사람을 좋아해요."

라오다오는 잠시 침묵했다. 그는 지금 어떤 결정을 내려야 했다.

"하지만 당신은 결혼했잖습니까?"

"우원은 저에게 잘해줘요. 벌써 몇 년이나 되었죠. 그는 제 부모님과 잘 아는 사이예요. 약혼한 지도 오래되었어요. 게다가 나는 친톈보다 세 살이 많아요. 그가 받아들이지 못할까봐 걱정이에요. 친톈은 제가 유엔 인턴이라고 생각할 거예요. 이 일도 제가 나빠요. 사실대로 말하지 않았으니까요. 처음에 어쩌다 그렇게 말하고 나니 나중에는 말을 바꿀 수가 없더군요. 전 정말로, 그가 이렇게 진지할 줄은 몰랐어요."

이옌은 느릿느릿 자기 이야기를 털어놓았다. 그녀는 이 은행의 은행장 비서였다. 정식으로 근무한 지도 2년이 넘었고, 유엔 심포지엄에는 연수를 받으러 가서 회사 사람들을 도와준 것이었다. 그녀는 사실 일을 할 필요가 없다. 남편이 버는 돈으로 충분하다. 하지만 그녀는 혼자서 집에 있는 것이 싫어서 직장을 구했다. 하루 중 반나절만 근무하고, 급여도 절반만 받는다. 나머지 시간은 그녀가 알아서 활용할 수 있다. 뭔가를 배우기도 한다. 그녀는 새로운 일을 배우는 것, 새로운 사람을 만나는 것이 좋다고 했다. 유엔에서 연수를 받던 몇 달의 시간도 참 좋았다. 그녀는 자신과 같은 삶을 사는 '아내'가 아주 많다고 했다. 하루 중 반나절만 일하는 직장인도 많다. 점심때가 되면 이옌은 퇴근한다. 오후에는 다른 '아내'가 출근해 비서 일을 이어받는다. 그녀는 친톈에게 진실을 다 말하지 못했어도 그를 향한 마음은 진심이었다고 했다.

"그래서 말인데."

이옌이 새로 나온 따뜻한 요리를 한 점 집어 라오다오의 접시에 올려주었다.

"잠시 동안만이라도 그에게 비밀로 해주시겠어요? 제가 직접 그 사람에게 설명할 때까지만요."

라오다오는 젓가락을 들지 않았다. 그는 몹시 배가 고팠다. 그러나 지금은 뭘 먹을 수 없다고 느꼈다.

"그렇다면 제가 거짓말을 해야 합니다."

이옌이 자신의 손가방을 열고 지갑을 꺼냈다. 그녀는 1만 위안 지폐 다섯 장을 라오다오 앞으로 밀어주었다.

"부탁드립니다."

라오다오는 당황했다. 그는 1만 위안 지폐를 본 적도 없었다. 그의 인생에서는 이렇게 액면가가 큰 돈을 쓸 일이 없다. 그는 저도 모르게 벌떡 일어섰다. 은은한 분노가 느껴졌다. 돈을 내미는 이옌의 태도는 마치 라오다오가 그녀를 협박할 거라고 예상했다는 것처럼 보였다. 그게 라오다오를 견딜 수 없게 만든다. 그는 돈을 받으면 뇌물을 받고 친톈을 팔아넘기는 짓을 하는 거라고 받아들였다. 물론 라오다오는 친톈에게 의리를 지킬 이유가 전혀 없다. 그럴 만한 사이가 아니다. 하지만 그는 자신이 '배신한다'고 느꼈다. 라오다오는 이 순간 자신이 돈을 바닥에 내던지고 결연히 자리를 떠나기를 바랐다. 하지만 그는 바로 그 행동을 하지 못했다. 그는 탁자 위에 놓인 다섯 장의 얇은 종이를 몇 번이나 바라보았다. 펼친 부채 모양으로 놓인 종이를. 그는 그것들이 자신의 내부에서 어떤 힘을 행사하는 것을 느낄 수 있었다. 그것들은 옅은 파란색이다. 1000위안 지폐의 갈색이나 100위안 지폐의 붉은색과는 다르다. 더욱 깊고, 아득하고, 그윽한 색이다. 유혹적이었다. 그는 몇 번이나 생각했다. 한 번만 더 쳐다보자, 그 다음에는 여기서 떠나는 거다. 한 번만 더 쳐다보자. 그러나 그는 줄곧 떠나지 못했다.

이옌은 다시 손가방을 열고, 그 안을 이리저리 뒤적였다. 마침내 그녀는 가방의 속주머니에서 5만 위안을 더 꺼내 탁자 위에 올렸다.

"지금 가진 건 이게 다예요. 다 가지세요."

이옌이 잠시 말을 멈췄다가 다시 입을 열었다.

"제발 도와주세요. 그 사람에게 사실을 알리고 싶지 않은 건, 미래가 어떻게 될지 확신할 수 없기 때문이기도 해요. 어쩌면 어느 날 제가 용기를 내어 친톈과 함께하겠다고 결심할지도 모르죠."

라오다오는 열 장의 지폐를 쳐다보고, 눈을 들어 그녀를 쳐다보기를 반복했다. 그녀 자신조차 지금 한 말을 믿지 않는 것 같다. 그녀의 목소리에는 망설임이 가득했다. 그녀는 눈앞의 문젯거리는 전부 미래에 미루고 지금 이 순간을 벗어나고 싶은 것이다. 이옌이 남편을 떠나 친톈과 도망칠 리는 없다. 그러나 그녀는 친톈이 자신을 증오하는 것도 싫다. 라오다오는 그녀가 자기 자신을 속이고 있다는 것을 잘 알았다. 라오다오 역시 자기 자신을 속이고 싶었다. 그는 속으로 생각했다. 친톈에게 사실을 말할 의무는 없다. 친톈은 편지를 전해달라고 의뢰했고, 편지는 전달했다. 지금 이옌이 주는 돈은 또 다른 의뢰다. 비밀을 지켜달라는 의뢰. 라오다오는 또 속으로 생각했다. 어쩌면 이옌과 친톈이 언젠가 정말로 함께할지 누가 알겠는가. 그렇게 된다면 두 사람이 사랑을 이루도록 도와준 셈이 된다. 라오다오는 탕탕도 떠올렸다. 다른 사람 일에 신경 쓰지 말자. 탕탕의 미래에 신경 쓰자. 그렇게 생각하자 라오다오는 마음이 훨씬 평온해졌다. 손가락 끝이 어느새 탁자 위에 펼쳐진 지폐의 끄트머리에 닿아 있다.

"이건 너무 많습니다."

라오다오는 마음의 짐을 조금이라도 덜고 싶었다.

"이렇게 많이 받을 수는 없어요."

"받으세요. 괜찮아요."

이옌이 아예 손에 돈을 쥐어주었다.

"일주일이면 버는 돈인걸요. 괜찮아요."

"그럼 친톈에게 뭐라고 말할까요?"

"그냥 지금은 그와 내가 함께할 수 없지만 진심으로 좋아한다고 말해주세요. 답장을 써드릴게요."

이옌은 가방에서 공작이 그려져 있고 금박이 둘러진 수첩을 하나 꺼냈다. 내지를 한 장 뜯어낸 그녀는 고개를 숙인 채 편지를 적었다. 그녀의 글씨는 비스듬히 누운 갈대처럼 보였다.

라오다오는 식당을 나설 때, 뒤를 돌아보았다. 이옌의 시선이 벽에 걸린 그림에 고정되어 있다. 그런 그녀의 모습은 조용하고 고상했다. 마치 영원히 그 자리를 떠나지 않을 것처럼 보였다.

그는 바지 주머니에 넣은 지폐를 쥐었다. 그는 자기 자신이 혐오스러웠다. 그러나 그는 지폐를 최대한 꽉 움켜쥐고 싶었다.

4

라오다오는 시단을 떠나 왔던 길을 되짚어 돌아갔다. 아침에 걸었던 길을 다시 걸으며 그는 피로가 밀려오는 것을 느꼈다. 널따란 인도의 한쪽은 축 늘어진 수양버들이, 또 한쪽은 오동나무가 열 지어 서 있다. 한창 늦봄이었다. 세상이 전부 선연한 초록이었다. 그는 따뜻한 기운이 피어오르는 오후 햇살이 경직된 얼굴 위에 내리쪼이는 것을 느끼며, 햇살이 공허한 마음도 비춰주기를 바랐다.

그는 아침의 공원에 돌아왔다. 문득 공원을 오가는 사람이 무척 많다는 것을 깨달았다. 공원 바깥에는 은행나무가 장엄하고 무성하게 두 줄로 늘어서 있고, 공원 입구에는 검은색 작은 자동차가 들어가고 있다. 공원 안에 있는 사람들은 대부분 매끄러운 옷감으로 만든 몸에 잘 맞는 양복을 입고 있었다. 혹은 검은색 인민복을 입은 사람도 보였다. 그들은 다들 잘나 보였다. 외국인도 꽤 눈에 띈다. 그들 중 어떤 이들은 주변 사람과 열띠게 토론 중이거나 멀리서 상대방을 향해 손을 흔들고, 웃으며 손을 잡고 걷고 있다.

라오다오는 어디로 가야 할지 망설였다. 거리에는 사람이 적어서 그가 혼자 서 있으면 눈에 잘 띈다. 공공장소라 쉽게 사람들의 주의를 끈다. 그는 공원 안에 있는 전환 지점에 일찍 가서 기다리고 싶다. 아무도 없는 구석진 곳에서 한숨 자고 싶었다. 정말 졸렸지만 차마 거리에서 잘 수는 없었다. 그는 공원으로 들고 나는 차량이 그다지 정체되지 않는 것을 보고 공원 안으로 들어가기로 했다. 공원 문 옆에 도착했을 때야 조그만 로봇 둘이 오락가락하면서 머뭇대고 있는 것을 발견했다. 다른 사람과 차는 아무 문제없이 들어갔지만 라오다오가 문 앞에 도착하자 로봇이 갑자기 띠띠 하는 소리를 내며 바퀴를 움직여 그에게 다가왔다. 로봇이 내는 소리는 고요한 오후 시간에 어울리지 않게 귀를 자극했다. 공원에 있던 사람의 시선이 전부 라오다오에게 모였다. 그는 당황했다. 혹시 자신이 입은 셔츠가 너무 초라한 탓인지도 몰랐다. 그는 로봇에게 작은 목소리로 말을 걸어보았다. 자기 양복이 공원 안에 있다고 말이다. 그러나 로봇은 띠띠따따 소리를 내며 정수리에 달린 빨간 전등을 깜빡거릴 뿐이다. 로봇은 그의 말을 들은 척도 하지 않았다. 공원 안의 사람들이 동작을 멈추고 그를 쳐다보고 있다. 그가 도둑이나 이상한 사람이라도 되는 것마냥. 곧 가장 가까운 거리에 있는 건물에서 세 남자가 그를 향해 달려왔다. 라오다오는 몹시 긴장했다. 달아나고 싶었지만 이미 늦었다.

"무슨 일입니까?"

책임자로 보이는 사람이 목소리를 높여 질문했다. 라오다오는 어떤 설명도 떠오르지 않았다. 그는 무의식적으로 바지를 움켜쥐었다.

삼십대로 보이는 남자가 맨 앞에 서서 단추처럼 생긴 작은 은색 원반으로 그를 위아래로 스캔했다. 그 남자의 손이 그리는 궤적이 라오다오를 감쌌다. 남자는 의심스러운 눈빛으로 라오다오를 훑어보았다. 깡통 따개로 라오다오의 겉껍질을 뜯어보고 싶은 눈치였다.

"기록이 없군요."

남자는 은색 원반을 뒤에 선 나이 지긋한 남자에게 내밀었다.

"데려가죠?"

라오다오는 갑자기 뒤돌아 달렸다. 공원 바깥으로 달아나려는 것이었다.

그러나 그가 제대로 뛰기도 전에 아까의 로봇 둘이 소리 없이 그의 앞을 가로막고 발을 걸었다. 그들의 팔이 수갑처럼 라오다오의 다리를 묶었다. 넘어질 뻔한 라오다오는 무력하게 허공에 팔을 휘저었다.

"왜 달아나는 겁니까?"

젊은 남자가 더 딱딱해진 얼굴로 다가와 라오다오를 뚫어져라 응시했다.

"그게……."

라오다오의 뇌에서 웅웅 소리가 나는 기분이다.

로봇은 라오다오를 들어 올려 자기 바퀴 옆에 얹었다. 그러고는 곧장 가까운 건물 쪽으로 이동했다. 로봇은 흔들림도 없이 빠르게 라오다오를 운반했다. 멀리서 보면 라오다오가 로봇을 타고 가는 거라고 생각할 것이다. 라오다오는 속수무책이었다. 마음속으로 '망했다'고 암담하게 중얼거렸다. 그 말밖에 할 말이 없었다. 그는 부주의했다며 스스로 원망했다. 이렇게 사람이 많은 곳인데 보안검사를 하지 않을 리가 없다. 그는 자신이 졸린 나머지 정신이 나갔다고 자책했다. 이렇게 중요한 상황에서 이토록 초보적인 실수를 하다니. 이제 다 끝장이다. 돈도 못 벌고, 오히려 감옥에 가게 생겼다.

로봇은 좁은 길을 빙 둘러 건물 후문으로 향했다. 로봇은 후문의 로비에 멈췄다. 세 남자도 금세 따라왔다. 젊은 남자와 나이 지긋한 남자는 라오다오를 두고 의견이 다른 것 같았다. 하지만 목소리가 작아서 뭐라고 하는지는 잘 들리지 않았다. 잠시 후, 나이 지긋한 남자가 그에게 다가와서 로봇 팔을 풀어주었다. 그런 다음 라오다오의 팔뚝을 잡고 건물 2층으로 올라갔다.

라오다오는 한숨을 쉬고 마음을 가라앉히려 애썼다. 이 지경이 되었으니 운명이라 생각하고 받아들이는 수밖에 없다.

남자는 그를 데리고 어느 방으로 들어갔다. 라오다오는 그 방이 여행객 숙소처럼 생겼다고 생각했다. 방은 아주 넓었다. 친톈의 기숙사 아파트보다도 넓다. 라오다오의 아파트보다는 두 배 정도 되는 것 같다. 방의 색조는 어두침침한 금갈색이다. 널따란 2인용 침대가 중앙에 놓여 있고, 침대 뒤의 벽면에는 색상을 과도하게 사용한 추상적인 도안이 그려져 있다. 그리고 전면창이 있고, 창에는 흰색의 반투명한 커튼이 걸려 있다. 창 앞에 둥근 탁자와 소파 의자가 두 개 놓였다. 라오다오는 두려움에 가슴이 쿵쿵 뛰었다. 이 나이 지긋한 남자의 신분이 무엇인지, 어떤 태도를 보일지 알 수가 없었다.

"앉아요, 앉아."

남자가 그의 어깨를 두드리며 웃었다.

"괜찮아."

라오다오는 의심스러워하며 남자를 쳐다보았다.

"제3공간에서 왔지?"

남자가 라오다오를 소파 쪽으로 데려가서 앉으라는 듯 손짓했다.

"어떻게 알았습니까?"

라오다오는 거짓말을 할 수 없었다.

"바지를 보고 알았다네."

남자가 라오다오의 허리춤을 가리켰다.

"바지 브랜드 표식을 잘라버리지 않았더군. 그 브랜드는 제3공간에서만 팔거든. 어릴 적에 우리 어머니도 아버지에게 주로 그 브랜드를 사주셨지."

"선생님께서도……."

"그렇게 정중히 말할 거 없네. 내가 자네보다 몇 살 더 많을 뿐일 텐데. 올해 몇 살이지? 난 쉰둘일세. ……거봐, 네 살 차이로군."

남자는 잠시 말을 멈췄다 다시 입을 열었다.

"나는 거다핑葛大平이라고 하네. 라오거老葛라고 부르면 돼."

라오다오는 긴장이 풀렸다. 라오거도 양복을 벗고 어깨를 움직이며 몸을 풀었다. 벽에서 뜨거운 물 한 잔을 받아서 라오다오에게 주었다. 그는 얼굴이 길쭉하고 눈꺼풀과 양 뺨이 약간 늘어졌다. 안경을 끼고 어깨는 좀 처져 있다. 머리카락은 약간 구불구불하고 부스스하게 머리 위에 얹혀 있다. 말할 때마다 눈썹이 들썩거려서 코믹한 효과를 주었다. 라오거가 차를 끓이면서 라오다오에게도 한 잔 마시겠느냐고 물었다. 라오다오는 고개를 저었다.

"나도 제3공간에서 왔네. 말하자면 우린 반쯤 동향 사람이지. 그러니 너무 어려워하지 말게. 내게도 어느 정도는 권한이 있거든. 자네를 무사히 돌려보내주지."

라오다오는 긴 한숨을 내쉬며 속으로 다행이라 되뇌었다. 자신이 제2공간을 거쳐 제1공간에 오게 된 사정을 이야기했다. 이옌의 감정에 관련된 부분은 간략히 넘어가고 편지를 전하고 돌아가는 길이라고만 설명했다.

라오거 역시 자신의 이야기도 들려주었다. 그는 어렸을 때 제3공간에서 자랐다. 부모님은 모두 배달 일을 하셨다. 그는 열다섯 살 때 사관학교에 합격했고 그 후 줄곧 군인으로 일했다. 레이더 관련 기술장교였다. 그는 레이더 기술을 연구했고, 힘든 임무도 마다하지 않았다. 그 덕분에 기회를 잡아 진급하여 레이더 관련 부문의 책임자이자 대령이 되었다. 좋은 집안 배경 없이는 더 이상 진급하는 것이 불가능했다. 그래서 라오거는 전역을 신청하고 제1공간에 있는 지원부서로 옮

겄다. 정부 기업에 대한 물자 조달, 회의와 출장 등의 지원, 다양한 사회적 행사 준비 등을 담당한다. 비록 블루칼라 업무지만 정부 요인과 관련된 일이기도 하고 협조와 관리가 필요한 덕분에 줄곧 제1공간에서 근무한다. 그런 사람이 적잖다. 요리사, 의사, 비서, 관리인 등은 고급 블루칼라 직업군이다. 그들은 이 부서에서 중요한 행사를 많이 준비했다. 라오거는 지금 주임을 맡고 있다. 라오다오는 라오거가 겸손하게 말한다는 것을 알았다. 블루칼라라고 말하지만 사실상 제1공간에서 일할 수 있는 사람이라면 보통 사람이 아닌 것이다. 요리사라고 해도 대단한데, 라오거는 제3공간에서 여기까지 올라왔고 레이더 분야 책임자까지 지냈다.

"여기서 좀 자게. 저녁 때 뭔가 먹으러 가자고."

라오다오는 이런 대접에 조금 놀랐고, 자신의 행운을 믿기 어려웠다. 그는 이 상황이 걱정스러웠다. 그러나 흰 침대 시트나 이리저리 들쭉날쭉 쌓여 있는 베개가 몹시 유혹적이다. 다리가 흐물흐물해진 그는 곧 고개를 처박고 몇 시간을 곯아떨어졌다.

일어났을 때는 이미 바깥이 어두웠다. 라오거는 거울 앞에서 머리카락을 정리하고 있다. 그가 소파 위에 놓인 제복을 가리키며 갈아입으라고 했다. 라오다오가 제복을 다 입자 그의 가슴에 약간 붉은 빛이 도는 작은 배지를 달아주었다. 신분을 증명하는 배지다.

아래층에는 사람들이 잔뜩 모여 있다. 막 무슨 행사가 끝난 듯, 로비에 두세 명씩 모여 서서 대화를 나눈다. 로비 저쪽에 회의실이 있는데, 문이 열려 있다. 회의실 문은 육중해 보였고, 검붉은 색 가죽으로 감싸여 있다. 반대쪽 로비에는 흰 테이블보가 덮인 입석 탁자들이 늘어서 있다. 테이블보는 탁자 아래서 황금색 끈으로 묶었고, 나비 모양으로 매듭이 지어져 있다. 탁자 중앙의 꽃병에는 백합이 한 송이씩 꽂혔다. 꽃병 옆에는 견과류와 과자가 담긴 그릇이 있다. 옆에는 기다란 탁자가 하나 더 있는데 포도주와 커피가 놓였다. 대화하는 사람들은 탁자 사이를 오가고, 로봇들이 머리 위에 쟁반을 얹고 돌아다니면서 다 마신 술잔을 수거한다.

라오다오는 침착하려 애쓰면서 라오거를 따라갔다. 연회장 내에 들어가자 그는 갑자기 거대한 현수막을 맞닥뜨렸다. 거기에 이렇게 쓰여 있었다. "접는 도시 50주년."

"이게…… 뭡니까?"

"축하하는 거야."

라오거는 연회장 내의 배치를 살피면서 대답했다.

"샤오자오小趙, 잠깐 와보게. 테이블 카드를 다시 확인해봐. 로봇만 다 믿고 있으면 안 돼. 그들은 융통성이 없으니까."

라오다오는 연회장 내부가 저녁 만찬회 배치라는 것을 알아차렸다. 커다란 원탁 위에 꽃 장식이 되어 있다.

그는 이 광경이 비현실적으로 느껴졌다. 구석에 서서 연회장 중앙의 거대한 샹들리에를 바라보노라니, 빛나는 현실에 둘러싸여 있지만 자신은 그 가장자리에 존재하는 것 같았다. 무대 중앙에는 연설자를 위한 무대가 설치되어 있다. 그 뒤로 베이징 시의 모습이 계속 바뀌며 상영되고 있다. 아마도 항공사진인 듯한 도시의 파노라마 모습이 펼쳐진다. 이른 아침과 일몰 직전의 광채가 눈부시고, 자홍색과 어두운 파란색의 하늘이 교차된다. 구름층이 빠르게 움직이고 달이 구석에서 솟아올랐으며 태양이 건물의 끄트머리에 걸렸다가 사라진다. 도시 중앙 축선을 따라 대칭되는 도시의 설계는 6환의 푸른 기와 정원과 넓은 면적의 녹지 공원으로 이어진다. 중국식 극장, 일본식 미술관, 미니멀리즘 양식의 음악당 등 다양한 건축물이 보인다. 그런 다음 도시 전경이 나온다. 진정한 의미의 전경이다. 그리고 도시 전체를 찍은 사진들이 나온다. 전환하는 동안 도시의 양쪽 면을 보여주는 사진들로 땅이 뒤집어지고, 다른 쪽 도시가 나타나고, 끄트머리가 날카로운 오피스 빌딩, 생기발랄한 직장인들, 밤 시간의 네온사인과 낮처럼 밝은 하늘, 구름에 닿을 듯 솟아오른 높은 아파트, 영화관과 댄스 클럽 등의 유흥 장면도 나온다.

그러나 라오다오가 일하는 곳은 보이지 않았다.

그는 화면을 자세히 들여다보았다. 혹시 그 속에 도시 건설의 역사가 나오지 않는지 주의 깊게 살폈다.

그는 아버지의 시대를 보고 싶었다. 어릴 적, 그의 아버지는 늘 창밖의 건물을 가리키며 '그때 우리'의 이야기를 했다. 좁은 방안 한가운데 오래된 사진이 걸려 있었고, 사진 속 아버지는 벽돌을 쌓는 동작을 반복했다. 계속, 계속, 끝없이. 그는 당시 매일 그 사진을 아주 많이 봐서 질려버렸다고 생각했다. 하지만 지금 돌아가는 영상 속에서 아주 작은 부분일지라도 벽돌을 쌓는 장면이 나오기를 바랐다.

그는 자신의 비현실 속에 침잠해 있었다. 그는 처음으로 전환의 전체적인 광경을 보았다. 자신이 어떻게 자리에 앉았는지, 이미 주변 사람들이 자리에 앉은 것도 알아차리지 못했다. 어떤 사람이 연단에 올라 연설을 시작한 첫 몇 분은 전혀 내용이 들리지 않았다.

"……서비스 산업의 발전에 도움이 됩니다. 서비스 산업은 인구의 규모와 밀도에 의존합니다. 우리의 현재 도시 서비스업은 GDP의 85퍼센트 이상을 차지합니다. 세계 일류 도시의 보편적인 특징에 부합하지요. 그 밖에 가장 중요한 것은 녹색경제와 순환경제입니다."

이 말이 라오다오의 주의력을 붙잡았다. 순환경제와 녹색경제라는 말은 그가 일하는 곳에서 늘 접하던 구호였다. 사람 크기보다 더 크게 벽에 써놓았다. 라오다오는 연단에서 연설하는 사람을 자세히 들여다보았다. 백발의 노인이지만 힘이 넘치고 원기가 왕성해 보였다.

"쓰레기의 완전한 분류 처리를 통해, 우리는 현 세기의 에너지 절약 및 오염 감소 목표를 예정보다 앞당겨 실현했습니다. 또한 체계적이고 규모 있는 순환경제를 발전시켰습니다. 매년 폐전자제품에서 회수한 귀금속은 이미 완전한 재생산 과정에 들어갔습니다. 플라스틱의 회수율도 이미 80퍼센트 이상이 됩니다. 회수한 폐기물은 곧바로 재가공 공장과 협력하여……"

라오다오의 먼 친척이 재가공 공장에서 일한다. 공장은 과학기술원 지구에 위치하는데 도시에서 멀리 떨어져 있다. 그곳에는 오로지 공장, 공장 그리고 공장뿐이다. 그곳에 있는 공장은 다 비슷하다고 한다. 기계가 자동 작업하고, 근로자는 거의 없다. 적은 수의 근로자가 저녁에 모이는데 마치 황야에 위치한 부락 같다고 한다.

라오다오는 여전히 멍한 상태였다. 연설이 끝난 뒤, 열렬한 박수 소리가 울렸을 때에야 그는 자신의 어수선한 생각 속에서 빠져나왔다. 그도 사람들을 따라 박수를 쳤다. 박수를 치는 이유도 잘 몰랐지만 말이다. 그는 연설자가 연단을 내려와 연회장 중앙에 위치한 주빈 탁자에 앉는 것을 보았다. 모든 사람의 시선이 그를 따라 움직였다.

갑자기, 라오다오는 이옌의 남편 우원을 발견했다.

우원은 주빈 탁자 바로 옆의 탁자에 앉아 있다. 연설자가 자리로 돌아오자 일어나서 잔을 들어 예의를 표했다. 그런 다음 무언가 연설자에게 다가가 말을 걸었다. 연설자도 일어서서 우원과 함께 로비로 나왔다. 라오다오는 저도 모르게 일어섰다. 마음속에 호기심이 가득했다. 그는 그들을 따라 나갔다. 라오거는 어디로 갔는지 보이지 않고, 탁자 위로 요리가 놓이기 시작했다.

라오다오는 로비로 나와 멀리서 두 사람을 지켜보았다. 대화는 드문드문 들려왔다.

"이 건을 비준하면 장점이 많습니다."

우원이 말했다.

"그들의 설비를 검토했는데 쓰레기 처리를 자동화하고 용액으로 오염을 제거하면 재활용 자재를 대량으로 얻을 수 있죠. 위생적이고 비용도 적습니다. 검토해보시면 어떨까요?"

우원은 목소리를 낮춰 말했지만 라오다오는 '쓰레기 처리 자동화'라는 말을 분명히 들었다. 저도 모르게 앞으로 조금 나서고 말았다.

백발노인의 표정은 꽤 복잡했다. 그는 우원의 말을 다 듣고 한참 생각하다 질문을 던졌다.

"용매로 인한 오염이 없다고 확신하나?"

우원은 잠시 망설였다.

"현재로서는 아무래도 약간의……. 하지만 곧 최저 수준으로 떨어뜨릴 수 있습니다."

라오다오는 더 가까이 다가갔다.

백발노인이 고개를 저으며 우원을 직시했다.

"일이란 그렇게 간단하지 않네. 자네 프로젝트가 시행되면 많은 변화가 일어나. 노동자가 필요하지 않단 말일세. 지금 사용 중인 노동력은 어쩔 건가? 수천만 명의 쓰레기 처리공이 실직하는 문제를 어떻게 해결한 거나 말일세."

백발노인은 말을 마치고 몸을 돌려 연회장으로 돌아갔다. 우원은 멍청히 그 자리에 그대로 서 있다.

아까부터 백발노인의 비서처럼 그의 뒤에 딱 붙어 서 있던 사람이 우원의 곁으로 다가와 안타깝다는 듯 말했다.

"들어가서 식사나 하시죠. 더 고민해봐야 얻을 게 없습니다. 사실 이걸 잘 이해하고 있어야 했어요. 취업률이라는 것이 얼마나 심각한 문제인지 말입니다. 이런 기술을 제안한 사람이 예전에는 없었겠습니까?"

라오다오는 자신과 관련된 일에 관해 들은 셈이지만 어떻게 해야 할지 알 수 없었다. 우원의 얼굴에 미혹과 고뇌, 순종의 표정이 뒤섞여 떠올랐다. 라오다오는 한순간 그 사람에게도 약점이 있다는 것을 깨달았다.

이때, 백발노인의 비서가 갑자기 라오다오를 알아차렸다.

"새로 왔습니까?"

그가 갑자기 물었다.

"아, 네."

라오다오는 깜짝 놀랐다.

"이름이 뭐죠? 최근 새로 들어온 사람이 있다는 건 처음 듣는데."

라오다오는 당황했다. 가슴이 쿵쿵 뛰었다. 그는 뭐라고 말해야 할지 갈피를 잡지 못했다. 그는 가슴에 달린 관계자 배지를 손가락으로 가리켰다. 그 배지 위에 이름이 나타나기를 바라기라도 하는 사람 같았다. 하지만 배지 위에는 아무것도 없다. 라오다오는 손바닥에 땀이 찼다. 그를 보는 비서의 눈빛에 점점 의심이 깊어졌다. 그는 손짓으로 다른 관리요원을 불렀다. 불려온 사람은 라오다오를 모른다고 대답했다.

비서의 얼굴이 딱딱하게 굳었다. 그는 한 손으로 라오다오의 손목을 붙잡고, 다른 손으로 통신기를 눌렀다.

라오다오의 심장이 목구멍으로 튀어나올 것 같았다. 그 순간 그는 라오거의 모습을 발견했다. 라오거는 급히 다가오면서 통신기를 눌렀고, 그는 웃는 얼굴로 비서에게 알은체를 했다. 라오거는 허리를 숙여 인사를 한 다음, 비서에게 임시로 충원한 관리요원이라고 설명했다. 행사 때 일손이 부족해서 일회성으로 도와주러 온 사람이라고 말이다. 비서는 라오거의 대답을 듣고는 더 따져 묻지 않았다. 비서는 연회장으로 돌아갔다. 라오거는 라오다오를 다시 자기 방으로 데려갔다. 또 다른 사람과 부딪혀 신분 검사를 당하지 않도록 하기 위해서였다. 깊이 파고들면 신분을 증명할 길이 없으니 라오거도 도와주지 못할 것이다.

"연회장에서 먹을 운은 아니었나 보군. 여기서 좀 기다리게. 내가 먹을 걸 좀 챙겨올 테니."

라오거가 웃으며 말했다.

라오다오는 침대에 누워 우원과 백발노인이 나눈 대화를 반복해서 생각했다. 쓰레기 처리 자동화, 그건 도대체 무슨 말일까. 정말 그렇게 된다면 좋은 일일까 나쁜 일일까. 그러다 얕게 잠이 들었다.

잠에서 깼을 때, 라오다오는 맛있는 냄새를 맡았다. 라오거가 작은 원탁에 요리 몇 접시를 차려놓았고, 한 접시는 막 전자레인지에서 꺼내는 중이다. 라오거는 반쯤 남은 고량주 병과 유리 술잔을 가져와 원탁에 내려놓는다.

"탁자 하나에 두 사람이 앉는 것이다 보니 요리를 많이 챙기지는 못했어. 별것은 없지만 많이 들게나. 그 사람들은 음식을 먹고 나서 곧 떠날 걸세."

"별것 아니라니요. 먹을 수 있는 것만으로도 감사할 일이죠. 이렇게 좋은 요리라니, 비싸 보이는걸요."

"이곳의 요리는 내부 전용이라 가격도 매겨지지 않았다네. 얼마인지는 모르겠군."

그렇게 말하면서 라오거는 젓가락을 움직여 음식을 집었다.

"보통 수준이지, 뭘. 아마 1만 위안이나 2만 위안이 아닐까? 좀 비싼 요리라면 3만 위안? 4만 위안? 대충 그 정도일 거야."

라오다오는 음식을 한두 점 집어 먹은 뒤부터 진짜 허기를 느꼈다. 그는 자신만의 배고픔을 견디는 방법을 갖고 있기 때문에 하루 종일 아무것도 먹지 않아도 괜찮다. 몸이 덜덜 떨리기도 하지만 정신적으로는 전혀 영향을 받지 않는 방법이다. 이때서야 그는 자신의 허기를 제대로 인식하게 되었다. 그는 오로지 빠르게 씹고 싶다는 생각밖에 없다. 치아가 움직이는 속도가 위장의 공허감이 퍼지는 속도를 따라잡지 못한다. 급히 먹다 목이 막히면 술을 한 모금 마신다. 이 술은 향기롭고 독하지 않았다. 라오거는 느긋하게, 미소 지으며 그를 바라보고 있다.

"참."

라오다오는 배가 반쯤 찼을 때 방금 있었던 일이 떠올랐다.

"오늘 연설한 사람은 누구죠? 얼굴이 눈에 익은데요."

"텔레비전에 자주 나오니까 익숙할 거야. 우리 부서의 최고 책임자지. 대단한 노인네라네. 실무를 전부 장악하고 있거든. 이 도시의 운영 업무는 다 그 사람이 결정하는 거야."

"오늘 쓰레기 처리 자동화가 어쩌고 하던데요. 정말 그렇게 바뀔까요?"

"그건 예측하기 쉽지 않아."

라오거가 술을 들이켜고 트림을 했다.

"내가 보기에는 실행하기 힘들지. 중요한 건 말일세, 맨 처음에 왜 인간의 노동력으로 쓰레기를 처리하게 되었는지를 알아야 해. 사실 그 당시 상황은 20세기 말의 유럽과 비슷했어. 경제는 발전했는데 실업률이 상승했지. 돈을 잔뜩 찍어내도 소용이 없었어. 필립스 곡선이 들어맞질 않았단 말이야."

그는 라오다오의 멍한 표정을 보더니 킬킬 웃었다.

"뭐, 이런 이야기는 잘 이해되지 않겠지."

그와 라오다오는 술잔을 부딪치고 동시에 술을 목구멍으로 넘겼다. 그런 다음 라오거가 다시 말을 이었다.

"어쨌든 실업은 자네도 알 거야. 인간 노동력의 임금은 점점 높아지고, 기계 노동력의 가격은 떨어지고 있어. 언젠가는 기계가 인간 노동력보다 저렴해지는 순간이 올 걸세. 그러면 생산력이 높아지고 GDP도 올라가는데 실업률 역시 높아진단 말이야. 어떻게 해야 할까? 정책으로 보호? 복지 증진? 공장의 이익을 보전해줄수록 노동자들을 더 고용하지 않으려고 할걸. 지금 이 도시 바깥에 가서 살펴보게. 반경 몇 킬로미터나 되는 공장 지구에 사람은 몇 명 없어. 농장도 그렇지 않나? 면적이 수천 에이커나 되는 대규모 농장인데 전부 기계로 농사짓고 사람은 몇 명 없어도 잘 돌아가지. 우리가 어떻게 서구 사회를 따라했을까? 바로 이런 규모화로 한 것 아닌가? 하지만 문제는 땅을 비우고 사람이 남아도는데 이 많은 사람이 무슨 일을 할 거냐는 거지. 서구권에서는 개인의 노동시간을 강제로 줄여서 일자리를 늘렸네. 그러나 그렇게 해서는 활력이 없어. 알겠나? 제일 좋은 방법은 어떤 사람들의 생활시간을 철저히 줄이고, 그런 다음 그들에게 할 일을 찾아주는 것이었지. 이해하겠나? 밤 시간에 사람들을 몰아넣었다는 말이야. 이 방법의 좋은 점 중 하나가 뭘까? 인플레이션 상황이 사회 하층계급 사람들에게는 전달되지 않는다는 거야. 돈을 찍고 돈을 쓰는 일은 전부 대출을 감당할 수 있는 사람들이 소화하지. GDP는 올라가지만 사회 하층의 물가는 오르지 않아. 사람들은 그런 것을 전혀 알지도 못할 거라고."

라오다오는 알 듯 말 듯 했다. 그러나 라오거의 말투가 신랄하고 차갑다는 것은 느낄 수 있었다. 라오거는 희극적인 말투를 유지했지만 말하는 내용은 전혀 우스운 것이 아니었다. 오히려 자신의 어조가 너무 직설적으로 들릴까봐 일부러 그렇게 말한 것이다.

"말하다보니 좀 차갑게 들리는군."

라오거 스스로 인정하기도 했다.

"그렇지만 정말 이렇게 돌아가는 일이야. 내가 이곳에 살기 때문에 이곳 입장에서 말하는 것은 아닐세. 하지만 이 나이가 되고 보니 사람이 무뎌지는군. 바꿀 수 없는 일이 이렇게나 많은데, 그렇구나 하며 지나갈 수밖에 없는 걸세."

라오다오는 라오거의 말을 조금 이해할 듯했다. 그러나 뭐라고 말하면 좋을지 알 수 없었다.

둘 다 약간 취했다. 둘은 술기운을 빌려 어릴 적 이야기를 잔뜩 나눴다. 어릴 때 먹던 음식, 학교에서 싸운 일 등등. 라오거는 쏸라펀과 처우더우푸臭豆腐*를 좋아했다면서, 제1공간에 와서는 오랫동안 그런 음식을 먹지 못해 생각이 많이 난다고 했다. 라오거는 자신의 부모님에 대해서도 이야기했다. 그들은 여전히 제3공간에서 살고 계신다. 그가 자주 가서 뵙지 못한다. 매번 제3공간으로 갈 때마다 보고서를 올리고 신청을 해야 하므로 너무 번거롭기 때문이다. 그는 제3공간과 제1공간 사이에는 국영 통로가 있어서 특수한 신분의 사람들이 그 통로를 통해 오간다고 했다. 그는 라오다오에게 부모님께 뭘 좀 전해드렸으면 좋겠다고 부탁했다. 평소 자주 가지 못하는 자신의 죄송한 마음을 대신해서 말이다. 라오다오도 자신의 고독했던 어린 시절에 대해 이야기했다.

황혼의 전등 불빛 아래 라오다오는 과거를 떠올렸다. 혼자서 쓰레기 처리장 주변을 맴돌던 모든 시간들을.

어느덧 밤이 깊었다. 라오거는 밤 시간에 연회장의 배치를 둘러보러 가야 했다. 그는 다시 라오다오를 데리고 아래층으로 내려갔다. 아래층은 아직 끝나지 않은 댄스타임의 막바지였다. 둘씩 짝지은 남녀가 댄스플로어 가운데를 지나간다. 라오거는 기업가들 대부분이 정력이 왕성하여 자주 새벽녘까지 지치지도 않고 춤춘다고 귀띔했다. 연회가 모두 마무리된 시간, 홀은 잔뜩 어질러졌다. 화장을 지운 여자 같았다. 라오거는 로봇들이 엉망이 된 연회장을 하나하나 정리하는 것을 지켜보았다. 그가 웃으면서 이게 제1공간에서 유일하게 진실한 순간이라고 웃음기 섞어 말했다.

라오다오는 시간을 확인했다. 전환까지는 세 시간이 남았다. 마음을 다잡았다. 이제 가야 할 시간이다.

---

* 발효시킨 두부. 고약한 냄새가 난다.

5

백발의 연설자는 만찬회 이후 사무실로 돌아가서 몇 가지 서류를 처리한 뒤 유럽과 영상통화도 마쳤다. 12시가 되자 그도 피로를 느꼈다. 안경을 벗고 코뼈 양쪽을 지압하며 귀가하려고 마음을 먹었다. 그는 한밤중까지 일할 때가 많았다.

그때 전화가 울렸다. 수신기를 누르자 전화를 건 사람은 비서였다.

회의 연구팀에서 문제가 벌어졌다. 이미 인쇄를 마친 회의 선언문에 수치상 오류가 있는 것을 오늘 낮에 누군가 발견했다. 선언문은 회의 둘째 날에 전 세계에 공표될 예정이다. 그러니 회의 준비팀에서는 선언문을 새로 인쇄해야 할지를 묻는다. 백발노인은 바로 허가했다. 이 일은 큰일이라 절대 오류가 있어서는 안 된다. 그는 선언문을 맡은 책임자가 누구냐고 물었고, 비서는 '우원 주임'이라고 답했다.

백발노인은 소파에 기대 잠깐 눈을 붙였다. 새벽 4시, 전화가 다시 울렸다. 인쇄가 마무리되려면 1시간은 더 걸릴 것이라는 보고였다.

그는 몸을 일으켜 창밖을 바라보았다. 밤이 깊어 거리는 조용했다. 칠흑 같은 밤하늘에서 오리온자리의 밝은 별이 조용히 빛나고 있다.

오리온자리의 밝은 별이 거울 같은 호수에 비친다. 라오다오는 호숫가에 앉아서 전환이 시작되기를 기다렸다.

그는 밤 깊은 공원을 바라보며 이런 풍경을 보는 것도 이번이 마지막이 아닐까 추측했다. 풍경에 미련을 느끼거나 가슴 아픈 것은 아니었다. 이곳이 아름답기는 하지만 그와는 아무 상관도 없는 장소다. 그는 부러워하거나 질투하지 않았다. 그는 이 경험을 간직하고 싶다는 생각을 할 뿐이다. 이곳의 밤 시간에는 불빛이 적다. 제3공간에 널린 네온사인보다 훨씬 적었다. 건물들은 깊고 고른 숨소리를 내쉬며 잠들어 있다. 고요하고 평온하다.

새벽 5시. 비서가 다시 전화를 걸었다. 자료 인쇄는 다 끝났지만 아직 인쇄소에서 출발하지 않았다고 보고했다. 비서는 전환 시간을 조금 미룰지 묻기 위해 전화를 한 것이었다.

백발노인이 단호하게 대답한다. 멍청한 소리를 하는군, 당연히 미뤄야지!

새벽 5시 40분. 인쇄된 자료가 회의장에 도착했다. 하지만 3000석의 회의장 좌석에 하나씩 배부하는 일이 남았다.

라오다오는 희끄무레한 새벽빛을 바라보았다. 이 계절에는 6시면 아직 날이 밝지는 않지만 어렴풋한 서광은 볼 수 있는 시간대다.

그는 준비를 단단히 하고 휴대전화의 시간을 계속 확인했다. 하지만 이상하게도, 6시까지 2분도 채 남지 않았는데 아직도 아무런 전환의 움직임이 없다. 그는 제1공간의 전환은 훨씬 더 안정적이고 부드러운가보다고 추측했다.

새벽 6시 10분, 자료 배부가 끝났다.

백발노인이 그제야 긴장을 풀고 전환을 시작하라는 명령을 내렸다.

라오다오는 지면이 움직이는 것을 느꼈다. 그는 일어서서 좀 뻣뻣해진 손발을 풀고 조심스럽게 지면 가장자리로 다가갔다. 땅이 갈라진 틈이 점점 벌어지고, 틈 양쪽이 동시에 위로 치솟는다. 그는 그중 한쪽의 경계면 위로 이동해 뒤로 움직였다. 발을 뻗어 깊이를 가늠하면서 손으로는 지면을 붙잡고 내려간다. 대지가 뒤집히기 시작했다.

6시 20분. 비서가 긴급 전화를 걸었다. 우원 주임이 실수로 중요한 문서가 든 자료 키를 회의장에 놓고 왔다는 것이다. 로봇이 자료 키를 버리기라도 하면 큰일이라 당장 가서 찾아와야 했다.

백발노인은 화가 났다. 그러나 어쩔 수 없이 전환을 멈추고 원래 상태로 되돌려야 했다.

라오다오는 지반의 단면 위를 천천히 움직이는 중이었다. 갑자기 대지의 이동이 멈추고 반대 방향으로 돌았다. 벌어진 땅이 도로 합쳐진다. 라오다오는 깜짝 놀라 황급히 위를 향해 기어올랐다. 그는 굴러떨어질까 겁내며 손과 발을 다 써가면서 기었다. 몹시 조심스러웠다.

땅이 원래대로 합쳐지는 속도는 그의 상상보다 빨랐다. 그가 지표 가까이 기어올랐을 때 땅은 이미 합쳐졌다. 그의 한쪽 다리가 땅 사이에 끼었다. 진흙이어서 근육을 다치거나 뼈가 부러질 정도는 아니었지만, 그래도 눌리는 힘이 굉장히 강했다. 라오다오는 몇 번이나 다리를 빼내려고 애썼지만 잘 되지 않았다. 그는 속으로 '망했다'는 소리를 되뇌었다. 정수리에서 걱정과 고통으로 인한 땀이 줄줄 흘러내렸다. 다른 사람에게 발견될까?

라오다오는 땅에 납작 엎드려 주변의 소리에 귀를 기울였다. 급히 다가오는 발소리를 들은 듯했다. 그는 경찰에게 체포되는 상상을 했다. 땅에 낀 다리는 잘라버린 후 상처 입은 그대로 감옥에 처넣어지는 장면이 떠올랐다. 그는 자신의 신분이 언제 들통난 것일까 생각했다. 그는 초록빛 잔디가 덮인 진흙 위에 엎어져 아침 이슬의 차가움을 느꼈다. 습기가 목 주변의 옷깃과 소맷부리를 타고 그의 몸에 파고든다. 차가움에 정신이 좀 드는 것도 같았지만 다시 저도 모르게 몸을 떨었다. 속으로 다양한 생각을 했다. 이 상황이 단순한 기술적 고장

이기를 바랐다. 그는 혹시 붙잡힌다면 뭐라고 진술해야 할지도 생각했다. 28년간 근면성실하게 일한 점을 내세워 동정을 사는 것은 어떨까? 그는 자신이 재판에 회부될지도 모른다고 생각했다. 운명이 저 앞에서 점차 다가오고 있었다.

운명이 눈앞에 왔다. 지난 48시간 동안 겪은 일을 회상하니 가장 인상 깊었던 순간은 마지막 밤 라오거가 했던 말이었다. 그는 자신이 어떤 진실에 가까워졌다고 느꼈지만, 결국 운명의 실루엣을 보고 말았다고 생각했다. 그러나 그 실루엣은 너무도 멀고 차갑고 아득해서 닿을 수 없는 것이었다. 이 모든 것이 무슨 의미인지 이해할 수 없었다. 어떤 사실을 분명히 알게 되었지만 그것을 바꿀 수 없다면 무슨 의미가 있을까? 그는 제대로 명확하게 보지도 못했는데. 운명은 그에게 우연히 모습을 드러낸 구름과 비슷했다. 그것은 잠깐 모습을 드러냈다가 홀연히 사라졌다. 그는 자신이 여전히 숫자라는 것을 알았다. 5128만, 이 숫자 속에서 그는 단지 평범한 하나다. 만약 공교롭게 5000만에 속하는 것도 아니라 128만 중의 하나로 태어나 반올림을 당한다면 존재한 적도 없는 것처럼, 한줌 흙만도 못했을 것이다. 그는 땅 위에 돋아난 풀을 쥐었다.

6시 30분. 우원이 자료 키를 되찾았다. 6시 40분. 우원이 자기 방으로 돌아왔다.

6시 45분. 백발노인이 피로에 짓눌려 사무실의 간이침대에 누웠다.

지령이 내려졌고 세계의 톱니바퀴가 천천히 돌아간다. 책상과 티테이블의 표면에 투명한 플라스틱 덮개가 생성되고 모든 물품이 고정된다. 간이침대에서 최면 가스가 분출되면서 주변을 감싼다. 그런 다음 바닥에서 떨어져 대지가 뒤집히는 동안에도 침대는 바구니처럼 줄곧 수평을 유지한다.

전환이 다시 시작된다.

라오다오는 30분의 절망 후에 돌연 한 줄기 희망을 찾았다. 대지가 두 번째로 움직이기 시작했다.

그는 당장 온힘을 다해 긴 다리부터 빼냈다. 땅이 충분한 높이까지 올라간 다음에야 다시 단면으로 내려갔다. 그는 더욱 조심스럽게 철수했다. 혈액순환이 재개된 종아리에서는 찌르는 듯하면서도 간질거리는 통증이 일었다. 통증은 그의 마음을 어지럽혔고 마음이 안정되지 않아 몇 차례 넘어질 뻔했다. 견디기 힘들 만큼 아팠지만 그는 주먹 쥔 손을 깨물면서 통증을 참아야 했다. 그는 넘어졌다가 일어나고, 또 넘어졌다가 일어났다. 각도가 급속히 변화하는 땅의 단면에 매달려 힘겹게 균형을 유지해야 했다.

그는 자신이 어떻게 다친 다리로 건물 위층까지 올라왔는지 기억하지 못했다. 친텐이 문을 열어주었을 때 자신이 기절한 것만 기억났다.

제2공간에서 라오다오는 열 시간을 잤다. 친텐이 의대 친구를 데려와 그의 다리 상처를 돌봤다. 근육과 연조직이 큰 면적으로 손상되었다. 한참 동안 걷는 데 지장이 있겠지만, 다행히 뼈는 부러지지 않았다. 그는 깨어난 후 이옌이 준 편지를 전했다. 친텐은 행복해하면서도 실망한 표정을 지으며 아무 말도 하지 않았다. 그는 친텐이 앞으로 오랫동안 요원한 희망 속에 빠져 있을 거라고 생각했다.

다시 제3공간으로 돌아왔다. 그는 자신이 한 달 정도 떠나 있었던 것처럼 느껴졌다. 도시는 여전히 느리게 깨어났다. 도시 거주민은 늘 그랬듯 평범한 수면을 거쳤을 뿐이다. 하루 전의 시간이 다시 이어진다. 누구도 라오다오가 나갔다 돌아온 것을 알지 못한다.

그는 거리의 음식점이 문을 열자마자 첫 번째 손님으로 플라스틱 탁자에 앉았다. 그는 볶음국수를 주문했다. 평생 처음으로 고기를 추가한 볶음국수였다. 이번 한 번뿐이야. 나의 노고를 위로하는 셈이지. 라오다오는 그렇게 생각했다. 그런 다음 라오거의 집으로 갔다. 라오거의 부모님에게 약을 두 상자 전해드렸다. 노인 두 분은 이제 거동도 좀 불편한 상태였다. 무뚝뚝한 어린 아가씨가 집에서 그들을 간호하고 있다.

그는 다친 다리를 질질 끌면서 집으로 돌아갔다. 건물 복도는 막 잠에서 깨어 세수하고 양치질하는 소리, 화장실 물 내리는 소리 등으로 시끄러웠다. 부스스한 머리카락에 흐트러진 잠옷 차림으로 문 안팎으로 오가는 사람들이 보였다. 그는 한참을 기다려서야 엘리베이터를 탈 수 있었다. 자기 집이 있는 층에 도착해서 맨 처음 들은 것은 다투는 소리였다. 자세히 들어보니 옆집 여자 란란闌闌과 아베이阿貝가 집세 걷는 할머니와 싸우고 있었다. 이 건물은 정부의 임대주택이지만 단지별로 집세를 수금하는 대리인이 있다. 건물별로, 또 층별로도 대리인이 따로 있다. 저 할머니는 이 층에서 오래 살아온 거주민으로, 아들은 어디로 갔는지 모른다. 비쩍 마른 할머니는 혼자서 살고 있다. 아무와도 왕래하지 않는 그 집 문은 항상 꼭 닫혀 있다. 란란과 아베이는 이 층에 새로 온 거주민이다. 옷을 파는 일을 한다. 아베이의 높은 목소리가 쩅쩅 울린다. 란란은 아베이를 말리려고 했지만, 아베이는 도리어 란란을 나무랐다. 란란은 울어버린다.

"우리는 계약서대로 하는 거요."

할머니가 벽 위의 모니터에서 움직이는 계약서 내용을 손가락으로 콕 짚으며 말했다.

"나는 평생 거짓말을 모르는 사람이우. 계약서라는 게 뭔지는 아는지 모르겠구먼. 가을 겨울에는 난방비를 10퍼센트 추가로 받는다고 계약서에 똑바로 적혀 있잖우."

"무슨 근거로? 무슨 근거냐고!"

아베이가 턱을 치켜들며 거칠게 머리를 빗어 넘겼다.

"당신 꿍꿍이를 우리가 모를 줄 알았어? 우리가 출근하고 나면 난방기를 다 끄잖아! 당신은 나중에 전기 사용료에 기준해서 돈을 내니까 우리가 당신한테 난방비를 공짜로 주는 셈이지. 누굴 속이려 들어! 퇴근해서 집에 오면 집이 얼음장이야. 우리가 새로 왔다고 쉽게 속을 줄 알았어?"

아베이의 목소리는 날카로워서 공기에 예리한 금을 남겼다. 라오다오는 아베이의 얼굴을 쳐다보았다. 젊고 충만하여 의지로 가득한 얼굴은 아름다웠다. 그녀와 란란은 라오다오를 많이 도와주었다. 그가 집에 없는 사이에 그들이 탕탕을 봐준 적도 많았다. 라오다오에게 죽을 끓여 나눠준 적도 있었다. 그는 돌연 아베이가 싸우지 않기를 바랐다. 이런 사소한 일을 잊어버리고 더 싸우지 않기를 바랐다. 그는 아베이에게 여자라면 마땅히 얌전히 앉아서 치마가 무릎 위를 곱게 덮도록 해야 한다고 말하고 싶었다. 살짝 미소 지으면서 예쁜 치아를 드러내고, 나긋나긋하게 말해야 사랑받는다고 말하고 싶었다. 그러나 그는 아베이에게 필요한 것이 그런 것이 아니라는 것도 잘 알았다.

라오다오는 옷 안감에서 1만 위안 지폐 한 장을 꺼내 느릿느릿 할머니에게 건넸다. 할머니는 눈을 커다랗게 떴고, 아베이와 란란도 넋이 빠진 듯했다. 라오다오는 설명하고 싶지 않았다. 손을 흔들고는 자기 집으로 들어갔다.

침대 속 탕탕이 막 잠에서 깨어 잠기운이 담긴 눈을 데굴데굴 굴리고 있다. 탕탕의 얼굴을 보니 그는 하루 동안의 피로가 싹 사라지는 것을 느꼈다. 쓰레기 처리장 입구에서 탕탕을 처음 안아 올렸던 순간을 떠올렸다. 탕탕의 작고, 더럽고, 울다 지친 작은 얼굴이 생각났다. 그는 탕탕을 데려온 것을 후회하지 않았다. 탕탕이 웃었고, 자그만 입술을 오물거렸다. 그는 자신이 행운아라고 생각했다. 다리는 다쳤지만 체포되지도 않았고 돈을 벌어 돌아왔다. 그는 탕탕이 얼마나 더 커야 노래와 춤을 배울지, 멋진 아가씨가 될지 궁금했다.

그는 시간을 확인했다. 출근해야 할 때였다.

현의 노래

弦歌

1

  광장, 황혼. 피로한 연주.

  하늘은 고요하고 광활하다. 황금색 구름 조각이 한 줄기, 한 줄기 하늘가에 배열되어 있다. 석양빛이 '둥지'의 끄트머리를 비춘다. 거대한 철골 구조는 햇빛을 받아 명암의 대비가 선명하다. 서쪽은 밝고 동쪽은 어둡다. 강렬한 대비는 군데군데 녹슨 거대한 구조물을 더욱 웅대해 보이게 한다. 정말로 마른 나뭇가지를 엮어 절벽에 주조한 황폐한 새 둥지 같다. 대규모 피난민이 빽빽하게 들어찬 오래된 종합경기장은 비애감을 풍긴다. 1악장인 장송곡의 애도 정서와 너무도 잘 어울리는 분위기다. 장소와 음악이 서로 보완하면서 상생한다.

  연주회는 평온하고 별일 없이 흘러갔다. 이번 연주회가 우리의 121번째 연주회다. 연주자들의 연주는 격정이 부족하고 청중은 한 귀로 듣고 한 귀로 흘린다. 모두 근심이 첩첩이기 때문이다. 새로운 곡이라 해도, 말러 2번 교향곡 같은 격정적인 곡이라 해도 대부분의 사람이 맑은 정신을 유지하기는 힘들 것이다. 반복은 사람들을 마비시킨다. 최초의 포성이 울렸을 때쯤, 무대 아래 누군가는 잠들어 있었다.

대부분은 공격에 아무런 방비도 없었다. 당시 나는 무대 위에서 무대 아래의 청중을 보고 있었다. 그건 내 습관이다. 아이들은 어머니 품에서 빠져나가 놀고 싶어하고, 어머니는 허락하지 않는다. 어머니들의 팔은 아이를 품에 꽉 안고 놓아주지 않는다. 어머니들은 무대를 응시하지만, 그들도 음악을 듣는 것은 아니다. 시선을 이리저리 움직이며 불안해한다. 두건으로 이마의 피곤한 주름을 가리고 있다. 당연한 일이다. 이런 시기에 「부활」을 연주한다는 것은 좋은 생각이 아니었다. 원래부터도 어렵고 애매하며, 규모는 큰데 무겁기만 한 작품이 아닌가. 이런 시기에 연주해서는 사람들의 관심을 끌기 더욱 어려운 곡이다. 지휘자를 제외하면 모두들 연주에 마음을 쏟지 못하고 있다. 나 역시 그랬다.

5악장이 반쯤 진행되었을 때, 멀리서 콰르릉하는 포성이 울려서 교향곡과 뒤섞였다. 그 순간에는 다들 음악의 효과음이라고 생각했을지도 모른다.

쾅! 쾅쾅! 그 효과음은 몹시 괴이했다. 나지막한 음악과 맞물려 사람의 마음을 뒤흔든다. 무대 위아래 할 것 없이 멍하니 한순간을 보냈다. 그리고 그 순간이 지나자 자기가 무슨 소리를 들었는지 알아차린 사람이 나왔다.

누군가 일어서서 고함을 치며 먼 곳을 손가락질했다. 사람들은 경악하여 뒤쪽을 돌아보았다. 삼림공원 쪽에서 보일 듯 말 듯 불빛이 어른거린다. 모두 잠시간 의심을 품는다. 아무도 말하지 않고 서로 얼굴을 마주보며 손으로 어깨를 꼭 감싸 안을 뿐이다. 멀리서는 불길만

볼 수 있을 뿐 사람들이 도망치는 것은 보이지 않는다. 공기는 여전히 조용하다. 연주는 여전히 이어진다. 소프라노가 유일한 목소리다. 주변은 점점 더 고요해진다.

잠시 후, 폭풍이 전해진다. 폭발과 연소로 인해 밀려오는 열풍, 뜨거운 공기가 압축과 팽창, 다시 압축을 거쳐 길고 날카로운 소리를 뿜으며 황혼의 냉기를 파고든다. 멀리서 우리 몸 바로 옆으로. 멀리서 시작된 폭풍은 연약하지만 폭력적이었으며, 쉼 없는 움직임이 섞인 물줄기가 된다. 먼 곳의 폭발음은 먹먹하다. 억눌린 고통을 담고 있다. 그 소리는 모호할수록 사람을 공포에 빠뜨린다. 사람들이 도망치기 시작했다. 소리를 지르고, 당황하고, 혼란에 빠진다. 공격이 우리 쪽으로 이동하고 있다는 증거도 없이, 사람들은 아무것도 돌보지 않고 남쪽으로 밀려갔다. 서로 밀쳐대면서 큰 물줄기로 섞여든다. 넘어진 사람과 아직 움직이지 않는 사람을 뛰어넘어 달려간다. 방금 아이를 안고 있던 어머니는 날갯죽지 아래 병아리를 숨긴 어미 닭 같다. 아이를 자기 몸 옆에 딱 붙인 채, 왼손으로는 아이를 붙들고 오른손은 아이 앞을 막듯 내밀고서 달려간다. 아이가 따라오지 못하고 이리저리 치이며 비틀거리자, 어머니는 주위 사람들을 떠밀면서 막아낸다. 폭발 때문에 어미 소처럼 놀라운 힘이 솟아나는 것 같다. 날카로운 비명이 계속 고막을 때린다.

우리는 연주를 계속하고 싶었다. 그러나 충격 때문에 곡이 엉망진창이 되었다. 바이올린은 클라리넷 소리를 듣지 못했고, 팀파니는 들어갈 곳을 틀렸으며, 도망치던 사람들 중 누군가 콘트라베이스 쪽으로 넘어지는 바람에 악기가 부서지는 소리가 났다. 연주자들도 공포를 느꼈다. 현악기는 활을 비비지 않아도 저절로 떨리는 소리를 냈다.

오로지 지휘자만 어떻게든 오케스트라의 안정을 유지하려고 무진 애를 썼다. 그러나 지휘자가 아무리 노력한다 해도 우리는 부활하지 못할 것이다.

불길의 주황빛 속에서, 우리는 연주를 포기했다. 하늘가의 색깔은 석양과 더불어 주황색에서 황금색으로, 이어 깊은 파란색으로 융합되었다. 우리는 청중들과 함께 도망치지 않고 무대에 앉아 있었다. 마지막 악기가 철수하기까지 기다려야 했다. 아무도 입을 열지 않았다. 정적이 내려앉은 세상, 우리 귀에는 고함소리나 울음소리가 들리지 않았다.

사람의 강물이 우리 곁을 흘러가고, 무대는 고장 난 선박 같았다. 우리는 악기들 틈에 앉아서 도망치는 사람들을 바라보았지만, 그들은 우리를 보지 않는다. 지금까지의 경험으로 볼 때 이번 공격은 격렬한 편도 아니었다. 하늘가의 색조가 점점 옅어진다. 그것은 불길이 약해지고 있다는 뜻이다. 공격은 일찌감치 멈췄을 가능성이 높다. 그러나 사람들의 도주는 멈추지 않았다. 광장에선 사방팔방 모여든 난민들이 이리저리 뛰어다녔고 '둥지'에 파고들었다. 놀라서 무서운 기억이 떠올라 숨을 곳을 찾는 것 같다. 나중에 알게 된 사실이지만, 그 공격은 해군의 숨겨진 지휘부가 폭격당한 것이었다. 지금까지 그랬듯 몹시도 정확했다. 절대 예정된 것 이상의 공격이나 죽음은 없다. 폭격의 불길은 삼림공원 바깥으로는 전혀 번지지 않았다. 그날 우리는 안전했다. 그러나 그 순간에는, 그런 공포에 질리고 딱딱하게 굳어버린 얼굴을 보면서는, '여러분이 도망치는 것은 과장된 대응'이라고 말할 수 있을 리 없다.

옛말에 '연주가 끝나면 사람들이 흩어진다'고 했다. 엉망이 된 무대에는 음악소리의 파편들만이 나뒹굴고 있다.

공격자는 시종 모습을 드러내지 않았다. 저녁빛이 갈수록 짙어질 때가 되어서야 나는 전투기의 그림자를 발견했다. 납작한 모양의 세모꼴 기체 네 대가 짙푸른 밤하늘을 가르며 지나갔다. 전투기가 남긴 번쩍이는 광선이 육안으로 보이지 않는 성층권의 고도로 사라졌다.

이 전쟁이 3년째로 접어들면서 우리의 연주는 의무가 되었다. 언제부터였는지는 정확히 기억나지 않지만, 인류는 강철족 외계인이 오래된 도시나 예술과 관련된 장소는 파괴하지 않는다는 것을 알아차렸다. 처음에는 추측에 불과했지만 조심스러운 실험을 거치면서 점차 사실로 증명되었다. 시골이나 소도시 사람들은 안전을 보장받기 위해 미친 듯이 오래된 유적지로 몰려갔다. 예술단체는 어느 틈엔가 방위 책임을 나눠 지기 시작했다. 매일 여러 곳에서 공연을 하며, 공연하는 곳으로부터 일정 반경 내에는 공격이 없다. 이것이 바로 우리의 공연이다.

강철족의 모성母星이 어디인지 아는 사람은 아무도 없다. 그들은 지구의 언어를 알지만 지구인이 그들을 이해하도록 허락하지 않았다. 아무도 그들이 어떤 생물인지를 이해하지 못한다. 침략은 3년밖에 되지 않았다. 썩은 나뭇가지가 쉽게 부러진다는 속담처럼 그들에게 이 전쟁은 너무도 손쉬웠다. 지구인들은 아무런 희망도 갖지 못할 정도로 철저히 패배했다. 저항의 움직임은 줄곧 있었지만, 사람들은 시간이 지날수록 절망할 뿐이었다.

탈영이 역병처럼 번졌다. 탈영병이 늘어날수록 탈영은 점점 더 많아졌다. 텔레비전 화면에 우연히 잡힌 외계인은 지구인보다 약간 더 큰 2미터에서 3미터 사이의 키에 강철로 된 유선형의 외양을 하고 있었다. 그들에게는 영원히 아무 표정도 떠오르지 않을 것 같은 냉혹함과 정확함만이 존재한다.

공포, 비분, 의심. 인류의 마음은 방황했고, 온갖 소문이 귓가를 떠나지 않았다. 강철족의 일거수일투족이 세상에 떠돌았다. 그들이 음악가 한 명을 납치했다는 소문이 들렸다. 뒤이어 그들이 역사박물관의 자료를 탈취했다거나 유적지와 미술관에서 사진을 찍었다는 이야기가 떠돌았다. 그들은 예술과 과학을 보호하고 연구하는 활동을 했다. 반면 저항하는 군대는 조금의 동정심도 없이 살육했다. 오로지 과학, 예술, 역사와 관련이 있는 단체에만 관용을 베풀었다. 이것이 강철족의 통일되고도 분열된 초상이었다. 한 얼굴은 잔인했고, 또 다른 얼굴은 관대했다. 사람들은 강철족이 표방하는 것이 폭력주의인지 문화주의인지 감을 잡을 수 없었다. 그들은 달에 거주했다. 달의 뒷면이 그렇듯, 그들은 영원히 정면으로 인류를 대하지 않는다. 인류는 추측만 할 뿐이고, 그런 추측을 하는 와중에 예술을 공연하면서 예술가들은 저도 모르게 슈퍼맨이 되었다.

이게 무슨 방위 체계인지 우리 자신도 설명하기 어렵다. 수동적이었지만 책임이 막중했다. 우리의 공연은 시종 엄숙했으나 예술의 의의는 잃어버렸다.

3년 사이 사람들의 열렬함도 현실적으로 바뀌었다. 전투를 격려하던 데서 생존과 타협으로 여론이 바뀌었고, 살아남기 위해 공부하는 데 열을 올렸다. 과학이나 예술을 배운다면 강철족이 인류를 좀 봐줄지도 모르는 일이 아닌가. 만약 얌전히 그들이 둘러싼 하늘 아래서 살아간다면, 꽤 괜찮은 삶일지도 모른다. 굴복하고 포기하기만 하면,

그들의 하늘 아래서 태평성대를 찬양한다면 말이다.

한편 누군가는 그것을 받아들이지 못하고 마음속으로 현실적이지 못한 마지막 환상을 품게 된다.

린林 선생님은 달을 파괴하려고 했다.

"선생님! 선생님!"

홀연히 목소리가 나를 침잠한 생각 속에서 현실로 되돌려놓았다. 나는 정신을 차렸다.

나나娜娜다. 막 협주곡 한 단락을 연주한 참이다.

"이 부분 연주 괜찮았어요?"

나나가 초조한 목소리로 물었다.

"응, 괜찮았어."

나는 조금 미안했다. 그녀의 연주를 거의 듣지 않았다. 어수선한 세상에서 집중하여 바이올린을 가르치는 일은 쉽지가 않다. 린 선생님은 그럴 능력이 있지만 나는 그렇지 못하다. 나는 기억의 얕은 층에 저장된 임시 녹음곡을 뒤졌다. 막 들은 단락의 연주로 보이는 것을 찾아냈다. 그러나 기억은 완전하지 않았고 선명한 대조가 어려웠다. 나는 어쩔 수 없이 이렇게 대답했다.

"잘했어. 지난주보다 나아졌구나. 다만 여전히 초조해하고 있어."

"그건 제가 연주하기 싫어서 그런 거예요. 선생님, 엄마한테 제가 바이올린을 배우기 싫어한다고 말씀 좀 해주시면 안 돼요?"

"왜 그러니?"

"알렉슨이 떠난대요. 다음 주에요."

나나가 툭 내뱉었다.

"어디로 가는데?"

"전에 말씀드리지 않았어요? 부모님을 따라 샹그릴라●에 갈 거래요."

"아, 그랬지. 내가 깜빡 잊었어."

나나가 말한 적이 있다. 그녀는 올해 열일곱 살이다. 알렉슨은 나나가 좋아하는 소년이다. 둘은 학교 친구였는데, 지난 2년간 휴교하면서 둘 사이의 감정은 오히려 더 돈독해졌다. 알렉슨의 집안은 눈에 띄는 세력을 갖고 있다. 강철족은 지구상에 그들의 통제센터를 몇 곳 설치했다. 지구에 침투하기 위하여 소수의 재력과 권력을 갖춘 사람들을 선정해 자신들의 괴뢰 통치자로 삼았다. 알렉슨의 집안도 강철족의 선택을 받았다. 그들은 낙원에 대한 오래된 신화와 하늘에서 내려온 정복자의 힘을 빌려 지상낙원으로 알려진 샹그릴라로 이주했고 인간의 왕이 되었다. 나나는 알렉슨과 함께 갈 수 없다. 그래서 크게 상심했다.

"선생님도 여자를 사랑한 적 있잖아요? 분명 제 마음을 이해하실 거예요. 그 애가 떠나면 뭘 배워도 의미가 제겐 없어요."

나나는 창밖을 우울하게 바라보았다. 세상의 분란이 그녀에게는 아무 소용도 없었고 두 사람의 사랑만이 중요했다. 그녀는 애초에 바이올린을 배우기 싫어했다. 단지 어머니의 강요로 배우는 것뿐이다. 그녀는 알렉슨과 함께 강철족의 관할지로 가고 싶었다. 그녀는 그를 사랑한다.

"선생님이 말씀해주시면 안 돼요? 바이올린을 배우지 않을래요. 전 떠나고 싶어요. 그 애가 절 데려갈 거예요."

나는 어떤 태도를 보여야 할지 알 수 없었다. 나나는 나를 믿는다. 어머니에게 말하지 않는 일도 말할 정도로 믿는다. 그러나 나는 이런

● 영국 소설 『잃어버린 지평선』에 묘사된 유토피아로. 소설에서는 가상의 지명이었으나 지금은 중국 윈난雲南성에 있는 현縣의 이름이 되었다.

믿음을 되돌려줄 수 없다. 나는 그녀 대신 어머니에게 사정을 이야기해주겠다고 약속할 수 있다. 하지만 방관자의 입장에서 볼 때, 나 역시 그녀와 알렉슨이 샹그릴라에서 행복하게 살 거라고 생각하지 않는다. 그러나 나에게는 그녀를 설득할 능력이 없다. 내가 설득해도 나나는 내 말을 믿지 않을 것이다.

강철족의 기호가 알려진 뒤 바이올린을 배우는 인구는 기하급수적으로 늘었다. 모든 부모가 모든 능력을 쏟아부어 자녀에게 몸을 지킬 수단으로 예술을 가르쳤다. 가정교사 일을 할 수 있는 연주자들은 일이 끊이지 않았다. 단독으로 수업할 수 없어서 네댓 명을 모아 작은 반을 꾸려 수업을 하는 바람에 좁은 집이 더 비좁아졌다.

다들 이랬다. 나는 점점 내 학생을 마주하기 어려워졌다. 이런 시기에, 이러한 생존을 위해 바이올린을 가르친다는 것은 견디기 힘든 기이한 책임감을 느끼게 한다. 마호가니 가구가 내 등 뒤에서 압박해오고, 보면대 위 악보에는 당황스러운 속도가 쓰여 있다. 창으로 스며들어오는 달빛은 사람이라면 누구나 알 만한 위협적인 색채를 띤다.

나나와 원원雯雯은 최근에 바이올린을 배우기 시작한 여자아이들이다. 나나는 배우기 싫어했지만, 원원은 누구보다도 바이올린을 배우고 싶어한다. 그녀의 어머니는 피란 중에 다리를 다쳤다. 원원만이 어머니가 쓰러지지 않고 버티는 이유였다. 어머니는 집안의 재산을 전부털어서 원원에게 바이올린을 가르친다. 앞으로 집안의 희망은 전부 원원의 가느다란 활에 달려 있는 듯하다. 원원은 누구보다도 더 열심히 바이올린을 배운다. 원원의 연주에는 다른 아이들에게 없는 고집스러운 경직성이 보인다.

"원원, 너는 긴장을 좀 풀어야 해. 손가락이 너무 굳어 있어."

원원은 얼굴이 새빨개져서 현을 잘 짚으려고 애를 썼다. 하지만 그럴수록 손가락은 더 굳고 더 긴장하게 된다. 긴장이 소리를 구속하고, 음정은 불안해진다. 현을 바꿀 때는 귀를 자극하는 소음이 들린다. 원원은 너무 진지하다. 진지함이 지나쳐서 반응이 느린 것이다.

"잠깐."

나는 그것을 교정해보려고 시도했다. 미소를 지으며 부드럽게 말했다.

"원원, 왜 매번 그렇게 긴장하는 거니? 아무 일도 없을 거야. 긴장할 것도 없고. 이렇게 해보자. 눈을 감고, 잠시 쉬었다가, 아주아주 평온한 상태로 연주하는 거야. 마음을 편안하게 갖고…… 준비가 되면 시작해. 자, 초조해하지 말고. 심호흡하고."

원원은 내 말대로 심호흡을 하고 눈을 꾹 감았다 떴다. 그러나 다시 연주를 시작하자마자 틀렸다. 원원은 내가 말하기도 전에 연주를 멈추고 다시 시작했다. 그러나 또 틀렸고, 또다시 시작했다. 하지만 이번에는 맨 첫 음조차 제대로 잡지 못했다. 원원은 눈을 감았다. 심호흡을 하고 눈을 떴을 때, 원원의 눈에는 눈물이 가득 차 있었다. 원원은 연주하려고 했지만 활이 너무나도 무거운 것처럼 보였다. 그녀는 팔을 들어 올렸다가 툭 떨어뜨렸다. 몸을 구부리고서 겁먹은 아기고 양이처럼 울었다. 그 애는 무서운 것이다.

내 마음도 그 애의 눈물을 따라 흘러내렸다. 그 애가 우는 소리 속으로 저는 잘해야 해요, 연주를 못하면 안 돼요, 어쩌면 좋아요 같은 소리가 드문드문 섞였다. 달빛이 창을 뚫고 방으로 들어와 웅크린 원원의 등줄기 위로 창백함을 흩뿌린다.

2

강철족은 도살하지 않는다. 단지 정확할 뿐이다. 우리는 수만 미터 위의 성층권에서 비행하는 강철족을 미사일로 요격할 수 없다. 반면 그들은 몹시 정확하게 지구의 통제기지를 폭격한다. 그들은 군사기지와 무장한 군대만 공격, 파괴했고 민간인은 전혀 손대지 않았다. 지휘관이 수없이 죽어나갔고, 수많은 고급 두뇌가 모래알처럼 흩어져 사라졌다. 통제기지를 옮겨도 소용이 없었다. 전자파를 이용해 뭔가를 제어하는 순간, 한밤중에 전등을 켠 것처럼 강철족은 쉽게 숨겨진 통제기지의 위치를 잡아냈다. 어떻게 숨든 어떻게 숨기든 그랬다. 지하실도 폭격을 피해가지 못했다. 지휘부가 연이어 파괴되면서 군대와 무기는 아직 있는데도 전투를 지휘하거나 상황을 제어할 인력이 점점 줄어들었다. 패배는 피할 수 없는 듯했다. 가끔 격정에 가득 찬 결의대회 등에서 하늘을 향해 주먹을 휘두르긴 했지만 어린아이 같아 보일 뿐이다.

실패는 숙명적인 듯했다. 이제 투항하느냐 마느냐만 남았다. 만약 투항한다면 그들의 뜻에 순종하며 인류는 존속할 수 있을 것이다. 그들이 인류를 멸절하려 한다는 조짐은 없었다. 그들이 저항군과 민간인을 대하는 태도는 천양지차였다. 목표는 오로지 지구에 대한 지배뿐이라는 듯, 저항하지 않는 한 살육하지 않는다. 심지어 원래 소유했던 토지 소유권, 재산권도 유지할 수 있었다. 그들은 정확하게 이겼고, 구분하여 이겼다. 모든 것이 분명했다. 투항은 최선의 선택이었다.

몇몇 소수의 사람이 결사의 각오로 마지막까지 저항해야 한다고 주장했다. 나치에 저항했던 파리의 레지스탕스나 청나라 군대가 점령

한 뒤에도 줄곧 활동했던 명나라 수복 단체처럼 말이다.

린 선생님은 저항자였다. 왜 린 선생님인지는 알지 못한다. 예전에 이런 날이 올 거라고 가정하고 내게 누가 저항자가 될 것인지 추측하라고 했다면, 나는 100명 정도 저항자라는 신분에 어울릴 사람을 떠올렸을 테지만 그 속에 린 선생님은 포함되지 않을 것이다. 그는 그냥 음악 교수였다. 곧 퇴직할 지휘과 교수일 뿐이었다. 내성적인 성격에다 어떠한 정치운동이나 시위에도 참가한 적이 없었다. 내가 아무리 여러 번 거듭해서 저항자가 될 사람을 추측했더라도 린 선생님을 떠올리지는 못했으리라. 린 선생님은 바이올리니스트 출신으로, 열 살 때부터 나를 가르친 은사였다. 오랫동안 내가 고전음악의 이상적인 본보기로 여겼던 분이다. 선생님은 음악에 푹 빠져 살았다. 인간세상보다 훨씬 드넓은 음악의 세계에 존재하는 분이었다. 집중하면서도 침묵하고, 사유는 깊고도 길었다. 선생님은 걱정이 있어도 절대 얼굴에 드러내는 법이 없었으며, 예순 살이 되어서도 여전히 배우고자 했다.

그러므로 나는 린 선생님이 달을 폭파하자는 제안을 할 거라고는 꿈에도 생각지 못했다.

"그런 것은 나중에 이야기하자꾸나. 일단 이것 좀 보렴."

린 선생님이 나를 창가로 데려갔다.

내가 선생님 댁에 가서 제일 먼저 한 일은 당연히 계획의 구체적인 내용을 묻는 것이었다. 하지만 린 선생님은 그것보다 더 중요한 일이라는 듯, 아무것도 이야기해주지 않은 채 나를 창가에 있는 사무용 테이블 쪽으로 인도했다.

나는 마음속의 의혹을 잠시 내려놓고 린 선생님을 따라 탁자에 흩어져 있는 종이와 악보 앞으로 갔다. 선생님이 가리키는 대로 빽빽하게 늘어선 숫자 위에 시선을 던졌다. 숫자들은 전부 분수였고, 마치 시와 같은 모습으로 나열되어 있었다. 어떤 행에는 숫자가 두세 개 적혔고, 또 다른 행에는 숫자가 딱 하나만 적혔다. 난삽하고 들쑥날쑥하면서도 나름의 규칙이 있었다. 종이의 다른 한쪽에는 드문드문 흩어진 음표가 동일한 배열로 숫자와 하나하나 대응하면서 나열되어 있다. 그 사이에는 영어 알파벳과 부호도 있었다. 마치 암호를 적어놓은 듯했다. 훑어보니 이런 종이가 탁자 위에 대여섯 장 더 있다.

"최근에야 알게 된 건데, 우주가 이렇게 많은 음표를 품고 있더군."

린 선생님의 목소리에 은은한 슬픔의 찬탄이 충만했다.

"우주의 모든 곳에 자연의 음악이 있다네. 좀더 일찍 알았더라면 좋았을 것을."

선생님이 사진 한 장을 건넸다. 사진은 나도 많이 보던 것이다. 컬러로 된 태양계 구조도다.

"이것 좀 봐. 태양계의 행성 궤도는 연결되어 있는 음이야. 각 궤도 사이의 차이값은 그 앞의 궤도 차이값의 두 배야. 이것을 현이라고 한다면 8도, 8도씩 높아지는 거지. 그리고 이것도 봐, 블랙홀 주변에서 발견되는 신호는 주기적인 신호인데 이것을, 뭐라고 했더라?"

린 선생님은 그렇게 말하면서 고개를 돌렸다. 선생님을 따라 나도 고개를 돌렸는데 그때서야 문을 등지고 놓인 소파에 한 사람이 앉아 있는 것을 발견했다. 나보다 한참 어려 보이는 남자다. 창문으로 들어온 빛이 그의 얼굴을 똑바로 비춘다. 머리카락이 짧고 삐죽삐죽 솟아 있다. 얼굴에는 가벼운 미소를 띠었고, 몹시 깔끔한 인상이었다. 린 선생님의 질문을 받은 그는 우선 나를 흘낏 보고 미안한 듯한 웃음을 지었다. 그런 다음 자연스러운 태도로 질문에 대답했다.

"준주기 진동이요."

"그렇지, 준주기 진동."

린 선생님은 말을 이어갔다.

"블랙홀 주변의 준주기 진동. 대개 두 개의 최고점이 있는데, 여기 흔히 보이는 공진 주파수• 2대 3은 도솔 5도 화음, 그 다음은 3대 4, 이건 도파 4도 화음이야. 최고의 화음이자 천연의 화음이지. 내가 지금 하려는 일은 바로 이런 절대 진동수를 상대적인 음높이로 바꾸는 걸세. 바로 이렇게."

선생님은 내가 방금 탁자에서 보았던 숫자와 음표가 그려진 종이를 집어 들었다.

"그런 다음, 이것을 주조 화음••으로 해서 곡을 쓰는 거야. 곡 제목은 「블랙홀」이라고 하네. 이름 역시 자연적이로군."

선생님이 나를 쳐다볼 때, 심오한 눈빛에 기대감과 열정이 가득했다. 그런 집중은 나이를 뛰어넘는 무언가를 전해준다. 낮은 목소리는 은은한 격동을 품고 있다.

"예전에는 이런 것을 잘 이해하지 못했지. 그건 정말 안타까운 일이야. 공명共鳴의 영향력이나 고조파••• 같은 것들 말일세. 알고 있나? 원래 우리 우주도 공명 현상 속에서 탄생했다네. 마치 장3화음의 자연적 공명처럼, 최초의 우주 역시 고조파 진동이 점점 더 강해져서 만들어진 거야. 얼마나 멋진가. 만약 이 모든 것을 거슬러 올라갈 수 있다

• 공진共振을 일으키는 주파수를 말한다. 공진은 공명 현상의 일종으로, 특정 진동수를 가진 물체에 동일한 진동수의 힘이 외부에서 가해지면 진폭이 커지면서 에너지가 크게 증가하는 현상이다.

•• 한 악곡 전체의 중심이 되는 가락.

••• 고조파는 반복파형을 구성하는 기본파 이외의 파동을 가리킨다.

면 얼마나 멋진 일일지. 우주가 탄생하는 그 순간으로 되짚어 가서, 그 순간의 진동수를 음표로 바꾼다면? 우주의 탄생을 악보로 번역하는 걸세. 가장 조화롭고 빛나는 화음으로. 얼마나 아름답겠나. 그 곡의 제목은 「우주진혼곡」이라고 해야겠어. 탄생과 불멸. 하지만 이제 그런 것을 배우기엔 내가 너무 늙었다네. 그렇지 않다면 치웨齊躍에게……."

린 선생님은 여기까지 말씀하시다가 갑자기 뭔가 생각난 것처럼 내 팔을 가볍게 쥐고 당기며 말했다.

"소개하는 걸 잊었군. 이쪽은 치웨라고 하네. 나에게 바이올린을 2년 정도 배웠지. 천체물리학을 연구하는 친구라네."

린 선생님이 소파를 가리켰다. 나는 드디어 치웨와 처음 정식으로 얼굴을 마주보고 섰다.

"반갑습니다."

그가 먼저 웃으며 손을 내밀었다.

"안녕하십니까. 천쥔陳君이라고 합니다."

내가 말했다.

린 선생님은 다시 설명을 이어갔다. 그가 연구하고자 하는 이론, 우주와 음악의 관계, 선생님이 완성하지 못한 웅대한 계획에 대해. 선생님은 엄숙하고도 열정 넘치게 한참을 이야기했다. 중요한 대목에서는 종이 위에 글씨를 쓰거나 그림을 그리기도 했다. 오선지를 가져와 음표를 그려 넣기도 했다. 이 모든 일이 선생님이 생각한 방법을 이해시키기 위한 것이었다. 설명을 계속할수록 선생님은 점점 몰입했다. 책상에 거의 엎드리다시피 해서는 글자를 썼다 지웠다 하고, 이따금 피아노 뚜껑을 열어 몇 마디를 연주하기도 했다. 미간을 찌푸렸다가 펴기를 몇 차례, 선생님의 설명이 막바지에 이르렀을 때는 이미 일상적으로 뵙던 '업무

상태'로 들어가신 뒤였다. 우리의 존재는 완전히 잊었다. 우리는 짙은 회색의 터틀넥 스웨터를 입은 선생님의 등이 구부정하게 책상 위를 덮고 있는 것을 보면서도 선생님 곁으로 다가가지 못했다. 선생님은 '달 계획'에 대해서는 일절 언급하지 않았다. 선생님이 나를 부른 원래 목적이 그것이었는데도 말이다. 선생님은 그 목적도 잊으신 듯했다.

선생님 댁을 나서면서 고개를 돌려 한 번 더 선생님 모습을 눈에 담았다. 선생님은 종이더미 속에서 뭔가를 찾고 있었는데, 그 동작이 민첩하고도 엄숙했다.

날은 이미 저물었다. 나는 치웨와 함께 계단을 내려갔다. 선생님 댁에는 엘리베이터가 없어서 우리는 계단을 빙글빙글 돌아 내려갔다. 치웨가 내 앞에서 걸었다. 저녁 햇빛이 비치는 계단참의 작은 창문이 그의 머리 위에 있어서 머리카락의 명암 대비가 강했다. 그는 주머니에 손을 넣고 경쾌하게 걸었다.

나는 갑자기 어떤 예감 같은 것을 느꼈다. 린 선생님의 계획은 분명이 청년과 밀접한 관련이 있다.

"치웨."

내가 그를 불러 세웠다. 치웨가 몸을 돌려 나를 쳐다본다. 표정이 미묘하다. 내가 무슨 말을 할지 대강 짐작하는 듯했다.

"린 선생님의 달 계획 말인데, 아는 게 좀 있나?"

"어떤 쪽으로요?"

"원리. 그건 자네가 확실히 알 거야, 그렇지? 성공할 가능성이 있는지 없는지 말 좀 해줘."

치웨는 잠시 말이 없다가 미소를 지으며 대답했다.

"니콜라 테슬라•가 이런 말을 했죠. '내가 원하기만 하면 지구를 반으로 쪼갤 수도 있다!'"

나는 망설이다 다시 물었다.

"그럼, 가능하다는 거지?"

그는 정확하게 대답하지 않았다. 대신 엄지손가락으로 뒤쪽을 가리키는 동작을 하면서 말했다.

"내일 별일 없으면 저희 연구소에 놀러 오세요. 보여드리고 싶은 게 있거든요."

그가 오늘 처음 만난 사이인 나를 그렇게 신뢰하는 것에 깜짝 놀랐다. 어쨌든 나도 그의 제안을 거절하지 않았다. 어두컴컴한 낡은 건물의 계단참에서 치웨의 얼굴은 생기가 넘쳤다. 코 아래는 그림자 때문에 잘 보이지 않았지만 눈만큼은 밝게 빛나고 있었다.

치웨의 연구소는 도시 외곽에 있었다. 규모가 컸다. 연구소 정원에는 거대한 오동나무도 있었다.

그런데 이렇게 조용할 거라고는 생각하지 못했다. 사람이라고는 보이지 않았다. 너무 조용해서 깊은 바위틈에 들어온 것 같은 적막이 흐른다. 나뭇가지가 바람에 흔들리는 소리가 차르르 울리자 적막감은 몇 배가 되어 사방팔방에서 내 몸속으로 침투하는 것 같았다.

연구소 건물로 들어갔는데도 마찬가지로 텅 비어 있었다. 복도의 대리석 바닥에 우리 두 사람의 모호한 회색 그림자가 비친다. 식당의 문은 굳게 닫혀 있다. 반면 사무실의 작은 문은 아무 때나 바람이 불면 열렸다 닫혔다 하면서 그 안의 커다랗지만 아무것도 없는 컴퓨터

• 미국의 전기공학자. 최초의 교류유도전동기와 테슬라 변압기 등을 만들었다.

책상과 책꽂이 등을 드러내 보인다. 복도 양쪽으로 배치된 게시판도 텅 비었다. 사막 같은 게시판 위에 메모꽂이만 몇 개 남아 있을 뿐, 글자 하나 없다. 우리의 발소리는 메아리가 되어 돌아온다. 가끔은 대형 슈퍼컴퓨터 설비가 배열된 방을 지나가기도 했지만 모니터에는 먼지가 뿌옇게 앉아 있다.

나는 연구소 넓이에 깜짝 놀랐지만 질문하지는 않았다. 치웨를 따라 아무도 없는 로비, 계단, 휴게실을 지나 건물 서편 꼭대기 층의 작은 사무실에 도착했다. 사무실은 커다란 통제구역에 포함된 곳으로, 통제구역은 먼지 한 톨 없이 깨끗했다. 황폐한 건물 전체에서 눈이 번쩍 뜨일 만큼 정리되어 있는 공간이었다. 매일 청소를 하는 사람이 있는 듯했다. 작은 사무실에는 검은색 나무 책상과 책장이 구비되어 있고, 커다란 창문도 있다. 시야가 넓어서 초원과 멀리 산까지 다 보인다. 책상에는 구식 스피커가 놓여 있다.

치웨가 컴퓨터를 켜자 여섯 개의 모니터가 동시에 켜졌다. 그는 익숙하게 일련의 프로그램을 열어 검은 바탕의 진동수 그래프를 보여주었다. 파란색 바탕의 창에는 데이터 좌표가, 그 외에도 컬러로 된 위성 구름 사진이 나왔다. 마지막으로 열린 창에는 바이올린과 피아노를 클로즈업한 사진이 나왔다.

"그거 알아요?"

기본 준비를 마친 치웨는 곧바로 설명을 하지 않았다. 컴퓨터 모니터를 한쪽에 밀어두고 그 옆의 사무용 책상에 앉아 말을 걸었다.

"내가 가장 존경하는 사람이 바로 테슬라예요. 정말 고집이 센 사람이죠. 심하게 고집이 셌어요. 그 사람이 발명한 물건이 뭔지 알면 깜짝 놀랄걸요. 교류 전류, 고압 전류 송신, 무선 전기 통신, X선 결상, 레이저 효과, 전자현미경 효과, 전파탐지기 원리, 컴퓨터 AND 게이트 이론 등등. 그는 평생 700가지가 넘는 발명을 했어요. 그중 어느 하나도 세상을 놀라게 하지 않은 게 없죠. 사실상 현대세계는 전부 그의 발명품에 의존해 만들어졌다고 해도 과언이 아닙니다. 테슬라의 발명품 없이는 세상이 돌아가지 않아요. 이게 딱 한 사람이 세운 업적이에요. 테슬라는 바로 그런 사람입니다."

치웨의 어조는 열정적이었고 의지로 충만했다. 그런 감정은 이해할 수 있다. 우리가 베토벤을 이야기하며 입에 침이 마르도록 칭찬을 거듭하고 진심어린 감탄을 할 때, 바로 이런 감정이 아니겠는가. 베토벤의 음악을 세상 모든 사람에게 들려주고 싶은 기분은 나도 느낀 적이 있었다.

"이제 진짜 이야기를 꺼내봅시다."

치웨가 화제를 바꿨다.

"테슬라는 아주 재미있는 사람이었어요. 어제 그 사람이 했다던 말을 기억하지요? 그 말은 이런 상황에서 나왔다고 해요. 진짜인지 가짜인지는 모르겠지만, 그는 건설 중인 고층 빌딩 꼭대기에 올라가서 작은 기진기起振機●를 강철 대들보에 얹었습니다. 그걸로 대들보의 공진을 일으켜 건설 노동자들을 깜짝 놀라게 만든 일이 있었습니다. 그는 이렇게 말했지요. '나에게 기진기 하나만 주면 지구도 반으로 쪼갤 수 있다!' 지렛대만 있으면 지구도 움직일 수 있다고 말한 아르키메데스의 말과 아주 비슷하죠? 다만 아르키메데스의 말은 비유에 불과했던 데 반해 테슬라의 말은 실현 가능성이 있다는 점이 다르죠."

● 외부에서 진동을 발생시키는 장치.

"그러니까, 공진으로 말이지?"

나의 물리학 개념은 아주 단편적이다.

"맞아요. 주파수가 같거나 배수가 되면 진동을 일으킬 수 있지요."

"진동을 일으키면 물체가 산산조각 날 수 있다고?"

"고체 저항력의 한계를 넘어서는 진동이 생기면 그렇게 되지요."

"그렇다면 린 선생님은 이런 원리로 달을 파괴할 계획인 건가?"

치웨가 고개를 끄덕였다.

"네. 하늘다리를 이용해서."

"하늘다리?"

나도 모르게 숨을 들이켰다.

다른 것은 몰라도 하늘다리는 나도 잘 알고 있다. 하늘다리는 나노미터 사다리다. 지구 표면에서 달 표면까지 연결되어 있다. 하늘다리를 통해 곧바로 구름 너머까지 올라갈 수 있기 때문에 '잭의 콩나무'라는 별명으로도 불린다. 하늘다리를 모르는 사람은 없다. 하늘다리가 완공되기 몇 년 전부터 언론에서 대서특필했다. 진행 과정을 몇 달씩 밀착 취재해 전 세계에 생방송으로 내보내기도 했다. 여러 국가가 협력 투자하여 진행한 프로젝트로, 수많은 기관이 공동 연구한 성과였다. 이 프로젝트에 여러 국적의 우주비행사가 참여해 물품 호송을 담당했다. 이것만 해도 관심을 받을 만한데, 하늘다리를 통해 앞으로 지구와 달 사이를 직접 연결한다는 가능성은 더 말할 것도 없다. 달의 광물을 지구로 운반하고, 지구는 달 기지의 연구원에게 필요한 생필품을 보낸다. 앞으로는 달에 실험기지, 발사기지, 거주구역 등을 건설할 예정이었다. 그러나 2022년 하늘다리 완공 후 2년 만에 강철족이 왔다. 그때 이후로 하늘다리와 관련된 모든 계획이 중지되었다. 치웨가 일깨워주지 않았다면 나도 완전히 잊고 있었을 것이다. 생존을 걱정하는 다른 지구인들이 하늘다리를 잊고 있는 것과 똑같다. 5년은 짧은 시간이다. 특히 지난 5년은 더 짧았다. 5년 전의 발사 장면이 아직 눈에 선한데, 5년이 지난 지금 지구는 이미 당시와는 천양지차다. 그 생각을 하니 번화했던 시절과 지금의 참상에 몸서리치게 가슴이 아팠다.

그러나 하늘다리를 이용해서 달을 파괴하다니, 어떻게 그게 가능한 것일까? 하늘다리를 기진기로 이용해서 달을 공진시키는 건가? 그건 너무 불가사의한 일처럼 들린다. 하늘다리가 아무리 튼튼하더라도 가느다란 나노 케이블에 불과하다.

"하늘다리는 아주 가늘어. 그걸로 달을 진동하게 하는 게 가능할까?"

"주파수. 공진 주파수만 찾아내면 진동을 훨씬 더 크게 확대할 수 있어요."

"그럼 하늘다리는 어떻게 진동하게 할 건데?"

"역시 똑같은 방법을 쓰는 거죠. 공진."

치웨는 그렇게 말하면서 어떤 영상을 재생했다. 나는 모니터를 응시했다. 영상이 재생되는 작은 창 중앙에 거대한 다리가 무너지는 장면이 나타났다. 해상도가 좋지 않은 데다 촬영 앵글이 크게 흔들리는 점으로 볼 때 아주 오래된 휴대용 촬영 장비로 찍은 영상이라는 것을 바로 알 수 있었다. 넓은 강줄기를 가로지르는 거대한 다리는 나무로 만든 것이었다. 바람이 불자 갑자기 흔들리기 시작하더니 다른 외부적 요인이나 손상 없이 점점 진동이 심해졌다. 다리 바닥이 진동하는 동안 위아래로 구부러지면서 일정하지 않은 곡면을 이루며 왜곡되었다. 다리 위의 도로는 고무찰흙처럼 구부러지더니, 진동이 최고조에 이르자 무너져 내렸다. 다리 바닥은 완전히 부서졌다. 미처 다리에서 빠져나가지 못한 차량은 강으로 떨어졌다.

"이건 1940년에 지어진 터코마내로스 다리Tacoma Narrows Bridge입니다. 800미터 폭에 바람으로 인한 진동이 가해진 게 원인이었죠. 여기를 보세요."

치웨는 그렇게 말하며 다른 영상을 재생했다. 거기서는 연결된 흰 구름 모양의 소용돌이들이 뒤로 움직이고 있었다. 영상으로 볼 때 흰색 소용돌이는 구름층의 일부인 듯하다. 원형 구역 뒤에서 형성되어 가지런히 배열된 소용돌이는 진동하면서 멀리 날아가는 중이다. 구름층 아래는 지구인데 파란색은 바다이고 흰색은 육지 산맥이다. 흰 소용돌이는 하늘 높이 늘어서 있다. 나는 이것이 무엇인지 모르지만, 전율을 느꼈다. 하늘에 사람들이 인지하지 못하는 이렇게 거대한 구조물이 있다니, 국가의 영역을 벗어날 정도로 넓은 범위에서 웅장하면서도 조용하게 펼쳐지고 한데 모였다가 다시 흩어진다. 하늘 아래의 모든 것은 이것에 비하면 언급할 가치도 없는 사소한 것으로 변했다.

"이것은 공기가 기둥 형태를 돌아 지나가면서 생기는 소용돌이예요. 진동하면서 앞뒤로 충격을 줍니다. 터코마내로스 다리는 바로 이것 때문에 무너졌어요. 테오도르 폰 카르만Theodore von Kármán이라는 사람이 발견했죠. 이 사람은 내가 두 번째로 존경하는 사람이에요."

나는 생각을 정리하면서 지금 들은 이야기의 논리성을 정리하려 시도했다.

"그러니까, 우리는 현을 튕겨야 해요."

치웨가 설명을 끝맺었다. 그의 마지막 말에 나는 돌연 린 선생님의 계획을 이해하게 되었다.

이것이 바로 린 선생님의 계획이다. 나도 겨우 어느 정도 알아차렸다. 알게 된 뒤에는 더욱 충격적이다. 이렇게 상식을 벗어나서 보통 사람은 생각해낼 수 없는 계획을 하다니. 하늘과 땅에 걸친 거대한 현을 튕겨서 달을 진동으로 깨뜨린다. 치웨의 설명을 들었지만 내 마음에는 여전히 의혹이 남았다. 치웨는 하늘다리의 통제실에 접근할 수 있다. 치웨의 연구소가 예전에는 지구-달 연합실험실이었기 때문에 달에 있는 실험센터에서 핵융합, 블랙홀 실험, 우주 방사선 관측 등을 원격 제어할 수 있다. 이런 제어 기능은 강철족의 침략 후 멈춘 상태이지만 그들의 실험센터가 남아 있는 한 하늘다리에 접근할 수 있다.

"그러나 만약 달이 부서지면 진동이 지구에도 문제를 일으키는 것 아니야?"

"그렇겠죠."

"그렇다고?"

"그럼요. 하지만 심각하지는 않을 거예요. 진동을 일으킨 부분은 격렬하게 흔들리겠지요. 지진과 비슷할 거예요. 하지만 지구 전체에는 별일 없을 겁니다."

"그 말은……."

치웨의 얼굴에서 천천히 미소가 걷혔다.

"현을 튕기는 사람만 지진의 여파에 휘말려 들어가겠죠."

나는 이제 다 이해했다. 온 힘을 다해 하늘다리를 진동하게 만들기 위해 국소적인 지진을 일으키는 것도 마다하지 않으며 자기 자신의 몸도 동시에 파괴한다. 이것은 자기 목숨을 달의 목숨과 맞바꾸는 계획이다. 린 선생님은 이런 방법으로 저항하려고 했다. 최후의 도박으로 현을 연주해서 세상에 마지막 애가哀歌를 울리는 것. 자신의 생명을 버려서 자유를 쟁취하는 것. 절망에 이른 사람만 할 수 있는 최후의 저항이다.

나는 린 선생님이 이렇게 굳은 결심을 한 줄은 몰랐다. 강철족의 공격을 막을 방법이 없다는 생각에 이르자 생애 마지막 곡을 연주하기로 한 것이다. 나는 이제 모든 것을 이해했다. 우리의 행동은 연주가 될 것이다. 그러나 행동 그 자체가 바로 가장 외로운 연주이자 다른 선택의 여지가 없는 막다른 연주다.

나는 치웨에게 묻고 싶었다. 이렇게 하는 게 가치 있다고 생각해?

치웨는 문득 고개를 돌리고 길게 한숨을 쉬었다. 창밖의 넓은 풀밭을 보며 고개를 두어 차례 갸웃거린 뒤, 치웨가 다시 나를 돌아보며 물었다.

"우리 연구소가 왜 이렇게 텅 비었는지 아세요?"

나는 고개를 저었다. 치웨의 입술이 가느다란 미소를 만들어낸다.

"다른 사람들은 전부 샹그릴라와 달로 갔거든요."

그랬구나.

나는 문득 알게 되었다. 처음부터 눈치 챘어야 하는 일이었다. 치웨의 연구소는 세계적으로 손꼽히는 곳이다. 하늘다리 프로젝트에도 주력 연구시설로 참여했다. 강철족은 예술과 과학 분야의 뛰어난 인재를 보호하고 자신을 위해 일할 인재를 모집한다. 지구에서 가장 실력 있는 오케스트라도 절반 이상의 구성원이 강철족의 인재 모집에 응했다. 이렇게 세계 최고 수준의 과학자들이라면 일찌감치 데려갔을 게 뻔하다. 그들은 강철족이 신임하는 지구의 신新귀족이다. 강철족은 과학을 잘 안다. 그들은 지구에서 누구의 두뇌가 가치 있는지, 이용할 만한지 잘 알았다.

"자네는 안 갔어?"

내가 물었다. 치웨는 잠시 모니터에 시선을 던졌다가 다시 나를 응시했다. 눈빛에 웃음기가 한 줄기, 그리고 풍자적이면서도 비감한 감정이 한 줄기 서려 있다.

"나는 테슬라를 좋아해요. 그 사람이 고집 센 괴짜인 점도 좋아하지만, 독불장군처럼 혼자서 끝까지 싸운 점도 존경하죠. 그거 아세요? 에디슨이 테슬라를 배척했다는 거요. 마르코니는 테슬라의 특허권을 빼앗아가기도 했어요. 투자자인 모건이 테슬라의 연구를 포기하기도 했죠. 하지만 그는 여든여섯 살까지 기묘한 발상을 멈추지 않았어요. 그는 고독한 영웅이었어요. 결혼도 하지 않았고 추종자들에 둘러싸여 살지도 않았죠. 그는 에디슨처럼 자기 팀을 활용할 줄 몰랐고, 자신이 얻을 이익에도 밝지 못했어요. 그는 혼자서 그런 거대한 집단과 맞서 싸운 겁니다. 무선전신 송신 기술을 아세요? 지구를 내도체, 전리층을 외도체로 삼아 증폭 송신기로 지구와 전리층 사이에 8헤르츠의 공진을 만듭니다. 그러면 온 세상이 공명관이 되고 에너지를 전송할 수 있죠. 얼마나 대단한 발상입니까! 세상을 공명관으로 쓴다니요. 당시 사람들에게 그런 발상이 어떻게 가능했겠어요. 당시 사람들은 지방 정치를 엄청나게 중요하게들 생각했고 아무도 그런 대단한 생각을 하려고 하지 않았어요. 심지어 몇몇 회사는 그를 공격하기도 했죠. 실리 계산이 빠른 사람은 그의 특허권을 가로챘고요. 결국 그는 마지막까지도 계획을 실현하지 못했어요. 그렇게 혼자서 죽었죠. 지금 그의 계획은 완전히 실현 가능해졌습니다. 하지만 당시에 테슬라는 쓸쓸히 죽음을 맞이했어요."

나는 아무 말도 하지 않았다. 그러나 치웨의 감정을 고스란히 느꼈다. 과거에는 활기차고 사람들로 북적거렸던 곳에 그는 혼자 덩그러니 남았다. 멀리서 온 침입자들이 그의 동료를 좋은 대우라는 미끼로 다 데려가버렸다. 치웨가 느끼는 고독감은 아무리 냉정한 척해도 숨길 수 없었다.

"사실 누구를 따라갈 것인지는 각자의 선택이죠. 그것을 비난하려는 것은 아니에요."

치웨는 잠시 말을 멈췄다.

"하지만 누군가는 달라야 하잖아요? 나는 남들과 다른 사람이 좋아요."

치웨가 말하는 사람은 아마도 린 선생님일 것이다.

"천쥔."

치웨가 갑자기 내 이름을 불렀다.

"좋은 이름이에요. 이름에 임금 군君이 들어가는 거요. 군자君子는 덕德을 옥처럼 귀히 여긴다는 말이 있죠? 나는 사실 그 말이 너무 미지근하고 좋은 게 좋다는 식의 이도 저도 아닌 말이라고 생각해요. 그것보다는 이 말이 멋있죠. 옥이 되어 부서질지언정, 기와가 되어 오래 보전되지는 않겠다."•

연구소를 나왔을 때는 해가 많이 기울어 있었다. 우리는 넓고 적막한 정원을 가로질러 걸었다. 바람이 불자 반쯤 노랗게 물든 나뭇잎이 우수수 떨어져 바닥을 덮는다. 순간 차가운 기운이 훅 끼쳤다. 오동나무 가지로 만들어진 천연의 아케이드는 원래 무성한 나뭇잎으로 빽

• 정의를 위하여 깨끗이 죽을망정, 비겁하게 살지는 않는다는 뜻.

빽하게 하늘을 덮었겠지만, 지금은 나뭇잎이 거의 떨어져 오히려 쓸쓸해 보였다. 우리는 서늘한 기운을 피하려 옷깃을 세우고 팔꿈치를 딱 붙이는 비슷한 자세로 손을 주머니에 깊이 찔러 넣었다.

하늘에는 구름이 아주 많았고 달은 잘 보이지 않았다. 거대한 건물이 어둠에 잠겨 있다. 멀리 보이는 경비실에 켜진 전등이 정원 전체의 유일한 불빛이다. 한참을 걷는 동안 우리는 아무 말도 하지 않았다. 적막 속에서 서로의 발걸음만 느끼다 가끔 상대방에 대한 것을 질문한다. 하지만 곧 다가올 달 계획의 실행에 대해서는 더 이상 이야기하지 않았다. 말하고 싶지 않았다.

치웨는 나에게 여자 친구가 있느냐고 물었다. 나는 사실대로 대답했다. 대학 졸업 후에 결혼했고, 지금 6년째라고.

"정말요?"

치웨는 놀란 표정이었다.

"아이도 있어요?"

나는 고개를 저었다.

"아니야. 아내는 영국에 갔어. 간 지 5년 반이 되었지."

치웨는 당황했다.

"어, 그러면 두 분은?"

"그것도 아니야. 이혼한 것은 아닌데……."

나는 잠시 멈췄다 다시 말을 이었다.

"거의 비슷하긴 하지."

치웨는 더 질문하지 않았고, 나도 말할 생각이 없었다. 우리는 다시 입을 다물고 한동안 걸었다. 치웨가 나를 데리고 연구소 부지를 빠져나왔다. 정문을 나서기 전에 나는 연구소 부지 안에 우뚝 솟은 건물을 돌아보았다. 예전에는 이 나라에서 최고였던 연구기관이다. 온 나라의 똑똑한 녀석들이 모이던 곳이었다. 그러나 지금은 사람들이 다떠나고 황폐해진 그저 그런 건물에 지나지 않는다.

저녁에 혼자 걸어서 집으로 돌아오는 동안 머릿속으로 모든 계획의 구체적인 부분들을 되풀이해 생각했다. 거리에는 행인도 적고 한산했다. 가끔 한두 사람이 빠른 걸음으로 내 옆을 지나쳐갔다. 상점도 다문을 닫아 불황이라는 게 피부로 느껴진다. 나는 아무래도 이 계획의 의의를 가늠할 수 없다. 어떤 결과를 가져올지, 어떤 대가를 치러야 할지, 실행할 가치가 있는지, 해야 하는지 혹은 하지 말아야 하는지. 명확히 이해하지 못해서가 아니라 선택할 수 없기 때문이었다. 밤의 찬 공기에 머리는 맑았다. 하지만 머리가 맑으냐 아니냐에 달린 문제는 아니었다. 이것은 내면에 달린 문제였다. 객관적으로 생각할수록 상황은 분명히 보였지만, 그럴수록 이 계획을 실행해야 할지는 점점 더 알 수 없어졌다.

나는 린 선생님이 브람스를 선택한 이유도 알 것 같았다.

달 계획에서 마지막 두 연주곡은 선생님이 골랐다. 차이콥스키의 6번 교향곡과 브람스의 4번 교향곡이다. 차이콥스키 6번 교향곡은 「비창」이라는 이름으로 잘 알려져 있다. 「비창」을 선곡한 이유는 쉽게 이해할 수 있다. 격정적이고도 비관적인 선율이 감동을 주는 곡이다. 브람스 4번 교향곡은 이해가 쉽지 않았다. 브람스는 따뜻하고 보수적인 인상이다. 베토벤의 분노나 바그너의 광기가 없다. 온화하고 관례를 깨지 않는 브람스는 어찌 보면 영웅적인 결의식에 누구보다도 어울리지 않는 작곡가다. 나는 선생님이 베토벤의 「운명」이나 리하르트 슈트라우스의 교향곡을 고르지 않은 이유를 궁금해한 적도 있다. 혹은 말러의 「부활」이었어도 잘 어울렸을 것이다. 브람스는 어쨌든 이런 격정적인 순간에 떠올릴 만한 작곡가가 아니다.

나는 린 선생님에게 물어본 적도 있었다. 선생님은 별말씀 없이 그저 개인적으로 좋아하는 곡이라서 골랐다고만 하셨다. 하지만 오늘 밤, 나는 갑자기 이유를 알 것만 같았다. 선생님의 계획은 격정적인 전투가 아니라 막다른 곳에 몰려 더는 어찌할 도리가 없다는 슬픔으로 실행하는 일이었다. 치웨가 원리와 가능성에 대해 말해주기는 했지만, 여전히 나는 최후의 결과에 대해서 의심을 품고 있었다. 어떻게 생각해도 성공할 것 같지 않은 이야기였다. 그러나 선생님은 달을 파괴할 수 있다고 굳게 믿는다. 선생님은 자신의 행동이 비극적 결말로 내닫는 파멸의 저항이라는 사실도 아실 것이다. 달이 파괴될지 여부는 아직 결론이 나지 않았지만, 공진이 연주 장소에 지진을 야기한다면 연주를 하는 우리는 목숨을 부지할 수 없을 게 뻔하다. 일종의 영웅적인 죽음이라 부를 수도 있을 것이다. 오로지 자유를 위한 죽음.

그러고 보면, 지금의 인류에게 어울리는 작곡가는 브람스뿐이다. 어떤 친구가 고전음악은 이렇게 저렇게 듣다 보면 결국 브람스만 남는다고 말한 적이 있다. 처음 고전음악을 들을 때는 브람스에게 관심을 보이는 경우가 적지만, 결국 마지막에 가서는 많은 사람이 브람스에게 빠져든다. 브람스의 음악에는 뼛속 깊이 비극적인 색채가 스며들어 있다. 일부러 과장하지 않아도 본질적으로 갖추고 있는 비극성이다. 내성적이고, 깊고도 진하며, 표면적으로는 드러나지 않는 비애. 평온한 바다 같은 격정. 브람스는 독일 중부의 바이마르에서 시끌벅적한 살롱과 거리를 두며 홀로 고전주의 음악의 이상을 추구했다. 그런 점만 보더라도 브람스의 성격을 알 만하다 싶다. 브람스는 절대 바꿀 수 없는 세계의 운명에 맞서 외롭게 싸웠다.

헤드폰에서 브람스의 비감한 첼로협주곡 선율이 흘러나온다. 아무도 없는 거리에서 두텁게 쌓인 낙엽을 쓸어내는 청소부의 비질을 바라보는 이런 밤에 들어야 브람스의 음악이 가진 힘을 오롯이 느낄 수 있다. 어떤 일은 내 힘으로 어찌할 수 없다. 운명이란 내가 명확하게 보고 있으면서도 바꿀 수 없는 일이다. 이럴 때는 그저 고독을 향해 걷는 수밖에 없다. 나 자신의 신념을 지키는 것만 해도 용기 있는 행동인데, 심지어 과거의 이상理想과 함께 추락하는 일이야 더 말할 게 있을까?

3

일주일 후, 세계 각국을 도는 여행길에 올랐다.

나는 린 선생님을 도와 성대한 연주회를 준비하기로 결정했다. 선생님과 치웨는 연주 장소의 배치를 맡았고, 나의 임무는 연주자를 모집하는 것이다. 아는 연주자는 전부 찾아가 선생님의 계획에 동참할 사람을 물색했다. 솔직히 말해서 이 일은 쉽지 않다. 나 자신조차 제대로 설득하지 못했는데 이렇게나 많은 '타인'을 설득해야 한다. 한 사람을 만나 입을 열기까지 얼마나 큰 용기를 내야 했는지 모른다. 다음 사람을 만나면 또 그만큼의 용기가 필요하다.

이 계획에 얼마나 동의하는지 자문했지만 답이 잘 나오지 않았다. 사실 선생님은 부탁도 설득도 하지 않았다. 공항에서 각기 다른 곳으로 떠날 비행기를 기다리던 순간에도, 선생님은 내게 어떠한 부담도 주지 않았다. 흔한 격려 역시 없었다. 선생님은 강요하고 싶지 않았던 건지도 모른다. 혹은 내가 어떻게 해야 할지 스스로 이미 알고 있다고 여겼을지도 모르겠다. 공항 유리창은 얼음처럼 파랗고 차가웠다. 창밖으로 비행기가 이륙하는 모습이 보였다. 처음 치웨를 만났던 날처럼, 선생님은 자신이 푹 빠져 있는 화제에 대해 줄곧 말씀하셨다.

"나는 최근에야 궤도공명軌道共鳴에 대해 배웠어. 정말 아쉬워. 궤도공명이란 여러 물체가 하나의 중심을 두고 그 주변을 회전할 때, 모든 회전의 궤도가 서로 영향을 주는 현상을 말하네. 처음에는 아무렇게나 회전하지만 결국에는 몇 개의 궤도로 정리되고, 그 궤도들은 서로 간단한 화음을 이루지. 처음에는 어수선했더라도 마지막에 남는 것은 오로지 공명하는 몇 개뿐인 거야. 어떤 학자는 별이 모종의 공명 현상 때문에 부서져서 소행성을 이룬다고 주장한다네. 그게 사실이라면 공명 현상은 곧 선택이야. 무궁무진한 선택. 하나의 으뜸음은 언제나 그에 긴밀하게 얽히는 딸림음을 선택하게 되고, 그들이 모여서 곡을 구성하지. 우주와 음악은 똑같이 정밀하다네."

린 선생님은 진한 눈썹을 잔뜩 찌푸린 표정을 지으며 말했다. 가끔 선생님은 말씀을 멈추고 고개를 돌려 내 반응을 살피기도 했다. 선생님의 눈동자에 입 밖으로 내지 않는 말이 쓰여 있다. 나는 불현듯 선생님이 이론에 매몰되어 현실을 무시하는 게 아님을 깨달았다. 선생님은 지금의 상황을 누구보다 더 잘 알고 있지만 일부러 한마디도 언급하지 않는 것이다. 의도적으로 드넓은 학문과 이론의 세계로 화제를 돌리는 것이다. 선생님과 작별한 뒤, 나는 수많은 지역을 돌아다녔다. 매번 비행기가 이륙하고 착륙할 때마다 하늘에서 땅을 내려다보았다. 별처럼 혹은 바둑알처럼 땅 위에 흩어진 도시와 마을을, 비슷하면서도 다른 인류의 거주지를 바라보는 것이다. 인간은 땅 위에 산다. 자신들이 건설한 자랑스러운 업적 속에 시적 정취를 품고 숨어 있다. 아니, 이런 표현은 너무 감상적이다. 인간은 시적 정취보다는 졸음 속에 숨는다. 우리는 깨어 있을 때도 잠든 것과 진배없다.

악몽이 찾아와 잠에서 깬 뒤, 인간은 스스로 최면을 걸어 다시 잠든다. 잠든 상태가 깨어 있을 때보다 훨씬 좋다. 잠들고 나면 삶의 모든 것이 용인된다. 공포도, 굴복도, 제한된 자유 역시 참을 수 있다.

저 대지 위의 인간들 중 몇 명이나 미래를 걱정하며 살아가는지 모르겠다. 하늘에서 내려다보는 땅은 전과 다를 바가 없다. 평원은 여전히 평원이고, 마을도 여전히 마을이다. 조용한 시골 마을에는 아직도 붉은 지붕을 얹은 작은 집들이 있다. 언뜻 보기엔 모든 것이 달라진 것 같지 않다. 만약 머리 위의 달에 누가 있는지 잊고 산다면, 지금이나 5년 전이나 별반 다르지 않을 것 같다. 이것은 인간의 지난 역사에서 볼 수 없었던 낯선 상황이다.

인류는 처음으로 집단적인 무력감을 느꼈다. 이전의 모든 분쟁에서는 우리 중 일부가 다른 일부를 압도했지만, 이번만큼은 인류 전체가 약자였다. 강대국으로서 이런 무력감을 경험해보지 못한 나라는 한동안 적응하지 못했다. 그들은 자신들의 영웅적 기질이 영원하리라 생각했지만, 결국 자유를 위해 싸운다는 신념도 계속해서 패배하다 보면 소멸될 수 있다는 것을 깨달았을 뿐이다. 이 사실이 얼마나 인류를 동요하게 했는지 모른다. 하지만 어쩔 수 없는 일이었다. 정복당한 인류는 단결하기보다 분열했다. 자기 나라의 이익만 앞세우는 애국주의는 일찌감치 비난의 대상이 되었다지만, 요즘 시대에는 지구 전체의 이익을 주창하는 지구주의 역시 웃음거리로 전락했다. 무력 저항은 산발적인 불꽃으로 바뀌었고, 사람들은 흩어져 안전한 자기 집 안에 처박혔으며, 도시와 도로는 침묵 속에서 원래의 모습을 유지하고 있다.

구름 아래의 세계는 여전히 잘 돌아간다. 자유를 생각하지 않는다면 계속 이대로 살아갈 수 있을 것 같다. 나쁠 게 뭐가 있단 말인가? 먹을 수 있고, 잘 수 있고, 예술은 이전보다 훨씬 더 많이 누린다. 강철족이 인류를 통치한다는 사실만 인정하면 삶의 모든 것은 지속될 것이다. 인류 전체를 대상으로 한 전쟁이지만 일반 대중의 생활에는 별다른 영향이 없었다는 점은 인정할 수밖에 없다. 강철족은 몇 가지 자원과 광물을 원할 뿐이다. 그리고 지구의 굴복과 자신들의 절대적 권위도. 얌전히 순종하면서 영원히 저항하지 않으면 된다. 그들의 지위를 인정하면 아무 문제도 없다. 예전처럼 행복하고, 예전처럼 자유로울 것이다.

그러나 그 자유란 어떤 것일까?

런던은 내가 여섯 번째로 도착한 여행지다. 런던에 가기 전에 나는 북미와 유럽 대륙의 몇 곳을 들렀다. 임무는 그다지 순조롭지 않다. 예상했던 바다. 이 계획을 너무 많은 사람에게 누설할 수 없는 데다, 내가 접촉한 연주자 중 참여하겠다고 하는 사람이 극히 적었기 때문이다. 얼마나 더 노력해야 오케스트라를 구성할 수 있을 만큼 연주자를 모을 수 있을지 걱정스러웠다.

런던 남쪽 보행자 거리에서 아주阿玖를 만났다.

아주는 전혀 달라진 데가 없어 보인다. 우리는 3년 만에 만난 것이다. 머리카락을 파마했고 목걸이를 걸고 있다. 그것 외에는 전과 똑같다. 긴 앞머리에 얼굴이 살짝 가려져서 정확히 알기는 힘들지만 좀 마른 것 같다. 아주는 옅은 빨간색 치마와 회색의 긴 외투를 입었다. 보슬비가 막 멈춘 돌바닥에 그녀의 부츠 굽이 부딪는 또각또각 소리가 불규칙하게 울린다. 한참 동안 우리는 말없이 걸었다. 부츠 굽 소리만이 우리 두 사람 사이에 있다.

아주는 처음 린 선생님의 계획을 듣고 내가 그랬듯 놀라움을 표시했다. 그러면서도 별말 없이 곧바로 참여하겠다고 약속했다. 나는 조금 놀랐다. 나는 다시 한번 이 계획의 어려움과 위험성에 대해 설명했다. 그녀는 고개를 끄덕이며 이해했다고 말하면서도 약속을 번복하지 않았다. 나는 약간의 감격과 더불어 뭐라 설명할 수 없는 온기를 느꼈다.

"지금, 어떻게 지내?"

내가 물었다.

"그럭저럭."

"지난번에 얘기했던 그 오케스트라에 있어?"

"아니."

아주가 고개를 저었다.

"중간에 한 번 다른 악단으로 옮겼다가 지금은 소속된 곳이 없어."

"왜?"

"악단이 없어졌으니까."

그녀는 석양이 비치는 템스강을 바라보며 조금쯤 망설이다가 말을 이었다.

"그런 다음에 연주자 대부분이 샹그릴라로 갔어."

"여기도 데려갔구나."

아주가 고개를 돌려 나를 바라보았다.

"여기도? 혹시 우리 악단도 샹그릴라로 불려간 거야?"

"그건 아니야."

나는 급히 덧붙였다.

"내 친구 얘기야. 그 친구 연구소에서 과학자들이 대거 불려갔다고 하더라."

"아, 그건 당연하지. 너무나도 당연한 일이야. 런던에서도 많은 사람이 샹그릴라에 갔어."

나는 무슨 말을 해야 할지 알 수 없었다. 이 상황은 참으로 황량하게 느껴진다. 황량해서 우리는 마치 슬픔을 나누는 것처럼 되었다.

"그러면……."

나는 잠시 망설였다.

"당신은 안 갔어?"

아주가 고개를 저었다.

"강철족은 오케스트라에 대한 대우가 아주 좋다고 하던데."

아주는 아무 감정도 느껴지지 않는 차가운 목소리로 대답했다.

"응. 무척 좋지."

"그런데 왜."

나는 말을 하다 말았다.

아주의 얼굴은 강을 향해 있었다. 그녀는 한참을 아무 말도 하지 않았다. 평온한 침묵처럼 보였지만 그녀가 내 쪽으로 다시 고개를 돌렸을 때는 얼굴에 슬픔이 떠올라 있었다.

"천쥔, 다른 사람이라면 몰라도 어떻게 당신마저 그렇게 말해?"

나는 순간 말문이 막혔다. 지난 몇 년간의 감정이 마음속에서 소용돌이쳤다. 아주의 얼굴은 석양빛을 받아 가장자리가 황금색으로 반짝거렸고, 바람에 흔들리는 머리카락은 금빛 수초처럼 나풀거렸다.

물기 어린 눈동자가 평소보다 더 빛나고 있다. 그녀의 눈에는 눈물이 가득 차올랐지만 결국 떨어지지는 않았다.

끊어진 런던 다리가 보인다. 짙은 파란색의 칠이 벗겨진 부분은 시커먼 속살을 드러내고 있다. 황금빛이던 강물이 점점 어두워진다. 우리는 서로 마주보고 서서 한참을 침묵했다.

그렇게 시간을 보내고, 아주가 피곤하다며 어디 가서 좀 앉자고 말했다. 우리는 로열페스티벌홀의 극장 입구 벤치에 앉았다. 주변에 거의 사람이 없다. 지난번에 이곳에 왔을 때는 수많은 거리의 예술가와 꼬마들이 있었는데 지금은 한산하기만 하다.

우리는 띄엄띄엄 이야기를 이어갔다. 지난 몇 년간의 생활과 강철족의 침략이 가져온 변화를 주고받았다. 참으로 오랫동안 이런 대화를 나누지 않았다. 나도 그녀도 자주 전화를 하지 않았다. 지난 3년 동안 두 사람이 연락한 횟수는 열손가락을 넘지 않는다. 우리 관계는 가느다란 실과 같았다. 나는 우리가 다시 만나면 몹시 어색하지 않을까 여러 차례 생각했었다. 하지만 오늘 저녁, 비관적 미래를 마주했다는 공통된 느낌은 우리를 과거 함께하던 시간으로 돌려놓은 듯했다. 나는 어느 찰나에 그동안 예상했던 어색한 순간이 생각지도 못하게 쉽게 해결되었음을 깨달았다. 우리는 각자 마음속에 품은 공포와 꼬리에 꼬리를 무는 생각들을 이야기했다. 그리고 주변 사람들의 공포와 생각에 대해서도 말했다. 이 세계의 현실에 대해 대화했다. 우리는 서로 많은 느낌이 무척 흡사하다는 사실에 깜짝 놀랐다.

"사실 어떤 때는 이 저항운동을 어떻게 생각해야 할지 잘 모르겠어. 좋게 말해서 자유를 추구하고 억압에 굴복하지 않는다는 거지 사실은 유치하고 고집스러운, 변화에 적응하지 못하는 행동이기도 하잖아. 가끔 우리가 무엇에 저항하는지도 잘 모르겠다는 생각이 들어. 다른 사람들은 잘만 받아들이고 인정하면서 사는데 왜 이런 일을 해야 하는지 생각하기도 하고. 생각할수록 복잡해."

내 말을 들은 아주가 온화하게 말했다.

"언제나 무슨 일에든 다양한 시각이 존재하는 거니까. 가끔은 지금 상황이 우습기도 해. 예전에는 다른 사람들을 테러리스트라고 부르던 미국인들이 지금은 강철족에게 테러리스트라고 불리잖아."

"그런 생각을 할 때도 있어. 그냥 통치자가 늘어난 것뿐 아닌가? 지금까지 인류에게 통치자가 없던 적이 있던가? 강철족이 추가되었다고 해서 뭐가 달라지지? 정복당한 민족은 넘치도록 많아. 다들 그렇게 살잖아. 잘만 살잖아. 강철족이 우리 머리 위에 있다는 사실도 시간이 지나면 익숙해질 거야. 그들을 건드리지만 않으면 그들도 우리를 건드리지 않겠지. 받아들이면 평화가 찾아올 텐데 자유가 다 뭐라고 이렇게 애를 쓰냔 말이야."

잠시 침묵하던 아주가 입을 열었다.

"왜 그런 생각을 해? 그것도 억지로. 당신이 정말 그렇게 생각했다면, 린 선생님을 도와 이 일을 할 리도 없는데."

나는 대답하지 않았다.

템스강에 밤기운이 깊이 스며들었다. 반사광으로 반짝이는 수면 위를 유람선이 느리게 미끄러진다.

"사실은⋯⋯."

아주가 말을 이었다.

"우리 악단 사람들이 잘못했다고 생각하는 것도 아니야. 다들 나름대로 이유가 있으니까."

"뭐?"

"어떤 사람은 안전하길 원했고, 또 어떤 사람은 강철족을 동경했어."

"동경이라고?"

"응. 강력하고 뛰어나며 정확한데다 냉정한 의지력까지 갖췄는걸. 예술적으로도 우리보다 더 발달했고. 뭐, 그런 모든 것."

"틀린 말은 아니구나."

나는 고개를 주억이며 인정했다. 텔레비전에 나온 강철족은 강력한 신체와 절대 오류를 범하지 않을 듯한 이성을 구축하고 있었다. 그들의 신체는 유기체지만 외부를 강철로 된 껍질이 한 꺼풀 뒤덮고 있었고, 희로애락과 같은 감정을 전혀 내색하지 않았다. 강철족은 저 높은 곳에서 내려온 심판자처럼 보였다. 그들은 지식도 훨씬 풍부했다. 인류가 복종하는 것도 이상하지 않다.

아주가 다시 말했다.

"당신이 방금 그렇게 말한 이유도 알아. 자기가 잘못 선택했을까 봐 겁이 나는 거잖아. 그래서 일부러 자기 생각에 반대되는 이유를 찾으려고 애쓰는 거야. 하지만 당신도 스스로 그렇게 생각하지 않는다는 것을 알지. 말하지 않을수록 더 명확히 알아. 당신은 줄곧 다른 사람의 이유만 생각하고 있어. 다른 사람이 왜 그렇게 행동하는지는 이해하지만 그 사람들처럼 행동하고 싶지는 않은 거야."

나는 고개를 돌려 아주를 바라보았다. 그녀의 손바닥이 벤치 위에 얹혀 있다. 얼굴에는 어떤 공허감이 어려 있다.

"나한테 왜 악단을 따라 샹그릴라로 가지 않았느냐고 물었지? 나도 모르겠어. 강철족은 예술가를 우대하니까. 샹그릴라에 가면 더 좋은 환경에서 음악에 매진할 수 있을 거야. 하지만 내 마음에 뭔가 용납할 수 없는 것이 있었어. 아직은 나에게 거절할 힘이 남아 있다. 여기 남아서 비루한 삶을 살겠다고 선택할 수 있다. 아마도 그런 생각을 했던가 봐."

아주의 말을 듣고 치웨가 떠올랐다. 군자는 덕을 옥처럼 귀하게 여긴다. 옥이 되어 부서질지언정 기와로 오래 살아가고 싶지 않다. 나는 아주를 찬찬히 뜯어보았다. 그녀는 조용히 강물만 바라보고 있다. 그녀의 긴 머리카락이 목덜미에 드리워져 있다. 늘 그랬듯 오른손으로 가볍게 머리카락 끝을 만지작거린다. 아주는 예전에 비해 침착해졌고 말하는 속도도 느려졌다. 하지만 목소리는 그대로다. 대학에 다닐 때 있었던 일들이 눈앞에 펼쳐진다. 치웨가 했던 다른 말도 생각났다. 누구나 자신만의 진동수를 갖는다. 마음이 통하는 사람들이어야 진동수가 같다. 진동수가 같은 두 사람은 일시적으로 떨어져 있더라도 곧 다시 공명하게 된다. 치웨의 말을 들으면서 나는 이런 생각을 했었다. 감정이란 것은 아마도 공명이 아닐까.

"아주."

나는 그녀를 불렀다.

"이번 계획이 성공한다면, 우리가 요행히도 성공한다면, 같이 집으로 돌아가자. 응?"

아주는 고개를 돌려 나를 응시했다. 입술을 자근자근 깨물며, 뭔가 말한 것 같았지만 나는 제대로 듣지 못했다. 그녀가 울음을 터뜨렸다.

우리는 어둠이 내린 템스강 위에 비친 도시의 불빛과 차가운 달을 바라보며 한참 더 앉아 있었다. 많은 이야기를 한 듯도 하고 아무것도 말하지 않은 듯도 했다. 나는 그녀를 껴안고 그녀의 머리를 내 어깨에 기대게 했다. 우리는 조용히 앉아서 이루지 못할 서로 다른 미래에 대해 생각했다. 이런 시간이 먼 과거에 있었고, 영원히 다시 없을 것이었다. 우리 사이의 틈은 공명에 의해 메워졌다. 그 순간은 원점으로 돌아간 것만 같았고, 지나간 시간은 다시 생각하지 않아도 좋았다. 인류의 무력함과 슬픔, 비루함과 존엄이 그 순간에는 우리를 연결하는 연약한 다리가 되어주었다. 나는 우리가 예전처럼 돌아갈 수 있다고 정말로 믿기 시작했다.

황폐해진 런던아이London Eye가 우리로부터 멀지 않은 곳에 멈춰서 있다. 관람차 중 몇 대는 떨어져나갔다. 뒤편의 극장에서 공연이 시작되었다. 관중들이 우리를 지나쳐 삼삼오오 극장으로 들어간다. 템스강 남쪽 강변에 늘어선 카페 테이블은 조명을 한껏 밝힌 무대와 다를바 없었다. 다만 공기 중에 계속 교착상태의 어색함이 떠다녔다. 그런 분위기는 내게 익숙한 것이었다. 둥지 앞에서 매일 연주를 하던 때도 딱 이랬다.

내가 세계를 돌아다니며 연주자들을 설득하는 동안, 린 선생님의 외로운 뒷모습도 세계 각지를 방랑했다. 최후의 연주회를 열 장소를 찾는 한편, 선생님은 세계적으로 중요한 건축물을 모두 방문해 각각의 건축물의 메아리 소리를 남길 심산이었다. 선생님은 스톤헨지를 지나 고대의 건물과 궁궐을 돌아다녔다. 선생님의 여정은 투명한 현으로 로마와 도쿄를 연결했다. 선생님은 대성당에서 파이프 오르간 소리를 들었고 깊은 숲으로 들어가 사찰의 종소리를 기록했다. 선생님은 그렇게 아무도 들어본 적이 없는 선율을 연주했다.

우뚝 솟은 건물이 공명 속에 와르르 무너져 내리고, 거대한 바위가 산산조각으로 부서져 먼지바람을 일으켰다. 혼자만의 교향시 속에서 세계는 옛 시절의 폐허가 된다. 선생님은 자신의 마음속에 지구의 음반을 녹음했다.

우리의 연주 장소는 킬리만자로 산자락의 드넓고도 원시적인 인류의 정원으로 결정되었다. 산은 초원으로 이어지고, 현은 적도를 가로지른다. 침묵에 잠긴 하늘다리가 지구와 달을 잇고 있다.

4

연주 당일.

우리를 태운 비행기가 케냐 나이로비에 착륙했다. 비행기에서 땅을 내려다보며 킬리만자로 산을 찾아보려 했다. 하지만 비행기가 하강할 때쯤에는 도시에 너무 가까워지는 바람에 영상에서 보던 것처럼 소용돌이를 닮은 산봉우리를 보지는 못했다. 착륙 후에는 오래 머물 시간이 없었다. 곧바로 버스에 나눠 타고 동아프리카 대초원으로 향했다. 탄자니아는 내 상상 속 모습보다 몇 배는 더 아름다웠다. 도시에는 기이한 식물이 가득했고, 도시를 벗어나니 드넓은 초원과 온갖 동물이 눈에 들어왔다. 지금의 지구에서 이런 장면은 진짜가 아닌 것처럼 느껴질 정도였다.

나는 버스를 타고 가는 동안 내내 킬리만자로산의 모습을 상상했다. 내 마음속에서 그 산은 은밀하고도 친근한 곳이었다. 어릴 적 지리 선생님이 킬리만자로산을 설명할 때, 그 산은 평지에서 돌연히 솟아오른 고산高山이라고 했다. 산자락에서 꼭대기까지 열대, 온대, 한대의 모든 풍경을 만나게 된다고 했다. 그 이야기가 얼마나 신기했는지 모른다. 그때 이후로 나는 킬리만자로산에 꼭 한 번 가고 싶다는 열망을 품었다. 그날 집에 돌아와 킬리만자로산에 대한 자료를 찾아보았는데, 인터넷에서 관련된 이야기를 읽었다. 그 이야기는 지금도 깊은 인상으로 남아 있다. 나는 그때 겨우 여덟 살이었고 헤밍웨이라는 이름이 얼마나 대단한지 몰랐다.

"마사이족 말로 서쪽 봉우리는 '응가예 응가이'라 한다. 그 의미는 '신의 집'이다. 서쪽 봉우리 근처에 표범 한 마리가 말라 죽어 있다. 표범이 무엇을 찾고자 그 높은 곳까지 올라갔는지는 아무도 모른다."•

이 부분은 20년이 지난 지금까지도 기억이 난다. 킬리만자로, 표범은 그 높은 곳까지 무엇을 찾고자 올라간 것일까? 표범은 결국 그곳에서 죽었다.

버스의 출입문이 열린 순간, 내 머릿속은 새하얀 공백이 되었다.

초원, 햇빛, 코끼리 그리고 멀리 보이는 산.

그것은 돌연히 다른 세계에 떨어진 것 같은 감각이었다. 오랜 피로와 복잡한 과정 끝에, 번화한 도시를 지나, 수많은 불쾌한 연주와 어색한 저녁식사를 거쳐, 강철족이 떠난 후 남겨진 강철도시에서 망설이고, 그 망설임으로 인해 높은 빌딩에서 더욱더 황량함을 발견한 뒤에, 별안간 눈앞에 펼쳐진 이 모든 것 때문에 온몸이 비워지는 듯했다. 텅 빈 몸은 가벼워지고 떠오르기 시작한다. 초원은 선연한 녹색이다. 햇빛은 맑고 새파란 하늘을 가득 메웠다. 코끼리는 느릿느릿 걸음을 옮기고, 먼 곳에서 기린이 서서 쉬고 있다. 산은 멀게는 하늘가에, 가까이는 눈앞에, 그리고 초원 한가운데 우뚝 솟았다. 초원 위의 나

• 헤밍웨이의 단편소설 「킬리만자로의 눈」에 나오는 대목이다.

무는 우산 모양인데, 고독하고 고요한 자태로 한 그루 한 그루씩 아름다운 모습을 뽐내며 서 있다.

나는 차문 근처에 서서 이 모든 것에 녹아들었다. 맑은 공기가 나를 감쌌다. 나는 하늘에서 눈을 떼지 못했다. 발이 그 자리에 못 박힌 듯 멈춰 있는 바람에 뒤에 내리는 사람들이 어서 비키라고 나를 재촉하는 소리도 전혀 들리지 않았다.

광야, 파란 하늘, 대지, 나무.

버스는 도로가 끝난 곳에 멈췄다. 이제부터는 도보로 전진해야 한다. 멀리 무대가 설치된 곳이 보인다. 얇은 나무판자와 투명한 플라스틱 판을 선박의 돛처럼 무대 주변에 펼쳐놓아 소리를 조절할 수 있게 꾸몄다.

사람들의 눈이 현에 고정됐다. 햇빛 속에서 현은 무대보다 더 눈에 띈다. 나는 사전에 어떻게 설계할 것인지를 알고 있었는데도 현장에 와서 실제 모습을 보고 놀라지 않을 수 없었다. 이렇게 높고 멀다니. 아주 멀기 때문에 첫 번째 현이 더 짧고 정교해보였다. 뒤로 갈수록 현이 길어지고 두꺼워져서 점점 더 장관이었다. 길이는 배가 되어 수십 미터에서 100미터, 다시 200미터, 800미터, 2000미터, 5000미터까지 간다. 평행으로 팽팽히 당겨져서 저 높은 하늘을 비스듬히 파고들어가 있다.

5800미터의 마지막 현은 지금 여기서는 양쪽 끝이 보이지 않을 정도다. 단지 비스듬한 선 하나가 햇빛을 받아 반짝거리는 것이 보일 뿐이다. 산줄기를 따라 봉우리까지 날카롭게 솟아올라 초원과 산꼭대기를 연결하고 있다. 현은 빛을 반사하면서 번쩍거린다. 이것은 산과 땅으로 이뤄진 하프다. 5000미터 높이의 하프.

우리는 하프의 발치에서 출발했다. 몸에 짊어진 악기가 이제는 작고 가볍게만 느껴진다. 나는 부드럽고 도톰한 카펫 같은 초원의 풀을 밟으며 걸었다. 걷는 동안 시간이 느리게 가기만을, 조금만 더 느리게 가기만을 바랐다. 영원히 이 시간이 끝나지 않기를 바랐다.

연주가 시작되었다.

차이콥스키에서 브람스로. 두 사람은 생전에 사이가 좋지 않았다. 하지만 그들은 이런 순간에 단결한다. 나는 눈을 감고 내 바이올린 현의 소리에 귀를 기울였다. 그랬더니 바람이 긴 풀을 스치고 큰 새가 이따금 울음소리를 내는 것이 다 들렸다. 악단의 연주는 정확하고 깔끔했다. 세계 각지에서 모인 연주자들이기에, 리허설도 몇 번 하지 못했는데 이렇게 손발이 척척 맞기란 쉽지 않은 일이다. 브람스의 E단조 주제는 비장하고 힘차다. 현악기 소리가 드넓은 무대 위에서 전에 본 적 없이 편안한 분위기를 자아냈다. 연주는 이상할 정도로 순조로웠다. 나는 둥둥 울리는 팀파니 소리를 들으며 이 모든 것이 1악장의 비극적인 분위기를 잘 드러낸다고 생각했다. 햇빛이 산 정상을 스치자 얼음과 눈이 사라지며 산비탈을 따라 흘러내린다. E장조의 부드러운 선율은 파란 하늘에 떠 있는 흰 구름 같은 선을 그려낸다. 나는 코끼리가 마른 풀을 밟아 바스라지는 소리와 돌이 샘물에 퐁당 빠지는 소리도 들을 수 있었다.

우주로 사라진 엷은 하늘색 속에서 감각은 극대화된다. 만약 음악이 나에게 주는 것이 있다면, 아마도 그것은 감각기관의 확장이 아닐까. 거리 곳곳에서 듣는 모든 소리, 공사장의 규칙적인 소음, 낙엽을 쓸어내는 비질 소리, 살수차가 시동을 거는 소리와 멈추는 소리.「랩

소디 인 블루」를 애니메이션으로 만든 것처럼, 세계의 모든 소리 모든 인간은 공기 속에서 파란만장한 홍수가 되어 흐른다. 나는 점점 주변의 세상과 하나가 되었다. 호른이 초원의 부드러움을 노래하고, 우리는 지구에 인류가 아직 출현하지 않았던 아주 먼 과거의 시공으로 빠져들었다.

이 순간, 나는 더 이상 주저하지 않게 되었다. 지구의 토지는 부드럽고 푹신했으며, 내 발 아래 바로 거기에 있다. 길었던 9개월의 준비 기간 중 나는 수없이 이 일을 할 가치가 있는가를 자문했다. 주변 사람들은 저마다의 방식으로 살길을 찾았다. 강철족을 위해 길을 여는 자도 있었고, 그들에게 관용을 베풀어달라 비는 자도 있었다. 강철족의 비호를 등에 업고 의기양양 뻐기기도 하고, 동맹 내부에서 다툼이 벌어지기도 했다. 군대는 전쟁이라는 혼란을 틈타 기율도 없이 흐트러졌고, 민간인은 오로지 숨기만 했다. 생존을 위해, 저항운동을 쓸데없이 문제만 일으키는 짓이라고 비난하는 사람도 많았다. 전쟁이 대강 끝나가면서 달은 블랙홀처럼 지구의 자원을 빨아들였다. 사람들은 남은 자원을 차지하기 위해 싸워댔다. 이 모든 것을 듣고 보면서, 나는 수없이 이 일을 할 가치가 있느냐고 자문했던 것이다. 이따위 인류란 괴멸되어야 마땅한 게 아닐까? 이런 인류라도 구원받을 가치가 있을까? 이런 세계를 구하자고 나 자신을 희생하는 게 무슨 의미가 있을까? 몇 번이나 자문해도 답을 얻지 못했다. 그런데 이 순간 음악이 시작되고 끝없는 푸른색이 우리를 둘러쌌다. 긴 풀이 하늘 가장자리까지 이어지고, 다시 우뚝 솟은 산봉우리까지 연결된다. 나는 갑자기 더 이상 질문하지 않게 되었다. 모든 것에 존엄한 의의가 있었다.

마지막 곡이 시작되었다. G장조의 맑은 화음이 이 순간 뒤집을 수 없는 비애의 감정을 싣고 흘러간다. 관악기는 장엄하고 웅대했다. 성대하게 피할 수 없는 죽음과 비극적인 결말을 향해 간다. 분노와 슬픔이 있지만 매 순간 장중한 존엄성을 잃지 않는 곡조다. 나는 이렇게 몰입해서 연주한 적이 없었다. 3년 동안 500회 넘게 '불을 끄는 심정'으로 연주를 했지만 도리어 연주에 몰입한다는 감정은 거의 잃어가고 있었다. 선율과 하나가 되어 달리는 감각, 온몸을 전율하게 하는 감각, 목 놓아 울어버리고 싶은 감각, 이 순간 바로 그런 감각이 나를 지배했다. 대지는 이토록 아름답다.

달이 부서질 거라고 믿지는 않는다. 다만 이 순간 모든 것을 쏟아 시도해보고 싶다.

마지막 음표까지 연주가 끝났다. 선생님은 혼자서 타악기가 배치된 높은 단으로 올라갔다. 선생님 눈앞에는 22.8미터의 가장 짧은 현이 있다. 선생님은 스펀지로 감싼 망치를 들었다. 잠시 마음을 가다듬고 나서, 선생님은 현을 두드렸다. 이제 우리는 무대 아래에 앉아서 조용히 선생님을 지켜보았다. 아무 소리도 없는 동안 우리는 손에 땀을 쥐며 기다렸다. 단현이 낮고 무거운 장음을 토하며 공기를 울렸다. 현은 번쩍거리고 견고했으며, 팽팽하고 탄성이 있었다. 하프가 시작되는 부분이다. 두드리는 소리 가운데 현이 진동하면서 베틀 북 같은 모양의 환영을 만들어낸다. 우리는 현의 소리에 귀를 기울였다. 현의 공명음이 사방팔방으로 전파된다. 우리의 귀에, 우리의 마음에 그리고 그다음 55.6미터 길이의 두 번째 현에 전해진다. 두 번째 현이 진동하기 시작했다. 진동은 미약하게 시작했다가 점차 커진다. 소리가 약해질 때쯤, 선생님은 다시 현을 두드렸다. 두 번째 두드림이 첫 번째 두드림과 중첩되어 현의 진동이 더욱 커진다. 첫 번째 현의 진동이 그 뒤에 있는 다른 모든 현을 부른다. 두 번째 현의 진동이 지속되고, 이어 세 번째, 네 번째 현까지 진동이 전달된다. 두드리면 공명이 점점 더 커진다. 한 사람, 망치 하나, 현 한 줄이 하늘과 땅 사이에 서 있다.

하늘다리가 점점 더 가까워지고 있다. 우리가 마지막 음을 연주할 때쯤에는 지평선 부근에 기다란 선이 나타난 것을 볼 수 있었다. 지금은 하늘다리가 우리 곁으로 더 가까이 다가와서 육안으로 그 모습을 명확히 볼 수 있을 정도였다. 하늘다리는 등대 모양의 바퀴차에 고정되어 있다. 바퀴차는 멀리서도 가볍고 정교해 보인다. 가까워지면서 보니 크고 웅장한 모습이다. 하늘다리도 더는 멀리 보이는 가느다란 긴 선이 아니었다. 유전자가 그렇듯 이중나선 형태로 꼬여 있는 두꺼운 밧줄이다.

하늘다리는 굉장히 빠르게 다가오고 있다. 초원과 킬리만자로산을 배경으로 볼 때는 빠르다는 것을 느끼지 못했지만, 가까워진 뒤에는 실제 속도가 얼마나 빠른지 실감하게 되었다. 무인 조종하는 바퀴차가 거대한 탑처럼 우리 쪽으로 압박해 들어온다. 몇 킬로미터 거리까지 가까워지자 우리가 전달하는 떨림을 품은 하늘다리가 울부짖는 소리가 들린다. 현의 소리는 계속 이어진다. 두드림도 계속된다. 계속 커지고, 계속 진동한다. 선생님은 단 위에서 북을 두드리고 징을 울리는 전사 같고, 산과 대지로 만들어진 하프는 이제 완전히 진동하고 있다. 22미터에서 5800미터까지 현이 갈수록 격렬하게 진동하면서 점점 통제를 벗어나고 있다. 저주파인 현의 소리는 우리의 가청 범위를 벗어나 있으므로 주변의 공기와 산골짜기가 떨리는 것을 통해 느낄 수밖에 없다. 하프가 설치된 수백 미터 넓이의 범위 안에 현의 소리가 확산되고, 그 범위 바깥에 있는 하늘다리를 두드리고 있다. 하늘다리가 요동치는 것이 보인다.

점점 가까워진다. 하늘다리의 흔들림도 계속 커져서 이제 불규칙하게 커지고 있다. 하늘다리가 우리 곁을 지나간 시간은 길지 않았지만, 그 짧은 순간이 몹시 길게 느껴졌다. 하늘다리는 이제 눈에 보일 정도로 분명하게 요동치고 있다. 38만 킬로미터의 케이블은 거의 몽둥이만큼 두껍고 견고하다. 그 케이블이 좌우로 크게 흔들리고 있다. 케이블의 흔들림 때문에 끄트머리에 잔영이 남을 정도다. 우리는 하늘을 올려다보았다. 하늘다리가 이어지는 하늘은 끝이 보이지 않을 정도로 높았다. 낮은 부분은 곡선을 그리며 흔들렸고, 공중에 승천하는 용처럼 구불구불한 선을 남기고 있다.

진동이 시작되었다. 바퀴차도 흔들리고 있다. 우리 발밑의 지면도 공명을 시작했다.

하늘다리의 흔들림은 등대 모양의 차량이 궤도 안에서 평온을 유지하지 못하게 만들었다. 차량의 속도는 느려지고 있다. 궤도 중앙의 흔들림이 급격히 증가한다. 마치 어떤 힘이 차량을 궤도 바깥으로 밀어내는 듯했고, 그와 동시에 궤도가 이 진동의 힘을 받아 대지의 사방팔방으로 전달된다. 이제 무대도 흔들린다. 좌우로 요동쳤고, 곧이어 갑작스럽게 위아래로 흔들린다.

이어서 벌어진 일들은 우리가 미처 대응할 틈도 없이 일어났다. 땅에 세워둔 판자는 바이올린의 기러기발과 비슷했고, 우리가 앉아 있는 대지는 악기의 공명상자였다. 공명상자가 진동하면서 현의 소리는 사방으로 전달된다. 우리는 중심을 잃고 땅바닥에 쓰러졌다. 파랑처럼 지면이 제멋대로 구불거린다. 하늘다리의 공명도 더욱 명확해졌다. 선이 진동하면서 생기는 베틀 북 모양의 잔영도 육안으로 확인된다.

찢어발기는 힘은 영혼을 그 속에 끌어넣는 듯하다. 불규칙한 흔들림은 분노의 톱질처럼 앞뒤로 밀었다 당겼다 한다. 궤도차는 저항력 속에서 균형을 잃고 거칠게 흔들리다 안정을 잃고 미친 듯 떨리기 시작했다. 짧은 몇 분 동안 벌어진 일이지만 마치 한 세기가 흐른 것 같았다. 결국 미친 듯한 굉음과 함께 폭발하듯 부서져 내려앉았다. 동시에 대지는 뭔가 찢어지는 커다란 소리를 내면서 지표에 길고 날카로운 틈이 쩍 벌어진다. 부드러운 얼굴에 찢긴 상처가 생긴 것 같다.

궤도차는 무너졌다. 하늘다리는 여전히 진동의 여파를 품고 있다가 몇 초 후 허공에서 끊어졌다. 긴 채찍처럼 하늘을 후려갈기며 공중으로 날아갔다.

진동이 천천히 잦아들었다. 지진은 우리가 생각했던 최악의 결과까지는 낳지 않았다. 우리는 산이 무너질 수도 있다고 예상했다. 다들 땅바닥에 엎드려 모든 것이 끝나기를 기다렸다. 몸을 통해 땅과 풀에서 느껴지는 남은 분노를 느낄 수 있다.

나는 두 손으로 흙을 움켜쥐고서 머리는 풀밭에 처박은 채 엉엉 울고 싶은 충동에 휩싸여 있었다. 무시무시하게 공명하던 현의 소리는 아직도 내 몸 주변에 여파를 남기고 있었다.

한참이 지난 뒤 땅의 흔들림이 멎었다. 하지만 아직 다 끝난 것이 아니었다.

내가 다 끝났다고 생각한 순간, 하늘 저 편에서 갑자기 전투기가 나타났다.

세모꼴에 유선형의 평면을 가지며 속도가 상상 이상으로 빠른 비행기들. 고공에서 지표를 향해 내리꽂히듯 하강하면서, 무대를 정확하게 폭격한다. 주변은 온통 폭발음과 불꽃으로 가득해진다. 놀라 비명을 지르는 사람도 있고, 비명 지를 틈도 없이 죽은 사람도 있다. 나는 고개를 숙인 채 기어서 폭격을 면한 바위 뒤로 몸을 숨겼다.

폭격, 두 번째.

세 번째.

비행기가 저공비행을 했다. 강철족이 지구에 온 이래 이렇게 낮게 비행한 적은 처음일 것이다.

비행기는 린 선생님을 향해 똑바로 날아갔다. 선생님은 여전히 서 있으려 애쓰고 있다. 나는 고함을 질렀지만, 내 목소리는 주변을 가득 메운 굉음에 묻혔다. 선생님에게 달려가려 몸을 일으킬 때였다. 내 몸 뒤에서 폭발의 여파가 덮쳐왔고, 목에 걸고 있던 옥이 부서지면서 가슴에 충격을 받았다. 나는 비틀거리다 쓰러지고 말았다. 다시 고개를 들었을 때 빨간 치마를 입은 사람이 선생님을 부축하고 있는 것이 보였다.

아주.

혼란과 당황 그리고 공허.

전투기가 선생님의 머리 위를 스치듯 날아간 순간, 나는 선생님이 갈라진 땅의 틈으로 훌쩍 몸을 날리는 것을 보았다. 그리고 아주가 선생님을 따라 뛰어든다. 두 사람의 몸이 추락하는 무지개처럼 공중에서 오랫동안 사라지지 않을 빛을 그리며 떨어진다. 나는 머릿속이 텅 비었다. 나는 내가 죽을 거라고 생각했다. 우리 모두가 죽을 거라고 생각했다. 그런데 미친 듯 공격하던 전투기는 의지를 상실한 곤충처럼 먼 곳을 향해 활공하더니 아득히 멀리서 추락했다. 곧 폭발하는 뜨거운 불꽃이 터졌다. 모든 것이 갑자기 멈췄다.

나는 이유도 모른 채 의식을 잃었다.

5

한 달 후, 나는 치웨의 차를 타고 교외의 조용하고 인적 드문 산길을 달리고 있다. 뒷좌석에는 린 선생님이 가장 좋아하셨던 흰 국화 다발을 실었다.

우리가 가려는 묘지공원은 아주 멀다. 차로 사람이 다니지 않는 산길을 꼬불꼬불 올라가야 한다. 바위에 가려 보이지 않는 곳, 나무가 산 아래의 모습을 가리고 있다. 차는 조용히 달린다. 우리도 조용히 앉아 있다.

치웨의 표정이 무겁다. 지난 한 달 동안 그는 거의 웃지 않았다. 그가 왜 그러는지 나도 잘 알고 있다. 그는 자신이 사실을 숨겼기 때문에 선생님이 돌아가셨다고 생각한다. 그것이 무거운 심리적 부담이 되어 그의 등에 얹혀 있다.

나는 몇 마디 위로의 말을 건네려고도 시도했지만 결국 무슨 말을 해야 할지 알 수 없어 그만두었다. 어느 정도까지는, 치웨의 생각이 틀렸다. 그러나 다른 각도로 생각하면 나도 치웨도 그 생각이 맞다는 것을 분명히 안다. 나는 린 선생님이 대지의 틈으로 뛰어내린 이유를 오랫동안 생각했다. 최종적인 결론은 선생님이 이미 죽음을 준비했다는 것이었다. 달 파괴 계획을 세운 그날부터 살아남을 생각은 전혀 하지 않았던 것이다. 게다가 선생님은 달이 파괴된다면 지구도 쪼개질 거라고 믿으셨던 것 같다. 나는 그 사실에 대해 회의를 품고 있었지만, 선생님은 굳게 믿었다. 치웨가 숨긴 사실이 선생님의 그런 믿음을 더 강하게 만들었다.

누가 이런 결과를 예상할 수 있겠는가. 하늘다리의 공명이 무언가를 찢어발겨 무너뜨리긴 했다. 하지만 그건 달이 아닌 연구센터였다. 달에 있는 연구센터 건물이 무너지면서 핵폭발이 일어났고, 이어 블랙홀 연구 설비의 폭발로 초소형 블랙홀이 생겨 짧은 시간 동안 주변의 물질들을 순식간에 빨아들였다. 블랙홀은 격렬한 반작용으로 그 주위의 기지를 전부 휩쓸었다. 강철족은 마지막 순간 지구에 있던 전투기를 조종해 이를 막으려 했지만 그것도 순간적인 저항에 그쳤다.

이 모든 것을 누가 알았겠는가.

나는 치웨에게 물었다. 왜 진짜 계획을 우리에게 알려주지 않았느냐고. 치웨는 쓴웃음만 지으며 고개를 저었다. 설마 강철족이 우리의 계획을 몰랐을 거라고 믿어요? 그들은 사실 처음부터 다 알고 있었어요. 다만 달이 파괴될 가능성이 없다는 것을 알았기 때문에 이런 어린애 장난 같은 희생에는 신경 쓰지 않았던 거죠. 하지만 누군가에게 이 사실을 말한다면, 그래서 강철족이 달 실험센터에 블랙홀을 만들 수 있는 설비가 있다는 것을 알았다면 상황이 달라지죠. 우리는 그 순간 소멸했을 겁니다. 치웨는 이렇게 말한 다음 나를 쳐다보았다. 그의 눈에는 내가 처음 보는 쓸쓸한 비애가 서려 있었다.

묘지공원은 적막했다. 많지 않은 무덤이 정갈하게 배치되어 있다.

우리는 선생님의 무덤 앞에 서서 묵념했다.

시체도 찾지 못했으니 옷가지를 넣어 만든 조용한 무덤이다. 선생님의 몸은 없지만 영혼은 안식을 찾았으리라. 꽃과 비석은 소박하고 고요하다. 비석에는 이름만 적혔고, 다른 것은 아무것도 남기지 않았다. 색깔도 종류도 다양한 꽃다발이 우리 전에도 몇몇 추모객이 다녀갔다는 것을 알려준다.

우리는 각자 눈을 감고 선생님에게 하고 싶은 말을 전했다.

선생님의 무덤 옆은 아주의 무덤이다. 나는 흰 장미 한 송이와 내 목에 걸려 있다가 절반으로 뚝 끊어진 옥의 파편을 무덤 앞에 놓았다. 옥 파편은 여전히 투명하게 반짝인다. 이 옥은 우리가 결혼할 때 그녀가 준 증표였다.

묘비에서 아주는 꽃처럼 웃고 있다. 10년 전에 내가 그녀를 처음 만났던 때의 모습이다. 세상의 모든 먼지를 씻어낸 것 같다.

아주, 우리는 마침내 집에 돌아왔어. 그렇지?

나는 그녀를 바라보며 마음속으로 말했다.

사진 속 그녀의 미소가 좀더 짙어진 것만 같다.

나는 그녀를 바라보다가 눈물을 흘렸다. 치웨가 내 어깨를 두드려 준다.

황량한 묘지공원 옆에 꽃이 만발한 정원이 연결되어 있다.

잔디밭은 고인의 안식처이고, 생전에 살던 곳처럼 그들 영혼의 향기를 풍긴다. 이따금 고요한 공기를 깨뜨리며 새 울음소리가 들린다. 푸른 풀잎은 향긋한 땅 냄새를 품고 있다. 다시, 봄이다. 잠깐의 도움과 숨 돌릴 틈만 있어도 살아남은 사람은 삶을 이어갈 수 있다. 우리는 눈에 보이지 않는 다음 공격을 기다린다. 하늘이 가볍다.

나와 치웨는 묘비 앞에 앉아 죽은 이들과 대화를 나누고 술 한 병을 대작했다. 고독한 지구에서 이 작은 공간은 우리 네 사람의 마음이 가장 가까워지는 곳이 된다. 달이 우리 머리 위에서 은은하게 빛난다.

화려한 한가운데

繁華中央

왜 싫다는 겁니까?

내 힘으로 하고 싶으니까요.

당신 힘으로 뭘 할 수 있죠?

내 힘으로, 목숨 걸고 싸우는 것은 가능하죠.

그런 다음에는? 어둠 속에서 죽을 겁니까?

그것도 좋겠지요. 당신들이 빛 속에서 살게 된다면 난 어둠에 있겠어요.

(웃음) 그렇다면 당신 재능도 이렇게 버릴 겁니까?

아주阿玖가 처음 런던에 갔을 때는 스물두 살이었다.

그해, 그녀는 바이올린 전공으로 대학을 졸업하고, 영국 왕립음악대학에 작곡과 대학원생으로 입학했다. 그녀는 쇼팽, 라흐마니노프 같은 음악가가 되고 싶었다. 그것은 그녀가 늘 마음에 품고 있던 열망이었다.

출국하기 전에 그녀와 천쿼陳君은 결혼했다. 스물두 살에 결혼하는 일은 드물다. 그러나 두 사람은 이미 사귄 지 8년째였고 아주는 천쿼을 안심시키고 싶었다. 자신이 외국에 나가는 것은 화려한 세계를 동경해서가 아니라 작곡가의 꿈을 이루기 위해서라는 점을 거듭 이야기했다. 그녀는 천쿼을 사랑했지만 이 기회를 놓칠 수가 없었다. 천쿼은 유학에 반대하지 않았다. 다른 일에도 늘 그렇듯, 그는 겉으로 보기에는 전혀 신경 쓰지 않는 듯했다.

아주는 혼자서 먼 나라로 향했다. 히드로 공항에서 경전철을 타고 런던으로 들어가는 동안 주변의 다양한 피부색을 가진 승객과 가장자리가 해진 의자를 보며, 아주는 낯선 나라의 어색함과 집에 돌아온 것 같은 편안한 감정을 동시에 느꼈다. 그녀는 드디어 줄곧 꿈꾸던 이곳에 왔다. 그 순간은 정말 집에 돌아온 느낌이었다.

아주는 스스로 잘 챙기는 사람이었다. 그녀는 학교에 입학서류를 제출하고 영어 시험을 거친 뒤, 곧이어 엄격하고 관료적이며 몹시 두꺼운 문서의 방해를 이겨내고 최종적으로 학생증, 은행카드, 보험증권, 임시거주증 등을 손에 넣었다. 아주는 작은 광장 옆에 위치한 집에 방 하나를 빌렸다. 교통의 요지여서 창문으로 내려다보면 매일 차를 기다리는 수많은 사람을 볼 수 있었다. 건물은 조용했고, 나이 든 할머니인 집주인은 자주 집을 비웠다. 부엌에는 꽃이 조각된 은색 식기가 구비되어 있었다. 그녀는 손 그림이 들어간 도자기 잔을 샀다. 물을 끓여서 뜨거운 수온으로 몸을 녹이며 온기가 없는 나날을 버텼다.

그녀는 작곡을 공부했다. 노력파였다. 유학 오기 전에는 바이올린을 배웠지만, 평생 연주자로 살 생각은 없었다.

나는 내 재능을 살리고 싶어요, 내 힘으로.

'술이 향기로우면 골목이 깊어도 사람이 찾아온다'●는 말을 하고 싶은 겁니까?

그래요.

자기가 살고 있는 세계를 아직도 잘 모르는 것 같군요.

처음 영국에 와서 1년간, 아주는 같은 대학원의 친구와 함께 수업을 들었다. 학교 건물은 수백 년 역사를 가진 고성古城이라 고딕 시대의 장엄하고 우울한 기운을 간직하고 있다. 세상과 단절된 느낌이라 저도 모르게 조용해지는 곳이다.

아주의 유학생활은 시작부터 순조롭지 않았다. 그녀는 기초가 부족했고, 유학을 오고 나서야 다른 학생과 격차가 심한 것을 알게 되었다. 그녀의 손가락은 재능이 없었다. 어린 시절에 충분한 피아노 교습을 받지 못해 손가락의 탄성이나 힘이 다 부족했다. 그녀는 자신의 약점을 잘 알았기 때문에 최대한 장점을 살려서 단점을 덮으려 했다. 그녀는 서정적인 곡을 켤 때의 정서적 표현이 훌륭한 편이었지만 속도나 기교가 필요한 곡은 확연히 뒤처졌다. 청력 역시 보통 수준이었다. 기본음은 크게 문제가 되지 않았지만, 전문가가 들으면 개별적인 부분에서 미세하게 정확하지 않은 음정이 드러났다. 수준 높은 콩쿠르에서는 그런 미세한 실수에도 심사위원단은 이마를 찌푸리곤 했다. 그녀는 그런 점을 가리고 자신의 장점만 드러내야 했다. 결과적으로 단점을 숨기는 버릇이 그녀에게 부담으로 다가와 쉽게 긴장하게 되었

●　재능이 뛰어난 사람은 숨어 있어도 저절로 사람들에게 알려진다는 뜻.

다. 어렵지 않은 부분에서도 완고하고 융통성 없는 느낌을 주었고, 정서적인 파장이 강렬한 부분에서는 과장하기 일쑤였다. 그녀의 연주는 감정적이고 억지스럽게 들렸다. 청중도 그녀의 그런 정서적 움직임을 다 알아차렸으니 연주에 몰입하지 못했다. 그녀의 정서는 너무 과도했다.

두 학기가 지난 뒤, 아주의 연주는 그저 평범한 수준의 점수를 받았다. 다행히 작곡과라서 연주 실력에 대해서는 학교의 요구 조건이 까다롭지 않았다. 그녀는 묵묵히 연습에 매진했다. 교실에서도 맨 뒤에서 다른 학생의 기교를 관찰했다. 그녀는 맨 뒷줄에 앉는 것을 좋아했다. 교실 앞쪽에서 멋진 연주를 끝내고 칭찬을 받는 학생을 바라보는 그녀의 마음에는 절망이 자라났다. 이런 절망은 씁쓸함과 달콤함을 동시에 느끼게 하는 이상한 감각을 안겨주었다. 그녀는 성과 없는 노력을 계속하면서 자신의 고집스러움을 알아차렸다.

가끔 개별적으로 교수들이 그녀에게 관심을 기울이고 몇 마디 가르침을 줄 때도 있다. 그러나 그런 순간은 많지 않았다. 교수들은 대개 천재 학생에게 관심을 쏟는다. 마르코 교수는 아주 온화하고 친절한 할아버지였다. 그는 아주에게 긴장을 풀고 편안하게 연주하라고 당부했다. 그녀가 선천적으로 타고난 조건이 좋다고 말하면서 재능을 운용하지 못할 뿐이라고 격려도 했다. 그녀가 가장 절망했던 어느 날의 오후였다. 아주는 그렇게 감격해본 적이 없었다.

음악대학의 경쟁은 아주 치열하다. 최고의 위치는 단지 한 명 혹은 두 명뿐이다.

우리의 모습을 아주 짧은 시간만 드러나게 해주면 됩니다. 그거면 충분해요. 아무도 알아차리지 못할걸요. 전혀 걱정할 필요가 없습니다. 위장을 벗어던지고 나면 다시 당신의 모습으로 당신의 생활을 영위할 수 있어요. 물론 전보다 나아진 생활이겠지요.

더 말하지 마세요. 나는 그렇게 하지 않을 거예요.

아무것도 하지 않아도 됩니다. 누구를 죽이는 일도, 당신 동포를 배신하는 일도 아니에요. 그냥 그들 앞에 위장한 모습으로 나서기만 하면 끝나요.

그게 배신이 아니고 뭐죠?

배신을 어떻게 정의하느냐에 따라 달라지겠지요. 길게 봤을 때 그게 구원일 수도 있습니다.

난 당신을 믿지 않아요.

우리를 이미 여러 번 믿었잖아요? 우리가 당신을 속인 적이 한 번이라도 있었나요?

아주의 재능은 연주가 아니라 작곡에 있었다. 그 점은 그녀 자신도, 그리고 어렸을 때부터 지금까지 그녀를 가르친 스승 모두가 인정하는 부분이었다. 학부 때의 교수님도 그녀의 곡에 좋은 평가를 해주었다. 그것이 그녀가 해외 유학을 결심한 큰 동력이 되었다.

아주는 음악을 언어처럼 여겼다. 그녀는 일상 속에서 한 가지 언어를 사용하고, 악보 위에서 또 한 가지 언어를 사용한다. 그녀는 악보 위의 언어가 자신의 마음을 더 잘 표현한다는 것을 알았다. 기분이 좋을 때, 아주는 십여 마디의 선율을 써낼 수 있었다. 기분이 좋지 않아도, 단삼화음과 감칠화음을 써서 악보 위를 쏘다녔다. 작곡에 빠져 있을 동안에는 먹지 않아도 좋았다. 그녀는 마트에 가서 식료품을 잔뜩 사다 쟁였다. 그렇게 하면 장을 보러 가는 시간과 이것저것 선택하기 위해 고민하는 노력을 줄일 수 있었다. 그렇게 해서 아낀 모든 시간을 작곡에 쏟았다. 그 시기는 단순하고 행복했다. 매일 새로운 선율만 생각하면 되던 시절이었다. 미래의 운명은 누구도 알 수 없는 것이다. 표면적으로는 희망이 없던 때에도 아주는 자신을 위해 깊숙이 희망을 감춰두고 있었다.

아주가 유학 온 지 3년째 되던 해, 강철족들이 왔다.

강철족은 머나먼 행성에서 왔고, 지구인들은 그 행성의 이름조차 몰랐다. 강철족은 갑자기 나타나서 공포의 흔적을 남겼다. 예상하지 못한 방식으로 정확한 제어를 통해 지구상 각국의 비행기지와 미사일 발사기지를 공격했고, 지구인들로서는 믿을 수 없을 만큼 정확했다. 그들은 냉정하기 짝이 없는 존재였다. 불꽃이 인류를 집어삼키려는 순간, 그들은 자신들의 뛰어난 모습을 선보였다. 일부러 지구인들에게 보여준 것 같았다. 그들의 금속으로 된 껍데기는 틈 하나 없이 매끄러웠고, 크고 강했다. 그들은 신속하게 달을 점령했으며 지구를 침략했다. 텔레비전에서는 그들이 신비롭게 나타나 죽음만 남겨놓고 마법처럼 사라졌다고 떠들어댔다.

모든 과정은 느리고 고통스러웠다. 강철족의 냉혹함과 정확함은 종종 폭발하는 손발의 근육통처럼 예기치 않게 나타나지만 뼈에 사무치도록 날카로웠다. 그들은 민간인은 절대 공격하지 않았다. 다만 무장 단체, 저항 세력은 철저히 없앴다. 그들은 자신들만의 기준과 공격 목표를 갖고 있는 것 같았다. 특수한 대상을 향한 위협이 목적인 듯했다.

특히 과학자와 예술가는 해치지 않는 정도가 아니라 의도적으로 보호하려는 태도를 취했다. 문화유적, 공연 현장 주변은 강철족이 공격하지 않았기 때문에 한동안 예술이 생존을 위한 뜨거운 화제가 되기도 했다. 공황 상태에서 예술학교의 입학 경쟁률은 점점 높아졌다.

이 과정에서 아주는 다른 사람들과 마찬가지로 강철족에게 관심을 가지는 한편 공포에 질렸다. 텔레비전에는 전쟁 장면이 연일 나왔고, 경보가 울리면 대피해야 했다. 아주는 죽음 때문에 슬펐고 희생자 추모일에는 거리로 나가 돌아다녔다. 그러나 강철족이 그녀 눈앞에 나타난 적은 한 번도 없었기 때문에 그들과 자신의 생활이 직접적인 관련이 있다는 것을 전혀 알지 못했다.

침략 이후 2년간은 지구의 생활도 크게 파괴되지 않았다. 그녀의 생활 역시 여전히 매일 똑같이 반복되었다. 학교에서 시험을 치르고 기말시험의 작곡 과제를 제출한 뒤 새해 파티에 참석했으며 졸업 공연을 준비했다. 전쟁은 다른 세상에서 일어나는 일 같았다. 그녀에게 가장 급하고 중요한 일은 졸업 후의 구직 문제였다. 제때 악단이나 학교에 자리를 얻지 못한다면 비자 만료로 귀국해야 한다. 더 이상 런던에 머물 수 없다. 그녀는 돌아가고 싶지 않았다. 그녀의 사명과 재능, 그녀가 태어나면서부터 품어왔던 꿈은 고전음악의 나라에 있었다. 런던, 빈, 프라하, 뮌헨…… 그녀는 돌아갈 수 없었다.

아주는 중국에서 걸려오는 전화를 피하기 시작했다. 어머니는 걱정하시며 몇 번이나 말을 꺼내다가도 말았고, 천쿤은 별로 신경 쓰지 않는 듯 돌아오라고 재촉하지 않았다. 그는 항상 무슨 일에 대해서건 상관하지 않는다는 태도를 취한다. 이제는 아주도 그가 정말로 상관하지 않는 것인지 알 수 없게 되었다. 어떤 때는 자신이 천쿤을 누구보다 잘 이해하는 것 같았지만, 또 어떤 때는 두 사람 사이에 유리벽이 있다고 느꼈다. 겉으로는 아주 가까이 있는 것 같지만 사실은 진정으로 함께한 적이 없었던 게 아닐까 생각할 때도 있었다. 아주는 천췬에게 미안한 감정을 가졌고, 그럴수록 그의 전화를 피했다.

아주의 구직은 쉽지 않았다. 서너 군데 정상급 악단에 입단 시험을 치렀지만 모두 통과하지 못했다. 그녀는 자신의 작품을 악단에 보냈지만 역시 채용되지 못했다. 이제 막 데뷔한 신인 작곡가인 그녀의 곡을 공연하려는 악단은 아주 드물었다. 음반 회사에서도 신인 작곡가의 작품을 발굴하지만, 회사에는 이미 산처럼 쌓인 악보가 있기 때문에 유명인사의 소개 없이는 거의 주목받지 못한다. 아주는 직접 회사로 찾아간 적도 있었지만 아무리 기다려도 작품을 선정하는 책임자를 만날 수 없었다.

시간은 하루 또 하루 흘러갔고, 아주의 기회도 나날이 줄어들었다.

창작자에게는 좌절이 나쁘지만은 않은 일이다. 그녀는 매번 좌절하고 집에 돌아온 후 비장한 침묵 속에 또 다른 교향곡 단락을 썼다. 하지만 현실에 있어선 좌절이란 아무런 좋은 점이 없었다. 그녀는 이미 졸업 넉 달째였고, 비자 발급 기한은 곧 만료될 예정이었다. 직업을 얻지 못하면 더 이상 여기 남을 수 없다.

유일하게 남은 기회는 어떤 콩쿠르였다. 고전음악과 크로스오버 유행 음악 분야에서 가장 큰 콩쿠르다. 다른 사람에게는 화려하고 아름다운 행사였지만 아주에게는 목숨을 건 마지막 전투와 같았다.

바로 이때, 그들이 처음으로 아주를 찾아왔다.

우리가 알고 지낸 지도 몇 년은 되었지요. 원하지 않는다면 떠나도 좋습니다.

정말이에요?

우리는 강요하지 않습니다.

내가 여기서 떠난 다음 이 비밀을 폭로하면 어쩌려고요?

당신은 그러지 않을걸요.

어째서요?

그것이 일어서자 광택이 도는 금속으로 된 얼굴에 어딘지 풍자적으로 보이는 웃음이 나타난 듯 보였다. 있는 듯도 없는 듯도 했고 빛나는 표면에 숨겨져 있었다. 따라오세요. 그것이 말했다.

아주는 일어섰다. 너무 오래 앉아 있던 탓에 무릎이 아파서 비틀거리다 넘어질 뻔했다.

그것이 어떻게 벌어진 일인지, 아주는 이미 잘 기억나지 않았다. 그녀는 몇 장면만 드문드문 기억했다. 예를 들어 처음으로 그녀를 찾아왔을 때 그 남자가 입고 있던 외투에 단추가 하나 떨어져 있었던 것. 식당 테이블에 계절에 맞지 않는 재스민 꽃이 꽂혀 있었던 것. 그날 저녁 혼자서 집에 돌아오다가 술에 취한 부랑자를 마주쳤던 것. 그러나 이런 사소한 장면들을 어떻게 끼워 맞춰 전체 기억을 만들어야 할지 알 수 없었다.

아주는 돌연 콩쿠르 첫날 오후를 기억해냈다. 그녀와 그녀가 이끄는 소규모 악단이 무대에서 내려온 후, 악단은 돈을 받고 떠났고 그녀는 관객석 맨 뒷줄에 혼자 앉아서 결과를 기다렸다. 그녀는 결과가 좋지 않을 것을 잘 알았다. 그녀가 고용한 악단은 런던 거리에서 찾아낸 임시 악단이었다. 런던에는 이런 사람들이 수없이 많다. 그들은 연주회장 근처에서 기다리다가 각종 단체의 공연이나 영상에 임시로 출연한다. 어떤 곡이든 다 받아들인다. 그들의 태도는 진지했지만 리허설은 딱 세 번만 할 수 있었다. 아주는 더 많이 리허설을 할 돈이 없었다. 마지막 부분의 효과는 기계로 만들어야만 했다. 그녀가 바라는 음악의 긴장감, 악보에 담긴 대비 효과, 주저하는 감정, 급격한 변화, 암담함 속 유일한 해결의 단서 등은 무대에서 전혀 표현되지 못했다. 아주가 지휘대에 서 있었지만, 악단은 악보를 보아야 했다. 그들은 지휘하는 아주를 자주 쳐다보지 못했다. 아주는 등 뒤에서 심사위원단이 쏘아 보내는 냉정한 시선이 따갑게 찔러 들어온다고 느꼈다.

콩쿠르 첫날은 학교의 거대한 음악 교실에서 경합이 치러졌다. 무대는 높고도 넓었으며 전면창을 통해 햇빛이 비껴들어왔다. 연주가 끝난 뒤, 그녀는 혼자 남았다. 무언가 하나라도 심사평이나 점수를 들을 수 있기를 기대하며 맨 뒷줄에 놓인 나무 의자에 앉아 기다렸다. 위가 아팠다. 아주는 가능한 한 입고 있는 스웨터 안으로 파고들려고 노력하며 두 팔로 위장 쪽을 꾹 눌렀다.

마르코 교수님도 콩쿠르를 참관하러 왔다. 그는 아주의 옆자리에 앉아 그녀의 등을 두드려주었다. 그는 아무 말도 하지 않았고, 갈색 베레모를 벗지도 않았다. 교수님은 줄곧 앞만 바라보았다. 하얗게 센 수염이 햇빛을 받아 밝게 빛났다. 아주는 교수님이 실패를 위로하러 왔다고 느꼈다.

그녀는 결과를 기다리지 못하고 마르고 교수님께 인사를 한 뒤 먼저 자리를 떴다. 몹시 울적했고 머릿속이 엉망진창이었다. 그녀는 그저 앞만 보고 걷느라 어떤 사람이 콩쿠르 심사장에서부터 그녀를 뒤따라오는 것도 알아채지 못했다.

그 후 그녀는 멋진 식탁에 앉았다. 몹시 심란하여 자기가 어떻게 그곳에 왔는지 알 수 없었고, 아는 것이라고는 그녀가 모르는 사람을 마주하고 있다는 것과 그 사람이 자신의 도움을 받으라고 그녀를 유혹하고 있다는 것뿐이었다. 테이블 위에는 연어와 포도주, 소박하지만 아름답게 포장된 초콜릿 상자가 놓여 있었다. 그녀는 그 남자가 자신의 팬이 아니라고 확신했다. 그러나 남자는 그녀를 돕겠다고 말했다. 왜냐하면 그녀의 곡에서 재능을 발견했기 때문에.

그가 물었다. 당신 곡이 영원히 어느 누구에게도 인정받지 못하고 세상에서 사라져버리는 것을 견딜 자신이 있습니까?

바로 여깁니다. 그것이 그녀를 데리고 기나긴 복도를 걸어 도착한 곳은 어느 문 앞이다. 그것이 문을 열고 들어갔다.

아주는 기억 속에서 깜짝 놀라 깨어났다. 그녀는 자신이 간 곳이 어딘지 모른다. 심지어 그곳이 런던이었는지도 알지 못했다. 그저 남자를 따라 문 안으로 들어섰고, 그곳은 휘황찬란한 또 다른 세계, 빛나는 홀이었다.

그들은 다 여기 있습니다. 당신도 보면 바로 이해할 겁니다. 그것이 말했다.

아주는 앞으로 한 걸음 내디뎠다. 하지만 문을 열 용기가 없었다. 그녀는 고개를 돌려 그것을 쳐다보았고, 그것은 어깨를 으쓱하더니 대신 문을 열어주었다. 그녀는 안으로 들어갔다.

거대한 홀이었다. 입구에서 좌우 양쪽으로 고개를 돌려도 그 끝이 보이지 않았다. 천장에는 금색 샹들리에가 걸려 있고, 샹들리에 아래로 드문드문 원형 탁자가 놓여 있는 게 보였다.

화려한 옷차림을 한 사람들이 연회를 즐기고 있다. 거기 모인 사람들 중 대다수는 아주가 아는 사람들이다. 유명한 연출가, 배우, 상을 받은 화가, 스타 연주자로 떠오른 신예 피아니스트, 미디어가 숭배하는 젊은 작가. 그들 중 몇몇과는 만난 적도 있었다. 일부는 공연장에서 마주쳤고, 일부는 객석에서 무대 위의 그들을 올려다보았다. 또 한 무리의 사람은 텔레비전에서 본 적이 있다. 그들은 즐겁게 이야기하고 있었는데, 아무도 구석에 있는 작은 쪽문을 주시하지 않았다. 아주는 쪽문 옆에 서서 그들을 바라보았다. 사람들은 등불처럼 환한 웃음을 지으며 술잔을 들고 연회장을 돌아다녔다. 어깨와 등이 훤히 드러나는 화려한 예복은 진주로 장식되어 있다. 검은 연미복은 단정했고, 옷깃은 매끄러운 빛을 내는 새틴이었다. 남자와 여자가 시시덕거리면서도 본심을 드러내지 않았고 서로 찬사를 쏟아내면서도 사이사이 악의 없는 농담이 적절히 섞여들었다.

곧 그녀는 그 장면을 보았다. 어느 탁자 옆에 잘생긴 배우가 두 명의 미인과 함께 나타났다. 그는 느릿하게 어깨와 손목을 움직였고, 팔뚝의 몇몇 부분이 동시에 빛을 내기 시작했다. 빛은 상승하고 확장하며 응집되었고, 최종적으로 하나로 뭉쳐서 그 남자를 둘러쌌다. 빛은 강철족의 모습으로 바뀌었다.

아주는 그 남자를 뚫어져라 쳐다보았다. 너무 놀라 눈도 깜빡이지 못했다. 그의 변신이 이렇게 자연스럽다니, 그 사실에 아주는 전율했다. 이런 날이 올 거라는 것을 알고 있었지만, 실제로 보니 충격적이었다. 아주의 마음에 참을 수 없는 슬픔이 차올랐다. 쥐덫에 걸린 쥐가 마지막을 예감하며 느끼는 그런 슬픔이었다.

설마 저 사람들……. 그녀가 고개를 돌려 그것을 보았다.

그것이 고개를 끄덕였다. 얼굴에 비웃음이 걸려 있다.

맞습니다. 저 사람들 전부.

조명, 박수, 파티. 이 모든 것이 몇 년 전에 본 기억과 너무도, 너무도 닮았다. 이런 일을 기억하는 것 자체가 그녀를 기진맥진하게 만든다. 마음의 어느 부분이 찌르듯 아파왔다. 어두운 구름이 빽빽이 들어찬 하늘에서 쉼 없이 번개가 내리꽂히는 것 같았다. 구름은 걷힐 줄 몰랐다.

몇 년 전 그날 오후, 그녀가 처음으로 낯선 남자를 따라 연회장에 들어갔을 때, 모든 것이 화려했다. 그녀는 그곳의 책임자를 소개받았다. 술잔을 들어올리고, 고개를 숙이며 예의를 차린다. 그리고 외국의 에이전트를 만났고, 나중에 꼭 연락하자는 약속을 받았다. 그 다음으로는 유명한 신진 음악가 두 사람이었다. 그들은 막 새 영화의 의뢰를 받은 참이라 했다. 파란색 스포트라이트가 비추고, 조명이 물결처럼 출렁였다. 공중에 걸린 크리스털 구슬 장식에 반사된 빛이 눈부셨다. 그녀는 사람들 눈 사이를 바쁘게 돌아다녔다. 다양한 색채의 짙은 아이섀도를 바른 눈들이었다. 강렬하고 오만하고 과장되었으며 안하무인이면서도 매혹적인 눈, 눈의 주인이 어떻게 살아가는지 그 태도에 몹시도 어울리는 눈들이었다.

낯선 사람이 이도저도 아닌 미소를 띠며 그녀 앞에서 걸었다. 그는 그녀가 자신을 따라올 거라고 확신하는 것 같았다. 그가 처음 그녀를 따라갈 때부터, 그는 그녀가 지금 자신을 따라올 것을 알았다.

두 사람은 연회장으로 들어서서 여러 양복과 가죽구두 사이에 앉았다. 그녀는 순서대로 줄지어 입장하는 사람들을 바라보며 그들이 모인 것에 깜짝 놀랐다. 그들은 서로 다른 국가에 예속되어 있고 서로 다른 지위를 가졌으며 텔레비전에서도 항상 반대편에 서는 사람들이었다. 그러나 이곳에서 그들은 한데 모여 있다. 그들은 목소리를 낮춰 대화하고 웃었으며, 그녀에게는 들리지도 않고 알아들을 수 없는 문제를 놓고 토론하기도 했다. 그녀 옆에 앉은 낯선 사람은 그녀가 경악한 것에 기꺼워하는 듯했다. 그는 비웃음을 띠면서도 어딘지 동정 어린 표정을 지었다. 그런 다음 그는 그녀를 데리고 식당으로 갔다.

오늘 본 이 모든 것은, 당신도 할 수 있습니다. 당신의 재능은 흔히 볼 수 없는 것이에요.

고맙습니다.

우리는 가장 좋은 홍보 방안과 후원자를 찾고, 최고의 광고 계획을 세워 당신을 도울 겁니다.

……고맙습니다.

지금 이런 환경에서 당신은 좋은 기회를 잡아야 합니다. 찬사란 주목도가 크면 자연히 따라옵니다. 주목도는 자본을 얼마나 투자하느냐에 달렸고요. 잡지 인터뷰, 공연 장소, 방송 노출도, 수상 여부, 이 모든 것이 마케팅 능력이지요. 제대로 된 홍보 방안이 있어야 사람들이 당신을 중요하게 여깁니다. 이 모든 과정을 쉽게 생각해서는 안 됩니다. 능력만 있으면 언젠가는 알아준다는 생각은 망상입니다. 이미 눈에 보였던 것만이 또 눈에 띄는 거죠. 모차르트도 아버지를 따라 궁정에서 연주를 해서 알려졌습니다. 같은 이치예요. 당신은 그럴 만한 능력이 있으니 우리를 거절할 이유가 없어요. 화려한 무대 한가운데 서는 꿈을 꾼 적이 없다고 말할 셈은 아니겠죠? 당신은 유명해져야 합니다. 우리에게 맡기세요. 우리는 그걸 해낼 수 있어요.

그 다음은 리허설, 공연, 홍보의 연속이었다. 그녀는 한 악단에 소속되었고 공연에 참여했다.

그녀는 자신만의 팀을 꾸려서 음반을 녹음했고 잡지 인터뷰를 했다. 이미 포기했던 콩쿠르에서도 좋은 평가를 받았다. 그녀는 첫 계약도 맺었다. 중요한 공연에서 배경음악을 작곡하는 일이었다. 그녀는 곧 자신만의 공연을 하게 되었고 레드카펫에 서서 눈부신 플래시 세례를 받았다.

이 모든 것에서 얼마나 시간이 지났는지, 이제 기억나지 않는다. 이런 일이 무엇을 의미하는지도 알지 못했다.

그녀가 유일하게 아는 것은, 자신이 그때 거절하지 않았다는 것이다. 그녀는 거절할 용기가 없었다. 혹은 거절할 이유가 없었는지도 모른다.

그것이 연회장 구석에 서서 그렇게 웃으면서 연회장의 예술계 유명 인사들을 보다가 그녀를 돌아보았다.

이 모든 것은 당신도 보았습니다. 그런데도 거절할 겁니까?

그녀는 귀를 막았다.

이건 함정이에요. 처음부터 당신들이 베푸는 은혜라는 것을 알았다면 절대로 받아들이지 않았을 거라고요.

처음에 몰랐어요?

당연히 몰랐지요.

틀렸습니다. 당신은 알고 있었어요. 자세히 기억을 더듬어보세요. 우리는 첫날부터 당신에게 전해주었어요.

아주는 말문이 막혔다. 그녀는 자세히 기억을 떠올려보았다.

당신은 우리가 누군지 처음부터 알고 있었어요. 인정하지 않으려 했을 뿐이죠. 당신은 모순된 선택을 직시하는 것이 두려웠고, 그 모순이 당신의 빛나는 길을 막을까 겁이 났습니다. 그래서 인정하지 않았어요. 우리가 전해준 말을 알아듣지 못했다는 핑계도 대지 마세요. 의도적으로 생각하지 않으려 한 것뿐이잖아요. 당신이 알아듣지 못했다고 해도, 손목에 핀 꽃을 보세요. 그런 기술력을 가진 존재가 누군지, 정말로 전혀 짐작도 못 했다고요?

아주는 두려움에 떨며 의식적으로 손목을 들어올렸다. 손목 피부 위로 작고 정밀한 백합 한 송이가 떠올랐다. 연못에 연꽃이 떠 있는 모양새다. 이것은 낯선 사람이 초기에 그녀의 손목에 심은 마이크로칩이었다. 다른 사람과 연락하고 신분을 증명하기 위한 용도라고 했다.

그녀는 꽃을 바라보았다. 백합꽃이 자기 피부 아래서 차가운 조소를 던지는 것만 같았다. 그녀는 꽃을 뽑아내고 싶었다. 그렇게 해서 자신이 마주하고 싶지 않은 기억도 함께 사라졌으면 했다. 그러나 손이 피부에 닿는 순간 백합은 몸속으로 사라졌다. 그녀는 손목을 움켜쥐고 피부를 찢어서라도 꺼내고 싶다고 생각했지만 그건 아무 소용도 없는 짓일 터였다.

그것이 다시 웃었다. 이상하게도 그것이 웃을 때면 소리도 나지 않는데 그녀는 그것이 웃는다는 것을 알 수 있다.

조급해할 것 없습니다. 그렇게 빨리 대답해야 하는 것은 아니에요. 집에 가서 다시 잘 생각해보세요.

아주는 그것을 쳐다보았다. 그것의 얼굴은 처음부터 지금까지 반짝거리고 매끄러워 보이는 금속 재질 그대로다. 어디에도 웃음의 흔적이 없다. 어떤 표정도 없다. 그녀는 그것이 진심인지 거짓말인지 알 수 없었다. 그것의 금속으로 된 얼굴, 금속으로 된 몸, 금속과도 같은 냉정함, 이 모든 것이 그녀를 곤혹스럽게 한다. 그것은 높은 곳에서, 3미터 높이에서 그녀를 내려다보고 있다. 이 높이는 상대를 멸시하기에 최적화된 높이다. 업신여기기 충분하게 멀고, 업신여김을 보여주기에는 충분히 가까운 거리. 그것은 그녀의 대답을 받은 것이나 다름없다는 태도였다. 쥐덫 앞에 서서 쥐가 마지막 저항을 멈추면 얼른 쥐를 꺼내갈 때를 기다리는 사람처럼 말이다.

그녀는 그것의 시선이 무서워 눈을 내렸다. 그녀는 집으로 돌아가 겠다고 결정했다. 자기 자신에게 시간을 좀 주자는 생각이었다.

돌아가도 좋습니다. 다만 당신의 선택이 가져올 결과를 생각하세요. 하나의 생물종, 하나의 문명이 진정으로 남기게 되는 게 뭘까요? 당신이 예술을 남긴다면 당신의 문명은 죽지 않습니다. 우리도 우리가 원하는 것을 얻을 수 있으니 서로 좋은 일입니다. 언젠가 당신의 문명이 죽게 되더라도, 적어도 당신은 문명을 위해 뭔가를 남긴 거죠. 샹슬라드Chancelade인* 은 죽었지만 바위동굴에 벽화를 남겼습니다. 우리는 당신 작품의 운명을 결정할 수 있습니다. 우리는 당신 작품이 영원히 세상에 전해지도록 할 수 있어요. 물론, 그 작품들이 세상의 빛을 보지 못하게 할 수도 있고요.

그런 다음 그것이 그녀를 데리고 연회장을 가로질러 반대쪽 발코니로 갔다. 가늘고 긴 흰색 문을 열고 나간 뒤 그녀를 난간 쪽으로 데려갔다. 발코니 아래는 트래펄가 광장이다. 피난 가는 사람들, 항의하는 사람들로 광장이 꽉 찼다. 그것은 손을 뻗어 공황상태의 사람들을 가

---

* 프랑스 서남쪽 샹슬라드 지방에서 살았던 구석기시대 원시인.

리켰다.

저 사람들을 좀 봐요. 당신의 망설임은 저들을 위한 것이지만, 저 사람들이 당신과 무슨 관계가 있습니까? 살아남을 기회를 잡기 위해 수단과 방법을 가리지 않고 물고 뜯는 게 보입니까? 당신이 저 사람들을 위해 고민하는 것을 저들은 알아주지 않을 겁니다. 내가 장담하지요. 그들은 당신이나 당신과 같은 사람들을 시기했죠. 우리가 없었더라도 그들은 당신이 실패하기를 바랐을걸요. 당신을 좋아하는 사람이 많다고 생각하겠지만, 싫어하는 사람이 더 많을 겁니다. 그들은 음침하게도 당신의 불행을 고소해하며 당신이 빛나는 무대에서 굴러 떨어지기를 바랍니다. 그들은 당신을 이해하지 못해요. 그들을 위해 당신 자신을 희생하는 것은 가치 없는 일입니다. 그들은 결국 소멸할 것이고, 그게 뭐 어쨌단 말입니까? 모든 생물종은 언젠가는 사라집니다. 우주라는 무한히 넓은 예술 속에서 생물종은 중요하지 않습니다. 걸작만이 남을 뿐이죠. 천국이 어디에 있는지 잘 생각해보세요. 천국은 우주에 있습니다.

그것이 긴 손을 흔들어댔다. 석양빛을 받은 금속의 움직임에 따라 한 줄기 빛살이 그어진다. 그것은 냉정하게 광장의 사람들을 가리켰다. 사람들은 그것의 존재를 인식하지 못한다. 그것은 그녀를 연회장에서 데리고 나와 배웅했다. 길고 어두운 복도를 걸었다. 마지막 순간, 그것이 그녀를 몹시 곤란하게 만드는 입맞춤과 함께 말했다. 사실 당신은 위대한 예술가가 될 수 있어요.

아주는 트래펄가 광장 한쪽 구석에 서서 방향을 정하지 못하고 걸었다. 하늘은 이미 어두웠고, 가로등과 식당의 크리스털 등은 불을 밝히고 환하게 반짝이고 있다.

아주는 다른 세상에 있는 것 같은 기분을 느꼈다. 그녀는 그것들의 요구를 떠올리고 다시 한번 몸을 떨었다. 그것들은 그녀에게 강철족의 모습으로 위장하라고 요구했다. 피부에 삽입한 칩이 빛을 만들어 내어 광선으로 형성한 가짜 표면을 뒤집어쓰는 것이다. 그렇게 하면 매혹적이고도 커다란 껍데기가 만들어진다. 겉으로 보기에는 그들과 똑같다. 그녀가 할 일은 필요한 시간에 필요한 장소에 나타나는 것이다. 그렇게 해서 인류에게 갑작스러운 놀라움을 주고, 강철족의 수적 우세를 위장하여 위협과 공포를 조성한다. 인간은 강철족이 신비롭게 지구상에 강림했다고 여길 것이다. 세상 어느 곳에나 나타난다고 생각하며 두려움에 떨 것이다. 그들은 강력한 강철 껍데기 속에 작고 평범한 인간이 들어 있다고는 생각하지 못할 것이다. 인간을 도망치게 만드는 강철족은 대부분 평범한 인간이다. 이 사실이 알려지면 사람들은 가슴이 서늘하지 않을까.

그녀의 첫 번째 반응은 경찰에 신고하려는 것이었다. 그녀에게는 이번이 유일한 기회였다. 강철족에게 다시 불려간다면 경찰에 신고할 기회도 잃게 될 것이다. 그러나 그녀는 주저했다. 그것이 한 말이 효과를 나타낸 셈이다.

강철족은 지구에 와서 몇 년 동안 여러 중요 지휘센터를 공격했다. 그런데 그녀는 그것들의 도움을 받은 지 3년이나 되었다. 누구에게 도움을 받는지 몰랐다고는 하지만 무의식에서는 그들의 강력한 힘을 알고 있었다. 그녀는 그것들이 선택한 수많은 숨겨진 힘 중 하나였다. 그녀는 성공했다. 세속적인 의미에서의 성공이다. 처음에는 콩쿠르에서 2위를 했고, 첫 음반이 광장의 거대 광고판에서 재생되었다. 몇 년간 모인 곡들로 큰 무대에도 섰다. 연약함 속에 숨은 긴장감이 평론가들에게 찬사를 들었다. 영화 배경음악 작업도 계약했고 중요한 파티에도 초대받았다. 2년 동안 음원 차트에서 높은 순위에도 올랐다. 신작 교향곡은 일류 오케스트라와 협연했다. 이 모든 성공의 길을 그녀는 애매모호하게 알 듯 말 듯 지나왔다. 누가 이런 일의 배후에 있는지는 몰랐다. 그녀는 자신의 악단에서 연주하고 저녁에는 집에 돌아와 작곡을 했다. 나머지 일은 전부 누군가 그녀 대신 처리했다. 빛이 그녀의 머리 위를 덮었다.

그녀는 이 모든 것이 꿈이라고 생각했다. 그러나 꿈에서 깰 용기가 없다. 그녀는 자신이 얻은 모든 것이 가짜처럼 느껴졌다. 그것들은 숙명적인 색채로 덮여 있다. 노력과 재능에 대한 보답이었지만 집착과 꿈도 손안에 움켜쥐고 있는 듯했다. 그러나 그녀는 오늘 마침내 알게 되었다. 이것은 더 큰 함정에 빠지는 길이다. 그녀는 어두운 감옥의 긴 복도를 걷는 기분을 느끼며 어둠 속을 더듬어 적을 피해 달아나려 했다. 자신은 달아나려 했지만 오히려 숙명적인 심판실로 들어가는 것인지도 몰랐다.

그녀는 고민에 빠졌다. 그것은 그녀의 약점을 정확히 짚었다. 그녀는 자기 이름이 알려지지 않는 것은 견딜 수 있어도 자기 곡이 영원히 묻히는 것, 아무도 자기 곡을 연주하지 않는 것만은 견디지 못한다. 그녀의 마음은 온전히 자신의 작품 속에 있다. 언어, 감정, 생명, 이 모든 것이 전부 그녀가 쓴 곡에 담겼다. 그녀는 그렇게 작곡을 사랑했다. 작곡을 하지 못할 때도 많지만 악보 속에 빠져 있을 때, 마음속에 가능한 선율이 돌아다닐 때에야 마음이 편안했고 안정감을 느꼈다. 매일 모든 행동이 스크린 뒤에서 묵묵히 돌아가는 영사기처럼,

작곡이야말로 이야기가 시작되도록 만드는 것이었다. 그녀는 죽은 후에 발견되는 것도 상관없다. 바흐는 멘델스존에 의해 발견되었고, 말러는 번스타인 덕분에 부활했다. 그러나 그녀는 영원히 발견되지 않는 것은 참을 수 없다. 그것은 그녀의 살아갈 모든 희망을 박탈하는 짓이다.

그녀는 어떻게 선택해야 할지 고뇌했다. 아주는 지난번 선택의 기로에서 유약하게도 침묵했다. 지난번 선택 때는 인간을 만났고 너무 큰 것을 받았다. 그녀는 그래서 그 뒤에 어떤 힘이 숨겨져 있는지를 깊이 생각하지 않고 그들이 하는 대로 맡겨두었다. 그때는 모든 것이 막 상승하던 때였고 주변은 밝은 빛으로 가득했다. 그러나 이번은 어떤가. 이번에는 어떤 선택을 해야 할까.

아주는 집으로 터덜터덜 걸음을 옮겼다. 발걸음이 마음만큼 무거웠다.

그 길에서 바이올린을 켜는 거리의 젊은 악사들을 만났다. 혼자 연주하는 사람도 있고, 여럿이 모여 연주하는 사람들도 있다. 그들이 광장 여기저기에 흩어져 있다. 예술을 배우는 학생들은 눈에 띄는 곳에서 연습을 한다. 뮤지컬 전단지를 배포하는 아이가 행인에게 전단지를 건네는 모습도 보인다. 전단지는 나비나 낙엽처럼 공기 중을 날아다닌다. 한 아이가 풍선을 들고 달리고, 아이의 어머니가 그 뒤를 따라간다. 그들은 피난민인지 등에 짐을 잔뜩 지고 있다. 음악당 문 앞에는 뮤지컬 공연의 홍보 영상이 상영 중이다. 조명이 반짝거리는 거리는 1920년대의 번화한 모습을 보는 것 같다. 여전히 평화로운 시대이고 공포가 없는 시대처럼 보인다.

아주는 한참을 걸었다. 템스 강변에는 사람들이 가득하다. 세인트 폴

성당의 우아한 돔형 지붕이 모습을 드러낸다. 흰 달빛이 수면에 반사되고, 파괴되고 남은 런던 다리의 잔해는 세상의 변화를 느끼게 한다.

그녀는 자신이 이성과 감성의 분열을 겪고 있다고 느꼈다. 자신이 멸시하던 것과 갈망하던 것이 한데 합쳐졌다. 전부를 갖든지 아니면 전부를 버려야 한다. 중간 지대는 없다. 비밀을 말해야 하는 걸까? 그녀보다 먼저 이 비밀을 알았던 사람들은 왜 아무것도 말하지 않았을까?

그녀는 이제야 뼛속까지 시린 한기를 느꼈다. 그 사람들은 다 알면서 아무것도 말하지 않았던 것이다.

집에 돌아온 아주는 크게 앓았다. 병세가 석 달이나 갔다.

그 석 달 동안 아주는 계속 미열이 났다. 대개는 집에 드러누워 휴식을 취하면서 물을 많이 마셨고, 정 견디기 힘들면 병원에 갔는데 집에 돌아오면 다시 몸이 아팠다. 그녀는 거의 외출하지 않았고, 음식도 한 번 사서 한참을 먹었다. 빵을 작게 잘라서 침대 머리맡에 두고 종종 집어 먹는 식이었다. 가끔 물건을 사러 나갔지만 병을 앓으면서 살이 많이 빠지고 힘도 없어서 그런지 안정적으로 서 있는 것도 힘들었다. 머리가 아파서 드러눕고만 싶었고 온몸이 덜덜 떨렸다. 집에 와서는 내리 잠만 잤다. 비몽사몽간에 악몽이 이어지는 날이 많았다. 그녀는 누구에게도 말하지 않았다. 그녀는 이것이 하늘이 내리는 벌이거나 반성의 기회일 거라고 생각했다.

앓는 동안 그녀는 많은 일을 생각했다.

그녀는 자신이 가장 후회하는 일을 떠올렸다. 대학을 졸업하던 해, 그들은 음악제에 초청받았다. 음악제에는 유명한 예술가들이 운집했고, 행사가 끝나기 이틀 전 저녁에는 작별 만찬도 열렸다. 아주와 천쥔은 함께 음악제에 갔다. 만찬에 참석한 귀빈들은 전부 국제적으로 명성이 높은 지휘자나 작곡가였기 때문에 아주는 무척 흥분했다. 천쿤은 그다지 가고 싶어하지 않았지만 아주는 그의 입장권까지 구했다. 두 사람은 함께 연회장에 도착했고 한쪽 구석에서 구경했다. 아주는 요한슨 부부를 발견했다. 요한슨 부부는 알렌카 옆에 앉아서 대화를 나누고 있었다. 그 세 사람 옆자리는 비어 있었다. 그녀는 이렇게 운이 좋은 적이 없었다고 생각하며 얼른 그쪽으로 다가가 먼저 말을 걸었다. 요한슨은 친절하게 아주의 인사를 받아주며 앉으라고 권했다. 그러고는 그녀에게 중국 음악계에 대해 질문도 했다. 아주는 세계적으로 유명한 지휘자가 자신과 대화를 나눈다는 사실을 믿을 수가 없었다. 그녀는 다양한 방법으로 요한슨에게 자신을 각인시키려 애썼다. 그녀의 얼굴은 발갛게 달아올랐고, 물을 마시는 것도 잊을 정도로 정신이 없었다. 얼마나 대화를 나눴는지 시간 가는 줄도 몰랐다. 몇십 분이었는지, 아니면 삼사 분이었는지 알 수 없었다. 그녀는 불현듯 정신을 차리고 아까 서 있던 입구 쪽을 쳐다보았다. 천쿤은 이미 그 자리를 떠난 뒤였다. 아주는 연회장을 돌며 그를 찾았지만, 결국 못 만났다. 그녀는 천쿤이 이미 연회장을 나갔을 거라고 생각했다. 그녀는 그의 눈에 자신이 어떻게 보였을지도 잘 알았다. 그녀는 천쿤이 연회장을 떠나는 모습을 상상해보았다. 부끄러워 얼굴이 빨개졌다.

아주는 늘 그렇게 동요하곤 했다. 어떤 때는 욕망을 벗어날 수가 없었고 어떤 때는 모든 것이 공허하고 의미 없게 여겨졌다. 천쿤은 그녀의 흔들리는 중심을 잡아주는 사람이었다. 그는 영원히 그렇게 덤덤한 표정으로 조금 멀리, 한 발 바깥에 서 있을 것만 같았다. 가끔 아주는 천쿤이 정말로 모든 것에 초연한 것일지 의심스럽기도 했다. 그의 그런 태도에 화가 치솟은 적도 많았다. 그의 차분함이 거울처럼 그녀 자신의 조급하고 불안한 마음을 비쳐 보였기 때문이다.

영국에 온 지 2년째, 직장을 찾던 가장 힘든 시기에 아주는 중국으로 전화를 건 적이 있다. 자신이 얼마나 고통스럽고 무서운지 하소연했다. 천퀀은 그녀를 위로하면서 이렇게 말했다. 괜찮아. 정 안 되면 귀국하면 되잖아. 그는 다 이해할 수 있다고 말했다.

당신은 이해 못해. 아주가 말했다.

왜?

남자는 자기가 좋아하는 일에 빠져서 살고, 여자는 다른 사람의 시선을 신경 쓰며 산대. 난 돌아갈 수 없어.

아주는 이 모든 것을 꿈에서 다시 보았다. 자신이 한 말과 행동이 눈앞에 다 펼쳐졌다. 영상을 편집해 환등기로 보여주는 것 같았다. 그녀는 새까만 꿈속에서 몸부림치며 악몽과 싸우고 병과 싸웠다. 의식이 없는 상태에서도 계속 싸웠다. 매일 잠에서 깨면 온몸이 땀에 푹 젖어 있었다. 이런 날이 석 달이나 지속되었다. 그녀의 정신을 번쩍 들게 하는 전화를 받을 때까지. 그녀가 마지막으로 작곡한 교향곡이 정식 공연을 앞두고 있다는 전화였다.

아주는 공연에 참가했다. 문을 나서기 전 자신을 잘 단장했다. 어쨌거나 그녀는 초췌한 얼굴로 사람들 앞에 나서고 싶지 않았다. 아주는 보라색 짧은 이브닝드레스를 입고 머리카락을 풀어 내렸다.

음악당은 그녀의 집에서 멀지 않다. 차를 부르기 싫어서 혼자 오래된 골목을 걸어 공연장으로 향했다.

걷는 동안, 그녀는 계속 생각했다. 생각을 마지막으로 정리하는 것이었다.

강철족이 바라는 것은 무엇일까? 그것들은 굴복만을 원한다. 그것들은 위협과 유혹이라는 무기를 써서 두려워하는 자에게는 공포를, 욕심내는 자에게는 욕망을 드러내보임으로써 우리를 지배한다. 그것들은 어느 쪽도 아니다. 지구인들은 그것들과 싸우는 것이 아니라 내면의 악마와 싸우는 것이다. 아주는 자신이 얼마나 더 싸울 수 있을지 모르겠다는 생각을 했다.

골목 입구에 도착했을 때, 갑자기 포화 소리를 들었다. 한바탕 소동이 일었고 열기가 밀려와 골목 안으로 되돌아왔다. 자세히 살펴보니 강철족이 음악당 앞을 정리하려고 가림막을 치고 앉아 있던 사람들과 충돌한 것이었다. 강철족은 자주 모습을 드러내지 않지만 한번 나타나면 매우 강압적이었다. 음악당 앞에 있던 사람들은 대부분 표면적으로는 가장 약한 계층인 난민들이었다.

난민 무리 중 숨겨둔 무기를 꺼내 사격을 가하는 사람들이 있었다. 강철족도 순식간에 무력으로 반격했다. 그것들은 휴대용 박격포를 꺼내 광장을 둘러싸고 전면적이고 물샐틈없는 공격을 가했다. 강철족은 둘이었는데 타오르는 불길로 울타리를 쳤고, 제때 광장을 빠져나가지 못한 사람들이 연이어 쓰러졌다.

사람들은 공포에 질려 사방팔방으로 흩어졌다. 어떤 사람들은 아주가 서 있는 골목으로 달려왔는데, 그들 뒤로 포화가 뒤따랐다. 아주도 달아나고 싶었지만 발이 떨어지지 않았다. 그녀는 어찌할 바를 모른 채 거기 그대로 서 있었다. 강철족이 점점 가까워지는 급박한 순간, 공포인지 자기보호 본능인지 모르겠으나 그녀의 몸에 있는 칩이 빛을 뿜어내기 시작했다. 그녀는 빛의 껍데기 안에 숨었다. 1초 사이에 그녀는 그것들의 모습으로 바뀌었다. 골목 가운데 선 그녀는 하늘에서 뚝 떨어진 악마처럼 보였다. 원래는 그녀를 향해 달려오던 사람들이 갑자기 걸음을 멈추고 비명을 질러댔다. 더 좁은 양쪽의 다른 골목으로 사람들이 몰리면서 길이 막히기도 했다. 그녀는 너무 무서웠고 자신이 무력하게 느껴졌다. 사람들 뒤쪽의 강철족이 사격을 멈췄다. 인간이 굴복하면 그것들은 공격을 멈춘다. 살아남은 사람은 한데 모여 덜덜 떨었다.

그녀는 천천히 모여 있는 사람들 옆을 지나갔다. 그녀는 그것들의 몸을 하고 있을 때 갖는 권위를 처음으로 느껴보았다.

그녀는 그것들을 지나쳤다. 마음속에서 뭔가가 무너지는 듯한 감각을 느꼈다. 그녀는 계단을 올라 음악당으로 들어갔고 거기서 빛으로 덮은 껍데기를 해제했다. 그런 다음 공연의 귀빈으로서 악단이 연주하는 자신의 작품을 감상했다. 그녀는 마비된 듯한 태도로 이 모든 것을 받아들였다. 머릿속에서는 음악당에 들어오기 전 있었던 일이 계속 반복되었다. 계단에서 본 어린아이의 조각난 시체가 떠올랐다. 그녀의 마음은 그때 일부분 죽어버렸다. 그녀의 신체 역시 마찬가지일지 모른다. 그녀는 자신이 이미 죽어버렸다는 생각이 들었다.

그날 저녁, 그녀는 혼자서 런던 경찰서에 갔다.

그 후의 나날에서 그녀는 샹그릴라로 가는 사람들의 여정을 방관했다. 샹그릴라는 강철족이 인류에게 만들어준 과학과 예술의 천국이다. 그곳은 금지 구역이자 낙원, 가장 완벽한 주택과 우수한 창작 환경이 마련된 곳이었다. 강철족은 그들의 안전과 작품의 보관 및 홍보를 책임질 것이다. 물론 그들의 행적을 통제할 것이다.

기뻐하며 비행기를 탄 사람도 있고, 의심하며 비행기를 탄 사람도, 우울하게 비행기를 탄 사람도 있다. 하지만 그들은 전부 떠났다. 아주의 악단은 모두 그곳에 갔고, 작가들과 수학자들도 떠났다. 그들 중 소수는 강철족의 비밀을 알고 있었지만 많은 경우는 그 비밀조차 알지 못했다.

아주는 이 모든 상황을 지켜보며 홀로 남았다. 떠나는 사람의 슬픔도 기쁨도 그녀와는 무관했다. 그녀는 강철족에게 건강이 좋지 않아 좀더 기다렸다가 가겠다고 했다. 그녀는 런던 경찰서가 약속한 반격을 기다렸다. 또한 그녀는 자신이 신고했다는 사실이 언젠가는 밝혀질 거라고 생각했다. 강철족은 밀고자를 절대 용서하지 않을 것이다. 런던 경찰서도 그녀의 말을 다 믿는 것은 아닐지 모른다. 어쨌든 언젠가 그녀는 홀로 남을 것이다.

그녀는 혼자 방에서 음악을 들었다. 어디에도 가지 않고, 그저 뜨거운 물 한 잔을 들고 나무 창틀 옆에 앉아 음악을 들었다. 그녀는 우울한 색조를 좋아하게 되었고, 작곡가들이 생의 마지막 시기에 쓴 비통한 작품을 좋아하게 되었다. 그녀는 특히 모차르트의 39번 교향곡과 41번 교향곡을 좋아했다. 모차르트의 깨끗함은 슬픔을 더욱 슬프게 만든다. 그녀는 브루크너의 9번 교향곡도 좋아했다. 초기 작품의 강한 선율성에 비해 비장한 느낌이 전혀 가시지 않았다. 그녀는 쇼스타코비치의 10번 교향곡도 좋아했다. 쇼스타코비치의 모든 작품 가운데서 아주는 10번 교향곡만 좋았다. 내성적인 고요함이 응결되어 고통과 어둠의 기억으로 나아가는 비관적인 주제와 구조를 가지고 있는 작품이다. 초기 작품은 전투적인데 이 작품에서는 비애감이 더 크게 남는다. 그녀는 창가에 조용히 앉아서 음악으로부터 이 대지에서 상연되는 비극의 결말을 바라보는 것 같았다. 그녀는 상황을 바꿀 힘이 없었다. 그녀는 라흐마니노프의 애가哀歌를 들었다. 이런 처량한 단조는 그녀가 예전에 싫어하던 것인데 지금은 반복해서 듣고 있다. 길고 쓸쓸한 선율이야말로 인간의 마음을 파고드는 존재다.

아주는 계속 열이 났다. 어지러움과 식은땀으로 자신에게 세례를 주는 것일까.

그녀는 처음으로 고요한 창작의 욕망을 느꼈다. 그녀가 쓰고 싶은 것은 무대 아래 청중을 위한 것도, 오디오 스피커 앞의 청중을 위한 것도 아닌 자기 자신의 자유와 몸부림, 후회 그리고 마지막 평안을 위한 것이었다. 그녀가 본 것, 그리고 보게 될 것을 모두 쓰기 위해서다. 어느 누구에게도 남겨둘 필요가 없다. 이 작품은 소멸하기 위해 쓰는 작품이다.

그 곡을 완성하기 전에 그녀는 천쿤의 전화를 받았다.

천쿤과는 이미 한참을 만나지 않았다. 그녀가 유명해진 뒤로는 중국에 간 적이 거의 없었다.

천쿤의 전화를 받고서 그녀는 만감이 교차했다.

그녀는 너무 많은 이야기를 그에게 하고 싶었지만 어떻게 말해야 할지 알 수 없었다. 그녀는 그들의 순수했던 꿈을 아직도 기억하고 있다고 말하고 싶었고, 자신이 잿더미에서 부활했다고 말하고 싶었으며, 천쿤이 왜 아무것도 요구하지 않는지 점점 이해하고 있다고 말하고 싶었다. 하지만 그녀는 아무것도 말하지 않았다.

아주는 템스 강변에서 천쿤을 만났다. 그는 큰 변화가 없다. 여전히 그 모습 그대로다. 온화하지만 거리감이 느껴지는 담담함 같은 분위기도 그대로다. 그는 회색의 차이나 칼라 재킷을 입고 왔다. 아주가 입은 회색 외투와 잘 어울렸다. 그녀는 천쿼과 나란히 길을 걷는 느낌이 좋았다. 마음속으로는 이것이 아마도 마지막일 거라고 느끼고 있었다.

천쿼은 그들의 계획을 설명했다. 아주의 마음속에도 불꽃이 피었다. 그러나 그녀는 이 계획의 결과가 아니라 자신의 마지막을 보았다. 그녀는 하늘과 땅을 노래하게 하고 음악으로 그것들을 공격하는 이 계획이 좋았다. 죽는다고 해도 아까울 게 없었다. 머릿속에 많은 장면이 떠올랐다 사라졌다. 어릴 때 바이올린을 배우던 장면, 대학 때 그가 차를 몰고 데려다주던 장면, 졸업식 날 두 사람이 행복하게 웃던 장면, 유학 온 후 그녀가 처음으로 중국에 돌아갔을 때 공항에서 꽉 끌어안아주던 천쿼. 직장을 찾지 못해 우울하던 때 했던 장거리 통화, 세계 순회 공연 때 무대 아래에서 자신을 바라보던 미소. 그녀는 마지막 순간을 그와 함께 보내는 것이 기뻤다. 천쿼과 함께 시간을 보낸 게 너무 오래전 일이었다. 까딱하면 이런 장면들을 잃어버릴 뻔했다.

"이 계획이 마음에 들어. 하늘다리를 현으로 삼아 지구의 힘으로 그들과 공명한다는 것. 우리가 할 수 있는 최후의 저항일 거야."

천쿼의 말을 듣고 아주도 고개를 끄덕였다.

"맞아, 이것보다 더 장엄한 것은 없을 거야."

"꼭 참여해야겠어? 무척 위험할 거야."

"나도 알아. ……나도 알아."

아주는 천쿼을 바라보았다. 그녀는 지금 자신의 감정을 어떻게 표현해야 할지 몰랐다. 위험할 게 뻔한 상황이라는 사실은 지금 그녀가 떠올릴 수 있는 유일한 내면의 평화였다. 그녀는 이것 외에 다른 살아갈 이유가 없었다.

"이번 계획이 성공하면, 우리가 요행히도 성공한다면, 같이 집으로 돌아가자. 응?"

아주는 울었다. 천쥔을 끌어안고 울었다. 그가 자신의 입술을 보지 못하게 하려고 그를 끌어안았다. 우리는 돌아갈 수 없어. 그녀는 소리 없이 말했다. 나는 당신을 영원히 기억할 수 있을 뿐이야.

현의 노래 계획 당일, 아주는 가장 멋진 옷을 입었고 머리카락을 묶었다. 화장도 했다. 다들 그녀에게 예쁘다고 말해주었다. 킬리만자로 설산의 고요함 아래, 그녀는 평온하게 연주했다. 첫 번째 감각은 손가락의 뻣뻣함이 사라졌다는 것이었다. 마음속의 긴장이 사라졌기 때문이다. 그녀와 그녀의 음악이 함께 있었다. 음악은 현을 타고 산과 달에 전달될 것이다. 하늘과 땅 사이 모든 것이 사라지고, 초원과 바람, 타협하지 않은 인간의 결연한 마음만 남을 것이다. 린 선생님은 지휘대에서 몰아의 상태로 지휘했다. 그녀도 모든 것을 잊고 첫 번째 음표부터 모든 것이 멈추는 그 순간까지 몰입했다.

음악이 하늘다리의 진동을 일으켰다. 계획은 바로 이런 것이었다. 지구와 달 사이의 공명 현상으로 한쪽을 깨뜨린다는 야심. 에너지를 증폭시켜 적군을 살해한다는 것. 그러나 적군을 천 명 죽일 때 아군이 오백 명 죽는 것과 같은 계획이었다. 땅이 흔들리고 지표가 쩍 갈라진다. 대지의 흔들림에도 아주는 마음이 평온했다. 그녀는 이 마지막 순간만을 기다렸다. 그녀는 린 선생님의 공격 계획이 얼마나 성공할지 의심스러웠다. 타협하지 않는 사람이 마지막 순간 미친 듯한 절망 속에서 발악하는 것이라고 생각했다. 하지만 그녀는 상관없었다.

그녀는 누군가 저항한다는 사실을 안 것만 해도 충분했다. 이것이 그녀가 생각할 수 있는 최고의 결말이었다. 그녀는 린 선생님도 그 사실을 잘 알고 있으리라 생각했다.

하늘에서 전투기가 나타났다. 전투기가 폭격을 시작하고, 불길이 무대를 태웠다. 악단 사람들이 몸을 피하며 도망쳤다. 다른 사람들은 그것들이 악단을 공격하러 왔다고 생각하겠지만, 그녀는 그렇지 않다는 걸 잘 알았다. 그것들은 그녀를 찾아온 것이다. 이날은 런던 비밀 계획의 첫 번째 공격일이다. 그것들의 지구 거점을 습격할 예정이었다. 그것들은 몇 분만에 고발자가 누구인지 알아내고 그 입을 막으려고 할 것이 분명했다.

그녀는 이 순간을 줄곧 기다려왔다. 그녀는 그것들의 손에 맡길 생각이 없었다. 그녀는 자신의 운명을 스스로 선택할 것이다. 죽음은 그녀의 부활이었다.

그녀는 마지막으로 새파란 하늘에 떠 있는 깨끗한 구름을 올려다본 뒤, 린 선생님을 따라 대지의 심연으로 몸을 던졌다.

우주 극장

宇宙劇場

글래스고는 쓸쓸한 도시다. 옛 시대에도 쓸쓸했고, 뇌역腦域 시대에는 더욱 쓸쓸하다.

2099년 겨울 어느 오후, 일레인은 외투의 옷깃을 세우고 허리띠를 단단히 매고 손은 주머니에 집어넣고서 총총히 글래스고의 번화했던 중앙 도보 거리를 걸었다.

도보 거리는 300년 넘는 역사를 가진 오래된 거리다. 유럽 대륙을 풍미했던 신고전주의 양식으로, 회색 색조에다 돌로 바닥을 깔았다. 예전에는 거리를 따라 옷가게, 카페의 노천 탁자와 파라솔 등이 주르르 늘어섰다. 그러나 그런 시절도 다 지나가고 눈앞에 있는 길은 한산하기만 하다. 이런 현상은 전 세계 모든 도시가 다 겪었다. 글래스고 역시 점차 쇠퇴하고 냉담해져서 바람 부는 곳에 놓인 등잔불처럼 꺼지게 될 것이다. 뇌역 시대가 시작된 뒤, 세계 여러 도시는 다 이런 과정을 거쳤다. 세계 지도를 보면 도시의 불빛이 하나둘 꺼지는 과정을 확인할 수 있는데, 이상할 정도로 처량한 기분이 된다.

일레인은 도보 거리의 모퉁이를 막 돌았다. 기타와 노래 소리가 들린다. 그녀는 놀라서 발걸음을 멈췄다.

가수는 거리 한가운데, 벽에 가까운 위치에서 양쪽의 벽을 바람막이 삼아 자리 잡고 있다. 검은 여행용 트렁크가 발치에 열린 채 놓여 있고 거기엔 작은 악기가 몇 개 들어 있다. 그는 검은색 트레이닝복 재킷을 입었는데 회색 티셔츠가 재킷 아래로 삐죽 나와 있다. 청바지는 단을 접어 입었다.

모든 것이 세기 초의 전형적인 거리 예술가의 모습이다. 일레인도 옛날 영화에서 이런 모습을 무척 좋아했었다. 가수는 키가 크고 갈색 머리카락을 가졌다.

일레인이 발걸음을 멈추고 그의 노래를 들었다. 그의 기타 실력은 대체로 괜찮았지만 몇몇 부분은 아직 연습이 더 필요해 보인다. 그러나 그는 노랫소리로 기타의 결점을 덮었다.

"엄청 춥죠?"

한 곡이 끝난 뒤 가수가 먼저 말을 걸었다.

"네."

일레인이 고개를 끄덕인다.

"이런 날씨에는 노래 듣는 사람도 많지 않겠군요."

"전 노래하는 걸 좋아해요. 옛날로 돌아간 것 같은 기분이 들거든요. 오늘은 크리스마스잖아요, 누군가는 노래를 해야죠."

그가 웃으며 말을 받았다.

"크리스마스라는 것은 어떻게 알아요?"

가수와 일레인은 대화를 나눴다. 그는 이탈리아에서 왔고 부모를 일찍 여의었다. 부모는 돈 많은 뇌역 상인이었는데, 그는 부모가 남긴 유산으로 세계를 방랑하며 산다고 했다. 이제 와서는 활동하는 사람이 거의 없어진 세계를 방랑하는 것이다. 그는 오래된 것들을 좋아한다고 했다. 그는 일레인에게 어디에 가는 길이냐고 물었고, 그녀의 활동에 관심을 보였다.

일레인은 그의 얼굴을 잠시 응시했다. 젊고, 잘생겼고, 세상 물정에 어두운 얼굴. 그녀는 잠시 주저했지만 곧 입을 열었다.

"좋아요. 관심이 있다면 함께 가기로 하죠."

두 사람은 모퉁이를 돌아 작은 성당으로 들어갔다.

황폐해진 지 오래된 18세기 성당이다. 100년 전에 이미 현대미술관으로 바뀌었고, 과학기술의 느낌이 흠뻑 묻어나는 초현실주의 작품을 전시했다. 뇌역 시대 이후에는 전시를 보러 오는 사람도 거의 없다 보니 미술관의 기능도 상실했다. 지금은 1~2년에 한 번 정도 문을 연다. 일레인은 이곳을 좋아했다. 이곳에는 아무도 관심 갖지 않는 예술품이 쌓여 있기 때문이다. 창의적이면서도 가련한 예술품들.

그녀는 가수를 데리고 첫 번째 줄에 앉았다. 플라스틱 의자들은 고정되어 있지 않다. 그녀는 이 의자들을 배열하는 것을 일종의 의식처럼 여긴다. 고대의 공연장에서 그랬듯이 말이다. 그녀는 다시 가수의 얼굴을 들여다보았다. 그는 아직 순진하고 유쾌해 보였다. 게다가 그를 보고 있으면 그녀에게 뭔가 표현하기 힘든 관심을 갖고 있다는 생각이 든다.

조명이 어두워지고 3D 영상이 그들을 뒤덮는다. 그들은 우주로 들어가서 우주에서 다시 지구를 조망한다.

그들 눈앞에 숫자, 공식, 광점, 인터넷, 빠르게 변화하는 구조들이 나타났고, 마지막에는 태양계, 은하계, 지구를 보여준다. 지구의 빙하가 늘었다 줄었다 하고, 녹색 분포가 사라졌으며, 이어 도시의 흥망성쇠와 인간 집단의 변화가 화면을 채운다. 인간은 대대로 번영하여 전 지구에 광범위하게 확산된 뒤 갑자기 감소하면서 소수의 거주 군락으로 쇠퇴한다. 뇌역 시대가 도래한 것이다. 이 모든 과정은 다양한 표정의 얼굴이 그들 곁을 부단히 스쳐가면서 진행되었다. 의기양양하게 웃는 얼굴, 슬픔으로 의지를 잃은 얼굴, 용감하게 전진하는 얼굴, 고통을 숨기는 얼굴. 그들은 소리 없는 영상에서 목소리가 들리는 착각을 느꼈다.

일레인이 가수에게 설명했다.

"저 시대에는 사람들이 모든 것을 숭배했어요. 이상할 것도 없죠. 막 농경을 배운 인간의 입장에서 기후라는 것은 무엇보다도 중요하고 또 변화막측한 것이었을 테니까요. 그들은 이런 모든 신호를 향해 보호를 갈구할 수밖에 없었어요. 그게 제사의 기원이랍니다. 하지만 재미있는 것은 명절이나 축제가 제사보다 일찍 생겼다는 거예요."

가수는 조용해졌다. 아까 떠들어대던 혓바닥을 잊기라도 한 듯, 그는 영상에 집중했다.

일레인은 그의 옆얼굴을 보면서 다시 말했다.

"맞아요. 당신이 생각하는 그대로예요. 지금 보이는 화면은 고대 중국인데, 무당에서 예법으로 바뀌었군요. 중국은 가장 먼저 비신성화한 민족이죠. '예의지방禮儀之邦'이라고 불린 중국은 축제 의식과 공동체 의식을 무척 중요시했어요. 그 뒤에 성립된 로마제국은 명절을 미친 듯 즐기는 날로 여겼으니 둘이 많이 달랐죠. 이것도 두 가지 문명이 그 뒤에 밟아간 길을 예견하는지도 몰라요."

화면은 더 구체적으로 변했다. 더 많은 사람의 몸과 얼굴이 두 사람 앞에 나타났다. 영상이 나타나는 무대는 성당 건축물의 중심에 위치하는데, 돔형 지붕에 시종일관 변하지 않는 우주 배경이 더해져서 이 모든 것이 더욱 심오하고 어둡게 느껴진다. 움직이는 사람들과 얼굴들은 점점 작아지고 점점 많아져서 서서히 지구 표면의 모습을 구성했다. 이제는 사람들의 이목구비가 잘 구분되지 않는다. 신분 높은 왕이나 귀족도 한순간에 사라져 허무로 돌아간다.

"곧 끝나요."

일레인이 다시 말했다.

"근대가 나오는군요. 이 부분부터는 당신에게도 익숙하겠죠. 새해, 감사절, 밸런타인데이 같은 기념일들이 어떻게 사라졌는지 보게 될 거예요. 우습게도 매년 뇌역 네트워크에서 이런 명절을 그리워하는 사람들이 있어요. 하지만 더 이상 행동하는 사람은 없죠."

일레인은 그렇게 말하고는 입을 다물었다. 영상의 마지막 부분은 축하하는 장면이었다.

"마지막은 10월 5일이에요. 제일 이상한 기념일이죠. 지구인은 이 날을 뇌역절이라고 부르는데, 어떤 사람이 아주 불길한 이름을 새로 붙였다는 말을 들었어요. 아이가 유산된다는 의미의 유산절이라고요."

영상이 끝났다. 화면에는 푸른 지구만 남았다. 가상의 영상인데도 외로워 보인다.

"충격적이군요."

가수가 겨우 입을 떼고 한마디 했다.

"영상에서 뭘 느꼈어요?"

일레인이 물었다.

"내가 당신에게 묻고 싶은 말이에요."

가수는 일레인을 응시했다.

"전 이런 걸 잘 모르니까. 당신이 영상에서 느낀 점을 말해주지 않을래요?"

"많은 것을 느꼈죠. 다 말하기 쉽지 않아요."

"이런 일을 왜 하는 거예요?"

일레인은 가수의 얼굴을 바라보지 않았다. 그녀의 눈동자는 여전히 화면 속 가상의 지구에 못 박혀 있다.

"뇌역을 이해하고 싶어서 하는 일이에요."

"뇌역? 이해할 게 뭐가 있는데요?"

가수는 더욱 흥미가 생기는 모양이었다.

"모든 인간의 뇌 활동을 인터넷에 연결해 공동으로 연산하고 무한한 체험이 가능한 것. 더 이해해야 할 게 있어요?"

"내가 이해하고 싶은 것은 뇌역이 만드는 결과예요."

"결과?"

일레인이 갑자기 고개를 돌렸다. 가수와 눈을 마주치며 살짝 웃은 그녀가 물었다.

"그렇다면 당신은 왜 이런 일에 관심을 가지는 거죠?"

"전……."

가수는 조금 민망해하며 눈알을 되록되록 굴렸다.

"딱히 이유는 없는데요. 그냥 방금 영상을 보니까 개인적으로 흥미가 생겼어요. 저도 설명하기 어렵네요."

"당신이 설명하기 어렵다고 하니, 내가 대신 말해줄게요."

일레인이 경쾌한 말투로 그의 말을 잘랐다. 가수는 그녀를 쳐다보며 집중했다.

"내가 세상의 기념일이 사라진 사건을 어떻게 생각하느냐면……."

일레인은 고개를 모로 기울이고서 가상 홀로그램의 한 부분을 가리키며 말했다.

"수백 년간 준비해온 음모라고 봐요."

가수의 동공이 줄어들었다.

"그게 무슨 뜻이죠?"

"명절이 지구인에게 어떤 의미인지 알아요? 진화론에 따르면 오랑우탄과 원시인류는 모두 소규모 군집을 이루고 산 공격적인 생물종이에요. 그런데 현생인류에 이르러서 대규모 정착사회를 형성했고 분업과 협동을 시작했어요. 그때부터 인류는 오랑우탄을 앞지를 수 있었고, 문명을 이룬 생물종이 되었어요. 어떻게 그렇게 할 수 있었을까요? 처음에는 농경 덕분이라고 생각했는데, 나중에 밝혀진 바에 따르면 인류의 정착생활은 농경보다 수천 년 일찍 시작되었어요. 인류는 먼저 대규모 군락을 이루고, 그런 다음 농경을 시작한 거죠. 그렇다면 무엇이 인류를 공격성에서 벗어나 모여 살게 만들었을까요? 최초의 변화는 다 같이 기념하는 날, 즉 명절이었어요.

명절 그 자체에는 아무 의미도 없었죠. 그냥 하나의 시점일 뿐이었어요. 그런데 명절은 모든 사람이 동시에 동일한 의식을 거행하고 공통의 축복을 비는 날이에요. 각자 다른 일을 바쁘게 하다가 시간을 내어 의식에 참석하면 서로 하나가 된 것 같은 느낌을 받았을 거예요. 이와 같은 동질감이 인류가 군집을 형성하게 된 응집력의 원천이죠.

하지만 어느 해인가, 어느 행성에서 '관찰원'이 지구에 도착한 뒤부터 각종 명절이 사라지고 말았어요. 맨 처음에는 사람들이 무슨 일인지 알아차리지 못했죠. 우선 새로운 명절이 혼란스럽게 우후죽순처럼 생겨났어요. 그런 다음 사람들은 싫증을 내고 피로를 느꼈죠. 전염병처럼, 이 모든 혼란에 짜증을 부리면서 그 감정을 모든 명절로 확장했어요. 그래서 명절은 하나씩 하나씩 사라졌고, 무엇도 축하하지 않게 된 거예요. 그러자 인류는 사물화하기 시작했고, 더 이상 누구도 사람과 사람 사이의 관계를 중요하게 여기지 않죠. 집단성은 더욱더 홀대받았고요. 결국 공동의 행위는 철저히 소멸했어요. 모든 인간은 외롭고 냉정한 개체가 되어 네트워크 속으로, 가상의 세계로 숨어들었고요. 소속감이 부족해서 나타나는 불안을 그렇게 해소하려 하는 거예요.

이 모든 과정이 어떻게 시작되었는지 아는 사람이 없어요. 사람들은 이런 일이 자연적인 현상이라고 생각하더군요. 오히려 가상화의 위대한 진보를 경축해야 한다고 말해요. '관찰원'이라는 존재와 이 일을 연결 짓는 사람은 거의 없어요."

가수의 얼굴은 더 이상 순진해 보이지 않았다. 그의 입꼬리가 위로 솟구치면서 냉혹한 미소를 지었다.

"하지만 결국 모든 선택은 인류 스스로 한 겁니다."

"선택하도록 유도한 거죠."

일레인이 몸을 일으키며 말을 이었다.

"그 행성은 절대 간여하지 않겠다고 떠들었지만 사실은 몰래 사람을 보내 지구인 사이에 심었고, 지구인의 모습으로 위장해서 지구인과 대화를 나누며 어떤 관념을 주입했어요. 아무도 모르게 지구인의 문화를 바꿔놓은 거죠."

가수는 몸을 뒤로 뺐다.

"그 관찰원이라는 사람을 과대평가하는군요. 만약 한 행성의 인간이 원래부터 모종의 경향을 갖고 있었던 것이 아니라면 몇몇 관찰원의 힘으로 뭘 어쩔 수 있었겠습니까?"

일레인은 걸음을 옮겼다.

"그 관찰원은 아주 대단한 사람들이에요. 안타깝게도 큰 실수를 저질렀지만."

"큰 실수라, 어떤 실수입니까?"

"그들은 지구의 인류를 하나의 길로 유도한다고 생각했어요. 그리고 그 길은 막다른 골목이라고 믿었죠."

가수는 입을 다물었다.

일레인은 천천히 가수가 앉은 의자 주변을 한 바퀴 돌았다.

"관찰원의 모성母星 문명은 대단해요. 곡률 엔진을 발전시켜 장거리 우주 교통수단을 만들었죠. 그래서 우주 구석구석까지 다니며 탐사하고 흔적을 남길 수 있었어요. 그들은 자신들이 가장 고등한 문명이라는 것을 느끼며 자신만만해하는 한편, 후발 문명에게 따라잡힐까 겁이 났어요. 그래서 온 힘을 다해 후발 문명에서 우주를 탐사하려는 욕망을 싹부터 잘라버렸죠. 그 행성의 관심을 내부로 돌려서 가상의 네트워크에 푹 빠지게 하고, 우주를 잊어버리도록 만들었어요. 그들은 이렇게 하면 자신들의 지위를 지킬 수 있을 거라고 여겼죠."

"그게 뭐 잘못되었습니까?"

가수가 참지 못하고 물었다.

"문제는 관찰원의 모성이 애초에 가장 고등한 문명이 아니었다는 데 있어요."

일레인이 살짝 미소 지었다. 자신이 처음 장미 전설을 들었던 때가 떠올랐다.

"그들은 우주에 더 고등한 문명이 있다는 것을 알고 나서 자신들의 문명을 한 단계 발전시키기를 열망했는데, 성공하지 못했죠. 그들의 기술 수준은 비행체의 공간 왜곡 기술에서 정체되었고 그 뒤로는 계속 질적인 개선만 이뤄지고 양적 변화는 없었거든요."

"인류와 더 고등하다는 문명이 만났나요?"

"아뇨. 더 고등한 문명이 그렇게 경솔할 리 없죠. 게다가 인류도 그럴 필요가 없고요."

"필요 없다?"

일레인이 가수에게로 상체를 숙였다.

"어떤 문명이든 최고 수준으로 진화하려면 내부와 외부를 향한 양쪽 통로가 모두 필요하지요. 외부를 향하는 것은 우주로 나가는 능력을 가지는 것이고, 내부를 향하는 것은 뇌신경 네트워크 지식을 장악하는 것이죠. 관찰원의 모성이 한 단계 더 발전하지 못한 원인은 외부 능력만 가졌고 내부 능력이 없어서예요.

내부를 향하는 능력이 왜 중요한지 아세요? 인류의 대뇌에는 100억 개가 넘는 신경세포가 있어요. 아주 복잡한 방식으로 네트워크를 이루죠. 마찬가지로 은하계에는 수천억 개의 항성이 있는데 서로 복잡한 네트워크를 이루고요. 만약 그 중간 단계가 있다면, 예를 들어서 수백억 명이 모여 만든 대뇌 네트워크가 있다면 어떨까요? 뇌신경 네트워크의 오묘함을 고찰하면서 은하계 고등 문명이 가진 소통 네트워크의 비밀을 깨닫게 되지 않을까요?"

"인류가 이미 그 비밀을 손에 넣었다는 겁니까?"

가수가 물었다. 그의 목소리에 숨길 수 없는 두려움이 묻어났다.

"내가 알기로는 그래요."

가수가 벌떡 일어났다. 당장 성당을 떠나고 싶은 충동을 느끼면서도 아직 발을 떼지 않았다.

"왜 나에게 이런 이야기를 해주는 겁니까? 내가 폭로할 거라는 걱정은 안 하나요?"

"폭로할 수 없어요. 당신은 이미 못 가니까."

"뭐라고요?"

"당신은 못 간다고요."

가수가 천천히 발을 뗐다.

"당신 말은……."

"맞아요, 틀림없어요. 나는 당신을 오래 기다렸으니까, A."

일레인의 말에 가수는 움직임을 멈췄다.

"그 유명하신 A."

일레인이 다시 말했다.

"내가 하는 일, 내가 내보내는 신호가 당신을 불러들일 거라고 생각했죠. 당신은 지구에 유일하게 남은 관찰원이니까요. 당신들은 마지막으로 1년 더 계획을 실행하고 모성으로 돌아갈 생각이었겠지요. 인류가 이미 퇴화했다고 여겨 더는 관찰할 필요가 없다고 믿었죠. 하지만 미안하게도 나는 당신을 돌려보내지 않을 거예요. 당신은 알아낸 일들을 절대 본부에 보고하지 못해요."

가수는 침착하고 조심스러운 태도로 퇴로를 살피면서도 입으로는 이렇게 말했다.

"어째서죠?"

"아까 하던 이야기가 끝이 아니에요. 문명의 발전에는 두 가지 길이 필요한데 내향성과 외향성이 있다고 했죠."

일레인은 가수의 움직임을 저지하려는 생각이 없어 보였다. 그녀는 그저 다음 말을 이어갔다.

"인류는 뇌역을 이용해 신경 네트워크의 중요한 지식을 확보했고, 지구 전체는 슈퍼 대뇌로 연결되어 있어요. 부족한 것은 바깥으로 발전하려는 동력이죠. 인류는 뇌역에 너무 빠져 있어서 우주를 잊어버렸어요. 지금 인류에게 필요한 것은 우주로 향한 눈을 다시 뜰 수 있게 만드는 거예요."

가수는 다시 입구 쪽으로 두 발짝 이동했다.

"그게 나와 무슨 관계죠?"

"당연히 관계가 있어요."

그렇게 말한 일레인이 다시 미소 지었다.

"당신도 잘 알 텐데요. 당신들은 얼마 전 서로 살육을 벌였고 명확한 이유 없이 철수했어요. 그래서 당신은 지구상 유일한 관찰원이고요. 당신의 모성은 어느 행성에 남은 유일한 관찰원이 비정상적인 사망에 이르면 곧장 군함을 보내 진상을 조사하도록 규정하고 있지요. 동시에 함대가 전쟁 준비에 돌입하고요. 당신이 오늘 여기서 죽는다면, 당신이 갖고 있는 신호기가 자동으로 모성에 신호를 보낼 거예요."

"그렇게 되는 게 지구에 좋을 게 뭐가 있죠?"

가수는 이미 문에서 몇 발짝 떨어지지 않은 곳까지 갔다.

"당신은 늘 지구인을 업신여기는군요."

일레인이 성당 전체의 3D 영상을 가리켰다.

"지구인의 기나긴 역사를 보고도 느낀 게 없나요? 위협에 직면하면 지구인들은 쉽게 단결하고 새로운 것을 만들어내요. 지금의 지구인은 절대적인 지식 수준에서 당신들을 한참 앞서 있어요. 부족한 것은 우주의 교통수단뿐이라고요. 당신들의 함대는 너무 대규모라 여러 차례 시공을 접어야 이곳에 올 수 있어요. 수십 년이라는 시간이 걸릴 테고, 그때가 되면 지구는 충분히 당신들을 맞아 승리할 수 있어요. 이건 인류의 의식을 일깨울 보기 드문 기회죠."

"그건 내가 알 바 아닙니다."

가수가 말했다.

"안녕히! 배웅은 필요 없어요!"

그는 말이 떨어지자마자 성당 입구로 쏜살같이 달려갔다. 막 문틀을 넘으려는데 성당의 문틀에서 가느다란 화살이 무수히 쏘아졌다. 그는 화살이 문틀에서 나올 거라고는 전혀 예상하지 못한 것 같았다. 멈칫했던 그가 얼른 화살을 막으려 했다.

그 짧은 순간이 화살에게는 기회가 되었다. 화살 몇 개는 막았지만 결국 한 화살이 그의 목에 꽂혔다. 경동맥에서 피가 솟구쳤다. 그는 두 손으로 목을 감싸쥐고 바닥에 무릎을 꿇었다. 그는 아아아 하는 소리만 겨우 내고 있었다. 불쌍하게도 그 소리조차 오래가지는 못했다.

"안녕히, A!"

일레인이 그의 시체를 보며 말했다.

그의 몸에서 신호기가 울리는 소리를 따라 일레인이 고개를 들었다. 그녀는 우주를 바라보고 있다.

수만 년 전 부락에서 가장 먼저 고개를 쳐들었던 최초의 사람처럼.

마지막 남은 용감한 사람

最後一個勇敢的人

1

그는 난간을 뛰어넘어 초원의 마지막 길을 달렸다. 멀리서 완만한 선을 가진 산과 마을의 윤곽이 보인다. 긴 풀이 바람에 흔들린다. 끝없는 초원에 고목 한 그루가 외롭게 서 있다. 석양이 마을의 윤곽을 눈부신 황금색 빛으로 감싸고 있다. 산의 완만한 선은 빛살 속에 사라지고 하늘과 초원에 하나로 녹아든다. 저녁노을은 풀잎을 금색의 뾰족한 부분과 검은색의 그늘진 부분이 합쳐진 모습으로 물들인다. 초원은 깊은 바다 같고, 멀리 보이는 산은 청량한 파란색이다. 발이 풀잎을 밟으며 달린다. 부드럽고 푹신한 촉감 아래로 슥슥 소리가 들린다. 주변은 온통 바람뿐, 사람은 없다. 이것은 그가 오랫동안 느끼지 못했던 탁 트인 자유다.

이렇게 줄곧 달려도 좋다는 생각마저 들었다.

그는 안경 화면의 한쪽 구석에서 거리계를 확인했다. 지하철역까지 1킬로미터도 남지 않았다. 그러나 뒤쪽의 추적자가 벌써 출발했다. 그와 추적자 사이 거리는 5킬로미터 이하다. 그는 가슴 깊은 곳에서 솟아오르는 절망을 느꼈다. 이렇게 멀리 달아났는데, 눈앞에 대중교통 네트워크가 보이는데. 하지만 이미 늦은 것 같았다. 지하철역에 들어가기만 하면 인파 속으로 사라질 방법이 100가지는 있지만, 이미 늦었다. 지상용 비행기는 이런 곳에서 무서울 정도로 빠르다. 그는 안경 화면의 빨간 점이 가까워지는 것을 확인했다. 몇 분 후면 그들이 그의 뒤꽁무니에 닿을 것이다. 그는 지하철에 도착하기 전에 붙잡힐 것이다.

그의 발은 멈추지 않았다. 가장 숨차는 시기도 지나갔다. 지금은 고통도 피로도 느끼지 못하고 기계적으로 달리고 있다. 그는 자신의 다리를 거의 인식하지 못했다. 그저 온 힘을 다해 다리를 움직일 뿐이다. 그는 전방을 바라보았다. 바람이 귓가를 차갑게 스쳐간다. 그의 목표는 가장 가까운 건물이다. 그 건물은 창고처럼 생겼다. 황토색 금속 재질로 된 슬레이트 형태의 외벽에 흰색으로 글씨가 쓰여 있다. 화물차 두 대가 바깥에 정차되어 있다. 평범한 마트 창고 같기도 하고 의도적으로 평범한 마트로 위장한 듯도 하다. 눈앞의 창고가 점점 크게 보인다.

그는 마지막 힘을 짜내 산과 초원을 바라보고, 최후의 광활함을 기억하려 했다.

갑자기 앞에 보이는 수풀에서 불길이 치솟았다. 화염은 무섭게 타올랐다가 꺼지며 시커먼 그을음을 남겼다. 그의 심장이 잔뜩 쪼그라들었다. 그들이 이미 도착했다. 레이저 총이 다시 불을 뿜으며 그를 뒤쫓는다. 또 수풀 하나에 불이 붙었다. 그는 방향을 바꿨고, 불길도 방향을 바꿨다. 레이저 광선이 몇 번이나 그의 바지를 스치고 지나갔다. 그의 배낭 옆 주머니에 레이저 광선이 적중했다. 그는 잠시 비틀거리다가 그 반동으로 넘어졌지만, 배낭을 바닥에 팽개치고 다시 일어나 달렸다. 그의 뒤에 남은 배낭이 조용히 불탔다.

그는 마지막 힘을 짜내 창고 바깥에 세워둔 화물차 뒤로 달려갔다. 그런 다음 창고 문을 향해 뛰었다. 문은 열려 있고, 지금 뭔가 화물을 옮기는 중이었다.

그는 뒤쪽에 지상용 비행기가 나타난 것을 보았다. 초원 위로 그들의 족적이 길게 이어져 있다.

그는 창고 문 쪽으로 펄쩍 뛰었다. 그 순간 그가 있던 자리의 창고 벽에 불이 붙었다. 그는 창고에서 걸어 나오는 노인을 붙잡았다. 그의 목을 최대한 세게 움켜쥐고 자신의 몸 앞에 방패처럼 세운 뒤 권총을 뽑아 노인의 이마에 겨눴다. 그는 딱 그런 자세로 추적자와 대치했다. 레이저 총이 멈췄다. 그는 한 발짝씩 창고 안으로 후퇴했다. 노인의 목에서 윽윽 소리가 샜다. 그러나 노인은 말을 하지 못하고 두 손을 앞으로 뻗은 채 그를 따라 창고 안으로 뒷걸음질 쳤다. 총성이 잠깐 머뭇거리는 사이에 그는 이미 창고 문 안으로 들어왔다. 문 안쪽에 모든 마트 창고가 그렇듯 옅은 회색의 제어판이 붙어 있다. 붉은색 닫힘 버튼도 보인다. 그는 노인을 잡아끌어 그의 정수리로 닫힘 버튼을 눌렀다. 창고 문이 닫힌다. 문이 닫히기 직전에 레이저 광선이 창고 안쪽으로 쏘아져 들어왔지만, 그는 문 안에 몸을 숨긴 뒤였다.

문이 닫히자 그는 노인을 놓아주었다. 하지만 총구는 여전히 머리에 겨누고 있었다. 그는 노인에게 문을 잠그라고 종용했다.

그는 창고의 문이 이상할 정도로 두껍고 견고하다는 것을 알아차렸다. 안에서 잠그는 방법도 몹시 복잡했다. 평범한 마트 창고라고 보기 어려웠다. 그는 주변을 둘러보고서야 이곳이 군용 화약창고라는 것을 깨달았다. 예상하지 못한 일이지만, 생각해보면 그럴 만도 했다. 이 부근은 군사기지였으니 말이다.

그는 팔로 노인의 목을 감싸 쥔 상태로 창고를 한 바퀴 돌며 환경을 살피고 총으로 감시카메라를 전부 깨뜨렸다. 마트 창고에서 일한 적이 있어서 이런 배치에 꽤 익숙했다. 만일에 대비하여 노인을 위협해 창고의 모든 통로를 안내하도록 시켰고 하나하나 자세히 살펴보았다. 아무도 들어올 틈이 없다는 것을 확인한 다음에야 그는 노인을 놓아주었다. 노인이 바닥에 주저앉았다. 창고 구석의 플라스틱 의자에 앉아 한숨 돌린 그가 노인을 일으켜서 자기 옆에 앉혔다.

"난 스제이 47이라고 합니다."

"알고 있네."

노인이 말했다.

"텔레비전에 나오더군."

그가 경계하며 질문했다.

"어떤 방송?"

"이 지역 방송국이야. 방금 봤지."

노인이 느릿느릿 대답했다. 노인은 허리를 굽히고 땅에 끌리는 바짓단을 접었다. 그 동작이 느리면서도 깔끔했다.

"자네가 위험인물이라던데. 주민들에게 자네를 집에 들이지 말고 발견 즉시 신고하라고 하더군."

"뭐라고?"

그는 다시 총구를 노인의 이마에 들이댔다.

"휴대전화 내놔요."

노인이 몸을 펴고 웃옷 주머니에서 전화기를 꺼내 건넸다. 노인은 그가 옷에 달린 모든 주머니가 비어 있다는 것을 확인할 때까지 자기 몸을 뒤지도록 가만히 내버려두었다. 그는 그러고도 안심이 되지 않는지 노인의 속옷까지도 만져보았다. 노인은 여위고 쇠약해 보였다.

"소용없네."

노인이 입을 뗐다.

"길어야 하룻밤이지. 내일이면 그들이 자네를 체포할 거야."

그는 미간을 찌푸렸다.

"어떻게? 억지로 밀고 들어올 수 있다는 겁니까?"

"그건 못 하지. 이곳의 안전 경비 시스템은 최고 수준이거든."

"이 창고를 부술까요?"

노인이 또 고개를 저었다.

"그것도 못 해. 그랬다가는 이곳의 폭탄이 전부 폭발할 테니까. 시가지까지 폭발에 휘말리게 돼."

"그럼 어째서 길어야 내일까지라는 거죠?"

"유독가스를 살포할 거야. 통풍구에 전부 유독가스를 주입하는 거지. 예전에도 그런 방법으로 창고에서 사람을 잡아들였어."

"그럼 당장 통풍구를 막아버려야겠어."

"질식해서 죽으려고?"

"그래도 시간을 더 벌 수 있을 거 아닙니까?"

그는 잠시 생각하다 덧붙였다.

"그놈들이 그렇게 할 리 없어. 당신도 여기 있는데. 나는 인질을 데리고 있다고. 당신도 유독가스에 같이 죽게 하진 않을 거야."

"그렇게 할걸."

노인이 덤덤하게 말을 받았다. 마치 남의 일을 이야기하는 듯한 태도였다.

"나는 별 영향력이 없는 사람이라네. 내 죽음은 화젯거리도 되지 못해. 그들이 숨길 테니까."

"말도 안 돼. 그들이 당신을 신경 쓰지 않았다면 아까 당신과 나를 같이 쏘아 죽였겠지."

"그건 내가 누군지 확인하지 못해서 그런 거야. 돌아가서 조사해보면 내가 그냥 평범한 창고지기 클론 32호라는 것을 알게 될 걸세. 그럼 그들은 내 죽음에 개의치 않고 행동하겠지. 이런 일은 흔해. 나도 이미 한 번 죽은 적이 있고."

스제이 47은 마음 한구석이 점점 차가워졌다. 그는 침을 꿀꺽 삼켰다.

"당신 누구죠?"

노인이 일어나서 창고의 다른 쪽으로 걸어갔다. 등 뒤에서 자기를 겨눈 총부리는 조금도 신경 쓰지 않는 태도였다.

"나는 그냥 별것 아닌 사람이라네. 말해줘도 모를걸. 뭐, 숨길 것도 없지. 난 파노 32라고 하네."

"잠깐, 잠깐만요."

스제이 47이 벌떡 일어나 노인을 따라갔다. 노인의 팔을 덥석 잡고 말했다.

"당신은 방법이 있어요, 그렇죠? 이런 일을 전에도 겪었다면서요. 그럼 어떻게 숨어야 하는지 알 거예요, 그렇죠?"

노인이 그의 눈을 직시했다.

"내가 방법을 알았다면 왜 한 번 죽었겠나?"

그가 계속 노인을 붙들고 늘어졌다.

"그렇지만 당신은 날 도울 수 있잖아요. 우리는 지금 같은 배를 탄 거라고요. 내일 그놈들이 정말로 유독가스를 살포하면 당신도 나와 같이 죽을 거니까요. 당신도 죽기 싫을 것 아닙니까, 안 그래요? 그러니 날 좀 도와줘요. 도망갈 수 있게 도와달라고요. 나를 구해주는 게 당신 자신도 구하는 길이에요."

"자네를 그들에게 넘기는 게 가장 좋은 방법이지."

"그렇게 못 할걸."

그가 일부러 사납게 대꾸했다.

"당신을 묶어둘 수도 있어. 그런 짓을 할 기회가 애초에 없을 거라고."

"그럼 나더러 자네를 어떻게 구하라는 건가?"

그가 다시 한 걸음 다가와 노인의 앞을 막아섰다. 그는 노인의 어깨를 있는 힘껏 움켜쥐었다. 손가락이 노인의 마른 나뭇가지 같은 쇄골을 파고들 듯 눌렀다. 그는 위협적인 어조로 말했다.

"날 도울 거야, 말 거야? 돕지 않겠다면 지금 당장 죽는 게 더 낫다고 생각하게 만들어주지."

노인은 관절이 꺾인 나무인형처럼 이리저리 흔들렸다. 하지만 말하는 목소리는 조금도 달라지지 않았다.

"마음대로 하게. 이러나저러나 죽는 것은 매한가지니까."

그는 절망감을 느꼈다. 노인을 놓아준 그는 심호흡을 하고 다시 물었다.

"도대체 어떻게 해야 날 도와줄 겁니까? 나는 숨겨둔 재산이 아주 많아요. 안전해지면 당신에게 일부 떼어줄게요. 얼마면 되겠어요? 금액을 말하면 그게 얼마든 다 주죠. 거짓말 아니에요."

노인이 주름이 진 파란색 작업복 소매를 당겨 펴면서 말했다.

"자네 말 믿네. 스제이의 숨겨진 보물을 말하는 것 아닌가? 자네는 당연히 재산이 많겠지. 하지만 나는 돈이 부족한 사람이 아니야. 아마 앞으로 몇 년 더 살지 못할 거고. 돈이 너무 많으면 다 쓰지도 못하고 죽을 걸세."

"내 재산에 대해 알고 있어요?"

"그걸 모르는 사람이 누가 있어? 스제이의 추종자 중에는 엄청난 갑부가 많지 않나. 한 사람이 조금씩만 돈을 기부했어도 엄청난 재산이 쌓였겠지."

그는 오랫동안 텔레비전 방송을 보지 못했다. 갇혀 있던 곳에 텔레비전이 없었기 때문에 자신의 이미지가 이렇게 달라졌을 줄은 몰랐다.

"또 뭘 더 압니까?"

노인은 숨을 고르며 벽에 설치된 텔레비전 쪽으로 걸어갔다.

"특별한 건 없어. 그냥 흔한 이야기들이지. 자네는 천재고, 자신의 우주 모형을 출시했다더군. 지금의 문명 이론에 부합하지 않는 자신만의 문명 이론을 주장했다는 말도 있었지. 수많은 이가 자네를 우두머리로 삼고 싶어했고, 추종자들을 우르르 끌고 다녔다고 들었어. 자네는 자신의 무리를 만들 생각이 없었지만 거대한 위협에 직면한 그들이 자네의 이론이 틀렸다면서 죽이려고 뒤쫓고 있다지. 이게 전부일세."

"내 이론은 틀리지 않아요."

그가 노인을 졸졸 따라가며 반박했다.

"나한테 말해봐야 뭐 하나. 나는 이론이 뭔지도 모른다네."

노인이 그렇게 말하면서 벽에 설치된 컴퓨터 화면을 조작했다. 매일 관례적으로 진행하는 관리 업무를 마무리하는 것이었다. 노인은 그의 말에 줄곧 별 관심을 보이지 않았다.

"난 폭력 혁명을 선동한 적도 없어요."

"그것 역시 나한테 해명할 필요가 없어. 내가 자네를 체포하려는 사람이 아니니까 말이야."

그는 고집스럽게 말을 이었다.

"내 뜻이 아닌 일도 있었어요. 추종자들이 나도 모르게 한 일이라고요."

노인이 손을 멈추고 그를 돌아보았다.

"내가 잘못 이해한 게 아니라면 자네 이름의 뜻은 47호 클론체라는 거지?"

그가 고개를 끄덕였다.

"그러니 지금 말하는 모든 것은 자네가 직접 겪은 일이 아니로군?"

"그렇죠. 하지만 아시다시피."

"맨 처음 이론을 세운 사람도 자네가 아니고?"

그는 그 사실을 인정하고 싶지 않았지만 변명할 말이 생각나지 않았다.

"네, 제가 아니에요. 하지만……."

"자네는 왜 하지도 않은 일에 신경을 쓰나?"

그가 깜짝 놀랐다.

"어떻게 신경을 안 써요? 그가 한 일은 내가 한 일과 똑같죠."

"그게 틀렸다는 거야. 자네는 자네고, 그는 그지."

노인이 느릿느릿 말했다.

"그가 무슨 일을 했든, 그건 다 과거일세. 자네는 자네 스스로 결정할 권리가 있어. 그의 이론, 그걸 뭐라고 그러더라? 그래, 독립개체주의, 맞지? 자네는 독립된 개체가 아닌가? 자네는 자수하면 돼. 왜 그 사람 때문에 명을 재촉하느냐는 거야. 텔레비전에서 보니 자네가 자수하고 그들에게 협력하면 죽이지 않을 거라고 하던데."

그가 한쪽 손으로 벽을 누르며 말했다.

"그렇지만 그놈들은 내 모든 클론체를 죽이려고 합니다. 내가 뭘 말하든 하지 않든 상관없이 말이죠. 그 사람이기만 하면, 아니, 나이기만 하면 그놈들은 죽일 거라고요. 내가 어떤 입장에 서느냐로 달라지지 않아요. 마치, 마치 분서갱유焚書坑儒● 같은 거죠. 그 책의 모든 '카피'를 다 불태워야 해요. 똑같은 거니까."

"똑같지 않아."

노인이 말했다. 오늘 하루의 관례적인 일과 등록을 모두 마치고 화면을 끈 다음 말을 이었다.

"책은 복사본이 다 똑같지. 하지만 사람은 클론체가 다 똑같지 않네. 자네는 자기결정권이 있는 존재야. 그들에게 자네 본체의 의견에 찬성하지 않는다고 말하게. 본체가 틀렸고, 자네는 그들에게 협력할 거라고 말이야. 그러면 살 수 있어. 그들은 자네가 자기들 편에 서는 것을 좋아할 거야. 자기들에게 이득이 되거든. 그러니 자넬 죽이지 않겠지."

그는 노인의 말에 충격을 받았다.

"어떻게 그런 말을 할 수 있습니까? 당신도 클론체면서?"

그가 진지하게 물었다.

"방금 한 번 죽은 적이 있다고 했죠? 그건 당신도 본체나 다른 클

● 진시황이 유가 사상을 탄압하려고 유생과 그들이 쓴 책을 불태우고 파묻은 일.

론체의 경험을 자신의 것으로 받아들인다는 뜻 아닌가요? 그렇죠? 당신들이 통일된 개체라는 것을 인정하는 거죠. 그의 경험도 당신 것, 당신 경험도 그의 것이니까요."

노인의 표정은 미동도 없다. 평온하게 자신의 작은 식탁 쪽으로 걸어간다.

"내가 그렇게 말했지."

노인이 입을 열었다.

"하지만 그것은 내가 그를 포기할 수 없다는 뜻은 아닐세. 나는 필요하다면 얼마든지 나와 그들이 아무 상관 없다고 선언할 수 있어. 나는 오로지 나 자신일세. 다른 누구와도 어떤 관계도 없다네."

"아뇨, 그러지 못할 걸요."

"왜 그렇지?"

"자기 자신을 포기하는 것은 불가능하니까요. 절 도와주세요, 제발."

"그래야 할 이유를 대보게."

노인이 식탁 앞에 앉아 단추 두 개를 눌렀다. 벽에 설치된 오븐 속으로 포장된 냉동식품이 2인분 툭 떨어지더니 저절로 포장이 제거되고 가열되기 시작했다. 스제이 47은 오븐 안에서 점점 붉은색으로 변하는 내부를 쳐다보며 허기를 느꼈다. 그는 저 중 1인분은 자기 몫이기를 은근히 바랐다. 벌써 하루 종일 아무것도 먹지 못했다.

노인은 담배 한 대를 꺼내 물고, 그에게도 피우겠냐고 물었다. 노인이 새 담배에 불을 붙인 뒤 그에게 건넸다. 두 사람은 묵묵히 담배만 피웠다. 둘 다 담뱃재를 떨지 않고 담배를 계속 손가락에 끼우고 있는 모습은 마치 무슨 신호를 기다리는 듯했다. 담뱃재가 무게를 버티지 못하고 재떨이로 툭 떨어졌다. 담배 냄새는 향기로웠다. 그들은 담배

덕분에 많이 가까워진 느낌을 받았다.

그는 불안한 내심을 감추고 노인에게 끈기 있게 물었다.

"자신에게 복사본이 있다는 사실을 처음 알았던 때가 기억나세요?"

"나는 복사본과 함께 자랐네. 어릴 때부터 알고 있었지."

"전 아니에요. 전 혼자서 오스트레일리아의 농장에서 자랐죠. 천문 관측소 가까이에 있는 농장이었어요. 어렸을 때, 제 삶은 무척 폐쇄적이었어요. 매일 농장과 마을에서 이런저런 일을 하면서 보냈죠. 우리 집 근처에는 캥거루가 엄청 많았어요. 매일 캥거루와 놀았다니까요. 마을에는 친구가 몇 명 있었는데 같이 캥거루와 싸우고, 새를 잡고, 서로 장난치면서 놀았죠."

그는 말을 멈췄다. 옛날 일이 눈앞에 보이는 듯했다. 어린 시절의 기억에 빠져드는 기분이었다. 그 시절은 모든 것이 단순했고 매일 오후가 되면 마을을 뛰어다니며 크리켓을 하거나 짓궂은 장난을 치면서 놀았다. 그가 친구를 괴롭히거나 친구가 그를 괴롭히는 장난이 이어졌다. 그는 그게 세상의 전부라고 생각했다. 그는 마을에서 자기보다 몇 살 더 많은 못된 형들에게 몇 번 용돈을 빼앗긴 이후로 그들을 혼내주는 일에 골몰한 적이 있다. 그들이 그가 생각할 수 있는 가장 강력한 적이었다.

"모든 것이 열세 살 그해에 끝나버렸죠."

그가 말을 이었다. 노인은 그저 침묵을 지킬 뿐이다.

"그해에 제 아버지가 한 여자를 집에 데려왔어요. 천문관측소의 컴퓨터 보안 요원이라고 하더군요. 아버지는 그 천문관측소에 음식을 가져다주는 일을 했어요. 매일 저녁 직접 만든 요리를 가져갔죠. 그때 저는 관측소에 자주 놀러 갔기 때문에 그 여자를 알고 있었어요.

관측소는 아주 컸고 반경이 몇 킬로미터나 되었죠. 기본적으로는 인적이 드문 초원인데 드문드문 몇 개의 안테나가 설치되어 있어요. 관측하러 오는 각국의 과학자들은 와서 며칠 머물다가 떠나곤 했죠. 여자는 결혼도 안 했고, 혼자서 초원에 있는 작은 방갈로에 살았어요. 그날은 크리스마스였는데, 여자가 모든 사람을 다 자기 집으로 초대해서 파티를 했죠. 그런데 다른 국가에서 온 과학자들은 다 거절했어요. 아버지는 여자를 불쌍하게 생각해서 파티에 가겠다고 승낙했죠. 아버지는 나와 어머니를 데리고 그녀의 집에 갔어요. 그녀는 무척 기뻐 보였고, 나도 기분이 좋았어요. 잘 모르는 사람 집에 놀러 가는 일은 드물었으니까요.

그날 우리는 선물을 가지고 갔어요. 집에 도착해서 크리스마스트리 아래에 선물을 쌓았죠. 우리가 가져간 선물 외에도 선물이 잔뜩 있었어요. 나는 좀 이상하다고 생각했죠. 그 여자에게 선물을 주는 사람이 이렇게나 많다니? 하지만 묻지는 않았어요. 나는 소파에 앉아서 과자를 먹고 동화책을 읽었죠. 그 집은 정리가 잘 된 집은 아니었어요. 피아노가 있고, 동화책이 있고, 컴퓨터 관련 책도 아주 많았죠. 우리 부모님은 그녀와 이야기를 나눴어요. 분위기가 좋았죠. 밥 먹을 때가 되어서야 알게 된 것인데, 부엌에서 한 여자가 걸어 나오는데, 그녀와 똑같이 생긴 거예요. 그때 전 클론이 뭔지 몰라서 쌍둥이 자매라고 생각했죠. 그런데 그녀가 그 여자를 자기와 한 사람이라고 소개하는 거예요. 전 너무 놀라서 넋이 나갔는데, 부모님은 전혀 이상하게 여기지 않더군요. 전 그날 저녁밥이 어디로 들어가는지 모를 지경이었는데 말이에요. 저녁 식사 후에 저는 다시 소파로 돌아가서 앉았어요. 같이 선물을 개봉하는데, 트리 밑에 가득 있던 선물상자가 알고 보니 집 주인 둘이서 서로에게 주는 선물이더군요. 그런데도 정성스레 포장하고 카드도 써서 선물을 열어 볼 때마다 놀라고 기뻐하고요. 선물을 하나 열어 볼 때마다 서로 껴안아주고요. 전 그때 알았어요. 세상에 이렇게 외로운 사람이 존재한다는 걸요.

그날 저녁 집에 돌아와서 아버지께 여쭤봤지요. 나도 클론이 있냐고요. 아버지가 그때 처음 알려주셨어요. 자기는 제 양아버지라고요. 난 그날 밤의 별도 다 기억납니다. 그곳에서는 매일 은하수를 볼 수 있었지만 그날따라 은하수가 특별히 밝았죠. 남십자성도 아주 밝았어요. 그날 이후로 그렇게 많은 별은 본 적이 없는 것 같군요."

그는 말을 마치고는 창고의 천장을 멍하니 올려다보았다. 지붕을 뚫고 그 위에 있을 은하수를 떠올리는 듯했다. 노인이 담배를 다 피웠을 때쯤, 마침 오븐 시간이 다 되었다. 노인이 오븐 안에서 가열이 끝난 냉동식품을 꺼내 하나를 그에게 주었다. 미트로프와 구운 감자였다.

노인이 음식을 먹기 시작했지만 스제이 47은 손을 대지 않았다. 그의 손가락 사이에는 여전히 불붙은 담배가 끼워져 있다. 그는 담배를 잊어버린 듯 보였다.

"나중에……."

그가 다시 입을 열었다.

"내 클론체와 본체가 모여 있는 곳에 돌려보내달라고 아버지를 졸랐어요. 그들을 만난 순간 나는 집에 돌아왔다는 느낌을 받았죠. 마침내 내 마음이 깨어난 거예요."

노인은 그의 말에 별로 감동을 받은 것 같지 않았다. 그는 자기 몫의 감자를 열심히 자르는 중이었다. 노인이 툭 내뱉었다.

"정말 따뜻하고 아름다운 이야기군. 나한테는 어울리지 않아."

"당신은 그런 적 없어요?"

그가 손에 쥔 담배를 마지막으로 두어 번 빨았다.

"당신과 본체, 아니면 다른 클론체가 정서적으로 연결되어 있다는 걸 느낀 적이 없냐는 말입니다. 그들이 어떤 이야기를 할 때, 마치 그 일이 당신 스스로 겪은 일처럼 느껴지지 않아요?"

"그런 적 있었지. 그게 정상이야."

"왜 그런지 생각해봤어요?"

"왜 그런가?"

"당신들이 같은 생명을 공유하니까요."

"하!"

노인이 냉소를 터뜨렸다.

"세상에 무슨 그런 신비한 일이 있을라고. 유전자가 같기 때문에 호르몬도, 뇌조직도 같아서 어떤 일에 대한 반응도 똑같을 뿐이야. 그냥 그걸세."

"그렇게 간단한 일이 아니에요. 이건 생명의 본질에 관련된 문제죠. 생명이 뭔지 생각해보신 적 있습니까? 생명이 육체 속에 갇혀 있는 걸까요? 아니죠! 생명은 육체를 초월하는 존재입니다. 우리 하나 하나의 클론체는 모두 같은 생명이에요. 뭐라고 설명하면 좋을까요? 그래요, 책! 책에 비유해보자고요. 당신이 책 한 권을 태웠다고 해서 그 책을 소멸시켰다고 할 수 있나요? 아니지요. 종이만 있다면 그 책을 또 만들 수 있습니다. 똑같은 책을요. 책의 영혼은 내용에 있습니다. 종이와는 상관없죠. 이 세계에 모든 책의 복사본이 사라져도 그 책은 여전히 존재하는 겁니다."

"음식 다 식겠어, 얼른 들게."

노인이 그의 앞에 놓인 접시를 가리키며 말했다.

그는 고개를 숙였다. 심드렁하게 감자 한 조각을 포크로 찍으면서 한 마디 덧붙였다.

"책과 복사본의 관계는 생명과 우리 사이의 관계와 똑같다고요."

노인이 마지막 미트로프 조각을 꿀꺽 삼키고 포크를 내려놓았다.

"하지만 아무도 그 책을 기억하는 사람이 없다면 책이 사라진 셈이 되겠지."

"맞아요, 맞아요. 그래서 적어도 한 부는 복사본을 남겨야 해요. 사람들이 기억할 수 있도록."

그는 긴장한 기색으로 노인의 눈을 바라보며 물었다.

"아직도 이해를 못 하시겠어요? 전 마지막 복사본이에요. 이 생명의 딱 하나 남은 카피라고요."

그 말에 놀란 듯, 노인이 그를 정면으로 쳐다보았다. 노인은 더 말이 없었다.

그는 포크와 나이프를 내려놓았다.

"제 앞의 마흔여섯 명이 전부 죽었어요. 그 사람도요. 전 그놈들이 없애버리려는 마지막 복사본입니다. 내가 죽고 나면 그놈들이 나의 유전자 지도를 철저히 지워버리겠죠. 이 세상에 더는 내 존재가 있을 수 없도록 말입니다. 그러면 사본뿐 아니라 이 생명 자체가 사라지는 거예요. 이건 내 일이냐 그의 일이냐 나눌 수 없는 문제죠. 이 생명에 관한 문제인데, 그건 바로 내 생명이니까요."

날이 저물었다. 창고 벽면을 빙 둘러 뚫린 작은 창을 통해 검은 밤의 빛깔이 스며들어오고 있다. 창고 안은 캄캄했고, 서로 마주보는 얼굴도 보이지 않았다. 노인이 식탁에 놓인 작은 등을 켰다. 두 사람은 어둠 속에서 미약한 전등 불빛이 밝히는 구역 안에 앉아 있다. 서로의 두 손 정도만 명확하게 보일 정도의 빛이었다. 그는 열기를 느꼈다. 조급하고 불안한 그런 열기였다. 그는 노인의 눈을 제대로 보고 싶다고 생각했다. 시종일관 동요하지 않는 노인의 진짜 생각을 알고 싶었다.

"제발 도와주세요."

그의 말투는 처음의 위협조에서 부탁조로 바뀌었다.

"도와주지 않으시면 그 사람은 완전히 사라지고 말아요."

"하지만 내게는 아내와 딸이 있어."

"저하고 같이 도망치면 되잖아요."

그가 두 손을 가슴 앞에 모으며 빌었다. 마음을 졸이며 다시 입을 열었다.

"전 인류를 위한 일이기도 해요."

노인은 말이 없었다. 미간을 잔뜩 찌푸린 표정을 보면, 결정을 내리기 쉽지 않은 모양이다.

그는 한 걸음 물러서서 차선책을 제시하기로 마음먹었다.

"아니면 제 책을 보관해주시겠습니까? 제 신작이에요. 아직 출간되지 않은 책이죠."

"내일 오전에 화물차가 한 대 오기로 되어 있네."

노인이 말했다.

2

이튿날 새벽, 창고 외부에서 귀청 떨어질 만큼 큰 스피커 소리가 들렸다. 소리가 어찌나 큰지, 수백 미터 떨어진 마을에서도 들릴 것 같았다. 스피커는 창고에 대고 외쳤다. 소리는 창고 환기창을 거쳐 몹시 분명하게 실내로 전달되었고, 넓은 창고 안에서 메아리쳤다. 노인이 예상했던 그대로, 그들은 그가 자수하거나 노인이 그를 넘기지 않는다면 유독가스를 살포하겠다고 위협했다.

창고의 문이 열리고, 노인이 나왔다. 여전히 무엇에도 놀라지 않는 태도다. 노인은 눈을 내리깔고 파란색 작업복을 입었다. 뺨의 피부가 힘없이 축 처져서 볼이 움푹 들어간 것이 더 잘 보인다. 눈언저리가 어두운 데다 듬성듬성한 흰 머리카락이 바람에 날린다. 햇빛 속에서 모든 사람의 눈이 노인에게 집중되었다. 사람들의 시선 때문에 그가 더 왜소해지는 것 같았다.

노인은 그들에게 따라 들어오라는 손짓을 했다. 노인이 그들을 잠겨 있는 컨테이너 박스로 데려갔다. 컨테이너 박스를 열고 중성자탄을 컨테이너 박스 내부의 레일 위로 밀어넣으면서 사람들을 데리고 그 안으로 들어갔다. 노인은 한쪽 구석에 본래는 중성자탄의 부속품이 들어 있었을 나무상자 앞에 멈췄다. 노인은 카메라가 제대로 자리 잡기를 기다렸다가 나무상자를 열었다.

그 안에 잔뜩 웅크린 스제이 47이 있었다.

그 순간, 전 세계에 스제이 47의 분노와 공포, 절망이 뒤범벅된 시선이 방송되었다.

파노 32가 말했다. 스제이 47이 자신에게 그가 한밤중에 환기창으로 빠져나갔다고 거짓말을 하라 시켰다는 것이다. 그러면 낮 동안 부속품 상자에 숨어 있다가 화물차에 실려 툴루즈로 간다는 계획이었다.

"이 계획은 아주 허점이 많은데, 다행히 그의 신뢰를 얻을 수 있었죠."

파노 32가 체포자들에게 말했다.

"네, 맞습니다. 나는 그에게 협력할까도 생각했지만, 아내와 자식 때문에 그럴 수 없었습니다."

이번에는 자신을 둘러싼 기자들에게 말했다.

스제이 47은 큰 저항 없이 군사기지로 끌려갔다. 그의 몸에서 그 자신의 유전자 지도가 나왔다. 전날 그가 훔친 것으로, 현장에서 바로 소각되었다.

스제이 47을 이송한 뒤에도 체포자들은 파노 32를 완전히 믿지는 않았다. 그들은 창고를 물샐틈없이 수색했고, 모든 종이를 단 한 장도 남기지 않고 소각했다. 컴퓨터 역시 철저히 조사했고, 창고의 보관품 목록까지 몽땅 포맷한 뒤 하드디스크를 소각했다. 스제이의 새 책 원고가 어디에도 보존되지 않도록 하기 위해서였다. 창고의 보관품 정보는 매일 본부 시스템에 백업을 하기 때문에 걱정할 것이 없었다. 그러나 스제이의 새 책이 세상에 전해진다면 막대한 영향을 미칠 것이다. 파노의 온몸 구석구석을 수색한 다음, 그가 입었던 옷도 잘게 조각냈다. 그에게는 따로 새 작업복이 지급되었다.

그 후 스제이 47은 군사법정에 회부되어 비공개 재판을 받았고, 신속하게 형이 확정되었다.

파노 32는 다른 군사기지로 이송되어 군사의학 전문가의 주도하에 최면 관찰을 받았다. 군사의학 전문가와 형사과 담당자가 몇 번씩 반복해서 스제이가 그에게 새 책의 내용을 유출한 것이 없는지 심문했다. 혹시 파노가 그 책의 내용이나 스제이가 재산을 숨긴 방식, 스제이 추종자에 관한 정보 등을 아는 게 있는지 확인하기 위해서였다. 파노 32는 최면심문법에 따라 여러 차례 심문을 받았다. 그 기간의 기억은 파노 32에게 꿈과 현실이 구분되지 않는 세계였다. 그는 반복해서 평생의 여러 가지 기억을 회상해야 했다. 어린 시절 또 다른 자신과 함께 강에서 물고기를 잡던 일, 소년 시절 국제 장님장기● 대회에 참가한 일, 성인이 되어 세계 각국의 창고를 방문했던 일, 설산雪山에 올라 깨달음을 얻었던 일, 마지막으로는 구석진 곳에 위치한 창고에서 고독하게 만년을 보내는 시간까지 몇 번이고 다시 떠올려야 했다. 파노는 자신의 삶에서 모든 전환점과 마지막 길까지 회상했다. 깨어 있을 때는 기계적으로 일하고, 잠이 들면 꿈속에서 평생의 여러 가지 장면과 그날 밤의 대화 속을 오갔다.

결국 파노에게서 유용한 정보를 얻을 수 없다는 결론이 내려지자, 그들은 그를 석방했다.

기록에 따르면, 파노는 확실히 스제이 47의 새 책을 이해하지 못했다. 말하자면 그 책은 세상에 나오기 전에 철저히 소멸했다.

스제이의 추종자들은 그의 마지막 사본이 사망했다는 것을 안 뒤, 금세 이리저리 흩어졌다. 원래부터 제대로 된 조직이 아니었던 데다 우두머리가 사라지자 더 이상 조직을 유지할 구심점이 없었던 탓이다. 추종자들은 대개 갑부들이거나 독립을 숭배하는 중산층이었다. 이들은 무엇보다도 자기 자신을 지키고 싶어한다. 세력이 클 때도 조용히 기부금이나 내던 사람들이라 위기가 닥치자 금세 꼬리를 말았다.

그가 불러온 반대의 풍랑은 그렇게 썰물처럼 소리 없이 사라졌다. 세계라는 바다는 다시 죽음과도 같은 고요함을 되찾았다. 이따금 몇

● 장기판을 보지 않고 두는 장기.

몇 추종자가 스제이가 귀환했다는 소식을 퍼뜨렸지만, 시간이 흐르면서 그런 소식도 더는 아무런 파문을 일으키지 않게 되었다.

사건은 이렇게 끝났다.

세계는 여전히 평소와 똑같이 돌아간다. 대세계大世界의 개념은 점점 더 깊이 뿌리를 내렸다. 유전자 선택으로 인간의 재능을 더욱 명확하게 구분 지었고, 이것 때문에 대대로 신분과 특징이 고착화되었다. 창고지기, 트럭 운전수, 프로그래머, 경찰 등 모든 사람이 대세계를 구성하는 작은 부품이었다. 인간은 자신의 신분에 만족하며 세계와 융합했다.

개인의 자유와 세계의 자유가 충돌하면 개인이 부자유해진다. 개인의 자유는 중요하지 않다. 자유를 얻는 방법은 세계의 대자유大自由에 융합되는 것뿐이다. 이것은 세계의 법칙이다.

파노 32는 평온하지 않은 만년을 보냈다. 석방된 첫날부터 그는 증오와 위협에 직면했다. 그가 스제이를 배신한 일은 전 세계 지지자의 공분을 샀다. 협박편지가 우편함에 가득 쌓였고, 사람들이 보는 앞에서 그를 살해하겠다는 위협이 끊이지 않았다. 그는 결국 체포자의 보호를 요청할 수밖에 없었다. 그들은 파노 32를 군대가 관할하는 지역으로 배치하고 정기적으로 군인을 보내 경호했다. 파노 32는 일을 그만두게 되었고, 대신 정부가 제공하는 고액의 퇴직금을 받았다. 이것은 그를 보호하기 위함이기도 했지만, 군부가 여전히 그를 의심한다는 증거이기도 했다. 그가 무기창고를 관리하게 내버려둘 수 없다는 뜻이니 말이다. 파노 32는 양측의 의심 속에서 감금과 다를 바 없는 나날을 보냈다. 매일 아침 마을 근처를 산책하고, 오전 중에는 버려진 예배당에 가서 혼자 기도를 올렸다. 오후에는 아내와 티타임을 가졌고, 자식들이 보내는 사진을 보곤 했다. 저녁에는 혼자서 일기를 썼다. 그는 딱 두 번 여행을 했다. 감시자들이 지켜보는 가운데 어릴 때 함께 자란 또 다른 사본이자 그의 형제, 그와 하나의 생명을 공유하는 사람을 만나러 갔다.

그의 만년은 나름대로 조용히 흘러가는 듯했다. 예순일곱이 되던 해 어느 오후, 스제이 47이 죽은 지 7년째 되는 해에 그는 성공적으로 마을에 잠입한 살인자에게 목이 그어져 사망했다. 복수가 성공한 것이다. 이것으로 모든 사건이 최종적인 결말을 맞았다.

3

파노 34는 말을 타고 눈앞에 펼쳐진 계곡을 바라보았다. 멀리서는 폭포 소리도 들린다. 파노 35는 구부러진 산길 모퉁이, 툭 튀어나온 곳에 서 있다. 그의 발은 반쯤 절벽 바깥으로 삐져나와 있고, 그 아래는 심연처럼 깊었다. 한 발만 잘못 디뎌도 떨어지고 만다. 파노 34가 한 걸음 다가가면 파노 35가 뒤로 반걸음쯤 물러나는 대치 상태다.

"내 말 좀 들어보렴."

파노 34가 조심스레 운을 뗐다.

"이야기를 들은 다음에 결정하면 어떻겠니?"

파노 35는 대답하지 않았다. 그는 거절과 의심이 담긴 눈길로 파노 34를 쳐다볼 뿐이다. 지금 그는 무엇이 되었든 밀어낼 뿐이다.

후손에게 조상의 떳떳하지 못한 이야기를 전하는 것은 쉽지 않다. 특히 죽음까지 딱 한 걸음을 남겨둔 사람에게 그 자신의 떳떳하지 못한 일을 들려주어야 하는 상황이라면 더 그렇다. 하지만 파노 34는 지금 말할 수밖에 없다고 생각했다. 이 이야기는 파노 35가 참고 들어 줄 유일한 이야기다.

"그때 나는 지금의 너만 했지. 열세 살이었단다."

파노 34가 파노 35에게 말했다.

"33은 예순둘이었어. 33이 나에게 이 이야기를 들려주었을 때, 난 많은 부분을 이해하지 못했지. 딱 지금 너처럼 말이야."

파노 34는 늙었다. 그는 자신이 앞으로 몇 년 살지 못할 거라는 것을 알고 있다. 이 모든 이야기는 파노 33의 입에서 전해진 것이다. 55년이 흘렀지만 어제처럼 생생하다. 그는 파노 33이 창가에 서 있던 모습을 지금도 고스란히 떠올릴 수 있다. 나이 먹고 권태에 찌든 모습. 미간을 찌푸리고 곤혹스러워하는 모습. 파노 34는 파노 32를 딱 한 번 만났는데, 그때는 겨우 다섯 살이었기 때문에 수줍어하며 파노 33의 소파 뒤에 숨어서 몰래 훔쳐보기만 했었다.

"클론체의 진수는 내가 너를 이해한다는 거야."

파노 34는 인내심 있게 파노 35에게 설명했다.

"나는 네가 지금 어떤 감정을 느끼는지 완벽하게 알고 있단다. 물론 우리는 서로 다르지. 파노 33은 어릴 때 교통사고를 당해서 다리가 불편했고, 나는 한참 전부터 신장병을 앓고 있단다. 또 나는 네가 지금 입고 있는 것 같은 옷은 절대 입지 않을 거야. 이렇게 서로 다르지만, 우리를 이루는 핵심적인 부분이 똑같단다. 우리는 모두 내성적이고, 다른 사람이 하는 말에 예민하고, 연상하는 것을 좋아하지. 우리는 하나의 생명을 공유하는 거야. 그래서 나는 네가 지금 어떤 감정을 느끼는지 완벽하게 아는 거지. 무서워하지 말렴. 너 혼자만 그런 것이 아니니까. 한쪽 귀가 이상하게 생겼다고 해서 부끄러워하거나 외로워할 것은……."

"내 귀가 뭐 어때서요!"

파노 35가 발칵 화를 냈다.

"그래, 그래. 내가 잘못했다."

파노 34는 급히 35를 달랬다.

"네 귀는 이상하게 생기지 않았지, 암. 내 말은…… 너에게는 너만의 독특함이 있다는 거야. 네가 가진 재능이 있으니 사소한 것쯤은 신경 쓰지 않아도 된다는 뜻이지."

파노 35는 기분이 나빴다. 학교에서 친구들이 그에게 '괴물 귀'라는 별명을 붙인 뒤로 기분이 좋았던 적이 없었다. 그는 머리카락을 한쪽만 길게 길러서 왼쪽 귀를 완전히 덮어 가리고 다녔다. 한쪽 눈과 얼굴 반쪽도 겸사겸사 가렸다. 반대로 오른쪽 머리는 두피가 보일 정도로 바짝 깎았다. 그는 습관적으로 왼쪽으로 넘긴 머리카락을 쓰다듬곤 했다. 머리카락이 딱 달라붙어 있을 때도 무의식적으로 왼쪽으로 머리카락을 빗는다. 그는 자기 왼쪽 머리를 걷어 올리려고 시도하는 녀석들이 싫었다. 가능하다면 그런 녀석들을 흠씬 두들겨주고 싶었다. 꿈속에서는 그런 적이 있다. 하지만 현실에서는 그 녀석들과 함께 놀고 싶었다. 할 수만 있다면, 파노 35는 자기 집에 있는 모든 장난감을 주어서라도 그 녀석들 사이에서 존중받는 위치에 서고 싶었다. 그는 늘 조롱받는 아이였기 때문이다.

그는 선생님의 관심도 받지 못했다. 성적도 나빴고 두뇌 회전도 느렸다. 잘하는 것이라고는 죽어라 외우는 일뿐이다. 그것 외에는 장점이 없었다. 그는 다 같이 모여 있을 때 다들 존재를 잊는 아이였다. 좋아하는 여자아이에게는 거절을 당했다. 심지어 그를 거절한 여자아이가 자기를 '괴물 귀'라고 불렀던 녀석과 입맞추는 것을 보면서 그 자리를 떠나야 했다. 그게 그를 가장 견디기 힘들게 했다.

"넌 너만의 개성이 있단다."

파노 34가 여전히 참을성 있게 말했다.

"너는 한 번 보면 외울 수 있고 한 번 들은 것은 잊지 않지. 너는 친구들보다 훨씬 많은 시를 외우잖니."

"시를 외우는 게 재능이라고요? 하!"

파노 35는 이렇게 엉뚱한 말은 처음 듣는다고 생각했다.

"너에게는 다른 사람이 갖지 못한 유구한 역사가 있단다. 유구한 클론체의 역사지."

"그게 자랑스러울 만한 일이에요?"

파노 35는 34의 눈을 똑바로 쳐다보았다. 35의 눈에 알아차리기 힘든 상처가 담겨 있다. 물속의 불길처럼, 보는 사람도 아프게 하는 상처다.

"할아버지 시절 이야기 가지고 저한테 이러니저러니 하지 마세요. 전 이미 다 알고 있다고요. 지금은 시대가 달라졌어요! 클론체라는 게 무슨 자랑거리예요? 우리 학교 애들이 저를 뭐라고 부르는 줄 아세요? 걔들은 저를, 저를, 어휴, 됐어요. 어쨌든 우리 반에서 부잣집 애들은 다 클론체가 아니에요."

"그 사람들이 클론체를 제대로 이해하지 못해서 그러는 거야."

"할아버지는 뭘 이해하는데요? 창고지기의 즐거움?"

그들은 전부 창고지기다. 태어날 때부터 그렇게 정해진다. 일정한 나이가 되면 어딘가의 창고로 배정된다. 그렇기 때문에 사람들에게 놀림을 받는다는 것을 파노 34도 알고 있다. 창고지기가 멋진 직업은 아니다. 파노 34도 어릴 때 그것 때문에 조롱의 대상이 된 적이 있다.

파노 34는 파노 35를 가만히 바라보았다. 그 애는 위아래가 붙은 검은색 작업복을 입고 있다. 피부에 딱 달라붙어서 가장자리가 거의 피부에 연결되어 있는 듯한 옷이다. 팔다리 쪽은 또 옷감이 펄럭거려서 재단을 잘못한 자투리 천이 붙어 있는 것처럼 보이기도 하고 박쥐의 날개처럼 보이기도 하는 이상한 옷이었다. 파노 34라면 때려죽여도 저런 옷을 입지 않았을 것이다. 하지만 파노 35의 얼굴에 드러난 고집, 분노, 수줍음은 그 시절 자신과 똑같았다. 이 아이는 자신의 전철을 그대로 밟으며 자랄 것이다. 자신이 파노 33과 똑같이 살았듯 말이다. 그들은 수많은 인구 중에서도 특수한 유형의 인간이었다. 그들은 계속해서 끝없이 성장할 수 있다. 그들은 서로 주고받으며 가르치고 배울 수 있는 많은 것을 가졌기 때문이다. 파노 34는 지금 이 순간 파노 35가 느끼는 고통과 부끄러움, 분노를 다 알고 있다. 그도 어렸을 때 다 겪었던 것들이다.

"이 세계의 모든 사람은 다 각자 남다른 데가 있어."

파노 34가 말을 이었다.

"넌 우리의 역사에 별 관심이 없을지도 모르겠지만, 그해 창고에서 벌어진 일이 우리의 미래를 결정지었다는 것만은 말해주고 싶구나."

파노 35가 놀란 눈빛으로 34를 쳐다본다. 발은 아직 절벽 끄트머리에 놓여 있지만, 더 뒷걸음질 치지는 않는다.

파노 34는 초록빛 계곡을 내려다보았다. 흰 안개를 뚫고 그날 밤 어슴푸레한 전등 불빛이 보이는 것만 같았다.

"그날 밤 파노 32는 스제이 47에게 물었어."

파노 34가 이야기를 시작했다.

"왜 반드시 살아야 하느냐? 그의 사상은 대부분 이미 세상에 알려졌으니 사람이 죽고 사는 것은 상관없지 않느냐? 그렇게 물었지. 옛날 사상가들도 책이 전해지는 것이지 사람이 지금까지 살고 있는 것은 아니니까. 스제이 47이 물음에 대답했고, 그의 대답은 파노 32의 심금을 울렸단다.

그는 이렇게 말했다고 해. '생각해보세요. 만약 아인슈타인이 지금 살아서 후세에 나온 우주학을 본다면 어떨까요? 빅뱅 이론, 쿼크 이론 같은 것을 본 아인슈타인은 어떤 일을 해낼까요? 아인슈타인과 동시대를 살았던 많은 사람은 상대성이론을 생각해내지 못했지요. 그건 그들이 멍청해서가 아니라 생각하는 방식, 문제를 보는 시각이 달랐기 때문입니다. 사람마다 뇌주름, 회백질 비율, 호르몬 수치, 좌뇌와 우뇌의 관계가 다 다릅니다. 그래서 사람마다 생각하는 방식도 각각이지요. 나는 곧 나 자신입니다. 비록 내 이론을 나라는 사본이 만든 것은 아니지만, 처음 봤을 때 나 역시 그렇게 생각할 거라는 사실을 바로 알았습니다. 그런 가설들을 보자마자 나도 똑같은 방향으로 생각을 전개했을 거라고 알게 된 겁니다. 그게 바로 나입니다. 마찬가지로 당신 역시 특수한 개체이고, 당신만 할 수 있는 많은 일이 있으며, 당신만의 특수한 방향으로 생각할 겁니다.'

스제이 47이 한 말 중에서 '당신만 할 수 있는 많은 일이 있다'는 한마디에 파노 32는 감동했단다."

파노 34는 여기까지 말한 다음 파노 35를 똑바로 쳐다보았다. 눈빛으로 많은 말을 대신 전하고 싶은 듯 보였다. 파노 35는 파노 34가 지금 얼마나 진지한지 느꼈다. 그는 파노 34가 무슨 말을 하는지 모르면서도 조금 긴장했고, 저도 모르게 머리카락을 쓰다듬었다. 파노

35가 발을 뗐다. 그러면서 그의 발아래 있던 작은 돌멩이가 절벽 아래로 굴러 떨어졌다. 두 사람은 순간 숨을 죽였다. 파노 35의 등 뒤로 폭포가 콸콸 흘러내리는 소리만 들렸다. 물안개가 절벽에 돋아난 소나무를 뒤덮고 있다.

"나도 창고지기 일이 좋은 직업이 아닌 것은 안단다. 너는 그게 부끄럽고, 그래서 그 일을 하고 싶지 않지. 넌 사실 연예인이 되고 싶잖니? 나도 다 알고 있지만, 우리가 창고지기 일을 하는 데는 우리만의 이유가 있는 거야.

우리는 어떤 책의 사본과 같아. 책이야말로 의미 있는 것이지. 클론체가 많을수록 너의 세계가 커지고, 넌 영원한 삶을 살 수도 있어. 스제이의 독립개체주의가 주장하는 것은, 한 인간의 가치는 대세계가 아니라 소세계小世界가 판단해야 한다는 거야. 그게 스제이의 사상에서 가장 위험한 부분이지.

애야, 나는 스제이의 말을 믿을 거란다.

이제, 네가 왜 죽어서는 안 되는지 말해주마."

파노 34는 파노 35가 숨을 죽이며 자신의 말에 집중하는 것을 보았다. 주변에는 아무도 없고 적막뿐이다. 폭포의 아득한 물소리가 귀를 파고든다. 기세 좋은 물안개가 수십 미터 높이까지 피어오른다. 산허리에는 무지개가 걸렸다. 자연의 힘이 그들을 감싸고 있다. 여기서는 아무도 그들의 내화를 듣지 못한다.

파노 34는 목을 가다듬었다. 때가 왔다. 그는 이 시대는 텔레비전 방송에서 들은 대로 대세계의 위기라고 생각했다. 세상이 바뀌고 있다. 전기 회로와 비슷하다. 회로가 오래되어 오류가 누적되면 국소적인 과열 현상이 나타나 회로 일부가 타버린다. 그러면 각 부분의 부조

화가 나타나고 시스템은 군더더기도 허점도 보완할 수 없게 되며, 오류를 억지로 덮으려고 하면 더 많은 문제가 생긴다. 전체적인 안목이 부족한 상태의 인위적 조정은 결국 시스템의 붕괴로 이어진다. 모든 것이 새로운 질서가 나타날 때가 되었음을 보여주고 있다. 지금은 아무도 과거의 도망자를 떠올리지 않으며, 과거를 경계하는 것은 더 이상 시급한 임무가 아니다.

"잘 들으렴."

파노 34의 목소리는 오랫동안 말을 하느라 조금 갈라진다. 그는 머리도 아팠다.

"난 늙었어. 몇 년 안에 죽겠지. 그러나 네가 나 대신 계속 살아갈 거란다. 우리가 창고지기 일을 하는 이유는 우리의 특별한 기억력 때문이야. 우리는 아주 많은 기밀을 관리해야 해. 그래서 유전자 선택과 개량을 거쳐서 대뇌가 특별하게 발달했지. 우리는 비상한 기억력을 가지고 있으며, 기억을 해체, 분석, 혼합, 융화할 수 있단다. 유용한 정보를 빠르게 찾아내고 복잡한 내용을 관리할 수 있지. 그렇기 때문에 우리는 어떤 기억들은 아주 깊은 곳에 숨기는 것도 가능해. 다른 사람이 알아낼 수 없도록 깊게 숨길 수 있지.

인류에게 문자가 없던 때에는 음유시인이라는 직업이 있었단다. 그들은 음악에 맞춰 노래로 서사시를 읊어서 역사가 수백 년간 전해지도록 만들었지. 옛날 일본에는 대대손손 역사를 외우는 것을 사명으로 삼은 가족이 있었는데, 역사서가 없던 때에 그 가족을 통해 역사가 전해졌지. 이런 이야기는 수없이 많단다. 중국의 진시황이 책을 태워버린 분서갱유 때도 마찬가지였어. 많은 유학자가 평생을 걸고 유교 경전을 외웠어. 수백 년을 기다렸다가 세상이 바뀌자 그들은 외우고 있던 경전을 기록했지. 딱 한 사람이라도 그 책을 외운다면, 그 책은 사라진 게 아니야. 기독교도 비슷했어. 로마제국의 통치를 받는 동안 300년이나 조용히 기다리면서 사도들의 기억을 통해서만 전해졌지. 그러던 어느 날 마침내 복음서를 세계 각지에 전파할 수 있게 되었어. 기억이 기독교를 존재하게 한 거란다.

이건 우리의 숙명이다. 우리는 마르고 볼품없는 사람이지만, 어떨 때는 다른 사람과는 다른 특별한 존재가 될 수 있어. 네가 어떤 조롱을 받는지는 몰라도, 언제가 되었든 넌 네 자신의 독특함을 선택할 거다. 자신을 선택한다는 것은 용감한 일이야."

그는 심호흡을 했다. 길게 들이쉬고, 깊게 내쉰다. 그는 이 말을 아주 오래전부터 준비해왔다.

"이제부터는 정말 잘 들어야 한다. 온 마음을 다해서 내가 하는 말을 외우거라. 그리고 적당한 때에, 필요한 사람에게 전해야 한다. 별로 어렵지 않아. 30억 개의 염기쌍을 외우는 것도 아니니까. 유전자 2만 개와 유전자 단편 7만 개의 배열 순서일 뿐이야. 물론 쉬운 일이 아니지만, 넌 분명히 할 수 있어."

파노 34가 파노 35를 보며 천천히 입을 열었다.

"날 따라서 외우렴. 1번 염색체. 초발인자-스미스 단편-감마52 단편-하이드록시 스테로이드 탈수소효소-알파 단백질-NFG 단편……."

파노 35는 절벽 끄트머리에서 벗어났다. 그는 한 단락씩 파노 34를 따라 반복했다. 파노 35는 똑똑해서 금세 외웠다. 폭포의 물소리가 두 사람의 목소리를 덮어주기 때문에 멀리서 볼 때는 평범하게 교외로 놀러온 할아버지와 손자처럼 보일 뿐이었다.

삶과 죽음

生死域

상

그는 이 낯선 도시를 경계하며 걸었다. 하늘도 회색이고, 도시도 회색이다. 이 도시는 참 이상하다. 위험한 분위기를 풍긴다. 도시의 건축물은 다 고층 빌딩이다. 끝없이 이어지는 빌딩은 전부 연결된 것처럼 보인다. 빌딩의 철근 뼈대도 회색, 유리창도 회색, 빌딩과 빌딩 사이 틈새도 똑같이 바닥을 알 수 없는 깊은 회색이다. 하늘에는 짙은 안개가 끼었고, 구름은 믿기 힘들 정도로 낮게 깔렸다. 모든 고층 빌딩의 꼭대기는 안개와 구름에 덮여 보이지 않는다.

그는 거리에 위험이 도사리고 있지나 않은지 경계하며 걸었다. 그러다보니 걸음이 몹시 느리다.

그는 이곳이 어딘지 모른다. 그는 자신이 죽었다는 것을 기억한다. 새벽에 2환二環* 도로에서 그는 천천히 차를 몰고 귀가하다가 갑자기

* 베이징의 순환도로 이름.

속도를 높인 마세라티와 충돌했다. 그는 운전석 한 구석에 처박혔고, 차는 도로변의 난간을 들이받았다. 금속과 유리 파편이 그의 몸을 찔렀다. 그다음 기억은 병원에서 본 천장과 새파란 수술실 조명이다. 그다음은 병실의 수액 병, 그다음 기억은 없다.

그가 깨어났을 때는 이미 이 도시에 와 있었다. 이곳이 어디인지, 자신이 정말로 죽었는지도 알지 못했다.

그는 사형도死刑島라는 섬을 들어본 적 있다. 사형수들이 그곳으로 보내진다고 했다. 사형수들에게 살아날 가능성을 주지 않으면서도 인도주의자들의 요청을 받아들여 사형수들을 즉시 죽이지 않으려는 것이다. 사형도는 멀고 공포스러운 곳이다. 수용소 군도의 차가운 기운을 품은 이름이다. 그는 자신이 사형도에 들어온 것인지 궁금했다. 아무도 그 섬이 어디 있는지 알지 못한다. 심지어 그 섬이 진짜 존재하는지 아는 사람도 없다.

그는 발로 땅을 밟으면서 구두코에서부터 이 땅의 실제를 느꼈다. 이 도시의 땅은 깨진 돌멩이를 밟는 느낌이었다. 거리에 사람들이 오고가지만 그가 보이지도 않는지 대부분은 빠른 걸음으로 휙 지나친다. 사람들은 거의 차가운 색깔의 옷에 어두운색 모자와 목도리로 얼굴을 가렸다. 그는 누군가 대화할 사람을 찾으려고 했다. 그러나 길가는 사람들은 말 붙이기도 쉽지 않았다. 그는 두어 명을 불러 세우려고 시도했지만 멈춰서는 사람이 없었다.

그는 작은 상점을 찾기로 마음먹었다. 작은 바, 구멍가게, 그와 비슷한 가판대 같은 곳 말이다. 지워져 잘 보이지 않는 간판이 입구에 붙어 있고 손님이 없는 상점이다. 주인은 계산대 안쪽에 앉아 있다. 가게에서 잘 보이지 않는 구석진 곳이다. 그는 상점을 잠시 둘러보고는 취급하는 상품이 특이하다는 생각이 들었다. 천장에서부터 늘어뜨려진 줄사나리 같은 것이 있었다. 물건 위에는 뽀얗게 먼지가 앉았다. 그는 경계심이 들었다. 뭔가를 물어볼 마음도 사그라들었다. 주인은 예순 살쯤 되어 보였다. 그가 들어오는 것을 보고도 일어서거나 말을 걸지 않았다. 눈동자를 입구에 고정하고 있다.

"저어⋯⋯."

그가 목을 가다듬고 다시 말했다.

"뭘 좀 여쭤보려고 합니다."

주인이 그와 눈을 마주쳤다. 그는 사장의 두 눈이 개구리처럼 툭 튀어나온 것을 보고 깜짝 놀랐다. 그는 미미하게 몸을 떨었다.

"여기가 어디인지 알고 싶은데요."

그가 침을 삼키고 말을 덧붙였다.

"정말 죄송합니다만, 제가 갑자기 튀어나왔다고 생각하시겠죠. 전 여기 막 도착했어요. 괜찮다면 이곳 지명을 알려주시겠습니까?"

사장이 입을 열었을 때 목소리가 특별히 낮았다. 조금 허스키한 게 오랫동안 다른 사람과 대화를 하지 않아 목이 잠긴 듯하다.

"이곳은 이름이 없소."

"아⋯⋯."

그가 잠시 멍해졌다.

"어느 나라 어느 주인지도 모르십니까?"

"여긴 어디도 아닙니다."

"그게 무슨 뜻이죠?"

주인이 천천히 몸을 일으켰다.

"여긴 어느 대륙이든 나라든 속하지 않습니다.

"설마."

그가 조금 머뭇거리다 용기를 내어 물었다.

"여기가 사형도인가요?"

"사형도?"

주인이 그를 흘깃 쳐다보았다. 그런 다음 느릿한 걸음으로 그에게 다가왔다. 표정은 손톱만큼도 변화가 없다.

"그건 뭐하는 곳입니까? 처음 듣는 이름입니다."

"하지만 이곳도 어딘가의 무슨 지방일 것 아닌가요."

그가 입에서 나오는 대로 질문을 던졌다.

"당신은 이곳 사람인가요?"

"아뇨. 이곳 사람이라는 건 없어요."

"그럼 당신은 어디서 왔죠?"

"저요? 헬싱키에서 왔어요."

그는 마음속으로 조금 놀랐다.

"어떻게 온 거예요?"

"당신과 똑같이 왔죠."

주인이 대답했다.

"사실 전 어떻게 여기 왔는지 기억이 나지 않습니다."

"시간이 좀더 지나면 알게 될 겁니다."

주인이 그의 옆에 도착했다. 허리를 굽혀 오래된 먼지떨이를 집더니 느린 동작으로 물건 위에서 먼지를 털어내기 시작했다. 주인은 한 걸음 떼는 것도 큰 힘이 필요한 것처럼 몹시 느리게 움직였다. 주인이 들고 있는 먼지떨이도 회색, 신고 있는 슬리퍼도 회색, 입고 있는 긴팔 셔츠 역시 회색이다. 주인이 서 있는 상점 입구 쪽에서 빛이 들어와서 그의 몸 주변은 흰색 후광이 비치는 기분이다.

"그렇다면, 여기를 어떻게 떠날 수 있나요?"

"어디로 가고 싶습니까?"

"모르겠습니다. 그냥, 베이징으로 갈까 하는데요."

주인은 잘못 건드리면 깨지는 유리 세공품을 다루듯 세심한 손길로 먼지를 털고 있다. 그는 상점 주인이 움직이는 대로 진열된 물건을 살펴보았다. 대개 평범한 가구들로, 금속 소재의 조립품이었다. 그 밖에 일상용품과 순수한 장식용 공예품도 몇 가지 있다. 어떤 것은 녹이 슬 정도로 오래된 물건이었지만 그는 어떤 가치가 있는지 알아볼 수 없었다.

"이곳에 오면."

상점 주인이 입을 뗐다.

"돌아갈 수는 없습니다."

"어째서요?"

"당신이 이길 수 없는 일은 이길 수 없는 거지요."

"이길 수 없는 일이라는 게 뭡니까?"

그는 다시 경계심을 높였다.

상점 주인은 똑바로 서더니 멈춰버린 시계를 손으로 문질렀다. 한참 그러더니 이렇게 말했다.

"당신에게 후회가 무엇인지 알려주는 일이지요."

"무슨 말인지 모르겠군요."

그가 주인의 손을 뚫어져라 보면서 대꾸했다.

"잘된 일입니다. 끝까지 모르기를 바랍니다."

그는 주인이 한 말을 곰곰이 생각했다. 말 속에 숨겨진 의미가 있다고 짐작하면서도 그 뜻을 알아차리기가 어려웠다. 주인은 여전히 물건의 먼지를 터는 일을 했다. 아주 섬세하게, 참을성 있게, 시간을 많이 들여서 정성스럽게. 그때 그는 놀라운 사실을 발견했다. 주인이 맨처음 먼지를 털었던 물건 위에 다시 두텁고 뽀얗게 먼지가 앉아 있었던 것이다.

그는 이 가게에서는 제대로 된 답을 듣기 어렵다고 생각했다. 주인은 내내 수수께끼 같은 말이나 한다. 그는 그런 대화 방식이 싫었다. 이해되지 않는 부분이 많지만 그는 상점 주인이 자신이 원하는 답을 줄 수 없다고 판단했다. 그는 가게를 나가기로 했다.

그가 막 문을 나서려는 순간, 상점 주인이 갑자기 말을 걸었다.

"그 여자에게 물어보세요. 그녀는 당신 질문에 대답해줄 수 있을 겁니다."

"그 여자? 누구죠?"

그는 급히 걸음을 멈추고 다시 물었다.

"찻잔을 든 여자예요. 긴 회색 치마를 입고, 위쪽에 살고 있습니다."

"위쪽이요?"

"하늘 위쪽."

"하늘이라니!"

그는 당황했다.

"그러면 제가 어떻게 그 여자를 찾아갑니까?"

"당신은 그녀에게 갈 수 없습니다. 계속 걷다보면 그 여자가 당신을 만나러 올 겁니다."

"어떤 여자예요?"

"이곳에 자기 의지로 머무는 유일한 사람입니다."

그것이 상점 주인의 마지막 말이었다. 그뒤로는 그가 무슨 질문을 해도 다시 입을 열지 않았다. 그는 다시 가게 문을 나서다가 뒤를 한 번 돌아보았는데, 주인이 금속 재질의 커피 주전자를 들고 벽 옆에 앉아서 부드럽게 주전자를 쓰다듬는 모습을 보았다. 주인은 등을 구부리고서 뭔가 생각에 잠긴 듯했다. 그렇게 잠시 있던 주인의 몸이 가볍게 떨리더니 얼굴의 주름이 하나로 뭉뚱그려졌다. 그는 거리로 나와 다시 목적 없이 걸었다. 자신이 어디로 가는지도 몰랐고, 무엇을 만나게 될지도 몰랐다. 그저 자신이 마주치는 이런저런 상황들을 관찰하며 간단한 추론을 이어갔다.

그는 자신이 죽었는지 명확하지 않았다. 처음에는 이곳이 사후세계라고 생각했지만, 시간이 길어지자 자신의 운동능력에 점점 더 확신이 생겼고 죽었다는 게 믿기지 않았다. 그는 영혼을 믿지 않는다. 천국이나 지옥도 전부 믿지 않는다. 원자 구조로 이뤄진 세계에서 영적 신비 현상이란 발 딛을 틈이 없다. 자신이 여전히 생각이라는 것을 할 수 있고 움직일 수도 있다면 죽은 것은 아닐 것이다. 상점 주인의 표정으로 볼 때, 여기가 사형도는 아닌 것 같았다. 하지만 사형도가 아니라면 도대체 어디란 말인가. 이렇게 신비하고 위치를 확정할 수 없는 곳이 사형도 말고 또 있을까. 그는 상상할 수가 없었다.

거리는 처음처럼 차가운 회색이다. 인적은 드물고, 종종 보이는 사람들도 바삐 걸음을 옮긴다. 우연히 빌딩 사이의 어두운 틈새에서 낯선 그림자가 툭 튀어나와 그를 놀라게 하지만, 그런 그림자도 하나같이 평범하기 짝이 없는 사람들이었다. 옷차림은 깔끔하고 단정하지만 말도 못 붙이게 사람을 밀어내는 듯한 느낌을 준다. 어쩌면 속도 때문에 이곳 사람들은 다들 불안정한지도 모르겠다. 모두 참 빠르게 걷는다.

그는 상점 주인이 한 말을 생각했다. '당신이 이길 수 없는 일'은 무엇일까? 그는 세계에서 가장 강력한 정권을 경험했다. 그는 아무리 해도 정권의 기반을 흔들 수 없었다. 그는 강력한 정권이라도 그 밑바닥에는 수많은 허점이 있다는 것을 잘 알았지만 결국 이기지 못했다. 그는 정권에 맞서 싸우는 일이 어떤 것인지도 잘 알았다. 약점을 잡고 줄곧 공격하는 것이다. 강력한 정권은 틀을 과하게 신경 쓰기 때문에 다양한 분야에서 나타나는 허점을 제때 보완하지 못한다. 신중에 신중을 기하기만 하면 언젠가는 정권의 약점을 찾아내고 실행 가능한 노선을 잡을 수 있다. 하지만 그는 이 도시가 누구의 관할인지 모른다. 왜 이길 수 없다고 하는지도 모른다.

집으로 돌아가고 싶었다. 이 도시는 그에게 위험하게 느껴진다. 그는 조심스럽게 앞으로 걸어간다. 상점 주인이 언급한 그 여자를 떠올리면서. 누굴까? 거리를 걸으면서 주변의 모든 것을 관찰한다. 만약 행인들의 차이점을 차치한다면 거리와 골목, 가게들은 그에게 익숙한 세계와 크게 다르지 않았다. 고층 빌딩, 넓은 거리, 개성적인 상점들. 단지 상점에 손님이 한 명도 없다. 그는 이런 세상에서 만나게 되는 사람은 분명히 똑똑하고 세심하면서 계약에 대한 의식도 투철한, 언제 어디에 떨어져도 제 한 몸 먹고살 걱정은 하지 않아도 될 듯한 사람이 아닐까 상상해보았다.

그는 한 남자가 자기 앞으로 뛰어서 지나가는 것을 보았다. 뒤를 돌아보니 경찰봉을 든 한 무리의 사람이 우르르 뒤쫓아 온다. 그는 나서서 도망치는 남자를 저지할 생각이었는데, 사람들의 속도가 어찌나 빠른지 그가 반응을 보였을 때는 도망치는 사람과 뒤쫓는 사람 모두 이미 눈앞에서 사라진 뒤였다. 그들이 사라진 방향으로 뛰어갔다. 얼마 안 가서 뒤쫓던 사람들이 다시 시야에 들어왔다. 한 사람을 붙잡아 끌고 가는 중이다. 붙잡힌 사람의 얼굴은 잘 보이지 않았다. 그는 벽 뒤에 몸을 숨기고 슬쩍 엿보았다.

그는 그 사람들을 거리를 두고 따라갔다. 그들의 걷는 속도가 점점 빨라졌다. 붙잡혀 끌려가는 사람도 날 듯이 뛰는 속도였다. 눈 깜빡하는 사이에 그들은 모퉁이를 돌아 시야에 보이지 않게 되었다. 그는 그들이 모퉁이를 도는 것을 보고 얼른 뒤쫓았지만, 모퉁이를 돌고 눈에 들어온 것은 텅 빈 거리뿐이다.

그 방향으로 몇 발 더 달려갔지만 그 사람들은 하늘로 솟았는지 땅으로 꺼졌는지 아예 사라져 보이지 않았다.

그는 멀지 않은 곳 네거리에 사람들이 잔뜩 모여 있는 것을 보았다. 그도 가서 끼어들었다. 눈앞에 아까보다 더 넓은 길이 보인다. 도로 양쪽으로 거대한 건물들이 늘어섰다. 건물의 넓이와 부피가 보통을 넘는다. 거의 군사기지 같았다. 회색 건축물은 조형이 기괴했고 기울어진 기둥과 둥근 지붕이 이어지고 첨탑 주위로 철 난간이 층층이 둘러져 있고 꼭대기는 구름에 싸여 있다. 기다란 기계 팔이 공중에서 이리저리 움직이면서 민첩하게 작은 탑을 집어서 다른 건물 위로 옮겨놓는다.

길목 양 옆에 사람들이 잔뜩 몰려 있다. 길 한가운데에는 기계차로 바리케이드를 세웠다. 사람들이 몰려들어서 도로 가운데로 쏟아졌다. 도로 중앙에 놓인 기계차 좌우로 우르르 몰려간다. 차와 차 사이로 수십 미터 길이의 그물이 걸려 있다. 사람들이 움직이는 동안 아무도 소리를 내지 않는다. 기계차 위에도 사람은 없다. 기계차는 자동으로 이리저리 배회한다. 그는 사람들 뒤쪽에서 조용히 상황을 지켜보았다. 이건 어떤 인물 때문에 벌어지는 계엄 상황일까? 그는 앞쪽으로 나가서 이 도시의 신비한 고위층 인사를 보고 싶은 생각이 들었다. 그는 군중 속으로 파고들었다. 어떤 사람이 그의 발을 밟았고, 그도 누군가의 발을 밟았다. 여전히 아무도 소리 내지 않는다. 주변은 이상할 정도로 고요했다.

갑자기 한 골목에서 경비대가 튀어나와 그들이 모여 있는 방향으로 달렸다.

주변에 있던 사람들이 신속하게 사방으로 흩어졌다. 어느 방향으로나 홍수처럼 사람들이 썰물 쓸려나가듯 퇴각하고 있다. 사람들이 달리는 속도는 정말 빨라서 그는 맨 뒤에 처졌다. 이번에도 그는 사람들을 따라잡지 못했다. 뒤에서 쫓아오는 경비대가 점점 가까워진다. 달렸다. 죽을힘을 다해 달렸다. 이제 더는 달리지 못할 것 같은 상태가 되었다.

갑자기 그의 머릿속에 한 가지 생각이 떠올랐다. 그는 경비대와 마주하기로 했다. 체포되면 누가 이 도시를 통제하는지에 대한 정보를 얻을 수 있을지도 모른다. 속도를 늦추고 뒤쪽의 소리를 들었다. 멈춰서서 숨을 골랐다. 그는 체포될 마음의 준비를 했다.

그때 뒤에서 그의 어깨를 두드렸다. 고개를 돌려 보니, 경비대가 아니라 웬 여자 한 명이 서 있다. 머리에는 챙이 넓은 모자를 썼고 회색의 긴 원피스를 입었다. 그녀가 어디서 나타났지 모르겠지만 그의 바로 뒤에 서 있다. 마치 거기서 계속 기다리고 있었던 것 같았다. 그녀가 입을 열었다.

"가죠."

모자에 가려 그녀의 얼굴이 절반밖에 보이지 않았다. 경비대는 계속 다가온다.

"어디로요? 어떻게요?"

"따라와요."

그녀는 그의 팔을 잡고 뒤도 돌아보지 않고 옆에 있는 건물의 회전문 안으로 뛰어들었다. 그는 고꾸라질 뻔했다가 얼른 일어서서 여자를 따라 복도를 달렸다. 두 사람은 건물의 반대편 끝에 도착했고, 거기도 회전문이 하나 있었다. 그녀는 그를 데리고 회전문을 빠져나갔다. 그는 회전문 바깥에 또 다른 거리가 있을 거라고 생각했다. 그러나 문을 나오자 보이는 것은 황폐한 땅이었다. 주변에 아무것도 없이 텅 빈 데다 기와와 벽돌의 잔해가 여기저기 널려 있고 무너진 벽도 보인다. 방금 지나온 거리와 고층 빌딩은 전부 보이지 않는다. 다만 멀리 흐릿하게 빌딩의 실루엣이 보일 뿐이다. 그는 고개를 돌렸다. 자기가 달려왔던 복도는 덜렁 복도 하나였을 뿐 어떤 건물에도 속하지 않았다. 회전문도 혼자서 빙글빙글 돌고 있다.

앞서 가던 여자가 그를 향해 손을 흔들었다. 그녀는 끊어진 벽 위로 뛰어오르더니 한 번 더 도약해서 버려진 철제 계단 꼭대기에 올라섰다. 그도 끊어진 벽까지 달려왔지만 벽 높이가 거의 3미터는 되어 보였다. 그는 믿을 수 없는 표정으로 여자를 바라보았다.

"이봐요, 난 어떡해요?"

그가 목소리를 키워서 물었다.

"뛰어요."

"어떻게요?"

"그냥 뛰어요!"

그는 반신반의하면서 도약했다. 첫 번째로 뛰었을 때는 벽 위에 올라왔지만 균형을 잃어서 떨어졌다. 두 번째로 뛰었을 때는 쉽게 벽 위로 올라섰다. 그는 다시 도약해서 철제 계단 위로 올라갔다. 하지만 꼭대기에는 닿지 못해서 위로 몇 발 올라가야 했다. 여자가 다시 위를 향해 이동하기 시작했다. 그는 뒤를 따랐다. 펄쩍펄쩍 뛰면서 점점 위로 올라간다. 그는 여자가 험준한 절벽과 비슷한 무너진 건물 벽을 타고 올라간다는 것을 발견했다. 주변의 나무나 가로등을 이용해서 위로 뛰어오르는 것이다. 나중에 건물 벽의 단면에 들쑥날쑥한 끄트머리까지 도착했다. 그녀는 벽의 끝을 따라 위로 올라갔다. 그는 그들이 구름 안으로 들어왔다는 것을 깨달았다. 이 벽은 예전에 아주 높은 빌딩의 한 부분이었으리라. 지금은 땅에 홀로 우뚝 서 있다. 벽의 높이는 수백 미터는 돼 보였다. 이렇게 높은 벽이 한 면만 남아서 서 있는 게 물리적으로 가능한지는 모르겠다.

벽의 단면이 이제 곧 끝이 날 것 같았다. 경사가 확실히 커졌다. 고개를 들어보니 깨진 벽의 한쪽 끝으로 철근 하나에 기대 버티고 있는 작은 집이 보였다. 집은 아주 작고, 벽은 회색이다. 지붕은 원뿔형이다. 정자를 닮았다. 그 집은 외롭게 철근 끝에 앉았다. 구름이 주변을 감싸고 있다.

회색 옷을 입은 여자가 집 앞의 평평한 곳에 착지했다. 그는 발아래의 구름과 멀어서 보이지도 않는 땅을 보면서 눈을 감고 펄쩍 뛰었다. 집 앞에 내려서기는 했으나 엉덩이로 주저앉는 자세가 되었다.

여자가 그에게 컵 하나를 건넸다. 마셔보니 차가 아니라 물이다.

집은 작았다. 방도 하나뿐이다. 침대 하나, 책상 하나가 있다. 침대에는 소박하고 깨끗한, 주름 없이 열심히 잘 씌운 시트가 덮여 있다.

시트는 흰 바탕에 회색 꽃무늬다. 집에는 창문도 하나뿐이다. 창밖으로 회색 구름과 멀리 있는 검은색 산들이 보인다.

"당신, 누굽니까?"

그가 여자에게 물었다. 그녀는 창 너머로 바깥을 바라보고 서 있어서 그에게는 그녀의 늘씬한 뒷모습만 보인다. 그의 말을 듣고 여자가 몸을 돌려 그를 마주보았다. 희고 깨끗한 턱이 드러난다. 하지만 얼굴은 여전히 챙이 넓은 모자에 가려 있다.

"나는 여기서 손님을 맞는 사람이에요."

"이곳이 어떤 곳입니까?"

"당신 생각에는 어디인 것 같아요?"

"모르겠어요. 열심히 생각했지만 떠오르는 답이 없었어요. 사형도가 아니라면, 이렇게 괴이한 도시가 어디일지 상상조차 할 수 없군요."

"이곳이 괴이해요?"

여자의 목소리는 담담하고 부드러웠다.

"엄청 괴이하죠. 상대적으로 말해서 엄청 괴이해요."

"뭔가 보거나 들었나요?"

"거리에서 아무도 소리를 안 내요. 대화도 없고. 그래서 뭘 들은 건 없어요. 다들 특수임무라도 있는지 무척 바쁘게 움직이던데요. 도시가 전부 회색이고요. 사람들 옷차림은 고급스러워 보이는데 감정은 다들 메마른 것 같았어요. 도시의 특권층과 대중 사이에 충돌이 있는 것 같아요. 통치자는 자기를 위해서 계엄령을 내리고 경찰을 이용해서 저항 세력을 해산시키고요. 어쩌면 모종의 비밀행동과 비밀진압이 존재하는지도 모르죠. 이상한 것은 도시가 너무 조용하다는 것인데, 모든 사건이 적막 속에서 벌어지더군요."

여자가 그를 한동안 응시했다.

그는 여자의 얼굴을 보고 싶었지만 모자를 푹 눌러쓰고 있어서 고운 입술밖에 보이지 않았다.

"긴장하고 있군요. 당신의 생활은 바쁜 업무에 점유당해 있어요. 당신은 계급에 민감하고 정부를 싫어하는데 또 한편으로는 고위층 인물들에게 관심을 갖고 있어요. 음모론을 좋아하는 경향이 있네요."

그녀가 잠시 말을 멈췄다가 다시 입을 열었다.

"당신은 베이징에서 왔겠군요."

"어!"

그는 놀라 몸을 굳혔다.

"베이징에서 온 건 맞아요. 하지만 그건……."

"마음먹은 대로 만들어진다."

"에에?"

여자가 손을 들어올렸다. 길쭉한 손가락이 창틀 위를 살살 매만진다.

"이곳을 좋아해요?"

"좋냐고요?"

그의 눈이 여자의 손끝을 따라 이리저리 움직였다.

"모르겠습니다. 막 도착했으니까요. 그냥저냥 괜찮아요. 좀 무섭긴 하지만."

"여기서 쭉 살라고 하면 어떨 것 같아요?"

"무슨 뜻입니까?"

그는 여자의 입술이 장난스러운 미소를 짓는 것을 보았다. 미소는 보일 듯 말 듯했고 약간 초대하는 듯한 느낌을 주었다.

"쭉 산다는 게 무슨 뜻이죠? 제가 여기 계속 머물기를 바라나요?"

여자가 웃었다. 그녀는 다시 창을 향해 몸을 돌렸다. 창밖으로 몸을 내밀자 그는 그녀의 목이 우아한 선을 드러내는 것을 볼 수 있었다. 긴 머리카락이 목덜미 한쪽으로 흘러내렸다. 가느다란 머리카락 몇 가닥이 희고 자그만 어깨에 늘어진다. 그녀의 등은 길고 또 말랑말랑해 보였다. 그는 충동적으로 그 여자를 향해 다가갔다. 걸음은 몹시 느렸고, 마음은 긴장한 상태였다. 그러나 저도 모르게 손을 올려서 그녀의 허리에 거의 닿은 것 같았다. 분명 그 여자 허리의 쏙 들어간 곡선 부분일 거라고 생각했다.

그녀는 처음에 꼼짝도 하지 않았다. 그러나 그가 허리를 만지자 돌연 오른쪽으로 돌아서면서 슬쩍 물러섰다. 그녀는 원래 그러려고 했던 것처럼 자연스럽게 책상을 향해 걸어갔다.

"얼굴을 보여주시겠습니까?"

그가 결국 입을 열고 한마디 내뱉었다.

여자는 책상 앞에 서서 가볍게 책상을 기대어 섰다. 손에 작은 지구본을 들어올렸다. 그녀의 동작은 가볍고 우아했다.

"이곳의 문제를 먼저 이야기하는 게 좋겠어요."

여자의 목소리는 여전히 조용했다.

"이곳에 어떻게 왔다고 생각해요?"

"모르겠습니다. 난 당신 얼굴이 보고 싶어요."

"이곳에 오기 전에 무슨 일이 있었어요?"

"교통사고를 당했습니다. 수술을 받았는데, 그뒤로 의식을 잃었어요. 그뒤에 무슨 일이 있었는지는 모릅니다."

그는 여자에게 조금 더 다가갔다. 그는 그녀의 입술을 바라보았다.

조금 더 가까이 가면 모자를 벗기리라 마음을 먹었다.

"논리적으로 생각하면 심각한 교통사고 이후에 무슨 일이 일어날까요?"

"죽음?"

그가 심드렁하게 대답했다.

그는 충분히 가까워졌다고 생각하며 손을 그녀의 얼굴에 댔다. 그는 그녀의 피부를 느낄 수 있었다.

"그렇다면 당신은 죽었나요?"

"당연히 아니죠. 그렇지 않다면 어떻게 여기 있겠습니까?"

그가 돌연 손을 위로 들어올렸다. 그는 긴장해서 손바닥에 땀이 다 찼지만 동작은 과감했다. 그는 여자의 모자를 벗겼다. 그녀의 긴 머리카락이 흐트러졌다.

"틀렸어요. 당신은 이미 죽었죠."

그녀가 말했다.

"옌란嫣然!"

그가 비명처럼 이름을 불렀다.

눈앞의 여자는 놀랍게도 옌란이었다. 그는 경악했다. 그는 자신이 옌란과 다시 만날 줄은 몰랐다. 옌란과 이렇게 가깝게 서서 얼굴을 마주 볼 수 있다니, 그녀와 20센티미터도 채 떨어지지 않은 곳에 서 있다니. 손만 뻗으면 그녀의 허리를 안을 수도 있었다. 그는 옌란을 멀리서 바라보기만 했었다. 가장 가까운 거리도 10인용 식탁의 끝과 끝이었다. 그녀는 항상 수많은 사람에게 둘러싸여 있었고, 그는 그 사람들 틈에 끼어드는 것이 싫었다.

"내 말 들었어요?"

그녀가 그에게 물었다.

"옌란, 당신이 어떻게 여기 있죠?"

그도 그녀에게 물었다.

그녀의 눈은 아름다운 살구씨 모양으로 생겼다. 머리카락은 곱고 길며, 코가 조금 낮다고 말하는 사람도 있었지만 그는 딱 좋다고 생각했다. 그녀는 수업 중에 늘 정신을 집중하며 앞을 바라보곤 했다. 지금 그에게 집중하는 것처럼 말이다. 그녀의 눈동자에 참으로 많은 말이 담겼다.

그녀는 그의 말을 듣고 가볍게 한숨을 쉬었다.

"난 옌란이 아니에요."

"옌란이 아니라뇨? 그럴 리가! 내가 당신을 몰라볼 것 같아요?"

그녀는 거기에는 답하지 않고 딴말을 했다.

"내가 방금 한 말 들었어요? 당신은 이미 죽었어요."

"그거 정말 무섭네요."

그는 무서워하는 척 흉내를 냈다.

"당신도 무서운 이야기를 좋아하는군요."

"난 사실대로 말한 거예요."

"좋습니다. 내가 죽었다고 칩시다. 그러면 여기 이렇게 서 있는 사람은 누구죠?"

그는 손을 뻗어서 손목을 빙빙 돌렸다. 그런 다음에는 손가락으로 방 구석구석을 가리켰다.

"내가 죽었다면, 이곳은 저승이겠네요."

"한 가지만 물을게요."

그녀는 옆으로 한 발짝 물러섰다.

"이 집까지 어떻게 뛰어 올라올 수 있었다고 생각하나요?"

"그건 내가 당신에게 물어볼 말이에요."

그가 그녀 옆으로 다시 바짝 붙으며 말했다.

"내가 추측할 수 있는 것은 중력을 가볍게 만드는 모종의 장치가 아닌가 하는 거죠."

그녀가 고개를 저었다.

"아니에요. 이곳은 사후 세계고, 당신의 세계죠. 그래서 당신은 뭐든지 마음먹은 대로 할 수 있어요."

그가 웃었다.

"내가 마음먹은 대로, 뭐든지?"

"마음먹은 대로 만들어진다."

"정말 그런가요?"

어째서인지, 그는 갑자기 겁이 없어졌다. 평소 그는 이렇게 경박한 사람이 아니었다. 하지만 이런 상황에서는 누구나 똑같이 행동할 거라고 생각했다. 그는 그녀의 허리를 안고 품에 끌어들였다.

"만약 뭐든지 내 마음대로 할 수 있다면, 내가 뭘 하고 싶은지 알겠어요? 당신 스스로 그 말을 증명해볼래요, 아니면 내가 당신에게 증명해줄까요?"

그는 이미 그녀에게 닿았다. 그녀의 부드러운 허리를 안고 있다. 그는 고개를 숙여 입을 맞추려고 했다. 하지만 그렇게 하지 못했다. 그녀가 아래로 흘러내렸다. 유연하게 불가사의한 각도로 허리를 틀면서 그의 두 팔 사이를 빠져나갔다. 물고기가 손을 빠져나가는 것 같았다.

"마음의 준비가 아직 부족하군요."

그녀는 방의 맞은편에 서서 그에게 말했다.

"무슨 준비를 하라는 겁니까?"

그녀가 구겨진 긴 치마를 잡아당겨 펴면서 말했다.

"진실을 받아들일 준비."

그는 안달이 났다. 그녀의 말을 듣고 싶었지만 또 한편 거기에 신경 쓰지 않았다. 그는 아직 그녀와 무척 가까웠다. 그녀를 거의 안을 뻔했다.

"무슨 진실이죠? 말해봐요, 들을 테니까."

그녀는 고개를 저었다. 표정에 어렴풋이 슬픔이 어려 있다.

"아직 때가 아니에요."

그렇게 말한 그녀가 한 마디 덧붙였다.

"내가 다시 찾아올게요."

"가지 말아요."

그는 마음이 급했다.

"지금 이야기해줘요. 준비 다 되었어요."

그녀가 창문 쪽으로 걸어갔다.

"또 봐요."

"언제요?"

"당신이 삶에서 가장 중요한 것이 뭔지 알았을 때."

그녀는 창 앞에 섰다. 그녀의 눈이 창밖을 응시했다.

그는 몰래 문 앞으로 이동했다. 문을 가로막으면 그녀가 떠나지 못할 거라고 생각했다.

그녀는 문 쪽으로 움직이지 않았다. 의미심장하게 그를 향해 시선을 던진 그녀는 창문 바깥으로 뛰어내렸다.

"안 돼!"

그가 비명을 질렀다. 급히 창가로 다가가 아래를 내려다보았다.

창밖에는 회색 구름만 일렁이고 있다.

그는 그 집에서 한참을 멍하니 있다가 결국 문을 열었다. 이 집에 올 때와 똑같은 길을 되짚어 땅 위로 내려왔다. 온 길을 따라서 돌아가면 아까 들어온 회전문을 발견할 줄 알았다. 그런데 아무리 둘러봐도 문이 없다. 낯선 길, 낯선 풍경만 이어진다.

그는 걸으면서 냉정해지려 애썼다. 눈앞을 맴돌던 옌란의 모습도 흐려지기 시작했다. 호르몬으로 인한 흥분도 점점 가라앉았다. 찬바람을 맞자 자신이 방금 한 행동이 좀 부끄러워졌다. 그는 그녀가 한 말을 곱씹었다. 생각할수록 뼛속까지 한기가 파고드는 기분이다.

당신은 이미 죽었어요.

나는 죽었다.

죽었다?

그는 부르르 떨었다. 말도 안 돼, 불가능한 일이야. 그는 자신이 중상을 입은 것은 알고 있지만 죽음을 받아들일 수는 없었다. 그가 지금 느끼는 감각은 너무도 진짜 같았다. 자신이 주변의 모든 것을 분명히 볼 수 있었다. 콘크리트 벽의 거친 감촉이나 잡초와 땅의 낟알도 보았다. 자신의 손과 발도 보았다. 그는 걸었다. 다리를 통제할 수 있다. 발이 신발과 마찰하는 감각도 생생하다. 길에 나뒹구는 돌멩이를 걷어찼다. 그는 그렇게 할 수 있다. 얼굴을 스치는 칼바람도 느꼈고, 무릎의 시큰시큰한 통증과 허기도 느꼈다.

이 모든 것이 실재하는 것 같았다. 그의 행동이 이렇게 자유로운데 어떻게 죽었다고 말할 수 있을까.

길을 따라 빠르게 걸었다. 골목이 나오면 아무 데로나 꺾어서 다른 길로 들어갔다. 길에는 사람이 아무도 없었다. 그러나 그렇게 황량한 느낌은 아니었다. 상점들도 차차 눈에 들어왔다. 빵 가게가 하나 보였고, 문 앞에 철제 간판이 세워져 있다. 작은 나무 탁자가 문 앞에 배치되어 있다. 커다란 쟁반에 빵이 몇 종류 진열되어 있다. 크루아상, 바게트, 초콜릿 파이 등이다. 다들 막 만든 것 같았다.

그는 배가 고팠다. 가게 안을 들여다보니 아무도 없다. 주인을 불렀지만 대답이 없다. 빵에서 향긋한 냄새도 났다. 그는 허기가 심해졌다. 참지 못하고 크루아상 하나를 집어 들었다. 주인이 오면 돈을 줄 생각이었다. 크루아상은 맛있었다. 아직도 따뜻했다. 바게트도 참 맛있어 보였다. 푸아그라 소스가 있다면 더할 나위 없겠다는 생각이 들었다. 고개를 숙여 소스를 찾았다. 탁자 아래 나무 바구니에서 정말로 푸아그라 소스를 찾았다. 그는 만족스러웠다. 탁자에 놓여 있는 종이 쟁반과 플라스틱 나이프, 포크를 들고 그대로 풀밭에 앉아서 빵과 소스를 즐기기 시작했다.

그는 빠르게 먹었다. 금세 배가 불렀다. 하지만 너무 맛있어서 더 먹고 싶다는 생각이 들었다.

그는 빵을 먹으면서 옌란이 했던 말을 하나하나 되짚어 보았다. 그녀가 한 말에서 무슨 단서를 찾을 수 없을까 생각했다. 한참 생각해도 진전이 없자, 이번에는 그녀 자체를 생각했다. 그녀의 늘씬한 허리와 가느다란 목 같은 것을 떠올렸다. 언제쯤 그녀를 다시 만나게 될지 알 수 없었다.

그녀는 왜 가장 중요하게 생각하는 것이 무엇인지 물었을까? 그게 무슨 상관이 있는 걸까?

"내 삶에서 가장 중요한 것은 바로 당신인걸."

그가 다음에 그녀를 만나는 장면을 상상하며 이렇게 말했다.

어쩌면 이것은 시험일지도 모른다. 그의 마음을 시험하는 것이다. 그렇다면 그녀가 기다리는 것이 바로 이 말일지도 모른다. 그렇지 않을까? 여자들은 이 말을 다 원하지 않나?

"옌란, 오랫동안 생각했어요. 나는 진지해요. 내 삶에서 가장 중요한 것은 바로 당신이에요."

그는 진지하게 그 말을 소리 내어 말하는 연습을 했다.

그때, 앞쪽 골목에서 한 여자가 걸어오는 것을 보았다. 그의 여자친구 샤오후이小惠 같았다.

그는 벌떡 일어서 두어 발자국 달려갔다. 확실하게 보기 위해서였다. 그런데 길 끝에 이르니 그 여자의 모습은 사라지고 없다.

그는 자신이 잘못 보았다고 생각했다. 왜인지 모르겠지만 마음이 편하지 않았다. 다시 돌아와 먹던 점심을 계속 이어갔다. 그러나 지금은 또 왜 그런지 아까처럼 맛있지 않았다.

그는 옌란을 생각하고, 또 샤오후이를 생각했다. 그와 샤오후이는 2년 정도 사귀었다. 샤오후이를 좋아하지는 않았지만 싫어하지도 않았다. 그녀는 못생기지는 않았지만 조금 멍청했다. 몸매는 그럭저럭 괜찮았는데 허리가 좀 굵었다. 그는 자신이 그녀와 결혼할 생각이 있었다고 느꼈다. 그녀는 그에게 참 잘했다. 늘 그가 하는 말이나 판단을 믿었다. 그는 그녀가 평소에 관심을 보이는 일을 싫어했다. '강희제가 왔다康熙來了' 같은 예능 프로그램은 전혀 보지 않았다. 그는 증권회사를, 그녀는 삼림국을 다녔다. 그들은 공통 화제가 많지 않았다. 그녀는 소위 생활에 꼭 필요한 규칙이라는 것들을 굳게 믿었다. 몇 시에 먹고 몇 시에 자고 어떤 사람과 반드시 어떻게 이야기하고 등등. 가끔은 그게 귀찮았다. 그러나 그가 화를 내고 그녀를 무시하면 그녀는 금세 자기 의견을 굽혔다. 기본적으로 그의 말을 잘 따랐다.

그는 이럴 때 그녀를 생각하고 싶지 않았다. 마음속에는 아직도 말하기 어려운 불편함이 남아 있다. 그녀를 생각하면 마음이 좋지 않다. 그는 옌란 때문인지 고민했다. 예전에 샤오후이를 생각할 때는 이런 기분이 아니었다.

이것은 그와 옌란이 처음으로 단둘이 만난 기회였다. 일을 시작한 후로 그는 옌란과 같은 학교에서 몇 년이나 공부했는데 고백도 못 해 본 것을 늘 후회했다. 어쩌면 기회가 있었을지도 모르는데 말이다. 그때는 너무 수줍었다. 한 번도 옌란이 자신에게 관심이 있다고는 생각한 적이 없었다. 그런데『그 시절, 우리가 좋아했던 소녀那些年. 我們一起追的女孩』를 읽은 후, 한 친구가 지나가듯 한마디 했다. 그때 옌란이 너를 좋게 생각했었지. 그 말에 그는 마음이 복잡했다.

하지만 옌란이 왜 이곳에 나타났을까? 그리고 왜 그런 이상한 말을 했을까?

"마음의 준비가 아직 부족하군요. 진실을 받아들일 준비."

그녀는 그가 죽었다고 했다. 이유가 뭘까?

그녀는 하늘에서 뛰어내렸다. 위험하지는 않았을까? 그곳까지 뛰어올라간 것을 보면 분명 물리적 법칙을 벗어날 수 있는 무슨 방법이 있겠지? 그녀는 아주 차분해 보였다. 위험하리라는 생각을 하지 않는 것 같았다. 그러니 괜찮겠지? 설마 정신적인 문제를 일으켜서 엉뚱한 소리를 하고 나중에는 자살한 걸까? 아니야. 옌란은 이곳에 아주 익숙해 보였어.

그런데 그녀가 왜 이곳에 익숙한 거지? 이상하잖아.

그녀는 이 세계가 그의 사후세계라고 했다. 그는 생각했다. 황당무계한 소리지, 정말 이 세계가 내 마음대로 되는 세계라면 내가 저기 있는 건물더러 무너지라고 하면 무너지는 건가?

옌란은 도대체 무슨 수수께끼 같은 소리를 한 거지?

그는 배를 다 채우고 일어섰다. 어느새 돈을 내야 한다는 사실을 잊어버렸다. 빵 가게의 주인도 시종일관 나타나지 않았다.

앞으로 계속 걸어갔다. 샤오후이를 보았던 그 골목을 꺾어 들어가자 한 무리의 사람이 보였다. 뭔가 싸움이 벌어진 것 같다. 가서 살펴보려고 했지만 어딘가 이상하다는 것을 느꼈다. 그는 그 자리에 멈췄다. 돌연 심장이 마구 뛰고, 망연히 두리번두리번 주변을 살폈다. 왜 이런 느낌이 드는지 알아내고 싶은 듯했다. 이상한 바람이 그의 곁을 스쳐갔다.

그는 오른쪽으로 돌았다. 마침내 이상한 점을 발견했다.

멀리, 그가 방금 빵 가게 앞에서 쳐다보았던 빌딩이 무너져내리고 있었다. 소리도 없이, 벽돌과 철근이 후두둑 떨어진다.

너무 놀라 입이 저도 모르게 벌어지고 온몸의 털이 올올이 일어섰다.

그는 너무 놀라 그 자리에 못 박힌 듯 섰다. 어디로 가야 할지 어떻게 해야 할지 아무것도 알 수 없다.

멀리 고층 빌딩이 무너지는 모습은 텔레비전에서 9·11 테러 장면으로 본 적이 있다. 정말 그 장면과 비슷했다. 건물의 가운데가 갈라진 뒤 한 층 한 층 내려앉는다. 외벽의 유리가 조각나서 이리저리 흩날린다. 먼지는 없다. 흰색 안개가 공기 중으로 흩어지다 사라진다. 그의 마음이 추락하는 빌딩 잔해와 함께 아래로 떨어져 내렸다. 지면에 떨어지고도 모자란지 더 깊은 심연으로 추락한다. 그는 느끼고 있다.

이 도시 전체가 무너지고 있다. 천천히, 존재하지 않게 된다. 빌딩 하나가 부너지면서 다른 빌딩도 전부 흔들리고 있다. 흔들림이 사방으로 퍼져나간다. 빌딩이 하나씩 하나씩 무너진다. 신기하게도 소리는 없다. 슬로모션 영상을 보듯, 소리 없이, 모든 과정이 다 명확하게 보인다. 철근과 콘크리트가 붕괴되고 부서진다. 파편이 공기 속을 날아 무無로 돌아간다.

그는 자신의 세계가 와해되는 것을 멍하니 지켜보았다.

하

그런 다음, 그는 몽유병자처럼 고개를 돌렸다. 또 샤오후이가 보인다. 멀리 군중 속에 있다.

그는 또다시 그 불편한 느낌을 받았다. 얼마간 긴장하고 얼마간 두려워하면서, 그리고 또 얼마간은 이대로 회피하고픈 충동을 느낀다. 도시가 무너지는 그 순간처럼, 그의 마음속 돌덩이가 깊이를 알 수 없는 절벽 아래로 추락하는 것 같다.

그는 앞으로 몇 발자국 걸어가며 샤오후이를 불렀다. 샤오후이는 듣지 못한 듯했다. 그는 샤오후이가 사람들에게 둘러싸이는 것, 팔을 붙잡혀 끌려가는 것을 봤다. 그는 뛰어나갔다. 그 사람들은 검은색 옷을 입었고, 샤오후이는 빨간색 옷을 입었다. 샤오후이는 그들을 떼어내려 했지만 손발에 힘이 없어 보였다. 그들도 폭력을 쓰는 것은 아니지만 냉정하게 샤오후이의 팔을 끌고 차량 쪽으로 간다.

그는 당황하여 그들 쪽으로 달렸지만 그들이 더 빨랐다. 그는 속도를 높이고 싶었다. 그러자 한 걸음이 폭이 크게 넓어졌다. 두 걸음 뛰면 골목 하나를 지날 수 있었다. 거의 도약하다시피 크게 한 발을 내디뎠고, 소형차 한 대를 그대로 뛰어넘었다. 그의 마음속에는 말로 표현할 수 없는 슬픔이 있어서 그것이 그를 죽을힘 다해 뛰게 한다.

그러나 그는 역시나 늦었다. 그 사람들은 자신들의 차량에 가까이 있었고, 그는 그들과 멀리 떨어져 있었다. 그는 거의 따라잡았지만 그래도 한발 늦었다. 그들은 샤오후이를 마세라티 차량에 밀어넣었다. 차가 시동을 건다.

그는 돌연 분노를 느꼈다. 이유 없는 화가 치민다. 자신이 그 마세라티를 따라잡을 수 있다고 느꼈고, 어떤 일이 있어도 붙잡아야 한다고 생각했다. 그래서 달렸다. 자기 몸에서 무한한 힘이 샘솟는 느낌이 들었다. 그는 차를 멈춰 세우거나 혹은 차보다 더 빨리 달리고 싶었다. 원인불명의 힘이 이끄는 대로 저 차를 따라잡기를 원했다.

그는 큰 보폭으로 달렸다. 아까보다 몇 배나 빨리 달리고 있다. 그와 동시에 마음속으로 마세라티에게 멈추라는 저주를 퍼부었다. 처음에는 반응이 없었지만 다섯 개의 거리를 달린 뒤로 마세라티가 점점 느려지기 시작한다. 빙판을 달리는 것처럼 바퀴가 미끄러지면서 헛돌았다. 그는 마세라티가 멈추는 것을 보고 마음속 분노가 기쁨으로 바뀌었다. 그러나 자신이 달리던 속도가 너무 빨랐던 탓에 당장 멈추지 못하고 그 거리를 절반쯤 달려갔다가 되돌아와야 했다.

차 안을 들여다보았다. 샤오후이가 없다.

그는 당황했다. 분명히 그녀를 차 안에 밀어넣는 것을 보았고, 차는 멈추지 않고 달려왔다. 그런데 그녀가 지금 차 안에 없다.

그는 어찌할 바를 몰라 하다가 마음속 분노와 충동이 점점 거세어졌다.

"나와!"

그가 차 안의 운전수를 가리켰다.

운전수는 그를 무시하고 다시 차를 출발시키려고 했지만 차가 앞으로 나가지 않았다.

그는 차 앞으로 달려들어 힘으로 차를 막았다. 운전수는 액셀러레이터를 힘껏 밟아 최대로 가속했지만 그 역시 온 힘을 끌어내며 차를 막고 있다. 그는 온몸의 힘을 다 쏟았다. 피가 끓어오르고 발이 지면 위에 마찰하면서 통증이 느껴졌다. 팔의 근육도 덜덜 떨린다. 온몸이 다 아프다.

그렇더라도 그는 여전히 차가 튀어나가는 것을 막아냈다. 운전수가 아무리 차를 전진시키려 해도 차는 움직이지 않는다.

그는 힘으로 차를 저지하는 동시에, 슬프게도 이 세계가 정말로 그가 마음먹은 대로 되는 세계라는 것을 인식했다.

그는 온 힘을 다해 차를 막았다. 그러나 이 사실이 그를 슬픔에 빠뜨리고 있다.

차는 완전히 멈췄다. 차에서 몇 사람이 뛰어내려 그를 둘러쌌다. 그를 때리려는 것 같다. 그들의 눈빛을 맞받아친다. 그 사람들은 잘 만든 검은 양복을 입고 만지면 베일 듯이 바지 주름을 다림질했다. 셔츠 옷깃도 풀을 먹여 빳빳하다. 그는 그들이 무섭지 않았다. 그는 이곳이 그의 세계임을 알고 있다. 그는 주먹을 치켜들고 싸울 준비를 했다.

어린 시절 초등학교 2학년 때 고학년 형들이 괴롭혔던 기억이 났다. 초등학교 5학년 때 같은 반 친구와 주먹다짐을 하다 졌던 생각도 났다. 중학교 2학년 때는 근처 고등학교의 불량 학생 무리에게 돈을 빼앗긴 적도 있었는데, 그는 반항을 시도했으나 흠씬 두들겨 맞았다. 그 모든 기억이 이 순간 응집되었다. 그는 자신이 만용을 부려도 된다는 것을 알고 있다. 머리로는 이런 만용이 슬프다고 생각하면서도, 피와 근육은 두근거리는 흥분을 느꼈다.

그들이 달려들었다. 우두머리는 힘이 엄청났다. 그는 거의 혼신의 힘을 다해서야 그 공격을 막을 수 있었다. 그 뒤로 두 명이 경찰봉처럼 생긴 금속 곤봉을 꺼내 마구 휘둘렀다. 그는 팔로 하나하나 막으면서 기회를 노려 두 사람의 복부를 공격했다. 우두머리 남자가 그의 머리에 주먹을 날렸지만 그는 민첩하게 피했고, 그 틈을 타서 남자의 팔뚝을 움켜쥐었다. 어깨를 그 남자의 가슴에 붙이고 멋지게 뒤로 공중제비를 돌며 그 남자를 멀리 집어던졌다.

그 사람은 벽에 처박혔다가 스르르 벽을 타고 미끄러졌다. 쇠몽둥이를 든 사람 중 한 명이 그의 종아리를 후려쳤다. 고통과 더불어 눈앞에 별이 보였다. 그는 균형을 잃고 비틀거렸다. 그리고 가슴속에 또 한 번 분노가 불붙었다. 그는 빈틈을 노려 한 놈의 손목을 잡아 쥐고 쇠몽둥이를 빼앗았다. 그런 다음 그 기세를 살려 땅 위쪽으로 몽둥이를 쓸 듯이 휘둘렀다. 그 놈은 겁에 질려 뒷걸음질 치다가 필사적으로 도망쳤다. 쇠몽둥이를 들고 있던 다른 한 놈도 사기가 떨어진 듯 보였다. 그와 몇 번 쇠몽둥이를 부딪치다가 안 되겠다 싶은지 달아나기 시작했다. 마세라티 옆에는 아직 한 명이 더 남아 있다. 원래는 싸움 구경을 하려던 것 같았지만, 이쯤 되자 일당을 따라 도망쳤다. 그들은 근처의 빌딩을 향해 달려갔고, 그는 뒤에서 쇠몽둥이를 휘두르며 쫓았다.

그들은 빨리 뛰느라 바지 아래로 양말이 다 흘러내리는 것도 몰랐다. 그도 최선을 다해 쫓았다. 다리에 힘이 넘치는 느낌이었다. 그놈들을 거의 따라잡았는데, 빌딩에 뛰어들고 나니 놈들이 이리저리 흩어져서 달렸다. 그는 빌딩 안에 오가는 사람들이 많은 것에 깜짝 놀랐다. 한산한 거리와는 달랐다. 도망가는 놈들 중 두 사람은 사람들 틈을 뚫고 들어가서 찾기 어려웠다. 또 한 사람은 로비의 거대한 대리석 계단을 이용해 위층으로 올라가고 있었다. 계단 양쪽에는 천사의 조각상이 있다. 그는 그 사람을 따라갔다. 달리는 동안 그는 많은 사람과 부딪혔고 온갖 서류가 공중으로 날아올랐다.

달리면서 생각했다. 이 빌딩은 훨씬 호화롭고 크기는 하지만 그의 직장과 비슷하게 생겼다. 어두운 금색 바탕에 적금색으로 매화를 그린 벽에 거대한 크리스털 샹들리에가 매달려 있는 천장은 아주 높다. 계단을 빙 둘러 달리는 그와 추격당하는 사람들이 지칠 줄 모르고 맹렬히 달린다. 그 사람은 전심전력으로 도망치고, 그는 끝까지 뒤쫓는다.

수백 바퀴를 달려 거의 빌딩 꼭대기까지 올라갔다. 양쪽 회랑은 갈수록 짧아져서 마지막에는 한 층에 방이 한두 칸만 배치되어 있다. 검은 옷을 입은 남자는 맨 꼭대기 층의 방에 뛰어들었고, 그도 따라갔다. 방은 매우 넓고, 환형 유리창으로 거의 모든 방향을 볼 수 있다.

방에는 큰 사무용 책상이 있고, 책상 뒤에 왕좌처럼 커다랗고 위용이 대단한 의자에 뚱뚱한 남자가 앉아 있다. 남자는 대머리에 목에도 살이 쪄서 몇 겹이나 접힐 정도다. 손가락에는 세 개의 큼지막한 반지가 끼워져 있다. 방 안의 좌우 양쪽에 건장한 검은 옷 남자들이 두 줄로 죽 늘어서 있다. 아까 이 방에 뛰어 들어온 남자가 그중 누구인지도 알기 힘들었다. 그들은 무표정한 얼굴로 다리를 적당히 벌린 안정적인 자세로 서서 두 손을 몸 앞으로 모아 쥐고 서 있다.

그는 방 한가운데 서서 구석구석 훑어보았다. 검은색 나무 책장에서 방 안 한쪽에는 술이 늘어서 있는 수납장과 거대한 가죽 소파가 있다. 그의 마음속에 불꽃이 타올랐다.

뚱뚱한 남자가 눈짓하자 두 줄로 서 있던 검은 옷의 남자들이 약속이나 한 듯이 포위망을 좁혀 가며 접근했다. 그는 주변을 살펴본 다음 뛰어서 사무용 책상 뒤 가장 가까운 유리창 쪽으로 달렸다. 그 사람들은 당황하더니 곧 그를 뒤쫓아 달려왔다. 그러나 책상을 돌아서 오느라 한 줄로 뛸 수밖에 없었다.

그는 그들의 꼴을 보며 웃었다. 멍청할 정도로 충성스러운 모습이라는 생각이 들었다. 그는 잠시 기다렸다.

홀연히 방의 거대한 유리창이 전부 부서졌다. 회오리바람이 방 안에 휘몰아쳤다.

한쪽 바닥은 주저앉았고, 검은 옷 남자들이 바람에 휩쓸려 저 아래로 떨어지다가 한순간에 사라졌다.

방 안이 조용해졌다. 이제 그와 책상 뒤의 뚱뚱한 남자만 남아 서로 마주보고 있다. 서류와 장식품 등도 회오리바람에 전부 쓸려갔다. 그는 바람을 등지는 쪽에서 걸어나왔다. 방 한가운데 서서 뚱뚱한 남자의 허약한 얼굴을 쳐다보았다.

"포기한 건가?"

그는 웃으면서 뚱뚱한 남자에게 물었다.

뚱뚱한 남자는 대답하지 않았다.

그는 한 번 더 물었고, 남자는 역시 반응이 없었다.

그는 이 세계에서 입을 열고 그에게 말을 건넨 사람이 잡화점 주인과 옌란 둘 뿐이라는 것을 깨달았다.

"내 말 안 들려?"

그는 갑자기 마음이 급해졌다.

"일어나!"

뚱뚱한 남자는 움직이지 않았다. 그는 성큼성큼 걸어가 남자의 멱살을 잡았다. 남자는 조금 버둥거리다가 흐린 눈빛으로 놓아달라는 신호를 보냈다.

그는 뚱뚱한 남자를 한 대 후려쳤다. 그가 평소에 가지고 있던 사장에 대한 모든 울분을 남자를 마구 두들겨 패면서 풀었다. 뚱뚱한 남자에게는 저항력이 없다. 잠시 후 재미없다고 느끼자 그는 팔을 휘둘러 남자를 창밖으로 던졌다.

그는 만족스러운 기분으로 뚱뚱한 남자의 의자에 앉았다. 바람이 아직도 윙윙 불고 있다.

그는 손을 뻗어 두꺼운 연필꽂이를 쥐고 장난을 쳤다. 그가 아직 이 기쁨을 충분히 만끽하기도 전에, 갑자기 등 뒤에서 누군가의 목소리가 들렸다.

"이제, 현실을 받아들였나요?"

익숙하고도 듣기 좋은 여자 목소리다. 그는 뛰는 가슴을 안고 얼른 고개를 돌렸다. 책장 뒤에서 여자가 걸어 나왔다.

"옌란! 정말 잘됐어요."

그는 저도 모르게 외쳤다.

"이제 당신을 다시 못 볼 줄 알았는데."

그녀는 여전히 회색 긴 원피스에 머리카락을 풀어 어깨 양쪽으로 흘러내리게 한 모습이다. 그녀는 천천히 걸어왔다.

"마침 잘 왔어요."

그가 또 웃으며 말했다.

"이것 보세요. 다 내 것이 되었다고요. 이제는 당신만 내 곁에 있으면 돼요."

그녀가 다시 물었다.

"당신이 죽었다는 것을 이해했나요?"

그의 얼굴에 그림자가 졌다. 그는 그 말을 별로 언급하고 싶지 않았다.

"자, 여기 와서 좀 앉아요."

그가 자기 옆 자리를 권했다. 그러나 그녀는 책상에서 1미터 정도 떨어진 곳에서 움직이지 않았다.

"대강 이해했다고 볼 수 있죠."

그는 어쩔 수 없이 지금 자기 기분을 뭉뚱그려 대답했다.

"완전히 이해한 건 아니지만요. 죽음이라는 게 쉽게 받아들여질 일은 아니니까요. 하지만 이 세계가 당신 말대로라는 것은 인정해요."

그녀가 고개를 끄덕였다.

"누구나 그런 과정을 겪어요."

"무슨 과정이요?"

"망각의 과정."

"좋아요, 좋아. 당신 말대로 내가, 죽었다고 합시다."

그는 그 단어를 말할 때 기분이 이상했다.

"나는 왜 지금도 움직일 수 있고 감각도 느끼는 겁니까?"

"신체의 죽음은 아주 쉽습니다. 하지만 감각이 곧바로 사라지지는 않아요. 모든 사고의 방식은 아주 오랫동안 지속되기도 하죠. 신체가 전달하는 신호에서 벗어났더라도, 상상을 통해서 오랫동안 감각을 느끼기도 해요."

"이 모든 것이 나의 상상이란 말입니까?"

그녀가 가볍게 고개를 끄덕였다.

"죽음 이후의 상상이죠. 관성적으로, 당신의 삶 속 진짜 욕망과 무의식 구조를 움직여 만들어낸 세계예요."

"내가 혼수상태인 것도 아니고 분명히 죽었다고 확신해요?"

"확신해요."

"그렇지만……!"

그는 그녀에게 달려가고 싶었지만 그렇게 하지 않았다.

"만약 내가 이미 죽었다면, 이 모든 것은 누가 상상한 건데요?"

"좋은 질문이네요."

그녀가 그렇게 말했지만, 그는 더 묻지 않았다. 그녀는 방 안을 몇 걸음 걸어다녔다. 손으로 사무용 책상을 쓰다듬기도 했다.

"마음먹은 대로 만들어진다."

그녀가 입을 열었다.

"사람들은 꿈은 마음에 의해서 생성된다고 말하죠. 하지만 그들은 더 깊게 설명하지 않아요. 실제로 모든 깨어 있는 순간에 본 것들이 다 마음에 의해서 생성된 것이에요. 사후세계도 마찬가지죠. 당신이 본 것, 느낀 것은 모두 당신의 마음 깊은 곳, 다른 이들이 알지 못하는 마음의 바다에서 나왔어요."

그녀가 책상 너머로 그의 눈을 들여다보았다.

"이건 당신이 나보다 더 잘 알겠지요."

그는 여전히 입을 다물고 있다. 방 안에 긴장감이 감돌았다. 주변의 바닥이 다시 꺼지기 시작했다 소파를 포함해 방 안에는 사무용 책상과 책장 그리고 그 주변으로 원을 그리며 그 부분만 남았다.

그녀가 다시 시선을 내렸다.

"그럼 지금 이것을 누가 생각하느냐, 그건 참 좋은 질문이네요. 나도 정확하게 말하지 못하겠어요."

그녀가 한동안 침묵했다. 단어를 고르는 것 같았다.

"에너지장이라는 말이 있어요. 들어본 적 있는지 모르겠군요. 당신도 알다시피, 생명에는 에너지가 있어요. 하지만 시간 속에서는 두께가 없는 한 단락이에요. 반면 시간장이라는 개념이 있는데, 이때 생명은 시간 측도에서 두께를 갖습니다. 시간을 뛰어넘을 수 있죠. 하지만 에너지장은 두께가 없어요. 둘은 비슷한 관계를 갖고 서로 전환할 수 있지요."

그녀는 여기까지 말한 다음 잠시 멈췄다가 말을 이었다.

"에너지장과 시간장, 이 두 가지 공간이 바로 우리가 말하는 삶과 죽음이에요."

그는 그녀가 하는 말을 전혀 이해하지 못했다. 그러나 마지막 말을 듣고 충격을 받았다. 그는 뭐라고 말해야 할지 몰랐다. 이 해석은 그의 인식 범위를 벗어났다.

"그러니까 사람은 죽지 않는다는 건가요?"

그녀는 잠깐 침묵했다. 그가 쓴 표현에 놀란 듯했다. 눈빛이 방 안의 이곳저곳을 방황한다. 그녀는 뭔가 생각하는 모습이다. 책상에 놓여 있던 황금 말 조각상을 집어들고 손 안에서 이리저리 만지작거리며 한참 뒤에야 고개를 들었다. 그녀는 그를 바라보며 고개를 끄덕였다.

"네. 그렇게 말할 수 있어요. 생명은 계속해서 존재할 수 있지요. 한 공간에서는 그 방식으로 전개되고, 그런 다음 다른 공간으로 진입하는 거지요. 다시 돌아가고, 다시 나오고. 그렇게 여러 번 할 수 있어요."

그가 마른 침을 삼키며 물었다.

"윤회輪回를 말하는 겁니까?"

그녀가 살짝 고개를 끄덕였다.

"맞아요. 태어나고 죽는 것은 돌아가고 다시 떠나는 거예요. 끝없이 반복되지요."

그가 멍한 표정을 짓자 그녀가 미소를 지었다.

"못 믿겠어요? 아니면 불가능할 것 같은가요? 불교에서 왜 환생을 이야기하는지 생각해보세요. 인도 불교에서는 인간이 영원한 신이 투사된 창문이라고 해요. 플라톤은 학습이 일종의 회상이라고 했고요. 그리고 왜 인공지능이 계속 성공하지 못할까요?"

그는 고개만 저었다.

"태어나는 인간은 모두 영원한 존재가 한 차례 전환한 것이기 때문이지요. 현생은 단지 신체와 그것이 결합한 것일 뿐이에요. 전생의 기억은 사라지지만 그것이 운용되는 방식은 남아 있어요. 어린 시절에 배우는 것은 전생의 기억을 환기시키는 과정입니다. 바로 이런 이유로 인공지능은 그런 간단한 일들을 배우지 못해요."

이 이야기는 들을수록 현묘하게 느껴졌다. 그는 막연한 기분에 휩싸였다. 사실대로 말해서, 그녀의 말이 가슴에 큰 풍랑을 일으키지는 못했다. 이런 이야기가 허세와 과장이 섞였다고 생각했다. 지금 눈앞의 많은 현상을 볼 때, 그녀가 한 말이 전부 사실이라고 생각하면서도, 듣고 싶지 않은 마음이 컸다. 너무 철학적인 이야기는 옛날부터 싫어했다. 그는 본능적으로 에너지장이라는 단어가 싫었다. 그는 옌란을 바라보았다. 그녀의 말을 생각해보려 했지만 잘 되지 않았다.

그는 자신이 여기 앉아 있음을 알고 있다. 더할 나위 없이 편안한 사장님 의자에 앉아 있는 것이다. 그거면 충분하다.

바람이 그의 다리 주변을 스친다. 책상 위의 종이도 한 장 한 장 바람에 날려 사라진다.

"당신 말은 너무 어려워요. 못 알아듣겠어요."

그가 솔직하게 말했다. 그러면서 그녀에게 손을 내밀며 덧붙였다.

"어쨌든 나는 여기서 잘 살고 있잖아요. 아닌가요? 이런 것도 좋은 거 같아요."

그는 자기가 앉은 의자를 툭툭 치며 그녀를 불렀다.

"자, 옌란, 우리 다른 이야기 합시다."

옌란은 움직이지 않았다.

"지금 이런 상태가 좋다고요? 맞아요?"

"그럼요, 얼마나 좋은데요. 안 그래요?"

"그래서, 인간 세상으로는 돌아가고 싶지 않은 거예요?"

"돌아가요? 왜 돌아가야 하죠?"

그는 웃으며 옌란을 바라보았다. 그녀가 방 가운데 서 있는 모습은 참 아름다웠다. 그는 그녀에게 다가가고 싶었다. 하지만 마음속 깊은 곳에서 뭔지 알 수 없는 것이 그를 막았다. 그는 소파에 앉아서 움직이지 않았다.

그의 뒤로 방의 마지막 부분이 무너지고 유리조각이 흩날렸다. 방은 이제 바닥만 남았다.

광풍이 분다.

그는 손가락으로 주변을 가리켰다.

"나는 여기가 마음에 들어요. 이것은 내 세계죠. 그 세계로 돌아갈 이유를 모르겠군요."

그녀의 긴 머리카락이 바람에 날린다. 머리카락 때문에 표정이 보이지 않았다.

"그래도 대부분 돌아가요."

"왜?"

"각자 이유가 있죠."

"그리고 당신은 계속 여기에 있고. 그렇죠?"

"맞아요."

"그러니까요. 나는 당신이랑 여기 남고 싶어요. 우리 둘이서 마음대로 이 세계를 즐기면서 사는 거죠. 좋지 않아요?"

그가 웃었다.

그녀는 웃지 않았다. 화를 내지도 않고, 그저 고개만 저었다.

"그건 당신 진심이 아니에요."

그는 지금 그녀 가까이 다가가서 다정한 말을 해준다면 자기 진심을 믿어줄지 모르겠다는 생각을 했다. 그러나 그는 일어나지 않았다. 어떤 힘이, 그 자신도 설명할 수 없는 힘이 그를 의자에 가만히 앉혀 두었다. 그녀의 말 때문에 그는 자기 마음 깊은 곳에 숨겨진 생각을 알아차리게 되었다. 하지만 그는 그것을 생각하고 싶지 않았다.

"나는……."

그가 입을 여는데, 발밑에서 진동이 느껴졌다. 지면이 흔들린다. 눈앞의 책상도 흔들리고, 책상 위의 물건들도 이리저리 움직인다. 그 자신도 의자 위에서 좌우로 밀려다닌다. 바닥의 가장자리는 이미 무너지고 있고, 방 중앙을 가로질러 금이 가기 시작했다. 갈라진 바닥이 한 조각씩 추락한다. 점점 방 가운데를 향해 다가오고 있다.

옌란은 그 자리 그대로 서 있다. 바람이 불고 그녀가 풀잎처럼 휘청 거린다.

한순간, 그는 자신이 추락하는 느낌을 받았다. 책상, 소파와 더불어 바닥없는 심연으로 떨어진다. 그는 광활한 하늘을 바라보았다. 무한한 회색 구름과 도시의 폐허가 보인다. 도시의 빌딩은 다 무너졌고, 땅에는 건물의 잔해가 널려 있다. 그가 있는 이 빌딩이 최후의 빌딩이다. 전 세계의 중심. 철근과 시멘트는 땅에 흩어져 뾰족한 가시덤불, 아니면 바위틈에 자라난 메마른 풀잎 같아 보였다. 그는 계속 추락하고 있다. 바람이 그의 발아래에서 호흡한다.

그는 세상이 변화하는 모습을 지켜본다. 점점 땅과 가까워지면서 주변의 경치도 달라지고 있다. 도시의 빌딩 흔적이 옅어지고, 점점 약해진다. 끄트머리의 뾰족한 돌출부도 모호해진다. 모호해지다가 거친 바위 같은 느낌이 되었다. 도시가 스톤헨지 같은 거대한 암석군과 원시인의 동굴로 변했다. 회색, 여전히 끝없이 회색이다. 새로운 건축물에는 인테리어를 거치지 않은 네모난 창이 나 있다. 거칠고, 간단하며, 원시적인 분위기가 난다.

그는 땅에 떨어졌다. 산골짜기 같기도 하고 동굴 속 같기도 하다.

주변을 둘러보았다. 시선 끝에는 바위인지 벽인지 모를 것이 닿는다. 가느다란 물줄기가 똑똑 떨어진다. 그가 떨어진 땅바닥은 모래로 덮여 있다. 옆에는 바위틈에 자라는 풀이 푸르다.

그는 머리가 어지러워서 한참 걸려서야 정신을 차렸다. 멀리 동굴 입구가 보이는데, 거기서 샤오후이가 나타났다. 그는 샤오후이의 표정이 무척 슬픈 것을 보았다. 여전히 빨간색 치마를 입고, 손에 치맛자락을 꽉 쥐고 있다. 그의 마음 어딘가에 다시 통증이 일었다. 그는 일어나고 싶었지만 팔다리가 쑤셔서 힘을 낼 수가 없었다. 다시 입구를 쳐다보니 샤오후이가 사라졌다. 그는 안간힘을 써서 일어나 앉아 관자놀이를 문질렀다.

한참 후에 그는 옌란도 근처에 있다는 것을 알았다. 그녀는 물줄기 옆 바위에 앉아 있었다.

동굴 안에는 미약한 불빛밖에 없다. 어둠 속에서 옌란은 더 아름다워 보인다. 그녀는 묵묵히 앉아 있다. 얼굴 옆면에 빛이 들어와 콧날의 섬세한 선을 돋보이게 한다. 그렇지만 그는 갑자기 그 여자가 옌란 같지 않다는 느낌을 받았다.

"지금은 인간 세상에 돌아가고 싶지 않은 것 같군요. 그러면 난 이만 가볼게요. 나중에 다시 오지요."

그녀의 목소리가 동굴 속에서 맑게 울렸다. 그녀가 동굴 더 깊은 곳으로 들어갔다.

"잠깐, 가지 말아요!"

그가 일어섰다. 그녀는 걸음을 멈추고 돌아보았다.

"무슨 일이죠?"

"궁금한 게 더 있어요."

그는 그녀가 가지 않길 바란 것뿐이었다. 동굴 속에서 혼자 있는 것은 너무 외롭고 무서운 일이다. 하지만 또 왜인지, 말이 나오지 않는다. 그는 맨 처음 그녀를 보았을 때 느낀 그런 충동적인 감정을 잃어버린 듯했다. 그래서 핑계를 찾아야 했다.

"그러니까, 이 세계가 계속 지금 같은 모습일까요?"

"아뇨. 기억이 점점 옅어지니까 과거의 형태는 사라질 거예요. 당신도 새로운 상황에 적응해야죠."

"어떤 상황이요?"

"시간 속을 유영할 수 있는 상황이요. 당신은 물질세계에서는 무게도 에너지도 없어요. 하지만 시간 척도에서는 시간을 뛰어넘을 수 있죠."

"그건 상상이 잘 안 되네요."

"차차 모든 것을 내려놓으면 느낄 수 있을 거예요. 중간과정은 조금 혼란스럽겠지만, 최종적으로 당신은 시간 속에서 평온을 찾을 거고요."

그녀는 담담하지만 한 톨의 감정도 없이 말했다. 그런데 그녀의 말이 마치 멀리서 전해지는 것처럼 이상하게 느리고 길게 들렸다. 그는 순간 깨달았다. 맨 처음 그녀를 만났을 때 느낀 부드러움이나 동작의 우아함이 완전히 사라졌다. 그 대신 그녀는 초연할 정도의 고요를 품고 있다. 그는 자신이 변한 것인지 그녀가 변한 것인지도 확신하기 어려웠다.

그녀는 몇 발자국 걸어가다가 뭔가 생각에 잠겼다. 그녀가 다시 몸을 돌리고 한 마디 덧붙였다.

"그런데 내 생각에는 당신이 그날이 올 때까지 기다리지 못할 것 같아요. 인간 세상으로 돌아가고 싶다고 생각할 때 다시 올게요."

그는 의아했다.

"왜 그렇게 말하는 거죠?"

"당신은 인연이 아직 남았거든요."

그녀는 말을 마치자 동굴 깊숙이 들어갔다. 회색 치마가 바닥을 쓸고 지나갔지만 치마에는 먼지 한 톨 묻지 않았다.

"기다려요!"

그녀가 다시 고개를 돌렸다.

"그럼 당신은 왜 돌아가지 않죠?"

"무척 간단한 이유죠. 간단해서 특별할 것도 없는 이유. 정말로 듣고 싶나요?"

그녀가 웃으며 대답했다.

"어느 해인가 설날을 보내면서 폭죽 터뜨리는 것을 구경하고 있었어요. 집 바깥은 폭죽 소리로 시끄러운데 집 안은 고요했지요. 그 순간 홀연히 내 인연이 다 끝났다는 것을 깨달았어요."

"그, 그걸 어떻게 알아요?"

"당신도 그 순간이 오면 그냥 알게 될 거예요."

"내 인연이 아직 남은 걸 어떻게 알았죠?"

그녀가 싱긋 웃었다. 처음으로 그녀의 웃음에 슬픔이 배어 있었다.

"당신이 억지로 피하려고 하는 기억이 있죠? 당신 마음속에 절대 가고 싶지 않아 하는 그곳이요."

말을 마치고 그녀는 동굴 속 보이지 않는 곳으로 들어갔다. 그녀의 날씬한 몸이 점점 사라진다. 이유는 모르겠지만, 그는 이것이 그녀를 만나는 마지막 순간임을 직감했다. 마음이 아팠다.

그는 땅바닥에 주저앉아 돌멩이 몇 개를 주워 위아래로 던지며 마음속 알 수 없는 따끔함을 느껴보았다.

돌아간다. 돌아가지 않는다.

사람은 왜 그 세계로 돌아가야 하는 거지.

고통으로 가득한 세계에.

다시 고개를 돌리니 동굴 입구에 샤오후이가 서 있다. 샤오후이를 보자 마음속의 따끔거림이 온몸의 통증으로 번졌다. 그는 이 통증의 근원을 알 수가 없었다. 그는 샤오후이를 향해 걸어갔다. 샤오후이는 그 자리에 서서 덜덜 떨고 있다. 동굴 바깥의 밝은 달이 그녀를 비추고 있다. 그녀에게 가까워지면서, 샤오후이가 입은 치마가 원래 빨간색이 아니라 피가 묻어서 붉게 변한 것임을 알게 되었다.

그는 깜짝 놀라 달려갔지만, 샤오후이가 몸을 돌려 달아났다. 그는 뒤쫓아갔지만 그녀는 또 사라졌다.

동굴 바깥은 황야였다. 건물도, 마을도 없고 가로등과 사람도 없다. 그는 자기 마음속에 왜 이런 곳이 있는지 이해할 수 없었다. 그는 한 방향으로 달렸다. 하지만 자기가 무엇을 보게 될지는 몰랐다. 그는 샤오후이를 찾고 싶었다. 마음이 죄어들었다. 뭔가 일어날 것 같은 기분이었다. 어쩌면 이미 일어났는지도 모른다.

그는 어둠을 가르며 달렸다. 끝없는 밤이 사방팔방 옥죄어 온다.

그는 호숫가에 도착했다. 호숫가에는 바위와 버드나무, 관목, 나무 벤치와 바람을 쐬는 학생이 있다. 바람이 갑자기 잦아들고, 그의 마음도 평온해졌다. 특별한 달콤함과 충만함이 마음에 차오른다. 그는 더 이상 뛰지 않고 천천히 다가갔다. 어느 순간 샤오후이가 옆에 있는 오솔길에서 나타나 그의 팔을 붙잡았다.

"돌아왔어, 돌아왔어."

샤오후이가 말했다.

"샤오후이."

그는 기쁨을 느꼈다.

"방금 어디 갔던 거야? 걱정했어."

샤오후이는 옅은 노랑색 원피스를 입고 있다. 머리카락은 좀 바보스럽게 양 갈래로 땋았다. 그녀가 그의 팔을 가볍게 흔들었다.

"너 오늘 정말 못됐어. 미워 죽겠어."

"내가 뭘?"

이유는 모르지만 그는 웃고 싶었다.

"나 아무것도 안 했는데?"

"아무것도 안 하긴!"

샤오후이가 그를 꼬집었다.

"나쁜 놈."

"그건 그렇고 너 방금 어디 갔었어? 깜짝 놀랐단 말이야."

그가 말했지만, 샤오후이는 뭔가 발견한 듯 그의 팔을 놓고 달려갔다. 그러다 그를 돌아보면서 말했다.

"수박 먹고 싶다. 저기 봐, 저기!"

그녀가 왼쪽 교차로로 달렸다. 그는 그녀를 따라 뛰었다.

그러나 바위 하나를 지나치자 어느 틈에 그녀는 또 사라졌다.

그녀를 찾아 돌아다녔지만 결국 찾지 못했다. 앞서 몇 번 그랬듯, 그녀가 사라지고 나면 다시 찾을 수가 없었다. 그러나 그는 계속 달렸다. 불안은 점점 심해지고 그는 자신의 불안이 어디서 오는지 그 근원을 알 것만 같았다. 아직은 만나지 못했지만 자신의 뒤를 따라오는 그림자와 같은 상태였다. 가까이에 와 있다. 그는 아직 보지 못하지만, 바로 뒤까지 왔다. 도망치려 해도 도망칠 수 없다. 그는 불안을 누르기 위해 달렸다. 더 나아가 불안보다 더 깊은 부정적 감정을 누르고 싶었다. 고통, 공포 혹은 후회.

그는 걸음을 멈췄다. 그는 어느 거리에 와 있다. 이곳이 어딘지 잘 생각이 나지 않았다. 작은 전등이 반짝이는 이곳은 참 익숙한 느낌을 준다. 이 거리에는 작은 가게가 늘어서 있고, 가게를 밝힌 불빛이 밤 거리를 비춘다. 진열창 안에 긴 웨딩드레스, 흰색의 레이스에 깃털 장식을 단 치마가 진열되어 있다. 모델의 멋진 몸매가 아름다운 자태를 뽐낸다. 이웃집은 웨딩 촬영 전문 사진 스튜디오다. 쇼윈도에는 커다란 사진첩이 반쯤 펼쳐진 채 놓여 있다. 흰색의 모래사장과 파란색 하늘을 배경으로 신부가 햇살처럼 웃고 있다. 다음 가게는 생활용품점이다. 커피 잔과 촛대가 진열되어 있다. 꼬마 돼지 그림이 그려진 앞치마가 자랑스럽게 걸려 있다. 작은 새 그림이 그려진 간판에는 '웰컴 welcome'이라고 쓰여 있다.

그는 천천히 거리를 걷는다. 갑자기 뒤에서 누가 부르는 소리가 들렸다. 고개를 돌리니, 샤오후이가 허리를 굽히고 쇼윈도 안을 진지하게 들여다보고 있다.

"이거, 이거!"

그녀가 말한다.

"이거 귀엽지 않아?"

그도 다가가서 들여다본다. 작은 프라이팬이다. 손바닥만 한 크기에 달걀을 굽는 용도일 것 같은 제품이었다. 하트 모양인 프라이팬은 하트 모양으로 달걀 프라이를 할 수 있다. 샤오후이가 쇼윈도 창에 이마를 대고 열렬하게 손가락질 했다. 그녀는 그가 보기에는 훨씬 나이 들어 보이는 꽃무늬 블라우스를 입고 있다. 그는 그 블라우스를 싫어했지만, 그녀가 이 블라우스는 배가 도드라져 보이지 않는다고 했던 말을 기억하고 있다.

그는 내심 그녀의 말에 동의했지만 입 밖으로 장난스러운 말을 내뱉었다.

"저런 거 사서 뭐에 쓰게?"

"귀엽잖아!"

그녀가 잠시 후에 덧붙였다.

"그리고 너한테 하트 뽕뽕 달걀 프라이를 해주는 거지."

"얼마야?"

"78위안이네, 비싼 건 아니야."

"뭐? 그게 안 비싸? 엉뚱한 데 돈 쓰지 마. 가자, 얼른. 나 달걀 프라이 안 좋아해."

그가 샤오후이를 끌고 가려고 했다.

"기다려봐."

샤오후이는 미련이 남는 눈치다.

"들어가서 구경 좀 하자."

그도 들어가고 싶었다. 그런데 발이 땅에 붙은 듯 떨어지지 않았다.

"집도 없는데, 저거 사봐야 쓰지도 못해. 보긴 뭘 봐."

그는 자신이 왜 이렇게 말하는지 이해할 수 없었다.

"집을 갖고 싶지 않은 거야?"

샤오후이가 상점 앞 계단에 서서 말했다. 실망한 듯한 표정이다.

"그냥 보기만 할 건데."

그녀는 문을 열고 조명 빛깔이 따스해 보이는 가게 안으로 들어갔다. 그는 그녀의 뒷모습을 보며 마음속에 슬픔이 가득 찼다. 자신이 또다시 그녀를 잃었다는 것을 느꼈다. 역시나 뒤를 따라 가게로 들어갔을 때 그녀는 이미 사라지고 없었다. 가게에는 종업원 혼자 바삐 움직이고 있다.

그는 거리로 돌아왔다. 머리가 아파온다. 이유도 모른다. 자신이 지금 뭘 찾고 있는지, 어디로 가야 하는지도 모른다. 한 가지 아는 것은 자신이 뭔가 찾아야 한다는 사실뿐이다. 그는 이마를 문지르며 길거리에 주저앉았다. 마음속의 상실감이 어느덧 절망으로 발전했다.

그가 다시 고개를 들었을 때, 샤오후이가 거리 한 가운데 서 있는 게 보였다.

샤오후이는 온몸이 피범벅이었다. 그녀는 찻길 가운데 서 있다. 차들이 몸을 스칠 듯 지나갔다.

그녀는 꼼짝도 않고 그대로 서 있다. 몸에 걸친 옷은 다 찢겨진 상태고, 옷 사이로 드러난 피부에도 온통 피다. 그녀는 온몸에서 피를 흘리고 있다. 하지만 얼굴은 편안해 보였다.

그가 그녀에게 걸어가려고 했지만, 도로를 오가는 차들이 그의 걸음을 붙잡는다.

"사랑은 어디서 오는지 모르지만 갈수록 깊어지네."

그녀가 조용히 중얼거렸다.

마음속의 절망감이 최고조에 달했다. 그는 그녀가 가장 위험한 순간에 처했다고 느꼈고, 그녀를 구하고 싶었다. 방법이 없어도, 시도나마 해보고 싶었다. 그는 차가 좀 뜸해지는 틈을 노렸다가 도로를 가로질러 그녀에게 달렸다. 그녀는 그 자리 그대로 서 있다. 차들이 지나가면서 그녀의 찢어진 옷자락을 날린다.

그는 차 한 대가 삐뚤삐뚤 운전을 하면서 그녀를 향해 돌진하는 것을 보았다. 그는 마음이 불에 타는 듯했다. 조심하라고 외치면서 그녀에게 달려갔다. 그녀를 그 자리에서 밀어낼 생각이었다. 그는 온 힘을 다해 도약했고, 그녀의 몸을 껴안고 뒹굴었다. 그는 그녀를 안전한 곳으로 데려가고 싶었다. 그러나 차 한 대는 용케 피했지만 두 번째 차를 피하지 못했다. 두 사람은 뒤에서 달려오는 차에 부딪혔다. 몸이 붕 떠서 날아가다 바닥에 처박혔다. 그는 샤오후이를 껴안고 정신을 잃었다.

깨어났을 때, 그는 여전히 샤오후이를 안고 있었다. 샤오후이는 그의 몸 아래에 누워 눈을 감고, 입술을 깨물며 중얼거렸다.

"아파, 아파."

"많이 아파?"

그가 물었다.

샤오후이의 콧잔등에 땀이 송글송글 맺히고, 손가락으로 베갯잇을 꽉 움켜쥔다. 눈도 반쯤 뜨고서 눈썹은 살짝 찌푸린 채 가볍게 떨고 있다.

그는 샤오후이가 많이 아파한다는 것을 알아차렸다. 그렇지만 잠시 후에 그녀가 대답했다.

"괜찮아. 그렇게 많이 아프지 않아."

그는 그녀를 꽉 안고서 목덜미에 입을 맞췄다. 그러나 왜인지, 그녀의 몸이 몹시 차갑다고 느꼈다.

그는 갑자기 울고 싶어졌다. 하지만 울음이 나오지 않는다. 그는 그녀가 싫다고 말하는 모습은 기억났지만, 아무리 노력해도 그녀가 좋다고 말하는 모습이 떠오르지 않았다.

그녀의 품에서 그는 다시 또 깊은 잠으로 빠져들었다. 어둠이 그를 덮는다. 어둠 속에는 무엇도 없다. 오로지 그녀가 피투성이로 도로에 서 있던 모습과 그 한 마디만 남았다.

사랑은 어디서 오는지 모르지만 갈수록 깊어지네.

다시 깨어났을 때, 그는 회사의 직원 숙소에 있는 침대 위에 누워 있었다. 직장생활을 시작하고 첫 2년간은 이곳에서 살았다. 같은 방을 쓰는 남자는 전략 시뮬레이션 게임 '디펜스 오브 디 에이션츠

Defense of the Ancients'를 하느라 정신이 쏙 빠져 있었다. 커다란 안경이 거의 화면에 닿을 지경이다. 그는 잠결에 까치집이 된 머리카락을 쓰다듬었다.

"샤오후이 봤어?"

"어, 세탁실에 빨래하러 갔어."

룸메이트는 게임하느라 바빠서 대답할 때 고개도 돌리지 않았다.

"내가 오래 잤나?"

"응."

룸메이트가 웅얼거리며 말을 이었다.

"넌 운도 좋아. 애인이 빨래도 해주고."

그는 마음속으로 행복하다고 느끼면서도 왜인지 모르게 툭 내뱉었다.

"운이 좋긴! 안 그러면 애인 사귀어서 뭐에 써먹냐?"

그는 어두컴컴한 지하로 내려갔다. 세탁실에 있을 샤오후이를 찾으러 가는 길이다. 그러나 어쩌면 너무 많이 자서 그랬는지, 다리에 힘이 없고 머리가 어지러웠다. 그는 어두운 복도를 걸어서 세탁실로 향했다.

복도는 참 길었다. 아무리 걸어도 세탁실이 나오지 않는다. 복도에는 저 끝에 불빛 하나 외에는 아무런 불빛도 보이지 않는다. 지나치는 방마다 전부 문이 굳게 잠겨 있다. 그를 환영하는 방은 하나도 없다.

그는 세탁실에 가지 못했다. 복도 끝까지 걸었는데 나온 곳은 식당이다.

식당 문을 열고 들어가니 평범한 원형 탁자에 앉아서 샤오후이가 그를 향해 손을 흔드는 것이 보였다. 그는 의자를 빼서 앉았다. 탁자 위에 창백한 접시와 날카로운 나이프, 포크가 보인다. 포크는 마치 그의 가슴을 찌르는 듯하다. 그가 깊게 숨을 내쉬고 들이마셨다. 그는 포도주가 든 잔을 단숨에 비웠다.

"우리 엄마가 널 데려오래."

샤오후이가 입을 연다.

"아마 예물 이야기를 하실 거야. 우리 고향에서는 그게 원칙이기도 하고 작은 도시에서는 이웃끼리 비교를 많이 하거든. 엄마가 10만 위안 아니면 절대 안 된다고 그러시네. 너무 걱정하지 마. 일단 알겠다고 말씀드리고, 그때 가서 방법을 찾으면 돼."

"이 이야기를 지금 꼭 해야 해?"

그는 자신이 묻는 소리를 듣고 있다.

"언젠가는 생각해야 할 일인걸. 먼저 마음의 준비를 해두자는 거야."

"나중에 하자, 나중에. 지금 그런 이야기하기엔 일러."

그의 목소리가 좀 짜증스럽게 들린다.

그는 그렇게 말하면서 같은 반이었던 N에게 문자를 보내 옌란의 휴대전화 번호를 알아봐달라고 부탁했다.

"그게 무슨 말이야?"

샤오후이가 좀 불만스러운 듯 말했다.

"너 지금 뭐해?"

"아무것도 아냐."

그는 얼른 휴대전화 화면을 끄고 주머니에 집어넣었다.

샤오후이는 계속 뭐라고 말하는데 그는 귀담아 듣지 않았다. 그의 마음에 다시 그 절망감이 차올랐다 그는 탁자에 앉은 자신이 뭘 하고 있는지 이해할 수가 없었다. 심지어 어느 쪽이 자기 자신인지도 알 수 없었다.

술만 계속 마실 수밖에 없었다. 그는 취해서 탁자 위에 엎어졌다.

다시 깨어났을 때, 탁자는 거대한 바위로 바뀌었고 맞은편도 비었다. 머리가 아팠다. 안개 속을 걷는 것처럼 어지러웠다. 그는 힘겹게 몸을 일으켰지만 걸음걸이가 비틀거렸다. 두어 발짝 걷다가 벽에서 물이 흐르는 것을 발견했다. 물을 받아 마시니 갈증이 조금 가셨다. 그때서야 다시 아까의 동굴로 돌아온 것을 알았다.

그는 의아하게 동굴 내부를 한 바퀴 둘러보았다. 어쩐지 자신이 이 동굴을 벗어난 적 없는 것 같았다.

심장이 마구 뛰었다. 너무 긴장한 탓에 자기 자신으로 있기 어려울 정도였다. 그는 자신이 이제 무엇을 보게 될지 대강 느끼고 있었다.

그는 돌연 고개를 돌리고 동굴 입구를 바라보았다.

역시나 샤오후이가 거기 서 있다.

피로 물든 빨간 치마를 입고 얼굴에는 슬픔이 가득하다. 그는 그녀에게 걸어갔다.

그녀가 천천히 자기 치마를 찢었다. 속옷과, 피와 살점이 뒤엉킨 복부가 보인다. 그는 차마 더 지켜보기가 힘들었다.

그녀가 갑자기 살짝 미소를 지었다.

그는 그녀에게 다가가 끌어안고 싶었지만, 용기가 나지 않았다. 그는 자신의 비겁함을 욕하면서도 그녀의 몸을 직시하지 못했다. 그녀의 뭉그러진 몸이 그의 앞에 서 있다. 이제 그녀의 옷은 양쪽 팔에 걸쳐 있다. 가슴에도 커다란 상처가 보인다. 내장이 공기 중에 드러나 있다. 그녀의 눈에 눈물이 고였다. 그러나 눈물방울이 떨어지지는 않았다. 입가에는 여전히 웃음이 매달려 있다. 처연하고 힘껏 쥐어짜낸

웃음이다. 그녀의 얼굴은 조금 일그러져 있다. 슬픔 때문에 미소가 일그러졌다. 그래도 그는 그녀가 아름답다고 느꼈다. 그녀는 아픔을 느끼지 못하는 것 같다. 그대로 꼿꼿이 서서 그의 눈을 응시한다. 그녀는 이제 자신의 복부에 손을 넣는다. 한 순간, 그는 그녀가 자신의 심장을 꺼낸다고 생각했다. 하지만 그 생각은 틀렸다. 그녀가 꺼낸 것은 피가 뚝뚝 떨어지는 파편일 뿐이다. 이미 온전한 모양의 심장은 없다. 피가 그녀의 팔을 타고 흐른다.

그는 두렵고 아팠다. 토하고 싶었다. 하지만 마음이 그를 앞으로 걸어가게 한다.

그는 마침내 그 사고의 전말을 기억해냈다.

당시 그녀는 그의 다리 위에 엎드려 있었다. 그녀는 싫다고 했지만, 그가 설득했다. 그래서, 그는 운전에 집중하지 못했고 정지 신호를 어겼다. 그 마세라티 차량이 그의 차와 부딪힐 때, 그녀는 충돌의 여파로 몸이 좀 들렸고 본능적으로 창밖을 바라보았다. 그래서 깨진 유리와 도로의 난간이 날카로운 각도로 그녀의 가슴을 찔러 들어왔다.

그녀의 손이 가슴 안에서 나온 후에 천천히 아래로 내려갔다. 그는 그녀 앞에 도착해 그 몸을 끌어안았다. 그녀의 이름을 불렀지만 반응이 없다. 그의 품에서 그녀는 천천히 차가워지고 뻣뻣해진다. 그는 그녀의 몸을 끌어안고 있었기 때문에 눈물이 그녀의 목을 따라 활짝 열린 가슴에 스며들었다. 그녀는 그의 품에서 점점 작아지더니 허약하고 모호하게, 공기처럼 가볍게 변해 결국에는 사라져 보이지 않게 되었다. 그는 자신의 공기를 끌어안고 소리 없이 울었다

그는 그녀의 이름을 소리쳐 불렀지만, 동굴 안에도 밖에도 아무런 소리가 들리지 않는다.

바위틈에 흐르는 물이 한 방울씩 떨어지며 어둠 속에서 소리를 낼 뿐이다.

그때 변화가 일어났다. 주변의 모든 것이 사라지기 시작했다. 동굴도, 바닥도, 빛도 사라졌다. 그의 몸이 둥실 떠올랐다. 그는 자신의 팔도 흐릿하게 변한 것을 보았다. 흐릿해진 부분이 어둠과 하나로 녹아들었다. 그의 몸이 투명해지고 가벼워졌다. 그는 자신을 둘러싼 모든 것을 느꼈다. 우주와 머나먼 별들도 느껴졌다. 이어서 별도 다 사라졌다. 이제 아무것도 더는 없다.

그는 홀연히 보았다. 모든 순간의 자신을 보았다. 솜털이 보송보송했던 어린아이 때부터 삐삐 마른 소년을 거쳐 정수리의 머리털이 듬성듬성해지고 배에 군살이 붙은 지금까지 전부 보았다. 그는 천 가지, 아니 만 가지 자기 자신을 동시에 보았다. 멀리서 땅에 나뒹구는 천 개의 돌멩이를 보는 기분이었다. 그는 시간을 보고, 세월의 흔적을 보았다.

얼마나 흘렀는지 모르겠다. 빛 한 줄기가 눈앞에 나타났다. 그는 회색 치마가 어둠 속에 나타난 것을 보았다.

고개를 들고 올려다보았다. 날씬한 몸이 새하얀 빛에 둘러싸여 내려온다. 그녀의 몸도 흐릿했고 주변의 어둠과 융화되어 있다. 그러나 몸의 형태와 얼굴은 분명히 보였다. 그녀의 희고 깨끗한 손이 그에게 다가와 힘을 전해준다. 그는 그녀의 얼굴을 마주 보았다. 그 얼굴은 옌란이 아니었다.

그는 눈을 감았다가 혼란스러운 듯 몇 번 깜빡거렸다. 눈물 때문에 눈이 흐려진 게 아니라는 것을 확인하고서 그는 다시 그녀를 쳐다보았다. 회색 치마와 긴 머리카락은 그대로인데 얼굴이 지난 두 번 만났을 때와 완전히 다르다. 그녀의 얼굴은 옌란이 아니었다. 비록 아름답지만 옌란과는 전혀 다른 얼굴이다. 그녀의 눈은 길고 지혜로워 보인다. 눈썹을 그리지 않은 수수한 얼굴이다. 옌란 같은 교태가 없다.

그가 전에 본 적 없는 얼굴이다.

"옌란이 아니군요."

"아니에요. 단 한 번도."

"그럼 지금 제가 보고 있는 사람이 당신인가요?"

"맞아요. 당신의 선입견이 없어져서 내가 보이는 거죠."

"당신은 누구지요?"

"난 유란悠然이라고 해요. 이름도 옌란과 비슷하네요."

그가 고개를 끄덕였다. 그는 이제 자신이 과거와 작별했다는 것을 알고 있다. 조금 쓸쓸한 생각이 들었다.

"지금 많이 힘든가요?"

그녀가 물었다.

"힘들어요."

"샤오후이에 대해 알고 싶어요?"

그는 눈을 동그랗게 뜨며 급히 물었다.

"샤오후이는 어디 있죠? 한 번만 더 만날 수 없을까요?"

"그건 제가 할 수 있는 일이 아니에요."

그녀가 한숨을 쉬며 말했다.

"샤오후이는 당신보다 5일 먼저 죽었습니다."

"5일?"

"네. 심하게 다쳐서 병원으로 가는 길에 죽었어요. 당신은 구조된 뒤 5일 동안 혼수상태였고요."

"그럼 샤오후이는…… 지금 어디에 있습니까?"

"당신을 계속 기억했어요. 내가 이 세계에 대해 설명해도 끝까지 듣지 않고 당신만 찾아 헤맸죠."

그는 그 말을 듣고 자신의 마음이 움직이는 것을 느꼈다. 그는 여전히 느낄 수 있었다.

"그녀는 그 세계로 돌아가고 싶어만 했죠. 그래서 제가 그녀를 배웅했어요."

"보내주었다고요?"

그가 더듬더듬 말했다.

"그러니까, 샤오후이가, 샤오후이가……."

"네."

유란이 고개를 끄덕였다.

"그녀는 그 세계로 돌아갔답니다."

그의 마음이 골짜기 아래로 굴러 떨어졌다.

"그럼 나는 이제 그녀를 만나지 못하는 거군요?"

"그렇죠. 당신이 이 세계에 남는다면 그럴 거예요. 이 세계는 텅 빈 곳이에요. 자기 자신의 기억 외에는 기본적으로 알던 사람들을 만날 수가 없답니다."

"그럼 내가 지금까지 본 것은."

"당신 자신의 일부분이에요. 이곳에서 만난 사람과는 서로 대화할 수 없었지요? 이 세계에는 딱 두 사람의 장기 체류 영혼이 있어요. 그 두 사람하고만 대화가 가능해요."

"당신과 잡화점의 주인이군요."

"그래요. 그분은 버넷Bernette 씨라고 하는데, 아내의 죽음을 기다리고 있답니다. 아내와 함께 환생하려고요. 생전에 그는 술에 취해 가게를 부수곤 했기 때문에 아내에게 미안하게 생각하고 있어요."

그가 한숨을 쉬며 말했다.

"나도 샤오후이에게 미안한 일이 많아요."

"나도 알아요. 그래서 처음부터 당신은 그녀의 기억을 회피하려고 했잖아요. 인간은 자신이 억울했던 일을 생각하고 자신이 미안한 일을 회피하려고 하죠."

"이제 나는 어떻게 해야 합니까?"

"그건 자신에게 물어봐야죠. 그 세계로 돌아가고 싶다면 제가 보내드릴게요."

그는 갑자기 그의 눈에서 이별의 아픔을 발견했다. 그래서 그는 그녀가 지금까지 뭐든지 다 알고 있었다는 것도 깨달았다.

"그래서 내 인연이 끝나지 않았다고 말한 거군요?"

"99퍼센트의 사람들이 그런걸요."

그가 얼굴을 손에 묻었다.

"나는 그녀를 사랑하지 않는다고 생각했어요."

그는 이상할 정도로 피곤했다. 너무 피곤했다. 그는 자신이 어떤 선택을 해야 할지도 알 수 없었다. 그녀가 그에게 손을 내밀었다. 부드러운 손이 그의 어깨를 토닥였다. 후회가 그를 뒤덮고 있다. 후회가 미래에 대한 선택을 하지 못하게 한다. 그는 다시 세상으로 돌아가는 것이 조금 두려웠다. 그러나 영원히 고독과 후회 속에 남아 있는 것도 바라지 않았다. 처음으로 이렇게 무력감을 느꼈다.

"사랑은 어디서 오는지 모르지만 갈수록 깊어지네."

그녀가 작게 속삭였다.

그는 깜짝 놀라며 물었다.

"그걸 어떻게 알고 있습니까?"

유란이 혼잣말처럼 중얼거렸다.

"살아서는 사랑을 위해 죽고, 죽어서는 사랑을 위해 되살아나네. 살아서는 죽지 못하고 죽어서는 되살아나지 못한다면 진정한 사랑이라고 말할 수 없구나."

그는 뭔가 깨달은 듯하다가 또 어느 순간 아무것도 모르겠다는 생각도 들었다.

"내가 어떻게 해야 합니까?"

그의 물음에 그녀가 그의 어깨에서 손을 떼고 미리 준비해둔 차 한 잔을 건네주었다.

"이 차를 마시세요. 그런 다음 온 우주를 느끼면 됩니다. 당신은 새로운 태胎에 들어가게 되고, 금방 그 몸과 결합할 거예요."

그가 의심스럽게 물었다.

"이건 무슨 차예요?"

"망각차랍니다. 새로운 삶에 적응하려면 전생의 기억을 가져가면 안 되거든요. 신생아의 몸에 들어갔을 때 옛 기억이 있으면 착란을 일으켜요."

"나와 샤오후이 둘 다 환생하면 나중에 그녀를 어떻게 알아보죠?"

유란이 고개를 저었다.

"그것은 제가 보장할 수 없는 일이에요. 인연에 맡겨야죠."

유란이 한숨을 쉬면서 말했다. 그는 이것이 그와 유란의 영원한 이별이라는 것을 알았다. 그간 속삭이듯 물었다.

"모든 사람을 다 당신이 보내주는 겁니까? 이 세계에 얼마나 있었어요?"

"어떻게 보면 짧고 어떻게 보면 길어요. 시간은 나에게 의미가 없으니까요. 나는 600년 전이든 600년 후든 언제라도 나타날 수 있는걸요."

"고마워요."

그의 몸이 가벼워지고 졸음이 밀려왔다. 그는 잠들고 싶었다. 달콤한 잠의 공간에 깊이 침잠하고 싶었다. 그는 점점 몸을 그녀에게 기대게 되었다. 그는 반쯤 눈을 감은 채 이 세계를 한 번 더 눈에 담으려고 했다. 최대한 이 기억들을 다음 생에도 가져가고 싶었다.

그때 유란이 문득 입을 열었다.

"이 차는 에너지를 응집시키는 역할을 해요. 내 성은 맹孟씨고, 사람들은 내가 주는 차를 맹파탕孟婆湯●이라고 부르곤 하지요."

그는 잠의 어둠 속에 푹 빠졌다. 한참 빛의 통로를 지나서, 그는 새 생명의 자궁에 도착했다.

● 중국에는 저승에서 맹파가 주는 탕을 마시면 전생의 기억을 모두 잃는다는 전설이 있다.

아방궁

阿房宮

1

아다阿達는 부모님이 돌아가신 후, 유언에 따라 부모님의 유해를 바다에 뿌리기로 했다.

아빠, 엄마, 저 혼자 남겨두고 가시면 어떡해요.

그는 품에 안은 유골함을 보며 쓸쓸하게 속삭였다. 아직 동트기 전이라 하늘에 금성이 반짝이고 있다. 동이 트며 흐릿한 푸른빛이 번진다. 그는 산둥山東성 어느 해안 마을에서 어선을 하나 빌렸다. 발동기가 달린 배로, 줄을 한번 잡아당기면 부르르 소리를 내며 움직인다. 선창에는 그물이 잔뜩 쌓여 있다. 그는 부모님의 유골함을 껴안고 눈물을 훔쳤다. 사실 눈물은 나지 않았다. 그냥 얼굴을 문질렀을 뿐이다. 그는 눈물을 좀 훔쳐야 자신의 슬픔이 진짜 같을 거라는 생각을 했다. 그의 눈물은 부모님이 숨을 거둘 때 흘러내렸고, 지금은 사라졌다.

아빠, 엄마, 제 인생의 불운이 아직도 부족한 걸까요?

그가 눈물을 훔치는 동안, 하늘이 밝았다. 사람이 죽든 살든 바다는 여전히 바다다. 수천 년을 하루같이 변화가 없다. 그는 일출을 바라보았다. 하늘이 주황색으로 변하고, 반쪽짜리 동그라미 모양인 태양이 옅은 황금색 얼굴을 내민다. 이때의 태양은 전혀 눈부시지 않다. 날이 밝자 구름과 성긴 안개가 피어오른다. 하늘이 씻은 듯이 파랗다. 바닷물은 먹색이고 진흙과 모래가 섞여 있는 듯하다. 그는 마음이 편안해지면서 이대로 가만히 흘러가고 싶다는 생각을 했다. 며칠간 장례를 치르면서 피곤하기도 했다. 이 배가 어디로 가는지는 신경 쓰고 싶지 않았다.

그는 천천히 잠들었다.

깨어났을 때, 그의 눈앞에 작은 섬이 보였다. 거리가 멀어서 크기를 정확히 알기는 힘들었다. GPS로 섬 이름을 검색하려 했지만 나오지 않았다. 그는 섬의 좌표를 기억했다. 나중에 뭍으로 돌아가면 검색할 작정이었다. 그는 섬 가까이로 배를 몰았다. 섬의 주변에 안개가 짙게 끼어 전체적인 모습은 볼 수 없었다. 그래도 섬이 몹시 작다는 것은 알아볼 수 있었는데, 지도상에 표시되지 않을 정도로 작았다. 그는 속도를 줄이고 엔진을 끈 뒤 관성으로 섬 방향으로 흘러갔다. 충분히 가까워지자 그는 닻을 내리고 물에 뛰어들어 모래사장을 따라 섬 위로 올라갔다.

섬에는 모래사장 외에 작은 산과 나무들만 있었다. 나무가 빽빽하고 울창했다. 몹시 아름답고 멋있지만 특이한 점은 없는 섬이었다. 그는 산을 빙 둘러 섬을 반 바퀴 돌아보았다. 그러다 갑자기 수풀 속에 숨어 있는 커다란 돌덩이를 발견했다. 수풀을 헤치고 들어가니 그냥 돌덩이가 아니라 비석이었다. 비석에는 아무 글자도 새겨져 있지 않았다. 비석 뒤로 오솔길이 나 있다.

그는 흥미로워하며 오솔길을 따라 조심스럽게 걸어갔다. 어째서인지 잔뜩 긴장이 되었다.

오솔길 끝에 작은 문이 나타났다. 산에 자연적으로 생긴 동굴인데, 동굴 입구는 둥그렇고 청동 재질로 문을 만들어 막아놓았다. 문 위에 둥근 못이 달려 있다.

그는 시험 삼아 문을 밀어보았다. 문은 쉽게 밀렸다. 그는 문을 열고 동굴로 들어갔다. 동굴은 칠흑같이 어두워 아무것도 보이지 않았다. 입구에서 들어오는 빛은 몇 미터까지만 비출 뿐이다. 그래도 바닥이 편평하다는 것, 석판을 깔았다는 것, 문자로 추정되는 무늬를 조각했다는 것을 알 수 있었다. 그는 손으로 주변을 더듬어 보았지만 동굴의 넓이를 알아내기는 어려웠다.

"누구냐?"

갑자기, 어둠 속에서 목소리가 울렸다.

그는 놀라 펄쩍 뛰어올랐다. 그는 벌벌 떨며 본능적으로 반문했다.

"누구세요?"

잠시간 반응이 없었다. 그는 자신이 환청을 들은 것인가 생각할 정도였다.

하지만 곧이어 목소리가 다시 울렸다.

"들."

다시 아무 소리도 나지 않다가 10여 초 지난 뒤 다시 다음 음절이 들렸다.

"어."

다시 10여 초가 흘렀다.

"와."

그는 무척 긴장했고 조금은 두렵기도 했다. 이런 곳에 잠시 머무는 것만 해도 공포인데 이상한 목소리까지 들린다. 하지만 그는 도망갈 생각이 없었다. 호기심이 그를 동굴 안으로 이끌었다. 사실 그는 자기 인생에서 더 잃을 것이 없다고 생각했다. 동굴 안에 위험한 것이 도사리고 있더라도 상관없다.

그는 벽을 더듬으며 안으로 더 깊이 들어갔다. 모퉁이를 돌고, 한번 더 모퉁이를 돌자 눈앞이 갑자기 환해졌다.

"으악, 세상에!"

동굴 안에 이렇게 넓은 공간이 있을 줄이야. 어쩌면 이미 산의 배 안으로 깊숙이 들어온 것일지도 모른다. 공터는 천장이 둥글고 높았으며, 한가운데 둥근 구멍을 통해 빛이 새어든다. 빛다발이 쏟아지는 아래에 그가 비명을 지르게 된 이유가 앉아 있다. 소재가 각기 다른 인간 조각상이다. 얼핏 진시황의 병마용과 비슷해 보였지만 자세나 생김새가 달랐다. 그를 정면으로 마주 보는 조각상은 황제의 용포를 입은 남자로, 공터 중앙에 놓인 거대한 돌 제단 위에 단정하게 앉았다. 그 조각상 옆으로 서로 기대어 앉은 남녀 한 쌍과 길게 수염을 기른 노인, 젊은 서생의 조각상이 앉았다. 조각상은 금방이라도 살아 움직일 듯 생생했다.

그는 저도 모르게 조각상 눈앞에 대고 손을 흔들었다. 너무 진짜 같았다. 그는 용포를 입은 남자에게 특별히 마음이 끌렸다. 그는 황제 조각상을 조목조목 뜯어보았다. 이 조각상은 지금까지 출토된 도자기 혹은 토기 병마용과 비슷하게 어두운 돌 색깔이지만, 얼굴에 생명체에서나 있을 법한 묘한 윤기가 돈다. 진짜 사람처럼 세밀하게 표현된 이목구비, 섬세한 눈썹과 눈, 시원한 턱 모양까지 황제 조각상의 얼굴은 차분해 보였다. 일반적으로 그림 속에서 묘사하곤 하는 인간의 얼굴과는 크게 달랐다. 황제 조각상은 면류관을 쓰고 있지는 않았지만 점토로 만들었을 용포마저도 몇 겹씩 겹쳐 입은 두툼한 두께를 진짜처럼 표현했다. 척 봐도 화려하고 비싸 보였다.

그는 공터 주변을 둘러보았다.

"아까 누가 말씀하신 겁니까?"

그가 텅 빈 동굴 안에서 외쳤다.

2

주변을 둘러보았지만 망망대해에 배 한 척, 방향을 가늠할 섬 하나도 보이지 않는다.

그는 혼자서 천천히 허무를 향해 배를 몰고 있다.

아빠, 엄마. 내 인생은 왜 이렇게 재수가 없을까요?

그는 이번에는 정말로 울어버렸다.

바다 위에 아무것도 보이지 않는다. 햇빛이 해수면에 닿아 빛을 흩뿌리며 부서진다. 그는 계속 노를 저었다. 하지만 아무리 노를 저어도 계속 한 자리에 머물러 있는 것만 같다. 짙은 파란색의 바다는 끝이 보이지 않는다. 그는 정신이 마비되는 듯했다. 노를 젓고 또 저었다. 아무리 노를 저어도 해안에 닿을 수가 없었다. 그는 고독하지만 조용하게 바다 위를 떠돌고 있다. 언제 끝날지 알 수 없는 반복적이고 고독한 노동 속에 녹아들었다. 반복적인 노동이 고스란히 그의 생명이 되어버린 것만 같았다.

그는 영원히 늙지도 죽지도 않는 불로불사의 생명을 얻을 기회가 있었다. 그러나 그는 기회를 허망하게 놓쳐버렸다. 동굴 속의 목소리가 말했다. 그가 보고 있는 조각상은 사실 조각상이 아니라 살아 있는 인간, 그것도 영원히 죽지 않는 불사의 인간이었다. 그들은 전부 중국 역사 속에 등장하는 유명한 인물들이며, 이곳에 온 것은 오로지 불로불사를 위해서다. 이들은 불로불사의 능력을 얻으면서 신체 일부가 나무나 돌처럼 변했다. 신체의 다른 일부는 엷어져서 높은 곳에서 부유하게 된다. 허공을 떠도는 신체는 목석화된 신체와는 아주 미미한 연결을 유지하고 있다. 그런 상태가 되면 생명이 흐르는 속도가 몇 십 배로 느려지고, 수명도 몇 십 배로 연장된다. 불로불사의 몸이 된 사람 중에는 무릉도원을 찾아 온 사람과 누런 학을 타고 온 도사가 있었다. 서로 기대어 있는 남녀는 일곱 걸음 만에 시를 지었다는 천재 조식曹植●과 그와 이루어질 수 없는 사랑을 했던 낙수洛水의 여신이었고, 중국 강남 지방에서 글 솜씨로 이름을 날렸다는 당백호唐伯虎도 있었다. 그리고 또 한 사람이 영정嬴政, 바로 정중앙에 앉아 용포를 입고 있던 사람이다.

"진시황?"

그가 경악하여 소리를 질렀다.

"죽은 게 아니었어요?"

"아무도 그가 죽은 것을 본 적이 없지 않나. 그는 삼천 명의 어린아이를 배에 태우고 바다로 나갔지."

"그건 서복徐福이 아닌가요?"

"세상 사람들에게는 그렇게 말했을 뿐이야. 영정은 불로불사를 이

● 『삼국지』에 나오는 조조의 아들이기도 하다.

룬 첫 번째 사람이야. 그는 오랫동안 준비했고, 실험도 많이 했다네."

그는 동굴의 목소리가 일러주는 대로 영생을 얻을 기회를 손에 넣었다. 불로불사의 환약도 찾아냈다. 불사약은 현재 그의 주머니에 있다. 그는 부모님의 뼛가루를 바다에 뿌린 뒤, 동굴로 돌아와 신선이 될 작정이었다. 그러나 배를 타고 바다로 나갔다가 해적을 만나고 말았다. 정말 예상 밖의 일이었다. 그는 요즘 세상에 해적이 아직 존재하는지도 몰랐다. 해적은 갑자기 등장해서 그를 자기 배에 태웠고 그의 몸을 뒤져 값나가는 것은 전부 빼앗았다. 그런 다음 그를 고무보트 한 척에 태워서 돌려보냈다.

나는 평생 이렇게 재수가 없을 건가봐.

그는 울었다. 그는 불사약을 가지고도 어떻게 해야 할지를 몰랐다.

바다가 그의 눈앞에 펼쳐져 있다. 넓디넓고, 아무 변화 없이, 끝없이 이어지는, 평온함.

그는 점점 피곤해졌다. 햇빛의 황금색과 바닷물의 파란색이 어지럼증을 일으킨다.

영생이니 불사니 하는 것도 어쩌면 이것과 비슷한 감각이 아닐까. 그는 그렇게 생각했다. 영원하다는 것은 변화 없이 계속 반복된다는 말과 같다. 계속, 끝없이.

그는 잠이 들었다.

3

깨어났을 때, 그는 어느 어선 위에 있었다. 배는 이미 뭍 근처에 이른 상태였다. 어선은 바다에서 그를 주웠고 뭍에 떨구곤 가버렸다. 그는 어선에서 몇 가지 사실을 얻어들었는데, 그가 어느새 저장浙江성까지 흘러왔다는 것을 알게 되었다. 저장성이라면 베이징에서는 수천 리나 떨어진 곳이다. 그는 돈도 휴대전화도 신분증도 없었다.

그는 기차표도 비행기표도 살 수 없었고, 당장 먹을 것도 잘 곳도 구할 길이 막막했다.

지나가는 사람에게 휴대전화를 빌렸지만 친구들의 전화번호 중 외우고 있는 것은 하나도 없었다. 부모님의 전화번호만 외우는데, 이제는 전화할 수 없다. 그는 갑작스레 부모님이 돌아가셨다는 슬픔에 휩싸였다. 그는 결국 휴대전화를 친절한 아주머니에게 돌려주고 길거리에 선 채로 울음을 터뜨렸다. 이번에는 정말로 눈물이 흘렀다.

그는 인터넷을 사용하려고 PC방에 갔지만 신분증이 없어서 쫓겨났다. 장거리 버스터미널에 가서 몰래 버스를 훔쳐 탔다가 중간에 버스표가 없는 것이 들통나서 차에서 내려야 했다. 그는 다시 원래 있던 도시로 돌아와 저렴한 여관이라도 들어가 투숙하려고 했다.

"거지한테 줄 방은 없어! 꺼져!"

당장 쫓겨났다. 마지막으로 그는 식당에 가서 남은 음식을 좀 얻었다. 하루 밤낮을 아무것도 먹지 못하다가 기름기 있고 매운 음식을 보니 눈이 반쯤 돌아갔다. 그는 길가에 주저앉아 게걸스럽게 음식을 씹어 삼켰다. 손으로 음식을 집어 입 안으로 쑤셔 넣다보니 입가에 시뻘건 고추기름이 덕지덕지 묻는 것도 아랑곳하지 않았다. 그는 혀로 입가에 묻은 기름까지 날름 핥아 먹었다. 마지막 한 입까지 먹어치우고 나니 행복했던 느낌도 비어버린 비닐봉지와 더불어 허공에 흩어진다. 그는 다시 뭐라 표현하기 힘든 슬픔을 느꼈다.

밤에는 어느 공원에 들어가 잠을 청했다. 여름이라 다행이었다. 긴 나무의자는 딱딱하기 그지없었다. 온몸의 뼈가 다 쑤셨다.

그는 쉽게 잠을 이루지 못하고 하늘만 올려보았다.

내 인생은 왜 이 꼴일까? 멀쩡하게 흘러가는 법이 없으니. 왜 여기 까지 와서 이 고생을 하고 있담.

그는 온 세상을 다 원망했다. 쓸데없이 그따위 재수 없는 동굴에 제 발로 찾아들어간 자기 자신을 원망하고, 불사약을 손에 넣고도 당장 먹지 않고 괜히 부모님의 뼛가루를 뿌리겠다고 설친 것을 후회했다. 또한 자기를 이 꼴로 만든 해적에게도 한 명 한 명 저주를 퍼부었다. 이어서 부모님이 돌아가시게 된 원인인 열차 사고도 저주했다. 부모님은 사고 당시 중상을 입었지만 사망한 것이 아니었으므로 정부에서 받은 보상금이 적었다. 딱 치료비 정도였다. 하지만 부모님은 결국 사고 이후 오래지 않아 돌아가셨고, 결국 병원비가 더 많이 들었다. 망할 놈의 공무원들! 그는 공원 의자에 누워서 한참 욕을 퍼부었다.

이제 그는 철저히 혼자다. 마지막으로 조금 남은 저축도 배를 빌리는 데 몽땅 털어 넣었다.

옷은 아직 멀쩡하지만 신발은 바닷물에 푹 젖었다가 하루 종일 이리저리 걷느라 이미 해져서 구멍이 나기 직전이다. 머리카락과 몸에 기름기가 끼기 시작했고 온몸이 간지러웠다. 그는 자기 몸에서 나는 냄새를 맡을 수 있었다. 그는 별이 뜬 밤하늘을 올려다보며 인생의 이치를 생각했다. 그는 마음속으로 바랐다.

아, 저 하늘의 별은 나를 미워하지 않기를!

그는 그 순간 세상의 이치를 깨달았다. 돈이야말로 가장 중요한 것이다.

아침이 오자 그는 일을 찾아서 돈을 벌기로 마음을 먹었다. 공원 맞은편에서 폐품을 수집하는 재활용 쓰레기처리장을 발견했다. 한달음에 달려가 물었다. 폐지와 잡지는 한 근에 9자오㉿•, 종이상자는 7자오, 페트병은 하나에 1자오, 캔도 페트병이랑 똑같은 값이요.

그는 희망의 불씨를 보았다. 그는 이곳저곳을 돌아다녔다. 공원에서 페트병을 줍고 컴퓨터 상가 건물 뒤에서 상품을 산 사람이 버리고 간 종이상자를 두고 다른 넝마주이와 다퉜다. 그렇게 며칠이 지나자 배불리 먹을 돈이 모였다.

"35위안."

그는 재활용 쓰레기 처리장의 사람과 가격 흥정을 시작했다.

"산수 못해요? 17위안 더하기 7위안이면 24위안이잖아요. 여기 종이 묶음은 21킬로그램이니까 열세 근이고, 한 근에 9자오니까 딱 11위안이죠. 더하면 35위안, 맞잖아요. 나 쉬운 사람 아니에요. 이일도 성실하게 매일매일 할 거라고요. 다음에도 또 당신한테 와서 팔게요."

날씨가 점점 추워졌다. 공원에서 자면 쌀쌀했다. 그는 좀더 많은 돈을 벌 수 있는 일을 해야 한다는 생각이 들었다. 어쨌든 돈을 좀더 벌어서 방을 빌려야 겨울을 날 수 있다. 그날, 재활용 쓰레기처리장 옆 골목에서 마작을 하는 사람들이 나누는 이야기를 듣고 그는 기회를 잡았다고 생각했다.

"사람이란 건 말이야, 다 따로 운명이 정해져 있는 거라니까."

넝마주이 한 사람이 또 다른 넝마주이에게 말했다.

• 10자오가 1위안이다.

"장張씨가 지난주에 병을 하나 주웠대. 주둥이는 깨졌지만 그런대로 쓸 만해서 아는 사람한테 물어보니, 글쎄 그게 청나라 때 병이었다지 뭐야. 그걸 무려 2000위안 넘게 받고 팔았다더군."

그가 슬쩍 끼어들어 물었다.

"골동품인 걸 어디다 물어봤는데요?"

이야기를 신나게 늘어놓던 넝마주이가 그를 흘낏 보더니 물었다.

"뚱보 천陳씨라고 있다네. 대대로 그쪽 일을 해서 잘 알거든. 우리가 골동품 같은 것을 주우면 다 그 사람한테 물어보지."

그가 목소리를 잔뜩 깔고 물었다.

"혹시 당나라 때 물건이라면 얼마나 비싸게 받을 수 있을까요?"

"어휴, 그렇다면야 엄청 비싸게 팔 수 있을걸. 몇 만 위안은 되지 않겠어?"

"진秦나라 때 물건이라면요?"

그러자 넝마주이가 입을 삐죽이며 고개를 저었다.

"어이구야, 그건 나도 모르지. 춘추전국 시대 물건을 주웠던 놈이 하나 있었는데, 완전히 횡재했다고는 하더라만."

그는 그 넝마주이에게 뚱보 천씨를 만나게 해달라고 졸랐다.

"왜 그러나? 뭐 가진 거 있어?"

그 사람이 그를 위아래로 훑어보며 다시 물었다.

"도자기?"

그가 급히 고개를 저으며 장난스럽게 대답했다.

"그런 재주가 있었으면 여기서 이러고 있겠어요? 집에 언제적 물건인지 모르는 잡동사니가 있는데 혹시나 해서 그러는 거죠."

그는 인생 최대로 중요한 철학적 선택을 내렸다.

진시황 할아버지, 정말 미안합니다.

4

다시 바다로 나갔다. 이번에는 고급 요트를 탔다.

그는 이런 대접을 받은 것이 너무 오랜만이라 마음속에서는 꽃밭을 뛰노는 기분이었다. 그는 맥주 한 캔을 따서 창가에 앉아 바다를 바라보았다. 바다는 서정적이고 온화했으며, 파도가 그의 주변을 힘차게 감싸고 있었다. 그는 다리를 꼬고 앉아 으스댔다. 머리카락이 바닷바람에 팔락팔락 날렸다. 그는 1980년대 영화 속 남자 주인공이라도 된 듯한 기분을 만끽했다. 모든 것이 좋았다.

뚱보 천씨의 이름은 천왕陳旺이다. 골동품상 일을 한 지도 10여 년이 되었다고 한다. 서른일고여덟쯤 되어 보이니까 한창 열심히 일하고 잘나갈 때다. 뚱보는 아주 친화력이 좋은 사람이었다. 웃으면 그러잖아도 작은 눈이 더 가늘어지면서 거의 보이지 않을 정도가 되는데, 그러면 더욱 사람 좋아 보였다. 그러나 물건을 감정할 때는 작은 눈에서 날카로운 안광이 파지직 하고 전깃불처럼 뿜어져 나왔다. 천왕은 원래 북쪽 지방 출신이라고 했다. 그는 키가 크지 않고 머리를 박박 밀었다.

천왕은 조종실에서 배를 몰고, 그는 혼자서 갑판을 돌아다니며 쉬고 있다. 한참 뒤에 천왕이 그를 불렀다.

"이 좌표가 확실해요?"

"그렇다니까요. 분명히 기억해요. 그게 꿈이 아니라면 말이죠."

"그, 그게 무슨 뜻입니까?"

천왕이 그 말을 듣고 당황하며 재우쳐 물었다.

"방금 한 말, 무슨 뜻이냐고요?"

"하하하, 무슨 뜻이긴요. 그냥 농담, 농담이에요."

사실 그도 자신이 겪은 일이 진짜 있었던 일인지 의심하는 중이었다. 그의 주머니에는 여전히 그 불사약이 들어 있는데도 말이다. 이 환약에 대해서는 천왕에게도 말하지 않았다. 이것은 그가 동굴 속에서 겪은 일에 대한 유일한 증거다.

불로불사에 대한 일도 말하지 않았다. 그저 진시황 시절, 불사약을 찾겠다며 어린아이들을 데리고 바다로 나간 서복의 보물을 찾았다고만 했다. 그는 조리 있고 흥미진진하게 설명했다. 동굴의 구조며 동굴 속 물건에 대해 상세하게 묘사하면서 물건 위에 '서徐'자가 적혀 있었다는 말을 덧붙였다.

"그게 사실입니까?"

천왕은 그의 말을 듣고는 흥이 났다.

"이건 정말 큰일입니다. 아무렇게나 막 말씀하시면 안 된다고요."

"제가 직접 길을 안내할게요."

그렇게 해서 천왕과 그는 한참 이야기를 나누었다. 바다에 비친 햇살이 반사광으로 유리창을 뚫고 그의 미간에 어룽거렸다. 천왕이 그의 출신과 현 상황에 대해 물어서 간단히 몇 마디 대답해주었다. 어렸을 때 공부를 곧잘 했고, 대학도 졸업했다. 하지만 불경기라 직장을 제대로 구하지 못했고 결국 지금 이런 상황까지 왔다. 부모님이 돌아가신 뒤로 온갖 고생을 했다면서, 세상의 좋은 사람은 꼭 이런 시련을 겪는 것 같다는 말도 했다. 그는 나중에 성공하면 꼭 망할 놈의 공무원들을 혼내주고 부모님 한을 풀어드릴 거라고도 했다. 천왕도 자기 집안에 대해 이런저런 이야기를 들려주었다. 천왕의 선조는 사금 채취하는 일을 했다. 부모님 세대에서도 몇 명이 그 일을 했지만 너무 힘들고 위험해서 자기 세대에서는 아무도 그 일을 하지 않는다. 지금은 골동품 암거래를 하는데, 안전을 위해 가족들과 멀리 떨어져 산다.

돌연 그가 요트의 유리창 너머로 섬의 그림자를 발견했다. 그가 놀라 소리를 지르면서 창밖을 가리켰다.

섬이 눈앞에 나타났다.

섬은 지난번과 달라진 데가 없었다. 모래사장, 나무, 바위, 산. 울창한 나무들을 보면 멀리서는 그저 일반적인 무인도처럼 보인다. 그가 빌린 배는 보이지 않는다. 해류를 따라 떠내려갔는지, 누군가 끌고 갔는지는 알 수 없다. 그는 지난번 갔던 길을 떠올려 동굴 입구를 찾았다. 비석은 그가 기억하는 것보다 더 깊숙이 숨겨져 있었다. 그는 몇 번이나 근처를 빙빙 돌았지만 비석을 찾지 못했다. 아마 비석을 못 보고 그냥 지나친 것 같았다. 결국 마지막에는 우연히 비석에 부딪혀서 찾을 수 있었다.

동굴 문을 열고 들어가면서, 그는 또 목소리가 들릴까 걱정이 되어 천왕에게 뭐라고 설명할지 고민했다. 그러나 다행히도 이번에는 아무 소리도 들리지 않았다. 어둠을 헤치며 벽을 더듬어 좁고 긴 통로를 따라 걸었다. 그는 계속 누군가 어둠 속에서 자신을 쳐다보는 것 같은 느낌을 받았다.

"여기예요."

밝은 공터에 도착한 뒤, 그가 천왕에게 주변을 가리키며 말했다.

천왕이 눈을 휘둥그렇게 떴다. 천왕은 옛 무덤을 본 적도 있다. 천왕의 표정을 보니 이 동굴의 배치나 바닥의 무늬, 편평한 바윗돌의 모양 등에 모두 의미가 담겨 있는 모양이다. 천왕의 시선이 어딘가에 머무를 때마다 감탄하는 소리가 뒤따랐다. 그는 천왕의 행동을 놓치지 않고 지켜보았다. 천왕은 조각상 앞에서 한참을 머무르며 위로 아래로 꼼꼼히 살폈다. 천왕의 시선은 조각상에서 떨어질 줄을 몰랐다. 한참 후에야 시선이 옆에 놓인 기물들로 옮겨갔다. 큰 물건은 건드리지 않았고, 작은 것도 집어 들었다가는 얼른 도로 내려놓았다.

"90퍼센트 확실해요. 아주 오래된 물건들입니다."

천왕이 드디어 입을 열었다.

"골동품이 맞으면 뭘 망설여요? 당장 옮기죠."

5

그가 다시 베이징의 집으로 돌아왔을 때, 그는 자신이 두 번쯤 인생을 살아본 것 같다고 느꼈다.

그는 문을 열고 오랫동안 만나지 못했던 자기 집의 가구들을 쳐다보았다. 소복하니 먼지가 앉은 소파와 거실 수납장을 보니 익숙한 친밀감이 밀려들었다. 그리고 부모님의 추억도 마음 깊은 곳에서 피어올랐다. 부모님과 그가 함께 찍은 사진이 여전히 벽에 걸려 있다. 화장실 옆에 세워진 대걸레도 어머니가 떠나시기 전에 놓아두었던 각도 그대로다. 아버지가 병원에 입원해서 간병을 해야 했던 때부터 그는 이 집에서 잔 적이 없었다. 그러니 청소도 하지 않았다. 그는 걸레마저도 친근하게 느꼈다.

그는 상자를 옮기는 사람들에게 거실 한가운데 내려놓으라고 말했다. 오래된 건물이라 승강기도 없어서 상자를 옮기는 사람들이 힘들어 죽을 지경이었다. 그는 급히 물을 떠다주고 담배도 권했다. 이들은 천왕이 직접 수배해준 화물차 운전사와 화물 관리인이었다. 저장성에서 베이징까지 오느라 고생을 많이 했다. 그는 연신 고맙다고 말하면서 운전사에게는 따로 돈을 더 얹어주었다.

그들이 건물을 떠나는 것을 지켜보고, 주변에 아무도 없는 것을 다확인한 다음 현관문을 닫았다. 그는 종이상자를 열고 겹겹이 넣은 스펀지 안에서 진시황 조각상을 꺼냈다. 그는 거실 수납장 위에 올려둔 텔레비전을 바닥에 내리고, 그 자리에 진시황을 앉혔다. 그는 진시황을 자세히 살펴보았다. 피부가 처음 보았을 때만큼 윤기가 나지 않았다. 비바람을 맞은 것처럼 거칠어졌다.

그는 배낭에서 콜라를 꺼내 캔을 땄다. 콜라 캔을 들고서 진시황을 앉힌 수납장에 반쯤 기대듯 앉았다. 그는 꿀꺽꿀꺽 시원하게 콜라를 들이키고는 트림을 했다. 기분이 훨씬 상쾌해졌다.

"이봐요, 진시황 형님."

그가 진시황을 돌아보며 말을 걸었다.

"정말 죄송하게 되었습니다만, 일부러 형님을 이리로 모셔온 건 아니에요. 나도 방법이 없었거든요."

당시 천왕은 꼭 진시황을 가져가겠다고 고집을 부렸다. 진시황 조각상의 가치가 이 동굴에 있는 다른 무엇보다도 높다는 것을 한눈에 간파한 듯했다. 그는 천왕의 말에 동의하지 않았다. 천왕이 이유를 물었지만 뭐라고 대답할 말이 없었다. 결국 여기까지 길 안내를 한 공로를 들먹이며 황제 조각상을 자기가 가져야 한다고 우겼다. 대신 그 옆의 남녀 조각상을 둘 다 천왕에게 넘기겠다고 했다. 천왕은 그 남녀가 조식과 낙수의 여신인 것은 몰랐지만, 남자는 잘생겼고 여자는 아름다우니 잠시 생각하다가 만족스럽게 웃으면서 동의했다. 그 외에 작은 기물들은 둘이서 각자 몇 개 골라 챙겼다. 함이나 세발솥鼎은 두 개밖에 가져갈 수 없었다. 요트에 실을 수 있는 무게에는 한계가 있다. 너무 무거우면 남은 연료로 뭍까지 가기 어려울지도 몰랐다. 배에 탈 때 천왕은 미련이 뚝뚝 떨어지는 얼굴로 한참을 발길을 떼지 못했다.

그는 꿀꺽꿀꺽 남은 콜라를 마저 마시곤 길게 한숨을 쉬었다.

"진시황 형님, 세상일이라는 게 참 요상하지요. 안 그래요? 당신은 이천 년을 유유자적 마음대로 살았는데 지금은 나한테 휩쓸려서 여기까지 왔네요. 우습지 않아요? 나도 내가 잘한 게 없단 건 알죠. 나는 너무 욕심이 많아서 탈이라니까요. 그 동굴 속 보물들은 어느 것 하나 내 것이 아닌데. 하지만 내가 그때 뭘 느꼈는지 알아요? 당신은 황제고 어렸을 때부터 뭐 하나 부족한 게 없었으니까 내 마음을 이해하지 못할 거예요. 여기저기 공원을 돌아다니면서 다리가 끊어지도록 하루 종일 페트병을 주워서 8위안 좀 넘는 돈을 받았어요. 그 돈으로는 도시락 하나 못 사 먹어요. 콱 죽어버릴까 하는 생각도 했다고요. 형님이 내 상황이었으면 어떻게 했겠어요? 당신은 영웅이고, 영웅은 기회를 놓치지 않는 법이죠. 안 그래요? 내가 나쁜 짓을 한 건 사실이지만, 이 정도 나쁜 짓이야 그러려니 해주세요."

그가 동굴에서 골라온 물건들은 20만 위안을 받고 팔았다. 천왕이 중개인 노릇을 해주었다. 어쩌면 더 비싸게 팔 수 있을지도 모른다는 생각을 하지 않은 것은 아니지만, 아는 사람도 없는데 이러니저러니 말하지 않고 천왕이 하자는 대로 했다. 그 돈이면 급한 불을 끌 수 있다. 그는 이제 베이징으로 돌아왔고, 주택 대출금도 일부 갚을 수 있을 것이다.

그는 한참을 떠들었다. 아무런 소리도 들리지 않는다.

"이봐요, 듣고 있어요? 화났어요?"

그는 잠시 기다렸다. 아무 말도 들리지 않자 조바심이 났다.

"황제 형남? 죽은 건 아니죠?"

여전히 답이 없다.

망했다. 완전히 망했다. 내가 진시황을 죽였나보다.

그는 창백해졌다. 이천 년 동안 불로불사의 삶을 살던 사람이 한순
간에 죽다니, 너무 허약한 것 아닌가? 그는 그렇게 생각하면서도 조
금 죄책감을 느꼈다. 그는 진시황의 얼굴을 더욱 자세히 살폈다. 진시
황 조각상 앞에서 이리 뛰고 저리 뛰며 주의를 끌어보기도 하고, 온
갖 듣기 좋은 말을 주워섬기며 진시황의 마음을 달래보려 시도했다.
동굴에서 석벽을 타고 계속 물이 똑똑 떨어지던 것에 생각이 미치자,
혹시 수분 부족 때문인가 하는 생각이 들었다. 그는 얼른 물 한 바가
지를 퍼서 진시황의 몸 위에 뿌렸다. 그러나 여전히 반응이 없었다.

그는 그러고도 한참을 진시황을 깨우려 씨름했다. 그러다가 결국
홀연히 깨달았다. 설마, 가짜가 아닐까? 그는 곰곰이 되짚어 생각했
다. 섬의 동굴에서 어디서 들려오는지 모를 목소리를 들었다. 목소리
를 듣기는 했지만 그게 누구인지는 모른다. 진시황이 말한 것은 아니
잖은가. 그래, 그 목소리를 왜 믿었을까. 영원히 늙지도 죽지도 않는다
니 말이 되느냐 말이다. 젠장, 완전히 속았네. 내가 바보천치였구나.

그는 별안간 머리끝까지 열이 올랐다. 사실 진시황에게 불사약의 용
법에 대해 물어볼 생각을 했었다. 인생의 즐거움을 한껏 누린 다음, 불
사약을 먹을 작정이었다. 그는 이제 불사약을 바다에 내던지고 밟아

서 으깨버리고 싶은 마음뿐이다. 그는 손에 들고 있던 콜라캔을 우그러뜨렸다. 캔이 우지직 소리를 냈다. 그는 화를 주체하지 못해 집을 뛰쳐나와 찬바람을 쐬기로 했다. 근처에 사는 노인들이 장기를 두고 있는 것이 보였다. 노인네들은 하나같이 행복해 보이지가 않았다. 그러니 누가 늙고 죽는 것을 걱정하지 않을까. 그는 그 꼴을 보고 있으니 더 화가 나는 것 같아서 동네 바깥으로 나가기로 했다. 은행에 가서 확인해보니 주택 대출금은 60만 위안이 남아 있다. 20만 위안을 갚아도 늘어난 이자 때문에 40만 위안 넘게 더 상환해야 한다. 그는 한층 더 화가 났다. 길 한가운데 서서 허리에 손을 얹고 씨근덕거렸다.

저녁이 되어서야 집으로 돌아와 진시황에게 다시 말을 걸어보았지만, 여전히 아무 반응도 없다.

6

"여기가 시안西安•입니다."

그가 손을 뻗어 전방을 가리켰다. 고개를 돌려서 뒷좌석에 앉은 진시황을 보며 말했다.

진시황의 표정은 여전히 미동도 없다. 눈은 어딘지 멀리를 바라보는 듯했고 아무 소리도 내지 않는다.

그는 진시황에게 말을 거는 데 익숙해졌다. 어쨌거나 평소 대화를 나눌 사람이 따로 없기도 했다. 진시황을 빌린 화물차 뒷좌석에 실었

• 진시황릉, 병마용 등이 있는 중국 서부의 고도古都다.

더니 공간이 좁아서 조각상의 머리가 차 천장에 닿을 지경이었다. 진시황의 표정은 엄숙하고 진중했다. 하지만 그의 몸 옆에는 유명한 축구 선수의 포스터로 막아놓은 창문이 있었다. 뒤를 돌아본 그는 그 모습이 참 해학적이라고 생각했다. 결국 소리 내어 웃었다. 그가 생각해도 자기 자신의 인생이 참 드라마틱하다는 생각이 들었다. 화물차에 진시황을 태우고 그가 살던 고향으로 데려가는 중이라니, 이런 경험을 해본 사람이 누가 또 있을까?

"와우, 이거 봐요. 광고판에 아방궁阿房宮이라고 쓰여 있네요. 옛날에 형님이 살던 궁궐이잖아요."

그는 이제 더 이상 성내지 않는다. 그는 심지어 휘파람도 불었다. 화물차를 몰아 농촌마을 옆의 흙길을 달렸다. 사람이 없는 곳을 찾아서 차를 멈춘 그는 진시황을 내려놓았다. 그런 다음 주변에서 흙을 좀 파다가 진시황의 몸에 대충 발랐다. 특히 새것처럼 반질거리고 광택 나는 얼굴에도 흙을 펴바르면서 계속 휘파람을 불었다.

그런 다음, 그는 차를 몰고 시안 시내로 돌아왔다. 약속 장소에서 약속한 사람에게 전화를 걸었다.

"현금으로 준비하세요."

그가 전화에 대고 말했다.

7

양고기 요릿집을 나온 그가 만족스레 트림을 했다. 그는 노래를 흥얼거리며 걸었다. 죽어도 사랑해, 음음음음음.

그는 막 호화로운 한 끼 식사를 마친 참이었다. 술도 두어 잔 마셨다. 붉어진 얼굴로 구름을 밟듯 가벼이 걸으며, 인생의 즐거움에 양껏취해 비틀비틀 숙소로 돌아가는 길이다. 오후에 물건을 넘겨주고 돈을 받았다. 그는 지금 몹시 기분이 좋았다. 숙소에 와서도 승강기를타지 않고 계단을 천천히 걸어 올랐다. 3층에 도착해 복도 입구에 딱들어서는데, 그의 방문 앞에 진시황이 떡하니 앉아 있는 것이 보였다.

빌어먹을! 그는 삽시간에 마신 술이 반쯤 깨는 기분이 들었다.

처음에는 자기가 잘못 보았나 생각했다. 눈을 감고 고개를 두어 번털었다. 그런데 감은 눈을 뜨기도 전에 종아리를 걷어차여 쓰러졌다.등허리에도 발길질이 이어졌다. 그는 고개를 들고 무슨 일인지 살펴보려고 했지만 주먹과 발이 비 오듯 그의 몸을 두드리고 있는 것만 알아냈다. 가슴과 배에 몇 대를 얻어맞고서 팔로 복부를 감싸 보호하려고했더니 이번에는 머리채를 붙잡고 바닥에 짓찧었다. 눈앞에 별이 번쩍거렸다. 린치가 멈췄을 쯤에는 거의 기절하기 직전이었다. 제대로 일어설 수도 없었다.

누군가 그의 멱살을 잡고 일으켜 세웠다. 젊은 남자 두 명이 양쪽에서 그의 팔을 붙잡고 섰다.

"문 열고, 돈 내놔!"

그가 주머니에서 방문 열쇠를 꺼내주자 두 남자는 열쇠만 받고 그를 바닥에 내던졌다. 두 남자가 문을 열고 들어가더니 돈 상자가 뜯지도 않은 채 그대로 있는 것을 보고 그대로 옆구리에 끼고 나왔다. 표정이 아주 만족스러워 보였다.

"미친 새끼, 감히 누굴 속이려 들어!"

둘 중에서 우두머리로 보이는 쪽이 쭈그리고 앉더니 그를 쿡쿡 찌르며 말했다.

"전화로 말할 땐 진짜처럼 잘도 나불거렸지? 뭐, 전문가의 감정을 받았어? 퉤! 사기를 칠 때도 좀 정성이라는 게 들어가야 할 거 아니냐? 반짝반짝 윤이 나는 새 것을 들고 와서 골동품이라고 하면 되겠어? 우리 형님은 정성이 없는 놈들을 제일 싫어하시거든. 원래는 물건 감정 받고 나서 돈을 주는데 오늘 돈부터 준 건 다 널 좋게 봐서 그런 거였어. 그런데 이렇게 뒤통수를 쳐? 어이, 돈 받고 튀면 못 찾을 줄 알았어? 요즘은 우리 업계도 기술력이 중요하단 말이지. 위치 추적쯤이야 별거 아니라고! 우리 형님이 저 물건을 검사해보셨는데, 흙도 아니고 도자기도 아니더라는 거야. 무슨 새로운 재료로 만들었는지는 몰라도 그걸 아방궁 근처에서 파냈다고 사기를 쳐? 어디서 수작질이야?"

두 놈이 그의 얼굴을 툭툭 치고는 진시황도 바닥에 쓰러뜨렸다. 콰당 소리를 내며 넘어지는 꼴을 보고서야 속이 시원하다는 듯 계단을 내려갔다.

그는 바닥을 구르며 한동안 통증에 시달렸다. 한참을 그러고서야 겨우 기다시피 일어났다. 온몸이 안 아픈 데가 없었다. 그는 온갖 욕설을 내뱉으며 자신을 때린 두 놈을 욕하고 자신의 재수 없음을 원망했다. 결국 화가 진시황에게 미쳤다. 그는 일어나서 진시황 조각상을 걷어찼다. 발끝만 아팠다. 그는 더욱 열이 올라서 조각상을 부숴버리려고 했다. 하지만 결국은 차마 부수지도 못하고 진시황을 도로 안아서 방 안으로 들였다. 그는 수건을 적셔 이마의 상처를 닦으면서 거울을 향해 또 욕을 했다.

그때, 그는 무슨 소리를 들었다.

"뭐지?"

그가 몸을 홱 돌렸다. 한참 기다려도 아무 일도 없었다. 그는 다시 조심스럽게 거울을 보며 상처를 닦는데, 또 소리가 들렸다.

"물."

그의 손에서 수건이 툭 떨어졌다.

"에라이!"

그가 진시황을 바라보며 물었다.

"당신이에요? 말한 거 당신이냐고요? 나는 간도 작은데 놀라서 죽을 뻔했잖아요! 당신 안 죽었어? 응? 죽은 거 아니에요?"

"물."

목소리가 다시 말했다.

그는 급히 진시황을 욕실로 옮겼다. 얼마나 닦지 않은 건지 모를 더러운 욕조에 진시황을 넣고는 물을 틀었다. 하지만 물에 많이 잠기게 하는 것은 겁이 나서 바닥 덮을 정도로 물이 차오르자 얼른 잠갔다.

"좋구나."

목소리가 말했다.

"황제 할아버지, 황제님. 인사 올립니다."

그는 변기 위에 앉아서 절망적으로 진시황을 바라보며 말했다.

"어쨌든 죽은 건 아니었군요. 그럼 베이징에서는 날 놀린 거네요, 그렇죠? 그건 무슨 심보예요? 내가 한 짓 때문에 화가 나서 복수하는 겁니까? 하지만 시안까지 오는 동안 당신도 고생했고 흙도 잔뜩 묻었잖아요. 이제 저 좀 그만 놀리셨으면 좋겠어요."

"그러지."

목소리가 다시 말했다.

"그럼 이건 어떻게 된 일인지 말 좀 해보세요. 원래 말할 수 있는 거였어요?"

진시황은 처음 동굴에서 들었던 그 목소리처럼 10여 초에 한 마디라는 지독히 느린 속도로 말을 이었다. 다만 진시황의 목소리가 훨씬 깊고 아득한 느낌이고 말투가 더 간단명료한 점이 달랐다. 진시황은 현대 중국어로 말했다. 동굴의 목소리도 현대 중국어를 할 줄 알았으니 그건 별로 이상할 게 없었다. 그때 동굴의 목소리가 해준 설명에 따르면, 그들은 넓은 세상을 다 볼 수 있고 무수한 세월을 살았기 때문에 언어의 변화에 쉽게 적응한다. 그는 동굴에서 들은 목소리가 누군지 몰랐지만, 아마도 서복이 아닐까 생각했다.

진시황은 그들이 존재하는 방식에 대해 요점만 간단히 설명했다. 그들은 나무와 비슷해서 물을 양분으로 삼아 생존한다. 말하자면 세상에서 가장 희귀한 나무인 셈인데, 잎이 몹시 작고 가느다랗기 때문에 육안으로는 보이지 않는다. 설명을 들어도 그는 진시황이 말하는 나무를 잘 상상할 수 없었다. 지극히 엷고 공기처럼 형태가 없어서 아무리 먼 곳에도 날아갈 수 있지만 사라지지는 않으며, 본체와 아주 가늘지만 연계만 유지하면 본체를 통해 에너지를 제공받는다. 본체의 외피는 석화된 표층으로 덮여 생명이 없는 암석처럼 보인다. 그 안은 식물과 비슷한 관상管狀 조직으로 구성된다. 물을 흡수하여 생장하며, 물을 떠나서도 살 수 있지만 너무 오래 물을 마시지 못하면 안 된다. 일반적으로는 15일을 넘기지 않는 것이 좋다. 그가 손가락을 꼽아보니 그들이 섬을 떠난 지 마침 15일 정도였다.

"하!"

그가 픽 웃으며 말했다.

"즉 더는 견딜 수 없는 상태가 되니 입을 열었다, 이거군요? 난 또 대단한 이유라도 있는 줄 알았죠. 미리 이야기를 했으면 내가 물을 부어주었을 거 아닙니까? 뭐하러 자존심을 세워요? 어차피 말할 거, 베이징에서는 내가 그렇게 난리법석을 떨어도 가만히 있더니 왜 천릿길 떠나와서 고생은 고생대로 다 하고서야 말을 하느냐 이겁니다."

"괜찮으니라."

"꼴에 자존심은."

그는 입을 삐죽거렸지만 곧 웃으며 말을 이었다.

"됐어요. 적당히 해두세요. 앞으로는 나한테 부탁해야 할 처지인 거 알죠? 그러니 뻣뻣하게 굴지 말라고요. 당신 때문에 언어맞은 거니까 얼른 나한테 사과부터 하세요. 그러지 않으면, 흥, 다시는 물을 부어주지 않을 테니까요."

"사흘에 한 차례면 족하니라."

"허, 참. 여전히 뻣뻣하시네."

그가 변기에서 일어나 거만한 자세로 진시황을 내려다보았다.

"하지만 성깔 있는 건 내 취향이네요."

그가 허리를 굽히고 진시황과 눈을 맞췄다.

"진시황이면 다야? 아직도 자기가 황제로 떵떵거리던 시대인 줄 아나? 대단하신 황제 폐하, 할 수 있으면 거기서 움직여보시죠. 아직도 자기 처지를 모르나 본데, 이쯤 되었으면 얌전히 고개를 숙이라고. 그러지도 않는다면 내가 왜 당신한테 물을 주겠어? 나한테 득도 없는데."

"너를 도울 수 있다."

"도와? 뭘 도와?"

"바라는 것이 무엇이냐?"

"돈! 당신, 돈 있어?"

"아방궁 복원사업이 진행 중이라고 들었느니라. 복원 아이디어를 공모한다고 하는데, 너를 도와주마."

"아이디어 공모? 그게 뭐지?"

그는 급히 인터넷에 접속했다. 과연 아방궁 유적공원에서 복원사업을 벌이면서 유적 보호 및 새로운 박물관 건설을 위한 아이디어 공모를 하고 있었다. 1등상 상금이 무려 100만 위안, 2등상은 50만 위안, 3등상은 20만이었다.

세상에, 이거 꽤 좋은 건수로군. 그는 속으로 생각했다. 진시황이 내놓는 아방궁 복원 아이디어라니, 그거야말로 과거의 부활인데 상을 타지 못할 리가 없다.

"나한테 제대로 설명해주어야 합니다. 사람들이 껌뻑 넘어갈 수 있는 상징적인 의미 이런 것까지 전부."

"당연하지 않느냐."

"좋아요. 그럼 약속한 겁니다."

"앞으로 사흘에 한 번 물을 부어다오."

"상을 타면 물을 드리죠."

그날 밤, 그는 침대에 누워서 오늘 하루 일어난 일을 떠올려보았다. 이런저런 생각 끝에 세상일이 전부 덧없다는 결론에 이르렀다. 진시황은 대단한 기개와 책략, 불로불사라는 대단한 힘을 가지고도 결국은 보잘것없는 자기 자신에게 물을 달라고 부탁해서 연명해야 하는 처지로 떨어지고 말았다. 진시황은 자신이 이런 처지가 되리라고 생각이나 했을까? 그는 진시황이 이렇게 뻣뻣하게 나오는 것도 며칠 가지 못할 거라고 추측했다. 그는 또 공모전에 대해서도 생각했다. 진시황이 어떻게 아방궁 복원 아이디어 공모전을 알고 있었을까? 하지만 생각해보면 그럴 법도 했다.

그들이 말한 대로라면 허공을 날아 미국도 갈 수 있다. 그러니 가까운 중국 내의 일이야 모를 리가 없다. 여기에 생각이 미치자 그는 또 우스워졌다. 세상일을 다 굽어볼 수 있지만 다른 사람이 물을 부어주어야 살아갈 수 있다. 불로불사가 이런 것이라면 멋지다고 할 수 있을지 아리송했다.

8

그는 복원 제안서를 공모전 마감 5일을 남겨두고 제출했다. 한 달 뒤에 결과가 나온다고 해서, 그는 시안에 계속 머무르며 기다리기로 했다. 나중에 상을 받으러 베이징에서 또 오는 것이 귀찮게 생각되었다.

시안에 온 것도 처음이니 그동안 느긋하게 여행이나 하기로 했다.

진시황이 아방궁을 복원하는 것이니 그의 제안서는 당연히 훌륭했다. 장중하고 화려한 것은 둘째 치고, 궁궐 곳곳이 천문과 지리에 부합했다. 궁궐의 길이와 폭, 방향, 기둥의 위치와 순서 등도 전부 의미가 있었다. 전각 안에 수로를 설치하고 유리로 그 위를 덮었으며, 수로의 형태는 하늘의 은하수를 본떠 만들면서도 땅 위의 웨이허渭河강과 엇비슷하여 천지의 조화를 꾀했다. 궁궐에서 가장 크고 주된 건물인 정당正堂과 그 옆에 딸린 건물은 서로 완전히 대칭되지 않는 대신 하늘의 별자리와 대응된다. 그는 들어도 알아듣지 못하는 내용이었다. 진시황이 말하는 그대로 받아 적을 뿐이다. 규수奎宿, 삼수參宿, 필월오畢月烏 등등 그는 무엇인지도 모르면서 부르는 대로 적었다. 마지막에 설계도를 그려야 할 때는 대충 모방하는 것으로는 불가능해서 인터넷으로 건축학과 대학생을 수소문해서 설계도를 그려달라고 의뢰했다. 그 학생도 별말 없이 말하는 대로 그려주었다. 이런 일을 한두 번 해본 것이 아닌 듯, 돈만 받으면 된다는 식이었다.

그는 시안에서 유유자적 편하게 시간을 보냈다. 베이징의 20만 위안은 어차피 주택 대출금으로 다 나갈 돈이었다. 손아귀에 있는 동안 풍족하게 쓰는 것도 좋은 일이다. 어차피 100만 위안이 들어올 텐데 미리 그 돈을 쓰는 것뿐이라고 생각하기도 했다. 그는 대안탑大雁塔, 화청지華淸池 등 시안의 유명한 명승지를 돌아다녔고, 한가할 때는 박물관을 찾아가 담당자를 붙잡고 공모전 결과가 언제쯤 나오느냐고 물었다. 그는 또 거리의 작은 인쇄소에서 가짜 명함을 만들었다. 외국 자본이 투자한 무슨 사무소에서 파견 나온 직원이라는 식으로 제멋대로 지어냈다. 기대하는 바가 있으니 기분도 좋았다. 숙소에 돌아오면 진시황에게 다정한 태도로 물을 부어주었다.

"궁금한 것이 있는데요."

그가 물을 부어주면서 진시황에게 말을 걸었다.

"당신이 들려준 이야기를 들으면 당시 기술력이 엄청 대단했던데요. 정말 신기했어요. 누가 그런 것을 다 발명한 겁니까?"

"세상에는 범인과 달리 지극히 뛰어난 이들도 있는 법, 그러한 이인異人을 어찌 상식으로만 판단하는가."

"누가 그런 사람인데요?"

"내가 바로 그러하니라."

"와, 진짜 감당이 안 되는 분이네."

그는 코웃음을 쳤다가 다시 물었다.

"이봐요, 외계인이 와서 알려준 것 아니에요?"

"어찌 그런 말을 하느냐?"

"아방궁 부근에서 출토된 와당은 직경이 1미터 가까이 되는데 내가 어릴 때 보던 와당은 10센티미터도 채 안 되었어요. 그렇게 커다란 와당을 누구를 위해 만들었냐는 의문이 생기죠. 그리고 당신이 열두 개의 황금 조각상을 만든 것은 키가 아주 큰 사람, 즉 장인長人이 찾아와서 그들을 본 따 만들었다는 설이 있고요. 게다가 당신이 지은 성은 모두 하늘의 별자리를 따라 계획적으로 지었어요. 함양궁鹹陽宮과 아방궁, 웨이허강은 전부 별자리를 본 땄고, 함양궁에서 산둥성에 있는 낭야행궁琅琊行宮은 정확히 동쪽 직선상에 있고요. 이런 것을 어떻게 해낼 수 있었죠? 게다가 검 주조술도 그래요. 엷은 막을 씌우는 방법을 썼다는데, 현대 기술로도 어떻게 한 것인지 알아내지 못했어요. 외계인이 도와준 거 아니에요? 당신이 말하는 불로불사의 기술도 이렇게나 대단한 능력인데 이것도 다 당신이 만들었다고요?"

진시황은 잠시 침묵했다.

"세상에는 이족異族도 있느니라."

"어떤 종족이요?"

그가 신이 나서 캐물었다.

"외계인이죠?"

"밝힐 수 없다."

"왜요?"

"약속을 했다."

"쳇! 세월이 얼마나 흘렀는데요. 그때 그 사람들도 이미 다 사라졌을 거라고요. 당신이 말한다고 해도 그 사람들은 모를걸요. 나만 알고, 절대로 다른 사람에게는 말하지 않을게요. 나는 부모도 가족도 없이 혼자니까 어디 가서 말을 옮기겠어요? 그냥 후손에게 역사 이야기를 들려준다고 생각하세요."

"약속은 약속이니라."

"괜찮아요! 뭘 그렇게 걱정해요?"

그는 포기하지 않았다.

"이천 년이나 지났다고요! 그 정도면 약속도 폐기될 세월이죠."

진시황은 흥 하고 콧방귀를 뀌었다.

"세월이 흘렀다고 어찌 약속을 저버리겠는가?"

"고집쟁이 노인네!"

결국 그가 불만을 터뜨렸다.

그는 언젠가 꼭 진시황에게서 이 일을 캐내리라 마음먹었다. 하지만 진시황은 죽을 때까지도 이 이야기는 더 꺼내지 않았다. 이 세상에 '천년의 약속'이라는 것이 실제로 존재했던 것이다.

이 일로 그의 호기심이 발동했다. 하지만 그는 매번 제대로 답을 듣지 못했고, 차차 진력이 났다. 어느 날, 그가 새로운 소식을 듣고서 다른 것을 질문한 적이 있었다.

"아방궁은 건설된 적도 없다던데, 맞아요?"

"터는 닦았느니라."

"맞아요, 그렇다고 들었어요."

그는 잠시 생각에 잠겼다가 다시 물었다.

"그러면 『사기史記』에서 아방궁은 너무 커서 끝이 보이지 않았고 항우項羽가 궁에 불을 지르자 다 타는 데 석 달이 걸렸다는 기록은 뭐예요?"

"그 책은 꾸며낸 기록이 많다."

"왜 건설하지 않았는데요?"

"말세의 징조가 이미 나타났기 때문이었다."

"예? 말세의 징조요?"

진시황은 잠시 침묵했다.

"거대한 토목공사를 많이 벌였고, 그에 들어가는 물자의 소모가 컸다. 또한 공사에 동원된 백성의 원성이 높아지면서 도망치는 자들도 늘었다. 재물도 잃고 인심도 잃었다."

"어라, 아주 잘 알고 있네요."

그는 재미있어 하며 말을 이었다.

"나는 후세 사람들이 그렇게 말한 거라고 생각했는데요."

"평민이 무엇을 알겠는가."

진시황이 생각할 가치도 없다는 듯 딱 잘라 말했다.

"네게는 제왕의 마음이 없느니라."

그는 조금 화가 나서 반박했다.

"당신은 자기가 아주 잘난 줄 알죠? 나를 멸시할 자격이 있어요? 당신이 능력이 있었다면 당신 왕조가 2대를 못 넘기고 멸망하지는 않았을 거예요. 제왕의 마음? 제왕은 무슨! 겨우 20년 유지된 제국이잖아요. 그리고 자기가 어디에 있는지도 좀 살펴보면서 말씀하시죠. 지금 당신은 화장실에 있어요. 궁궐의 옥좌가 아니고!"

그렇게 해서 한 달이 지나갔다. 공모전 결과가 나왔는데, 그가 제출한 설계 제안서는 겨우 3등상을 받았다. 그는 크게 실망했다. 원래 기대했던 100만 위안에서 20만 위안으로 상금이 크게 줄었다. 하지만 알아보니 1등상은 없었다고 하니 조금은 위안이 되었다. 그는 상을 받으면 곧 집으로 돌아가기로 했다. 그런데 진시황이 그에게 조금 더 기다리라고 했다. 왜냐고 물어도 대답은 없었다. 하지만 그는 며칠 더 시안에 머무르며 지루하게 시간을 보냈다.

9

며칠 더 지나자 아방궁 박물관의 건설 계획이 공식적으로 발표되었다. 그는 발표된 계획을 보고서 경악했다. 건설 계획과 자신이 제출한 복원 제안서의 설계도 초안이 완전히 일치했다. 하지만 최종 설계도에는 다른 사람의 이름이 적혀 있었다.

그는 당황해하며 주위 사람들을 붙잡고 그 사람이 누구인지 물었다. 두세 사람에게 물었지만 다들 웃으며 넘길 뿐이었다. 그 사람이 누구인지 모른다는 것이 몹시 우스운 일처럼 말이다. 네 번째 사람은 머리가 벗겨지기 시작한 중년 남자로, 성실하고 착해 보이는 인상이었다. 그 사람은 그를 한쪽으로 데려가서 목소리를 낮춰 이 일의 전말을 일러주었다.

"자네 나이도 젊고, 이런 공모전에 처음 참가하는 것 같군. 자네를 위해 한 가지 일러줌세. 공모전에는 참가하지 않는 게 좋아. 1등상은 아무에게도 주지 않고 2등상과 3등상이 제안한 아이디어는 주최측이 가져다가 도용한다네. 저 이름이 누구냐고 물었지? 사실 이상한 일이지. 고건축 관련 일을 하면서 저 사람을 모르는 게 말이 되나? 우리 지역에서는 최고이고, 고건축학계에서도 알아주는 인물이야. 이 일은 자네도 다른 방법이 없어. 공모전에 제출한 것은 아이디어이고 초안에 불과해. 주최측에서는 설계도는 완전히 새로운 창작이라고 주장할 거야. 이쪽 분야의 저작권 보호는 아직도 취약하다네. 소송을 해도 이기기 힘들어."

"그렇다고 이렇게 넘어가란 말인가요? 새로운 아방궁에 적어도 제 이름이 들어가야 하는 것 아닙니까?"

상대방이 웃어버렸다.

"자네도 다 알 만한 나인데 왜 일을 키우나? 건물에 건축가의 이름을 새기는 곳이 있던가? 돈을 낸 사람 이름이나 새기는 거지. 대들보, 문틀, 좌석을 기부하면 이름을 새겨주지만 아이디어를 기부한 것은 전혀 쳐주지 않아."

남자가 그의 유치함에 대해 충분한 관용과 격려를 담아 어깨를 두드려주고는 떠났다.

그는 그 자리에 한참을 멍하니 서 있었다.

숙소로 돌아온 뒤, 자신이 겪은 일을 진시황에게 들려주었다. 그의 분노를 이해하고 지지해주기를 바랐다.

그런데 진시황은 조금도 놀라지 않았다. 미리 예측했던 것 같았다. 진시황은 그를 동정하거나 위로하지도 않았고, 아무렇지 않은 듯했다. 그는 불만스럽게 말했다.

"이봐요, 무슨 반응이 이래요? 그래도 지난 시간 쌓아온 의리라는 게 있잖아요? 매일 내가 수고롭게 일한 게 있는데, 내 편에서 말은 못 해줄망정 오히려 남의 편을 들어요?"

"네가?"

진시황은 오히려 한술 더 떴다.

"무슨 수고를 했느냐?"

"매일 당신한테 물을 부어주었잖아요! 그것은 수고한 게 아닙니까?"

"선행은 명예를 얻고자 행하고, 악행은 이익을 얻고자 행한다. 오로지 그뿐이니라."

"와, 어쩜 그렇게 말을 해요? 양심은 어디 갔어요?"

그는 씩씩거리며 잔뜩 떠들었다. 하지만 말을 마치니 더 화낼 기력도 없었다. 그는 자신이 이익을 위해 진시황을 데리고 있었던 것도 잘 알았고, 지금 화를 내는 것도 자기 이름이 쏙 빠졌기 때문이었다. 아무리 생각해도 반박할 말이 없었다. 그는 생각할수록 화가 치솟았다. 여러 날의 노력이 전부 분노로 바뀐 것 같았다. 진시황은 그가 화를 내는 것을 보면서도 위로의 말은 전혀 해주지 않았다. 그는 사실 그게 더 화가 났다.

"좋아요, 좋아."

결국 그는 이렇게 말했다.

"당신이 이렇게 내 마음을 몰라준다면, 어쩔 수 없지요. 나도 며칠 간 헛고생을 한 걸로 넘어갈 수는 없잖아요? 한번 시작한 일을 제대로 마무리해야죠. 어쨌거나 새로 지을 아방궁에 내 이름이 걸리도록 해야겠어요."

그는 진시황을 아방궁 박물관에 기증했다.

10

진시황을 아방궁에 보내던 날, 그는 관계자들이 진시황을 차에 싣고 옮겨가는 것을 줄곧 지켜보았다. 작은 차에 실려 아방궁 유적 보호구역에 임시로 세운 사무동 안으로 들어가는 것을 보고, 그는 저도 모르게 마음이 가라앉았다. 그는 차에 앉아서 모든 사람들이 시야에서 사라질 때까지 한참을 그대로 있었다. 그는 고개를 돌려 뒷좌석을 돌아보았다. 텅 비어 있는 뒷좌석에서 축구 스타의 포스터가 시안에 막 도착했던 그날과 똑같이 눈에 띄었다.

그날 저녁, 그는 숙소로 돌아왔다. 처음에는 할 일이 없다는 생각이 들었다. 물을 부어주는 임무가 사라졌고, 이야기를 나눌 사람도 없어졌다. 그는 텔레비전을 켰지만 다 지루한 프로그램일 뿐이었다. 숙소의 텔레비전은 중앙방송과 몇 가지 지방 방송 채널뿐, 그 외에는 전부 홈쇼핑 채널이었다. 그는 창문을 열고 환기를 하려고 했지만 오히려 머릿속이 복잡해졌다. 욕실에 갔을 때는 욕조 안이 텅 빈 것 같다는 생각을 떨칠 수 없었다.

이튿날, 그는 후회하기 시작했다. 진시황이 말투가 좀 오만하고 사람을 질리게 하는 데가 있었어도 그것 말고는 딱히 나쁜 사람이 아니었다. 진시황을 기증해버린 것이야 별문제가 아니지만, 물을 부어주지 않으면 진시황은 15일 후에 죽게 될 것이다. 말 한마디 때문에 죽어야 할까? 그는 죄책감을 느꼈다. 그리고 그는 진시황에게 약속을 했었다. 지금 상금도 탔는데 진시황을 시안에 버려두는 것이 조금 그렇다고 생각했다.

여기까지 생각이 미치자, 그는 차를 타고 아방궁 유적지로 향했다. 낮에는 오가는 사람이 많아 저녁때까지 기다려야 했다. 그는 보호구역의 낮은 금속 난간을 넘어서 임시 건물의 창문까지 이르렀다. 창문을 하나하나 들여다보며 이동하다가 여섯 번째 창문을 통해 진시황이 보였다. 그곳은 잡동사니를 쌓아두는 창고였다. 이런저런 도구들과 임시 소장품 등이 차곡차곡 정리되어 있었다. 그는 창을 톡톡 두드려 진시황에게 자기가 왔음을 알렸다. 그는 창문이 잠겨 있지 않은 것을 발견했다. 유적 보호구역에 임시로 세운 가건물인데다 외진 곳에 있고 값나가는 물건도 없으니 방범 조치가 그다지 엄격하지 않지 않은 것도 당연했다. 그는 손에 든 몽둥이로 창을 비틀어 열었다.

"헤헤헤, 내가 좀 그립지 않았어요?"

그는 창을 넘어 건물 안으로 들어갔다. 진시황 앞에 서서 일부러 능글맞게 웃어 보이며 말을 이었다.

"어제는 아무도 물을 부어주지 않았지요? 괴롭죠? 그렇게 뻣뻣하게 굴지만 않았으면 뭐든지 다 가졌을 건데."

진시황은 별로 환영한다는 뜻을 보이지 않았다.

"무엇을 하러 온 거냐?"

진시황이 차갑게 물었다.

"목말라 죽을까봐 당신한테 물 부어주려고 왔죠. 이건 확실하게 해둡시다. 이번에 물을 부어주는 것은 당신이 나한테 빚지는 겁니다."

"절망할 때는 남을 해치는 마음을 먹지만 일이 순조로울 때는 차마 악한 짓을 하지 못하는구나. 좋다."

"무슨 말이에요?"

그는 분명하게 들었지만 무슨 뜻인지 잘 이해하지 못했다.

"내가 가여워서 온 것이냐?"

왜 그랬는지, 그는 얼굴을 붉혔다.

"꼭 그런 것만은 아니에요. 내가 약속한 게 있으니까요. 3등상도 어쨌든 상이고, 그러니 약속대로 해야 맞죠."

진시황이 다시 뭔가 평가하는 듯한 태도로 말했다.

"약속을 무겁게 여기는구나. 좋다."

그는 또 조금 짜증을 부렸다.

"오늘 참 이상하네요? 알아듣지 못할 말만 하고. 물 부어요, 말아요? 필요 없으면 그냥 가고요."

진시황이 한 말에 그는 깜짝 놀랐다.

"나를 도와다오."

그는 몸을 흠칫 떨며 물었다.

"무슨 말이에요?"

진시황은 모든 것을 다 알고 있는 것처럼 말했다.

"생각해보아라. 지금까지 무엇을 했느냐?"

"내가 뭘 했는데요?"

그는 긴장했다. 진시황이 하는 말을 알아듣기 힘들었다. 그러나 잠시 생각해보니 뭔가 이상한 데가 있다는 것을 느꼈다. 처음에는 그냥 뭔가 당혹스럽다고만 느꼈지만 우연히 한 마디 문장이 그의 뇌에 입력되자 불현듯 온통 걱정으로 가득 찼다. 그 문장은 아주 평범했지만, 그는 그것이 이상하게 느껴졌다.

그가 진시황을 아방궁에 보냈다.

그는 마음속으로 이 문장을 반복했다. 뭔가 깔끔하지 않은 기분이었다. 마음에 걸리는 부분이 있다. 그는 문득 경악했다.

"설마, 이 상황을 당신이 전부 의도한 겁니까?"

진시황이 옅은 웃음기를 담아 그를 바라보았다.

"네 생각은 어떠냐?"

"조금씩 계획적으로, 섬에서 당신을 꺼내 베이징으로 데려오고, 다시 시안으로, 마지막에는 여기 아방궁까지 데려오게끔 만들었군요. 그렇죠? 당신의 최종 목적은 바로 아방궁으로 돌아오는 것이었어요. 맞죠?"

"모든 것은 네 스스로의 결정이었다."

"하지만 이건 너무 이상해요. 어떻게 이런 일이 있을 수 있죠? 어떻게 한 거예요? 음모인가요?"

"음모가 아니다. 나는 약간 예언을 할 수 있는 능력이 있을 뿐이다."

그는 더럭 경계심이 생겼다.

"예언이라니요?"

"상식으로 예언을 하는 것이다."

진시황이 그의 마음을 들여다보는 것처럼 대답했다.

"바로 지금처럼. 나는 네가 진시황릉에 가고 싶을 것을 안다."

"진시황릉?"

그는 당황했다. 그는 진시황릉에 가고 싶다는 생각을 하지 않았다. 그러니 이 예언은 틀린 것이다. 하지만 그는 저도 모르게 긴장을 했다.

"나를 데리고 진시황릉에 가다오. 네게 보물을 주마."

그는 또 당황했다. 보물? 진시황릉의 보물? 그랬다. 그 말이 떨어지자마자 그는 진시황릉에 가고 싶었다. 참기 힘들 정도로 가고 싶었다.

"영원히 다른 이에게 말하지 않는다고 약속해야 한다."

"그거야 쉽죠."

그가 약속했다.

11

다음 날 밤, 그는 약속대로 아방궁에 왔다. 그는 바닥이 편평하고 낮은 손수레를 가져와서 창문으로 빼낸 진시황을 앉혔다. 그리고 울퉁불퉁한 흙길 위로 손수레를 밀었다. 그는 이렇게 해서 어디로 가는지 몰랐다. 진시황이 말해주지 않았다. 그는 구글맵으로 찾아보았는데, 아방궁에서 진시황릉에 가려면 시안을 가로질러 60킬로미터 넘게 이동해야 한다. 그런데 진시황은 차가 필요 없다고 말했다.

깊은 밤, 황량한 유적지를 지나는 동안 그는 왠지 숙연한 감정을 느꼈다. 그가 있는 이곳은 아방궁의 유적지이고, 지금은 거대한 터만 남아 있다. 1킬로미터 길이에 폭은 500미터, 높이는 6~7미터다. 잡초가 높다랗게 자랐고 황량하고 적막했다. 유적 박물관은 이 유일하게 남은 진실의 증거를 둘러싸고 있다. 그는 처음으로 이 유적지를 직접 지나가는 길이다. 그는 새로 지은 아방궁 공원을 둘러본 적이 있었지만 이 유적지 바깥이다. 벽 하나 너머는 새로 지어 반듯반듯한 아방궁 공원이 있다. 낮에는 관광객이 시끄럽게 돌아다닌다. 그 아방궁을 돌아다닐 때는 아무런 감정도 느껴지지 않았다. 그저 제국이란 거대한 연극 같다고 느꼈을 뿐이다. 그러나 지금 이 거대한 유적지 주변을 지나가면서 그는 홀연히 전율을 느꼈다. 제국은 진짜라는 느낌이 들었다. 거칠지만 단단한 무언가가 거기 있었다. 천년의 세월을 두르고 거기 있었다.

진시황의 지시에 따라 그는 남쪽으로 이동했다. 유적지의 남단에 도착하자 그는 작은 제단을 발견했다. 유적지 서남쪽 귀퉁이에 약 10여 미터 높이로 세워진 제단은 마치 이곳을 지키는 병사처럼 보였다. 그는 지금 유적지 정남쪽에 왔다. 한쪽은 아방궁의 남은 기단이고 다른 쪽은 광활한 공터인데 마치 광장처럼 보인다.

"중앙에 흙이 덮인 부분이 있다. 아래로 1미터까지 파내려가거라."

그는 미리 준비한 삽으로 아방궁 기단 한가운데의 잘 보이지 않는

흙더미를 팠다. 계속 아래로 파 들어간다. 얼마 후 삽이 들어가지 않는 딱딱한 것이 닿았다.

딱딱한 면은 자력이 있는지 쇠로 된 삽이 딱 달라붙어서 힘껏 당겨야 떨어졌다. 딱딱한 부분을 덮은 흙을 전부 파내자 편평한 벽면이 드러났다. 역시나 황토색으로 윤기가 난다. 재질은 주변과 큰 차이가 없어 보인다. 그가 자세히 살펴보았지만 인공적으로 다듬은 흔적은 발견할 수 없었다.

"이리 오너라. 내 팔 위에 있는 물건을 가져가라."

진시황이 그를 불렀다. 그는 다시 손수레 쪽으로 돌아왔다. 허리를 굽히고 자세히 살펴보니 이번에 처음으로 진시황의 팔에 소매 아래로 옥패 같은 물건이 숨겨진 것을 발견했다. 피부에 딱 붙어 있는데다 색이나 재질이 진시황의 다른 부분과 다르지 않아서 자세히 보지 않았다면 몰랐을 것이다. 그는 옥패를 꺼내려 했다. 조그만 기계 장치로 몸과 연결되어 있어서 살짝 힘을 주어 흔들어서야 빼낼 수 있었다.

"수부水符를 문에 꽂아라."

그가 손에 든 물건을 살펴보니 겉면에 물결무늬가 새겨져 있다. 그는 황토색 벽면 쪽으로 다시 가서 움푹 팬 부분을 찾았다. 겉보기에는 그냥 평범하게 쑥 들어간 부분처럼 보였지만 거기에 수부를 가까이 가져가자 벽면에 완전히 닿기도 전에 강력한 흡인력으로 끌어당겨지는 것이 느껴졌다. 그는 그대로 수부를 든 손을 벽면에 갖다 대게되었다. 수부는 홈에 딱 맞게 들어가 한 치의 틈도 없이 달라붙었다.

이어서 그가 수많은 영화에서 보았던 것과 똑같이, 아래로 향하는 통로가 모습을 드러냈다. 벽면이 아래로 내려가면서 근처의 지반도 함께 주저앉아서 그는 속으로 적잖이 놀랐지만 이상한 생각은 들지 않았다. 그는 수부를 도로 꺼내고 진시황을 등에 업었다. 손전등을 들고 통로로 진입했다. 통로는 줄곧 북쪽으로 향하고 있어서 아방궁 터 아래로 쭉 들어가게 된다. 이 통로는 아주 긴 계단으로, 아래로 거의 몇백 미터씩 내려가야 했다. 거리로 보아서는 거의 아방궁 터 바로 아래로 내려가게 될 것 같았다.

계단의 끝은 작은 평지였다. 평지에는 빛이 있었고 또 다른 통로로 연결되는 것이 보인다. 평지에 도착한 그는 전면이 터널이라는 것을 알 수 있었다. 터널에는 나무로 된 레일이 깔려 있고, 그 위에 청동으로 만든 작은 열차 같은 것이 한 칸 놓여 있다.

그는 진시황을 청동 열차의 뒷좌석에 앉혔다가 진시황의 앉은 자세가 이 청동 열차 좌석에 딱 들어맞는 것에 조금 놀랐다. 진시황의 조각상은 일부러 맞추기로 한 것처럼 열차 뒷좌석 모양에 끼워 맞춰졌다. 마치 살아 있는 사람이 편안하게 소파에 앉은 것 같았다. 그는 열차의 앞좌석, 마차라면 마부석이었을 곳에 앉았다. 청동 수레에는 좌석 앞에 가로로 설치된 막대가 있어서 손잡이로 쓸 수 있었다. 그러나 수레라면 있을 끌채가 없어서 말을 맬 수는 없을 것 같았다. 청동 수레의 바퀴는 나무로 된 레일의 홈에 딱 맞게 들어가 있었다. 말하자면 기차 같았다.

"이제 어떻게 해요?"

그가 진시황에게 물었다.

"수부를 수레 앞머리에 꽂아라."

그가 살펴보니 수레의 앞머리에 수부와 같은 모양의 홈이 보인다. 수부를 홈에 끼우자 달칵 하면서 잠긴 것이 해제되는 듯한 소리가 났다. 이어 천천히 수레바퀴가 구르기 시작했다. 수레는 앞으로 이동했다. 속도가 빠르지 않았지만 안정적이었고 멈추지도 않았다. 이어 나무 레일에 끼워진 부분이 규칙적으로 가볍게 흔들리는 소리가 들렸다. 터널 양쪽 벽면에는 몇 미터마다 하나씩 창백한 빛깔의 등잔불이 걸려 있다.

"세상에! 이 수부라는 거 완전히 첨단기술인데요! 엔진도 없이 수레를 움직이게 만들다니!"

진시황이 업신여기는 듯이 콧방귀를 뀌었다.

"비탈길이라 움직이는 것이다."

"아."

그가 멋쩍게 웃었다.

"계속 비탈길인가요?"

"경사로와 평지가 섞여 있다."

"아하, 그렇군요."

그는 웃다가 잠시 생각에 잠겼다.

"하지만 그럼 나중에는 어떻게 돌아와요?"

진시황은 짧게 침묵했다. 하지만 곧 다시 입을 열었다.

"바퀴와 레일에는 자력을 가진 금속이 입혀져 있다. 돌아올 때는 레일의 자력이 변화하면서 앞에서는 끌어당기고 뒤에서는 밀어내는 힘을 이용해서 바퀴를 앞으로 이동하게 한다."

"와우! 그렇게 대단한 기술이 있다니."

그가 감탄하며 말했다.

"이런 기술도 전부 이인異人이 전해준 건가요?"

"그렇다."

"며칠 전에 난양南陽에서 진나라 때의 목제 철도가 발견되었다고

하던데. 천년이 지났는데도 하나도 썩지 않았다더군요. 아마 그 철도
도 이런 원리로 만들었겠죠? 연구원들 이야기로는 당신이 만든 것은
실제로 차가 다니는 철도 네트워크였다는데, 정말 그래요?"

"완성하지는 못했다."

"그럼 있기는 있다는 거네요? 우와, 진짜 죽여준다."

그가 흥분하여 떠들었다.

"정말 대단해요."

그의 마음속에 다시 호기심이 고개를 쳐들었다.

"이봐요, 그 사람들은 도대체 누구였어요? 이제는 나를 좀 믿어도
되지 않아요?"

진시황은 여전히 대답하지 않았다. 하지만 이번에는 그의 말투가
전과는 달리 이상할 정도로 엄숙했다.

"나는 어린 나이에 즉위했고, 젊은 시절에 이인異人을 만났느니라.
이인과 천하의 큰일을 다 논의했으며, 그가 나에게 기이한 물건을 여
럿 전해주었다. 그때, 내가 앞으로 범인이 할 수 없는 일을 해야 한다
는 것을 알아차렸다."

진시황이 잠시 말을 멈췄다.

"내 조상은 본래 이름이 달랐으나, 이인을 만난 뒤로 이름을 '이인'
으로 바꾸었다."

"그랬군요. 그런 다음에요?"

"나의 제국을 세웠느니라."

"그 다음은요?"

"그 다음은 없다."

"에? 끝이에요?"

그는 의아해하며 물었다.

"너무 성의 없이 이야기하는 거 아니에요? 겨우 뭔가 말할 마음이 들었나 하고 한참 경청하고 있었는데, 이러고 끝? 이렇게 말하면 아무것도 말하지 않는 것과 뭐가 달라요? 제국을 세우고, 그 다음은요? 이인이 떠났나요? 당신은 왜 그 섬에 간 건데요? 말 좀 해봐요."

진시황이 입을 열었다.

"나는 불로불사를 얻기 위해 출항했다."

"참, 그렇지. 이걸 전부터 묻고 싶었어요. 당신은 왜 황제 노릇을 때려치우고 불로불사를 얻겠다고 난리를 친 거예요? 맛있는 음식을 먹고 예쁜 여자도 주변에 많고 움직이지 않아도 뭐든지 다 있는데 무엇 때문에 불로불사를 얻고 싶었던 거죠?"

"너는 모른다. 너는 제왕의 마음이 없느니라."

"하하하, 또 시작이네."

그는 청동 수레에 타고 달리는 기분이 몹시 좋았고, 말투도 훨씬 가벼워졌다.

"제왕의 마음? 그게 뭔지 말 좀 해보세요. 제왕의 마음을 가지신 분은 무슨 생각을 하면서 사나요?"

진시황이 엄숙하게 대답했다.

"나는 제국을 지키고자 한다."

그는 풋 웃음을 터뜨렸다.

"정말 위대하시군요! 과연 제왕의 마음입니다. 하지만 이런 생각해본 적 없어요? 당신이 불로불사를 얻겠다고 난리치는 동안 그 제국이 망했다고요. 당신이 떠난 뒤로 진나라는 천하를 잃었잖아요?"

"나는 진나라 사람이 아닌데 왜 그 나라를 신경 쓰겠는가?"

그는 진시황의 대답에 깜짝 놀랐다.

"그게 무슨 말이에요?"

질문을 해놓고 금세 뭔가 답이 떠올랐다.

"그러니까, 여……."

그는 진시황이 재상 여불위呂不韋●의 일을 말하는 것인가 하고 추측했다. 좀더 깊이 질문하고 싶었다. 여불위와 그의 어머니인 태후는 어떤 관계였는지 등을 말이다. 하지만 진시황의 진지한 말투 때문에 더 재우쳐 묻기가 어려웠다.

"그러면 당신 성이 영嬴씨가 아니라고 해도 진나라는 당신이 세운 제국이잖아요. 잘 지키지 않고 바다 위의 작은 섬에 가서 뭘 한 거예요? 당신이 지키고 싶다는 제국이 멸망했는데 지키긴 뭘 지켜요?"

"제국이 언제 멸망했다는 것이냐?"

"예? 당신 아들이 황제가 된 뒤에 바로 망했잖아요. 후손도 하나 남기지 못했는데 그게 멸망이 아니에요?"

"제국에는 자손이 없고 오로지 백성만 있느니라."

진시황의 대답은 참 평온했다.

"너는 제왕이 스스로 고孤 또는 과인寡人이라 부르는 이유를 모르는가?"

"유아독존이라는 뜻이 아닌가요?"

"고독하다는 뜻이니라. 제왕은 그 자신 하나만을 아는 자이므로 고독하다. 제왕 아래 만민은 동등하며, 제왕의 자손이라 하여도 예외가 아니다."

● 야사에서 진시황의 친부는 진나라 왕이 아니라 재상이었던 여불위라는 설이 있다.

"그게 무슨 뜻이죠?"

"제왕에게 중요한 것은 오로지 제국이다. 제국을 계승하는 것은 제왕의 자손이 아니어도 상관없다."

"설마……."

그는 진시황의 말뜻을 조금 이해할 것 같았다.

"설마 그 후에 세워진 나라들 전부 다 당신의 제국이라는 겁니까?"

"그렇다."

그는 입을 떡 벌렸다. 그의 상식에서 한참 어긋나는 말이라 어떻게 말해야 할지 몰라서 당황했다.

"그, 그것 참 대단한 말씀인데, 꿈이 너무 크시네요."

"무엇이 잘못되었느냐?"

그는 어디가 잘못인지 지적하지 못하고 신기하고 괴상한 논리라고만 생각했다. 그는 좀더 생각을 정리한 뒤 입을 뗐다.

"진나라 뒤에 세워진 한나라나 당나라 같은 한족의 왕조라면 또 모르겠지만, 원나라나 청나라는 아예 민족이 다른 왕조인데 어떻게 당신의 제국이 됩니까?"

"제국이 존재하는데 어찌 민족을 나누겠느냐?"

"그럼 당신의 제국이라는 기준은 뭔데요? 핏줄이 안 이어져도 된다, 민족이 달라도 된다, 그게 어떻게 당신 제국이라는 겁니까?"

"내 제국의 체제가 천년을 이어오지 않았느냐."

"하! 말을 말죠. 내가 역사를 잘 모르기는 하지만 그래도 고등학교 때 배웠거든요! 진나라는 폭정을 휘둘러 백성의 인심을 잃었고 그 뒤의 왕조들은 진나라의 통치에 반기를 들고 일어나서 시작되었어요. 그런데 무슨 체제가 천년을 이어왔다는 거예요?"

진시황이 반문했다.

"제국의 가장 큰 금기가 무엇인지 아는가?"

"모르겠는데요. 뭐…… 반란?"

"금기에는 몇 가지가 있느니라. 부자의 재물을 빼앗고, 빈민의 생명을 빼앗으며, 선비의 입을 막고, 이웃 사이의 믿음을 부수는 일이다. 나는 귀족을 다른 지역으로 이주케 하고 백성에게 힘든 노역을 시켰으며 유생을 파묻고 이웃끼리 서로 고발하게 했다. 그 결과 내 나라는 비록 부강하지만 네 가지 금기를 전부 범하게 되었다. 그리하여 10년도 겨우 유지하게 된 것이니라. 네가 후세의 제왕이라면 어찌할 것인가?"

"음, 가능한 한 그렇게 하지 않으려고 하겠죠."

"그렇다. 그 금기는 제왕의 머리 위에 매달린 날카로운 검과 같으니라. 이러한 위협이 없다면 제왕은 저가 하고자 하는 대로 망발을 부리게 된다."

"일부러 금기를 범한 결과를 후세의 제왕에게 보여주었다고요?"

"나는 세상의 범인과는 다른 존재니라. 나의 제국이 영원히 이어지도록 하기 위함이다."

그는 충격을 받아 말을 잇지 못했다.

"그, 그래도 대가가 너무 컸어요. 당신 때문에 얼마나 많은 사람이 죽었는데요!"

"죽음과 삶은 세상 어디에나 있는 것이다."

"하지만 당신은 늙지도 죽지도 않는데 타인은 수없이 죽게 만들었다고요."

"나 역시 죽는다. 때가 오면, 자연히 그리될 것이다."

그는 한참을 침묵했다. 머릿속이 복잡했다.

"내가 고등학교 다닐 때 선생님은 수업시간에 늘 그러셨죠. 만약 당신이 호해胡亥가 아니라 부소扶蘇에게 제위를 물려주었다면 진나라가 멸망하지 않았을 거라고요. 부소는 괜찮은 사람이었다고 하던데요."

"소용없다. 대세가 이미 기울었으니 어찌 하늘의 뜻을 되돌리겠느냐. 부소가 할 수 없는 일이니라. 그 아이를 만리장성으로 보낸 것이 내가 할 수 있는 최선이었느니라."

진시황의 목소리는 터널 속에서 낮고도 깊게 들렸다. 은은한 울림도 담고 있었다. 그는 진시황의 목소리가 오싹하게 느껴졌다. 진시황은 전에 없이 많은 말을 했고, 그가 생각지도 못한 내용이었다. 그는 역사와 관련된 이야기들을 찬찬히 생각해보려 했지만, 생각이 이 터널처럼 어두컴컴하기만 했다.

그는 진시황이 제일 처음 꺼낸 말을 떠올렸다. 그 말에는 좀 다른 의미가 숨어 있는 것 같았다. 청동 수레는 규칙적인 속도로 달리고 있다. 창백한 등잔불이 레일을 비추면서 어두운 터널 속에 두 줄기 빛의 구슬길을 이루고 있다. 그는 멀리서 작지만 물이 흐르는 소리를 들었다. 돌바닥에 똑똑 떨어지는 소리가 아니라 물줄기가 흘러가는 소리였다.

"여기가 어디에요?"

그가 진시황에게 물었다.

"웨이허강 아래다."

그랬구나. 이런 배치는 참으로 영리하다. 입구는 아방궁의 돌바닥 아래에 있어서 우연히라도 사람들 눈에 띄지 않는다. 터널로 지하 깊숙이 들어온 다음 웨이허강을 따라간다면 사람들에게 방해받을 일이 없다. 다만 이 길의 끝이 어디로 이어지는지를 알 수가 없었다.

두 사람은 그 후로 한동안 말없이 이동했다. 수레가 모퉁이를 꺾은 듯했고, 물소리도 점점 작아졌다.

그의 눈은 전방을 주시하고 있었다. 이제 터널의 끝이 보인다. 수레에 탔던 곳과 비슷한 평지가 보인다. 그는 평지 뒤쪽에 거대한 물방아가 있는 것에 깜짝 놀랐다. 물방아는 폭포를 맞으며 반쯤 폭포 속에 잠겨 있고 반쯤 바깥에 모습을 드러내고 있다. 가까워질수록 물방아의 모습이 정확히 눈에 들어왔다. 물방아는 거의 30미터 정도의 높이였다. 폭포 물줄기 아래서 빙글빙글 돌고 있다. 주변을 보아서는 어느 산 거대한 바위 속인 듯했다. 진흙과 풀, 바위들이 물줄기 양 옆에 자리 잡고 있다. 폭포는 동굴 속에 위치한 폭포인데 수량이 충분하고 속도가 빠르지 않았지만 안정적이었다. 물방아에는 사람을 태울 수 있게끔 편평하게 튀어나온 부분도 있다. 물방아가 돌아가는 것에 맞춰 그 부분이 천천히 위로 올라간다. 물방아 꼭대기에 그런 돌출부가 하나 더 있다.

그는 수레에서 내려서 진시황을 업고 평지에 섰다. 물방아의 돌출부가 눈앞에 도착하자 그는 얼른 그 위로 올라탔고, 물방아 꼭대기의 돌출부에 도착하자 내려섰다. 꼭대기의 돌출부는 아주 긴 계단과 연결되어 있다. 계단의 끝은 보이지 않을 정도로 높았다.

그는 진시황을 업고 천천히 계단을 올랐다. 얼마나 걸었는지도 알수가 없었다. 몇십 미터일지, 몇백 미터일지도 알 수가 없다. 그와 진시황은 더 말하지 않았다. 어쩌면 앞으로 마주할 운명의 무게가 두 사람을 침묵하게 하는지도 모른다.

그는 더 이상 웃고 떠들 마음이 들지 않았다. 마음속에서 피어오르는 긴장감이 다른 모든 감정을 억누르고 있다. 계단은 참으로 길었다. 진시황은 상당히 무거웠다. 하지만 그 순간 그는 이 계단이 조금이라도 더 길었으면 하고 바랐다. 그는 이 계단 끝에 어떤 곳이 나올지 짐작할 수 있었지만, 그곳에 대해 생각하고 싶지 않았다.

12

계단 끝의 문은 꼭대기의 석판이었다. 그가 수부를 끼워 넣자 석판이 천천히 돌아가면서 문이 열렸다.

그는 문 안으로 들어가 꼭대기의 동굴을 기어나갔다.

그는 똑바로 서서 주변을 둘러보았다. 칠흑 같은 어둠에 제대로 보이는 것이 없었다. 손전등으로 자신이 빠져나온 동굴 입구를 비춰보니, 그것은 거대한 석관이었다. 석관 덮개가 옆으로 살짝 밀려서 열려 있고 덮개 위에 조각한 용과 구름무늬가 보였다. 덮개 위에는 똑같이 수부와 같은 모양의 홈이 있다. 아마 그것이 출입하는 스위치인 모양이다.

그는 확실히 깨달았다. 그들이 걸어서 올라온 곳은 진시황의 석관이었다. 진시황이 아직 죽지 않았다는 것을 아무도 모른다. 이 석관 내부에 또 통로가 있다는 것을 아무도 몰랐다. 세상에서 가장 안전한 통로다. 그는 진시황을 바닥에 내려놓았다.

"여기가 당신의 능침인가요?"

"그렇다."

진시황은 한참 동안 말을 하지 않았다. 목소리가 약간 뻣뻣해져 있었다.

"책에서는 진시황릉에 온갖 기계장치와 바위산, 마차, 말, 수은이 흐르는 강 등이 있다던데요. 그것들이 이 주변에 있습니까?"

"그건 외실에 있다. 외부인의 침입을 막기 위한 장치다. 네가 그 장치들을 보게 된다면, 그때는 네가 죽는 것이다."

그는 조금 실망했다. 진시황릉에서 기기묘묘한 기계 장치나 온갖 기물들을 구경할 수 있을 거라는 기대감이 있었기 때문이다.

그래서 그는 이제 무엇을 해야 하느냐고 물었다. 진시황은 대답하지 않고 깊게 한탄하는 듯한 소리만 냈다.

"왜 그래요?"

그가 물었지만 진시황은 대답하지 않았다.

"이봐요, 무슨 일인데요?"

그는 조금 걱정이 되어 진시황을 툭툭 쳤다.

"인간이 천릿길을 돌아다녀도 마지막에는 고향으로 돌아오는구나."

"아, 과거 회상하는 거군요."

그가 웃으며 말을 받았다.

"그렇게 쓸쓸해할 거 뭐 있어요. 어쨌든 금의환향한 거 아닙니까. 불로불사가 되어 돌아왔으니까요."

"혼백이 되어 고향에 돌아온 것이지."

"무슨 뜻이에요?"

그가 진시황의 말투에 깜짝 놀라 물었다.

"그렇지 않아도 물어보고 싶었는데, 왜 여기로 온 겁니까?"

진시황이 평소의 말투로 돌아와 대답했다.

"진시황릉이 열릴 것이다."

"발굴이요? 일반 공개? 아직 그럴 시기는 아닐 텐데요? 연구만 진행 중이라고 했어요."

"언젠가는 열린다. 준비를 해두어야 한다."

"무슨 준비요?"

"제국의 목숨이 다했으니 장래를 준비해야지."

"제국이…… 죽어요?"

"제국의 숨이 끊어진 지 오래니라. 이미 100년이 되었다."

진시황의 말에서 점점 더 깊은 슬픔이 느껴졌다.

"진나라부터 청나라까지, 이천 년간 멸망에는 다 이유가 있었다. 지금의 사람들은 누구도 제국의 기반을 알지 못한다. 새로운 화로에서 피어난 불이니, 나라를 다스리는 일도 다른 이에게 넘겨주어야 할 때가 되었다."

진시황은 잠시 말을 멈췄다. 그는 진시황의 말에 제때 반응하지 못했고, 진시황이 다시 입을 열었다.

"내가 분서갱유焚書坑儒를 행한 이유를 아느냐?"

"후세 사람들에게 반면교사를 남겨주려고 한 게 아니었어요?"

그는 당황했지만 진시황의 말뜻을 파악하려 애썼다.

"아니다. 그들이 하는 말이 제왕을 잘못 인도하기 때문이었다. 그들은 제국이 선량한 사람 위에 세워지기를 바랐으나 제국이란 본디 평범한 모든 사람 위에 세워지는 것이다."

"평범한 사람?"

"너와 같은 사람을 말함이지."

"나요? 이 일이 나하고 무슨 관계가 있어요?"

"내가 어떤 방법을 써서 너를 이곳에 데리고 왔는지 알겠느냐?"

진시황은 그의 질문에는 답하지 않고 반문했다.

"원하는 대로 일이 흘러가게 하려면 반드시 평범한 사람의 특성을 따라야 한다."

진시황의 목소리는 이상할 정도로 평온했다.

"내가 여기에 이른 것도, 제국이 오래도록 이어진 것도 다 그런 이유 덕분이다."

"도대체 무슨 말이에요?"

"깊이 생각해보면 알게 될 것이다."

진시황은 더 설명하지 않았다. 그의 말이 더욱 느려졌다.

"그 서생들은 나라를 잘못된 길로 이끌었으나 쓸모가 있었다. 결국은 그들도 한 시대를 함께 지냈던 옛사람이로구나. 혼백이 흩어질 때가 되니 그들이 그리운 마음이 든다. 자, 이제 나를 관 덮개 위에 올려다오."

그는 진시황이 갑자기 이런 이상한 말을 하는 이유를 짐작하기 어려웠다. 그는 진시황이 다음 말을 이어가기를 기다렸지만, 더 이상 아무 말도 들리지 않았다. 그는 석관 덮개 중앙부에 비어 있는 공간이 있음을 발견했다. 가느다란 선으로 둘러싸인 모양으로 카드 슬롯처럼 보이는 부분이었다. 그는 수부를 석관의 홈에 넣었다. 석관이 덮이고, 그는 진시황을 조심스럽게 석관 덮개 한가운데 올려놓았다. 진시황의 앉은 모습과 석관 중앙에 움푹 파인 부분의 모양이 완벽하게 맞아 들어갔다.

진시황을 앉힌 후, 그는 이제 또 뭘 하면 되느냐 물었다. 진시황은 답이 없었다. 한순간, 석실 안이 완전한 어둠과 정적에 휩싸였다.

이어서, 석관의 덮개에 나 있던 가느다란 골에서 빛이 나기 시작했다. 빛은 석관 위의 골을 따라 뻗어나갔고, 바닥에까지 이어져서 사방으로 이어지더니 아름다운 꽃무늬를 그린 후 다시 아래로 내려갔다. 그는 그제야 자신이 길쭉한 형태의 높은 탑 같은 곳에 올라와 있음을 알아차렸다. 네 방향 모두 아래로 내려갈 수 있는 계단이 있었다. 빛의 가느다란 선은 금세 맨 밑바닥에 닿았고, 다시 사방팔방으로 뻗어가면서 빠르게 면적을 확장했다. 곧 바닥은 밝은 빛의 바다로 변했다. 그는 빛의 바다의 광활한 넓이에 경악했다. 끝도 보이지 않는 거대한 공간이었고, 그는 거기 세워진 높은 탑 형태의 제단에 서 있다. 이 제단은 거대한 공간 중앙에 아주 조그맣게 서 있는 사각형 형태의 섬이었다.

기둥이 빛나기 시작했다. 이어 천장도 빛난다. 그는 검은색 기둥에 조각된 용이 황금색으로 변하는 것을 지켜보았다. 진나라는 검은색을 숭상했다. 이 색깔은 후세의 중국인이 좋아하는 빨간색과는 완전히 다른 느낌을 준다. 다음은 가까운 양쪽의 벽이었다. 그가 특히 전율한 것은 석벽 양쪽에 10여 개의 거대한 인간 조각상이 서 있는 것이었다. 조각상은 각각 10여 미터는 될 듯했다. 자세나 표정이 곧 살아 움직일 듯 생생했다. 이목구비는 특출한 데가 없었지만 표정은 매우 풍부했다. 조각상은 어두운 금색이었고, 입고 있는 옷이며 장신구도 하나같이 세밀하게 세공되어 있다. 광선이 점점 빛나면서 조각상 주변에 환영 같은 것이 너울거리기 시작했다. 그 환영은 전부 조각상의 모습이어서 영혼이 본체 바깥으로 튀어나와 한들거리는 것처럼 보였다.

이때 그의 몸 뒤에서 진시황의 낮은 목소리가 들렸다.

"나는 본래 평범한 사람이었으나 이인을 만나 평범하지 않은 일을 해냈다. 이는 특별한 일이 아니며, 내가 아닌 다른 사람이었더라도 그러했을 것이다. 이인을 만나는 것은 평범하지 않은 일이니, 너는 이 경험을 잘 간직하여 깨달음이 있거든 너 자신을 돌아보도록 하라. 너는 나를 이곳까지 데려왔으니, 나 역시 너를 여기까지만 데려왔다. 더 먼 길도 언젠가는 끝날 때가 있느니라."

진시황의 목소리는 점점 더 낮아지더니 마지막 몇 마디는 거의 흐릿해서 잘 들리지 않았다. 그는 귀를 쫑긋 세우고 열심히 들어야 했다. 그는 석실의 높고 둥근 천장 아래에 어떤 환영이 나타나는 것을 지켜보았다. 그것은 높은 곳에서 표표히 날아 내려와 천천히 엉기면서 사람의 형상을 이루었다. 형상은 윤곽을 잡고 색채를 띠우더니 점점 작아져서 투명하지만 알아볼 만한 사람의 모습이 되었다. 그래도 아직은 집채만큼 컸고 얼굴의 이목구비를 알아보기는 어려웠다. 하지만 그는 여기까지 모셔온 조각상의 모습이라는 것을 금세 알아보았다. 그 형상은 석벽 양쪽에 늘어선 거대한 조각상 사이를 이리저리 날아다녔다. 잠든 조각상을 깨우기라도 하는 듯했다.

이제 동굴의 천장도 빛나기 시작했다. 금빛 광선이 사방으로 뻗치면서 어둠에 익숙해진 그의 눈이 잠시간 적응하지 못해 눈을 가려야 했다. 빛줄기가 동굴 속에 초원과 산의 환영을 그려냈다.

"강산은 바뀌어도 제국은 영원하도다!"

진시황의 마지막 말은 벼락처럼 묵직했다. 조각상의 환영이 벽에서 떨어져 나와 산을 타고 오르기 시작했고, 진시황의 흐릿한 환영도 그곳으로 날아갔다. 조각상의 환영이 입은 옷은 놀랍게도 진나라 때의 장포 같은 복식이 아니었고 조각상의 이목구비도 비율이 괴이했다. 커다란 조각상의 환영과 진시황의 환영은 결국 서로 만나지 못하고 바람소리를 내며 스쳐갔다. 중앙의 초원과 산도 변화하기 시작하면서 사람과 도시가 그 속에서 튀어나왔다. 이어 상인의 행렬과 군대가 평원을 지나갔다. 그는 어떤 소리를 들었다. 진시황의 소리가 아니라 아주 평온하고도 아무런 감정이 담겨 있지 않은 소리였다. 어떤 경전을 읽어 내려가는 듯한 느낌이었다. 그 경전은 쉬운 말을 사용했지만 고어체라 그는 절반쯤 알아들었을 뿐이다. 목소리는 백성의 기세는 물처럼 아래로 흐른다고 말한 다음, 이어서 통치의 원칙을 이야기했다. 간결하고 요점만 말했지만 그가 그동안 익숙했던 내용과는 거의 달랐다. 그는 경악 속에서 그 목소리에 귀를 기울였고, 그 자리에서 움직이지 못했다. 어느 순간, 바람과 같은 기류가 그의 뒤쪽에서 불어왔다. 그는 그만 자리에서 넘어졌고, 다시 일어났을 때는 금관과 보검의 환영이 눈앞에 있었다. 손을 뻗어 그것들을 잡으려고 했지만 손은 텅빈 허공만 움켰다.

그때 동굴 바닥의 등이 전부 불을 밝혔고, 공중에 떠 있는 산과 강, 평원의 모습이 사라졌다. 동굴 앞에 수많은 서생의 모습을 한 채색 도자기상이 열 지어 서 있다. 그는 진시황의 병마용 중에 서생의 모습도 있었는지 생각하며 깜짝 놀랐다. 양쪽에 늘어선 기둥에서 나오는 빛이 서생 병마용에 닿았다. 그때부터 서생 병마용들이 움직이기 시작했다. 그는 또 한번 눈을 둥그렇게 뜨고 지켜보았다. 서생 병마용에서 한 사람씩 영혼이 빠져나와 공기 중을 너울너울 날아다녔다. 그들은 시를 읊고 토론을 하며 이곳저곳을 돌아다녔다. 주변이 점점 더 많은 소리로 가득 찼다. 어디에서 울리는 소리인지 알아내기도 힘들었다. 높낮이도 다 다른 소리가 울리면서 어느덧 그가 알아들을 수 있는 말이지만 제대로 듣기 힘든 소리가 되었다.

"천하의 재물을 모아…… 폭정을 휘두르고 노역에 동원하니…… 백성의 고통이 극에 달하여…… 언론을 막아 충신이 간언하지 못하고……"

동굴은 계속 밝아지고, 온 공간이 밝은 금빛으로 가득 찼다. 기둥에서 뿜어져 나온 빛이 한 줄 또 한 줄 화려하게 채색된 병마용을 비춘다. 그는 이 색채가 어디서 온 것일지 생각했다. 그는 눈앞의 모습에 너무 놀라 한참을 말을 잊었다. 빛은 점점 이어져서 이제 동굴 전체를 뒤덮었다. 문인의 모습을 한 병마용 뒤쪽은 무관이었다. 갑옷과 투구를 쓰고 손에는 검을 들고 있다. 그리고 가장 마지막 줄에 서 있는 병마용은 일반적인 모습을 한 병사들이었다. 출토된 병마용과 비슷했지만 채색되어 있는 것이 다르다. 공중의 영상이 한데 모여 무릎을 꿇고 산과 같은 환호성을 내질렀다.

황제 폐하, 만세, 만세, 만만세!

그는 처음으로 제왕의 위엄과 두려움을 느꼈다.

그는 이 모든 것을 보고 듣고 기억했다. 선비들은 여전히 무언가를 논하고 있다.

결국 서생의 모습을 한 영혼이 사라지고, 공간을 채우던 빛도 점점 어두워졌다. 이제는 양쪽으로 늘어선 기둥만 빛나는 상태다. 그는 차차 정신을 차렸다.

"세상에, 너무 대단하잖아."

그는 아직도 방금 본 장면에서 빠져나오지 못했다. 그는 진시황에게 뭐라고 중얼거렸다.

"당신이 말하는 제왕이라는 게 뭔지 좀 알 것 같습니다."

진시황은 대답하지 않았다.

"그 섬에서 돌아온 것은 이런 영광을 다시 누리고 싶어서군요?"

그가 물어도 대답이 없다.

그는 한참을 기다렸지만 더는 아무런 소리도 들리지 않았다.

그는 무언가가 떠올랐고 두려워지기 시작했다. 그는 다시 말을 걸고 질문을 던졌지만 무슨 말을 해도 진시황은 아무 말도 하지 않았다. 그는 당황해 어찌할 바를 몰랐다. 처음 진시황을 베이징의 집으로 데려왔던 날처럼 당황했다. 아니, 그날보다 훨씬 더했다. 그는 이런 결과를 대강 알고 있었으면서도 제대로 생각하고 싶지 않았다. 처음 속았던 것처럼 진시황이 자신을 놀리는 것이기를 바랐다. 그러나 그가 아무리 오래 말을 걸어도, 아무리 진지하고 솔직하게 이야기를 해도, 더는 아무런 대답이 들려오지 않았다.

그는 어둠 속에 앉아서 마지막으로 스스로 확인했다.

진시황은 죽었다. 자신의 능침으로 돌아와 죽었다.

그는 비명을 질렀다.

13

그가 아방궁 기단의 작은 문을 통해 바깥으로 나왔을 때는 이미 하늘이 밝아오고 있었다. 하늘 끝이 불그스름했다. 방금 본 광휘와 전율은 이제 다 사라졌다. 그의 마음에는 슬픔과 두려움만 있었다. 떠나기 전에 수부를 다시 꽂는 손은 덜덜 떨리고 있었다. 이 관이 다시 열리지 않을까 두려웠다.

그는 아직 정신이 다 돌아오지 않았다. 시계를 보니 새벽 4시 50분이다. 그와 진시황이 자정쯤 이 아래로 내려갔다. 2시간 정도 걸려서 진시황릉에 갔고, 다시 2시간 정도 걸려서 돌아왔다. 시계는 잘못되지 않았다.

이 계절은 이 시간에 날이 밝지 않는다. 그는 다시 살펴보았다. 아직 동이 튼 것이 아니었다. 빛은 양쪽 지면에서 올라오고 있다. 기단과 광장 위에서, 지면의 빛이 하늘을 붉게 물들이고 있는 것이다.

그는 급히 옆에 있는 높은 제단 앞으로 달려갔다. 서북쪽의 계단을 따라 한 층 한 층 올라가면서 기단 전체와 광장까지 굽어보았다. 기단과 광장은 각각 광활한 영상을 비춰낸다. 진짜 같고 분명했다. 궁전과 누각이었다. 기단 위에는 널따란 전각이 나타났고, 형상은 그가 그린 설계도와 아주 비슷했다. 다만 척도와 비율이 그가 그린 것보다 훨씬 컸다. 그곳은 절대로 평범한 사람이 머무를 궁전이 아니었다. 이곳의 존재는 그 자체로 일종의 높고 먼 생명을 위한 것이었다. 그의 뒤에 있는 광장에서는 높낮이가 다른 누각이 죽 들어서고 있다. 광장으로 향하는 길은 대칭 형태이고, 작은 누각과 정자가 회랑을 따라 이어진다. 중앙은 화원이었다. 이쪽은 확실히 인류가 거주할 만한 크기였다. 다른 쪽의 거대한 전각은 밤하늘 아래서 대비를 이뤘다. 지켜보니 양쪽의 건물들 사이에서 드문드문 돌아다니는 사람들의 모습도 보인다. 키 차이가 서로 10배는 될 것 같은 사람들이 양쪽의 궁전과 건물 사이를 돌아다닌다. 그들은 서로 마주치면 인사를 했고 어떨 때는 스치듯 지나치기도 했다.

영상이 점점 흐려지더니 사라졌다. 궁전의 모습은 곧 수많은 군대의 모습으로 바뀌었다. 돌격을 외치는 구호가 들려오고, 제왕의 그림자가 나타났다 사라진다. 그런 다음 농사짓는 사람들의 모습이 나타났다. 아침 일찍부터 밤늦게까지, 성실히 일하는 사람들이다. 그런 다음 화려한 건물과 가난하고 초라한 집들이 나타난다. 탐욕으로 인해 세상을 잃어버린 것을 의미하는 것 같다. 그는 시간의 흐름도 잊고 거기 서서 영상을 지켜보았다. 세월은 영생의 통로로 접어든 것 같았다.

그는 아방궁의 진짜 모습을 보았다. 그것은 환영으로 만들어진 궁궐이었다.

하늘이 밝았다. 영상도 사라졌다. 아마도 제국의 마지막 남은 빛이었을 것이다.

결말 1

아다는 베이징으로 돌아와 자신의 비천하고 재수 없는 인생을 계속했다. 그는 퀵서비스 배달원 일을 얻어서 매일 아침 일찍부터 밤늦게까지 모터사이클을 타고 물건을 날랐다. 주택 대출금은 아직 20만 위안 정도가 남아 있었다.

어느 날, 그는 거리에서 천왕을 발견했다. 몹시 비싼 옷을 입은 품이 딱 봐도 회사 사장님 같았다. 벤츠에서 내린 그는 어떤 사람과 서로 먼저 가시라고 양보해가면서 어느 고급 식당으로 들어갔다. 아다는 그를 뒤따라 건물 회전문으로 들어갔다가 종업원에게 제지당했다.

"예약하셨습니까?"

그는 승강기 앞에 서 있는 천왕을 가리키며 말했다.

"저 사람을 만나러 왔어요."

"천 사장님을 만나러 오셨다고요."

"천 사장님이 아니라 천왕이요!"

"네, 천 사장님은 목단청牡丹廳에 계십니다."

그는 목단청이라는 이름의 내실로 달려가 천왕의 소맷자락을 붙잡았다. 그는 천왕이 미처 반응하기도 전에 우르르 하고 싶은 말을 쏟아냈다. 어떻게 베이징에 왔어요? 어떻게 이렇게 부자가 되었지요? 겨우 1, 2년 지났는데 그사이에 사장님이 되었군요! 다시 그 섬에 간 것 아닙니까? 거기 있는 물건을 전부 훔쳐서 판 것 아니에요? 거기 있는 조각상은 어떻게 했어요? 말해요, 말해!

천왕이 민망해하면서 그를 계단 쪽으로 끌고 갔다. 그는 맹세코 다시 그 동굴에 가서 물건을 가져오지 않았다고 했다.

"나도 당신에게 묻고 싶었다고요. 그 섬을 다시 찾긴 했는데 아무리 뒤져도 동굴을 발견하지 못했거든요. 어떻게 된 겁니까? 당신은 찾을 수 있나요?"

그는 자신도 섬에 다시 간 적이 없다고 했다. 천왕에게 어떻게 돈을 벌었냐고 물었다. 천왕은 씩 웃으며 말했다.

"나도 모르겠습니다. 당신 덕분이기는 해요. 그때 조각상 한 쌍을 우리 집에 가져다 놓은 뒤로 내 운수가 완전히 트였거든요. 무슨 조화인지는 모르겠지만."

그는 나중에 천왕의 집에 한 번 간 적이 있었는데, 그는 조식과 낙수의 여신 조각상을 벽걸이 텔레비전 옆에 조성한 대리석 연못 안에 앉혀 놓았다. 대리석 연못 자체는 좀 조악했지만 조각상이 그 안에 들어앉아 있으니 상당히 우아해 보였다.

결말 2

아다는 돈을 좀 모은 뒤 두 번 더 섬을 찾았다. 섬은 쉽게 찾았지만 동굴은 다시 찾지 못했다. 텔레비전에서 아방궁 박물관의 준공 소식을 들었다. 모습은 전부 진시황이 제안한 원래의 설계대로였다.

그는 종종 침대에 누워 이 모든 것을 떠올려보곤 했다. 점점 더 이 일이 자신의 운명에 정해져 있던 일이라는 생각이 들었다. 그가 처음 그 섬에 갔을 때는 일부러 동굴을 보여주고 그를 그 안으로 이끌었던 것이다. 평소에는 동굴을 감춰두기 때문에 다시 찾을 수 없다. 그러면 다 설명이 된다. 그렇지 않으면 그렇게 쉽게 찾았던 동굴이 왜 이천 년 동안 아무에게도 발견되지 않았겠는가. 그렇게 생각하니 그 일이 전부 코미디처럼 여겨졌다.

왜 나를 골랐을까.

그는 진시황이 한 말을 곰곰이 따져보았다.

평범한 사람의 특성을 따라야 한다.

그는 이 말을 곱씹고 또 곱씹었으며, 자기 자신도 몇 번이나 곱씹 어 생각했다. 차차 더 많은 말이 머릿속에 떠올랐고, 뭔가 의미가 있 다고 생각되었다가도 어느 순간 엉망진창이 되곤 했다. 선행은 명예 를 얻기 위해 행하고, 악행은 이익을 얻기 위해 행한다. 절망 속에서 남을 해치는 마음을 먹었지만 일이 잘 풀리면 다른 이를 해치지 못한 다. 상황이 무척 특수할 때에는 내가 관여하게 된다.

네 가지 금기를 다 범했다. 이인異人을 만나는 것은 누구나 다 겪는 일이 아니다. 제국은 이미 목숨이 다했으니 누군가 할 일을 해야 한 다. 이런 말들이 그의 마음속에서 모호한 형태로 떠돌았다. 그는 홀연 히 깨달았다. 그의 인생이 완전히 달라졌다.

진시황은 죽음을 선택했다. 그는 생각했다. 진시황이 나에게 말하 고자 했던 게 뭘까? 내가 무엇을 하기를 바란 걸까?

세계는 여전히 이익과 욕망의 세계다. 그러나 목적이 있는 사람에 게 세계는 달라진다.

그는 진시황릉의 비밀 입구를 어느 누구에게도 말하지 않았다. 그는 진시황이 약속을 지키는 일을 그토록 중시했던 까닭을 차차 이해하게 되었다.

결말 3

맨 처음 얻었던 불사약을 그는 줄곧 가지고 다녔다. 여러 차례 보관하는 곳을 바꾸었고, 먼지와 때가 타서 이제는 그냥 더러워진 보통의 환약처럼 보인다. 이 불사약을 먹으면 어떻게 될까 생각해본 적이 있었다. 하지만 그렇게 쉽게 불사의 몸이 될 것 같지 않았다. 뭔가 다른 기술이 더 필요할 것이 분명하다. 그리고 그 약을 먹는 것이 위험하게 생각되었다. 그렇다고 버리자니, 그것도 내키지 않았다.

결국 그는 그 약을 개에게 먹였다. 정말로 불로불사하게 된다면, 그가 늙어도 죽지 않는 개를 얻게 되는 셈이니 나쁘지 않다. 그는 개 사료와 섞어서 잘게 부순 다음 개에게 먹였다. 그 결과 개는 혼수상태에 빠져 지금까지 깨어나지 못하고 있다. 죽지도 않았고, 호흡도 정상적으로 하지만 아무리 해도 깨어나지 않는다. 그는 그때 바로 불사약을 삼켰다면 자신 역시 지금까지 자고 있지 않을까 생각해본다.

나중에, 나중에, 아다는 정말로 위대하고 대단한 일을 해낸다. 그는 엄청난 사업을 일구었으며 수천수만의 사람들의 인생을 바꾸는 위대한 인물이 되었다. 어느 날 밤, 그는 잠들어 꿈을 꾸었다. 꿈속에서 또 꿈을 꾸었는데, 꿈에서 깨어나 보니 그는 자신이 바다 위에, 낡은 어선을 타고 있는 것을 깨달았다. 그는 부모님의 유골함을 안고 있었으며, 이제 막 그 유골을 뿌리려던 참이었다.

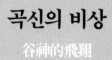

곡신의 비상

谷神的飛翔

개척자의 노랫소리에는 무수한 침묵의 화음이 함께한다. _ 랑닝의 일기

곡신

랑닝朗寧 선생님의 도서관은 아이들이 가장 기대하던 일이었다. 100번째 지구일이 되면 아니야阿尼亞 초등학교는 흥분으로 들뜨기 시작한다. 다들 잘 구워져 상자에 담긴 버터쿠키처럼 가지런히 앉아 있다. 하지만 자세히 살펴보면 그 버터쿠키들이 기쁨에 넘쳐 팔딱팔딱 뛰고 있으며, 기분 좋은 향기를 공기 중에 뿜어내고 있다는 것을 알게 된다. 그날, 아이들의 얼굴에는 웃음이 가득했다. 아이들이 평소보다 더 예의 바르게 행동하려 애를 써도 이런 웃음은 컵에서 물이 넘치듯 저도 모르게 바깥으로 흘러나오게 된다. 웃음이 아이들의 작은 입과 눈썹, 일부러 더 반듯하게 세우고 있는 등에서 다 드러난다. 그들은 마음속에서 우러나는 즐거운 감정을 숨기기 힘들다는 것을 아직 모르고 있다.

니니妮妮 아가씨는 교단에 서서 이 모든 모습을 다 눈에 담았다. 아이들은 자신의 작은 동작 하나쯤은 눈에 띄지 않을 거라고 생각하

지만, 니니 아가씨의 눈에는 이미 다 포착되었다. 아이들은 무의식적으로 벽에 걸린 시계를 힐끔거린다. 몇 분마다 한 번씩 창밖의 하늘을 훔쳐보기도 한다. 치카奇卡는 이미 빨간색 태블릿에 고개를 처박고 1시간째 뭔가를 쓰고 있다. 인란茵然과 만나曼娜는 작은 목소리로 속닥거렸고, 가장 장난기 많은 파루帕路는 평소와 달리 집중해서 강연을 듣고 있다. 장난감 상자는 아무도 신경 쓰지 않고, 쿠션은 조용히 교실 뒤쪽에 흩어져 있다.

니니는 아무 일도 없는 듯이 오늘의 마지막 글을 읽고서 교과서를 덮었다. 그러고는 아이들이 줄곧 기다리던 말을 던진다.

"오늘은 여기까지 하겠습니다. 하굣길에 조심하세요."

아이들은 환호성을 터뜨리며 우르르 교실을 빠져나간다.

니니는 미소를 지으며 생각했다. 단순한 아이들보다 더 귀여운 존재가 있을까?

창밖에서 옅은 황금색 하늘이 찬란히 빛나고 있다.

랑닝 선생님의 도서관은 정확한 시간에 마을의 상공에 나타났다. 아이들이 환호하며 폴짝거렸다.

옅은 남색의 비행선은 돌고래를 닮았다. 이마가 톡 튀어나왔고 입꼬리가 살짝 치켜 올라가 있다. 배는 부드러운 곡선을 그리고 있으며, 꼬리는 둥글다. 돌고래의 커다란 눈은 스타카토 음표처럼 상큼하게 빛난다. 눈은 랑닝의 조종실 창문이다. 비행선은 이미 낡은 방식의 운송 수단이다. 당시 도서관으로 개조하면서 랑닝은 적잖은 돈을 투자했다. 비행 자체만 생각한다면 지금 이 모습이 최고의 디자인은 아니다. 하지만 아이들은 돌고래 모양의 비행선을 무척 좋아한다. 랑닝은 마을 상공을 몇 바퀴나 선회하고서야 착륙했다. 돌고래는 햇빛을 받아 반짝거리면서 공중을 유영한다. 어른들도 일하던 손을 멈추고 쳐다볼 정도다.

비행선은 마을 중심부의 공터에 착륙했다. 돌고래와 그 옆의 코끼리 조각상이 잘 어울린다. 아이들이 비행선 주변으로 몰려들어 발뒤꿈치를 들면서 랑닝 선생님의 친근한 웃는 얼굴이 나타나기를 기다렸다. 랑닝의 은발 머리가 창문으로 쏙 나왔다. 그는 아이들과 눈을 맞추면서 손가락 두 개를 눈썹 끝에 붙였다가 떼는 멋진 손동작을 선보인다. 랑닝이 늘 하는 인사법이다.

"헤이! 우리 꼬마 요정들! 잘 지냈니?"

아이들은 앞다퉈 대답을 했다. 빽빽 떠드는 소리가 한데 뭉쳐서 들려온다. 랑닝은 만족스럽게 수염을 쓰다듬으며 허허 웃으면서 말했다.

"어서들 오너라! 내가 이번엔 무슨 물건을 가져왔을까?"

비행선의 옆문이 천천히 내려오면서 그 안에 크고 작은 상자들이 모습을 드러낸다. 아이들은 순식간에 조용해졌다. 눈빛만 빛내면서 비행선 안쪽에 집중하고 있다. 뒤에 선 아이들은 콩콩 뛰면서 어떻게든 안을 들여다보려고 했다. 하지만 아이들은 누구도 앞으로 달려 나가지 않는다. 얌전히 자리를 지키고 있다. 다들 숨을 죽였다. 시간도 멈춘 것 같다.

랑닝 선생님의 모습이 비행선 문에 나타났다. 은회색 제복을 날렵하게 갖춰 입었다. 제복은 은은하게 빛까지 나는 것 같다. 바짝 세운 옷깃과 어깨의 휘장이 멋지다. 아이들은 눈만 휘둥그렇게 뜨고 이게 어찌된 일인가 놀라워했다. 랑닝이 비행선의 계단 꼭대기에 당당히 서서 가슴을 쫙 펴고 말했다.

"내가 말했던 젊은 시절의 군복이 바로 이거란다! 어떠냐, 멋있지?"

아이들이 꺅 하고 소리를 지르기 시작했고, 다들 목을 빼면서 랑닝의 제복 차림을 구경하려 했다. 가까이 서 있던 아이들은 조심스럽게 옷감을 만져보려고 손을 뻗다가는 닿기도 전에 화들짝 놀라 손을 거두기도 했다. 이 아이들에게 군인과 전쟁은 과거의 전설이자 불가사의한 신화다. 용맹과 지혜의 상징이며 아이들에게 신비롭고 흥분되는 소재다.

"아이코, 늙었구나! 이젠 허리띠가 잠기지 않으려고 하는걸?"

랑닝이 배를 쓰다듬으며 허허 웃었다.

"얘들아, 지난번 빌려간 책은 다 가져왔니?"

랑닝은 이 소행성을 늘 특별하게 여겼다. 사실 도서관을 개업한 후 15년간 네 곳의 소행성과 네 곳의 목성 위성을 돌아다니며 바쁘게 사는 와중에도 이 별, 이 마을은 그에게 늘 마음이 가는 곳이었다.

곡신성谷神星은 형제자매라고 할 수 있는 다른 세 개의 소행성보다 컸다. 직경이 천 미터에 달하니 당연히 소행성 광산업계에서도 중심이 되었다. 곡신성과 비교하면 다른 소행성의 거주구역은 마을이라기보다 공단처럼 보인다. 인구는 적고 조직은 단출하다보니, 이곳처럼 제대로 된 마을을 이루기 어렵다. 곡신성에는 학교도 있고 다양한 상점과 놀이시설도 있다. 그러니 이곳은 아이들이 가장 많고, 또 아이들 성격도 가장 활발하며 사랑스러운 소행성이다.

랑닝이 이곳을 사랑하는 또 다른 이유는 독특한 풍경에 있다. 사진작가이기도 한 랑닝은 수십 년간 수많은 행성을 돌아다녔지만, 지구든 인류의 두 번째 기지인 화성이든, 이 소행성처럼 매혹적인 땅을 본 적이 없다. 이곳의 육지는 물 위에 떠 있다.

오래전, 첫 번째 개척자가 막 이곳에 도착했을 때, 곡신성은 얼음으로 뒤덮인 황량한 행성이었다. 인간은 먼지를 뚫고 진흙을 파냈으며, 얼음을 깨면서 그 아래에 풍부한 금속과 여러 광물을 채취했다. 타이린泰林이라는 젊은 장교가 이끄는 100명의 사람이 이곳에 와서 가볍고 질긴 유기재료로 집을 지었다. 그들이 지은 집은 다채로운 색깔의 거대한 풍선 같았다. 풍선처럼 생긴 집이 절반은 땅 위에, 절반은 땅 아래에 있으면서 반투명하지만 은은한 빛을 반사한다. 나중에 타이린이 화성에서 유명한 재료공학자를 불러와서 이 소행성을 두 겹의 막으로 완전히 둘러쌌다. 행성을 둘러싼 얇은 막 중 하나는 나노미터 반도체로 된 막이고, 다른 하나는 고분자 기체로 된 막이었다. 이 두 개의 막 덕분에 햇빛이 산란하게 되고 열도 보존할 수 있게 되었다. 그들은 목성에서 운반해온 수소를 원료로 에너지를 생산했고 공장도 지었다. 그때부터 곡신성은 빛, 공기, 온도가 생겼다. 타이린과 그의 동료들은 이곳에 뿌리를 내렸다.

천천히 행성의 표면 온도가 높아지면서 원래의 얼음이 녹았다. 호수 정도였던 물이 점점 거대한 바다로 변했다. 이때 신기한 일이 일어났다. 집을 지은 유기재료가 진흙 혼합물에서 스스로 생장하기 시작한 것이다. 동시에 대량으로 주변의 진흙을 흡수했다. 모두들 그때서야 왜 모든 집의 '허리'에 '치마'를 두르라고 했는지 이유를 알게 되었다. 그들은 타이린의 놀라운 안목에 감탄했지만 그는 그저 씩 웃기만 하고 아무 말도 하지 않았다. 지구 개월로 두 달 뒤, '치마'는 서로 연결되면서 대량의 진흙이 뒤섞여 집과 집 사이에 충분한 육지를 형성했다.

100년이 흐르고, 개척자의 친구, 친구의 친구, 탐험을 하러 다니는 호기심 많은 사람들이 차차 이곳에 모여 정착하고 일하고 세대를 이었다. 마을은 점점 커져서 수천 채의 집과 1만 명이 넘는 인구를 이뤘다. 사람들은 느리게 떠다니며 물속 밑바닥에서 진흙과 금속을 캐내 제련한 다음 화성에서 온 비행선에 건네준다. 그런 뒤 음식, 옷, 기타 필요한 물건을 받는다.

랑닝은 매번 비행선에서 이 신기한 육지를 볼 때마다 감탄사가 절로 흘러나왔다. 크기가 제각각인 풍선 집이 햇빛에 반짝거리는 장면은 참 보기 좋았다. 그 집들은 둥글고 광택이 흐르며 다양한 색깔을 뽐내면서 몇 킬로미터나 이어진다. 집과 집 사이에는 유백색의 도로가 꽃송이 모양으로 조성되어 있다. 마을에는 드문드문 완전히 채워지지 않은 부분이 있는데, 지하의 바다가 드러나 있어서 꽃받침처럼 시원한 느낌을 준다.

"나의 광선검이 두 명의 적에게 적중했다. 전면에 빈틈이 있었지만 적군이 너무 많았다. 그들은 순간 또 포위해 들어왔다. 나는 점점 체력이 바닥나는 것이 느껴졌다. 나는 포기해서는 안 된다고, 마지막 순간까지 서 있어야 한다고 다짐했다. 죽어간 형제들의 얼굴을 떠올렸다. 우리는 다 같이 맹세를 했었다. 미친 듯이 광선검을 휘둘렀다. 나는 허리와 어깨에 상처를 입었고 적군은 여전히 밀려들어오는 중이다. 더 버틸 수 없을 것 같았지만 적에게 항복하고 싶지는 않았다. 그래서 나는 온 힘을 다해 비행선 입구까지 달려가서 큰 소리로 외쳤다. '연방의 영광을 위해!' 그러고는 몸을 던져 우주와 하나로 녹아들었다."

치카의 목소리는 점점 작아졌다. 어느 순간 들리지 않게 되었다. 아이들은 모두 그 애가 방금 만들어낸 격동의 감정 속에서 빠져나오지 못하고 있다. 아무도 말하지 않는 고요가 길게 이어졌다. 랑닝은 몇몇 여자아이의 눈에서 눈물이 뚝뚝 떨어지는 것도 보았다. 한참 후에 뜨거운 박수가 쏟아졌다. 아이들은 전부 잔뜩 흥분해 있었다.

랑닝은 웃으면서 치카의 머리를 쓰다듬고, 사탕을 하나 건넸다.

"잘했다. 넌 꼭 용사가 될 거다."

치카는 올해 열두 살이다. 다른 아이들보다 훨씬 더 이야기를 좋아하고, 스스로 이야기를 만들기도 한다. 치카를 시작으로 해서 랑닝이 올 때마다 아이들은 그를 둘러싸고 자기가 만든 이야기를 들려주는 시간을 갖는 것이 전통이 되었다. 랑닝은 이 시간을 좋아한다. 아이들이 서로 먼저 이야기를 하겠다고 나서는 모습이 좋았다. 랑닝은 도서관을 이 마을로 가지고 온다. 그는 자신의 도서관이 아이들에게 이야기의 씨앗을 심어주기를 바란다.

"난 흡혈귀 이야기를 할래요!"

파루가 폴짝폴짝 뛰면서 외쳤다.

"흡혈귀는 엄청 대단해요! 낮에는 비밀스러운 장소에 숨어 있고 밤에만 나와서 사람을 잡아먹어요. 아무도 흡혈귀를 못 이겨요. 벌써 여러 사람이 죽었지요. 그때 나는 좋은 방법이 생각났어요. 몰래 마을의 모든 시계를 멈춰버리는 거예요. 그래서 그가 계속 낮이라고 생각하게 해서 밖으로 나오지 못하게 되는 거죠. 우리 마을은 이제 안전해요!"

파루는 그렇게 말하면서 의기양양한 웃음을 지었다.

"그 방법은 안 돼!"

한 아이가 외쳤다.

"흡혈귀도 자기 손목시계를 가지고 있을 거야. 흡혈귀의 시계도 멈춰야 하잖아?"

다들 웃음이 터졌다.

랑닝도 같이 웃어버렸다. 곡신성의 자전 주기는 대략 8시간이다. 아이들의 머리 위로 하늘은 늘 밝음과 어둠을 오고 간다. 그래서 곡신성의 밤은 사람이 규정한다. 아이들은 어둠과 밤의 관계를 잘 이해하지 못한다. 인류는 자신의 신체에 내재된 주기에 따라 몇억 년을 살았다. 새로운 행성의 주기에 당장 적응할 수 없다. 그래서 우주로 이민 온 사람들도 고향의 생활 리듬을 그대로 유지하고 있다. 24시간마다 휴식 시간을 갖는 것이다. 아이들은 매일 시계가 멈추기를 바란다. 시계가 멈추면 시간도 멈출 테고, 줄곧 침대에 누워 있을 수도 있으며 국왕 놀이를 좀더 길게 할 수도 있다고 생각한다.

아이들은 본 적 없는 물건이 아직도 많았다. 그들의 세계에는 달이 없고, 산도 없고, 나무도 없고, 동물도 없다. 곡신성 마을은 바닥이 고정된 육지가 없다. 아이들은 태어나서 지금까지 막으로 둘러싸인 행성에서 물 위를 떠다니는 땅에서 살았다. 아이들이 랑닝이 들려주는 이야기를 좋아하는 이유이기도 했다. 그들이 보기에 자신들이 살고 있는 이 마을은 재미가 없었다.

랑닝은 비행선으로 들어갔다가 신중하게 한 변이 50센티미터인 정육면체 유리 조각을 가지고 나와 무릎에 얹었다. 그런 다음 검은색 리모컨을 꺼내 몇 번 단추를 누르며 조작했다. 몇 초가 흐른 후, 유리 안에서 물결무늬 같은 가느다란 무늬가 나타났다. 물결이 점점 흔들리면서 조그마한 흰색 결정으로 변해 부서진다. 떨리고 흩어지고 응집되고 빙글빙글 돌면서 시간이 어느 정도 지나자 차차 확연히 알아볼 수 있는 이미지로 바뀐다. 유리판은 홀로그램 영상 재생기였다. 곡신성에도 첨단 기술 용품이 적지 않지만 이런 재생기는 아이들이 처음 보는 것이었다.

아이들은 전부 목을 길게 빼고 눈을 크게 뜨고서 유리에 나타난 영상에 집중했다. 유리 속 영상이 점점 더 분명해지더니 첩첩이 겹쳐진 초록색 무언가가 아이들 눈앞에 나타났다.

"나무예요! 이건 숲이라는 거죠? 사진으로 본 적이 있어요!"

누구인지 흥분에 찬 아이가 소리를 질렀다.

그렇다. 그것은 나무이고, 드넓은 숲이었다. 울창한 열대우림. 영상은 작은 배 위에서 찍은 것으로, 강물이 우림 속을 흘러가고 있다. 강물의 속도는 매우 빨라서 거대한 구렁이가 기어가는 것 같다. 강변에는 높다랗고 거대한 열대 교목이 가득했다. 물방울이 매달린 넝쿨이 나무와 나무 사이를 휘감고 있다. 나무 윗부분에 엉켜서 나무와 넝쿨이 잘 구별되지 않고 어디가 끝인지도 알아보기 힘들다. 숲에는 무수한 색깔의 기생 식물이 꽃을 피우고 있고, 은방울꽃이 초록 빛깔 진주처럼 영롱하게 빛난다. 꽃대에 두 송이가 함께 피는 연꽃 병제련並蒂蘭이 옥처럼 깨끗한 흰색을 뽐내고, 파인애플과에 속하는 열대식물은 원통형 중심부 주변을 빙 둘러 잎이 자라면서 가운데에 조그만 '연못'을 만들기도 한다. 그 연못 속에는 나무 위에 사는 개구리나 말려 있는 껍데기가 있는 고둥 종류가 그 열대식물 속의 연못에 살고 있다. 화면 속에는 다양한 종류의 여러해살이풀인 물레나물, 천남성, 10여 센티미터나 되는 긴 가시가 달린 종려나무도 보인다. 벌새가 위아래로 바쁘게 날아다니고, 자고새가 짝을 찾으며 가장 멋진 깃털을 드러낸다. 재규어는 우아한 자태로 나무의 갈라진 줄기 위에 엎드려 쉬고 있다.

아이들은 이런 동식물을 처음 보는 것이라 홀린 듯 정신을 놓고 바라본다.

"얘들아, 집으로 돌아갈 시간이다!"

아이들의 감탄의 목소리가 높아지는데, 니니의 부드러운 목소리가 들렸다. 그녀의 목소리는 마치 옅은 빨간색의 장미 시럽을 한 잔 마시는 것처럼 달콤한 데가 있었다.

"조금만 더요!"

"니니 선생님……."

"조금만 더 보면 안 되나요?"

아이들은 갑자기 저마다 한마디씩 떠들었다. 어떻게든 떼를 써서 이 시간을 늘려보려고 어리광이다. 니니는 웃으면서 아이들을 달래는 한편, 도와달라는 눈빛을 랑닝에게 보냈다. 랑닝이 몸을 일으켜서 영상을 껐다. 재생기도 비행선 안으로 옮겨놓았다. 그는 씩 웃으면서 이번에 새로 가져온 메모리 카드를 꺼냈다. 아이들은 처음에는 아쉬워하는 소리를 냈지만 곧 새로운 것에 주의가 쏠려 얌전해졌다. 메모리 카드를 받아 얼른 자신의 빨간 태블릿에 꽂고서 곧바로 읽기 시작한다. 랑닝은 아이들의 읽는 속도라면 100일이 채 걸리지 않아 대부분의 아이가 한 바퀴 돌려가며 다 읽을 거라는 생각이 들었다.

모든 아이가 각자 집으로 돌아가는 모습을 보며 니니는 비행선 계단에 앉아 한숨을 쉬었다.

"휴……."

랑닝이 그녀 옆에 앉았다. 두 사람은 한동안 말없이 그대로 앉아 있었다. 하늘은 아직 부드러운 황금색이다. 잠시 후 조용해진 주변으로 산들바람이 얼굴을 스치는 게 느껴진다. 바람이 불면서 조금 쌀쌀

한 기운이 돈다.

니니는 고개를 틀어 랑닝을 바라보았다. 노인의 얼굴은 온화하고 다정했다. 얼굴에 여전한 미소가 걸려 있다. 니니는 자신이 어린아이였던 때를 떠올렸다. 랑닝의 은색 머리칼은 여전히 빽빽하고 이마도 전과 다름없이 주름 하나 없는 매끈한 피부다. 그래서 니니는 조금은 놀라움을 담아 말했다.

"10여 년간 전혀 변하지 않으셨어요."

랑닝은 먼 곳을 바라보던 시선을 돌려 자상하게 니니를 쳐다보았다.

"너희는 다들 어른이 되었지. 어린아이가 자라서 선생님이 되었어. 정말 세월이 빠르구나."

니니의 얼굴에 붉은 기가 감돌았다. 니니는 웃으며 대답했다.

"저 아이들은 그때의 우리보다 훨씬 활달해요. 저는 이야기를 만든다는 생각은 하지도 못했는데요."

랑닝은 고개를 저었다.

"그것도 네 문제는 아니었어. 가끔은 저 아이들에게 이야기를 지어내도록 하는 게 잘못된 교육은 아닐까 걱정도 된단다."

"그게 무슨 말씀이에요?"

"아이들이 만드는 이야기가 재미도 있지만 사실은 상상이라기보다는 모방이라고 하는 게 더 맞다는 생각은 해보지 않았니? 대부분의 이야기가 어느 책에서 본 것들이지."

"하지만 그런 지구의 일들을 아이들은 한 번도 본 적이 없는걸요. 상상하려고 해도 불가능한 거예요."

랑닝이 한숨을 쉬었다.

"내가 걱정하는 것은 저 아이들이 책을 많이 읽어서 상상을 일종의 기호라고 생각하게 될까 하는 점이야. 낡은 성, 마법사, 아니면 화성 전쟁이 나오는 것만 이야기라고 여기게 되는 게 두려워. 니니, 너희의 이 작은 마을이야말로 내가 아는 한 가장 기묘한 곳이란다. 그런데 너희는 이곳에 너무 가까이 있기 때문에 평범하다거나 무료하다고 생각하고 있는 것뿐이야."

니니는 대답 없이 돌고래의 매끄러운 외벽을 쓰다듬었다.

"기묘한지 아닌지도 비교 대상이 있어야 알 수 있는 거예요. 그것 역시 저 아이들 잘못은 아니죠. 아이들이 이 마을 바깥으로 나가서 세상을 살펴볼 수 있다면 얼마나 좋을까요."

랑닝은 가슴이 아팠다. 니니 역시 아직은 어린 나이였고, 아직 단 한 번도 외부 세계를 본 적이 없다. 그런데도 자신보다 더 어린 아이들의 꿈을 짊어지고 있다. 그는 니니의 연약한 어깨를 두드려주었다.

"이번에 화성에 돌아가면 총독과 이야기를 해보마. 너희를 데리고 나와 둘러볼 수 있도록 허가를 받아낼게. 지구는 어떨지 모르겠지만, 적어도 화성은 문제없이 갈 수 있을 거다."

이 말을 들은 니니가 고개를 들며 커다란 눈을 반짝였다.

"말씀하지 않으셨으면 저도 잊어버렸겠어요! 아버지가 절 보내신 이유요. 우리 행성의 바다에 물고기를 기르면 어떻겠느냐고 총독에게 물어봐주실 수 있어요?"

"물고기?"

이런 문제는 랑닝도 생각해본 적이 없었다.

"내가 총독에게 물어보마. 좋은 생각이야. 분명히 통과될 거다. 너희가 스스로 어획을 통제할 수 있다면 말이지. 음, 해조류도 좀 넣자꾸나. 아이들에게 진짜 식물도 보여줄 수 있도록."

니니가 미소를 지었다. 뺨에 보조개가 패는 모습이 봄에 핀 진달래 꽃 같았다. 지구에서 피는 진달래꽃. 그녀가 일어나 치마를 털었다.

"고마워요, 선생님! 시간이 늦었으니 많이 피곤하시겠죠. 일찍 주무세요."

랑닝도 미소를 지으며 고개를 끄덕였다. 니니의 날씬한 뒷모습이 투명하게 빛나는 오솔길로 사라지는 것을 지켜보았다.

랑닝은 잠시 혼자 앉아 있다가 몸을 일으켰다. 그런데 그때 저쪽 아치형 문의 그림자 속에 조그만 아이의 모습이 얼핏 보였다. 가까이 오고 싶지만 망설이는 눈치였다. 랑닝은 그 아이가 궈궈䯅䯅임을 알아보았다. 궈궈는 올해 여덟 살인 남자아이다.

랑닝이 다가가자 궈궈는 좀 불안한 듯 보였다. 다리를 배배 꼬면서 손에 꽉 쥔 빨간 태블릿을 몸 뒤로 숨겼다. 수정처럼 파란 눈동자가 랑닝을 올려다보았다. 그러나 궈궈는 말은 한마디도 하지 않았다. 랑닝은 아이를 안아 올려 날아가는 코끼리 조각상 아래 분수대로 향했다. 분수대 옆에 아이와 둘이 나란히 앉았다.

궈궈는 어색해하지 않고 신발 두 짝을 벗어던진 뒤 고개를 들고 고운 목소리로 물었다.

"랑닝 선생님, 왜 레일리• 선생님은 하늘이 파란색이라고 해요?"

"하늘이 왜 파란색이냐고?"

랑닝은 궈궈가 이런 질문을 할 거라고는 예상하지 못했다. 300년 전에 레일리도 그렇게 물은 적이 있지만, 그의 질문과 궈궈의 질문은

• 존 W. S 레일리John William Strutt Rayleigh(1842~1919)는 노벨상을 받은 영국의 물리학자다.

의미가 달랐다. 귀귀는 과학 백과사전류의 책을 읽었을 것이다. 우선 그 사실이 기뻤다. 랑닝은 잠시 생각을 정리하곤 대답했다.

"레일리 선생님은 젊을 적에 아주 똑똑했단다. 돈도 많았지. 그의 집은 커다란 농장이었는데, 대학 졸업 후에 다른 학생처럼 일을 하지 않아도 되었어. 그래서 여러 실험 도구를 사서 집에다 실험실을 차렸 단다. 그런 다음 온갖 신기한 문제를 연구했지."

"하늘은 왜 파랄까 같은 문제들이요?"

"그렇지. 그때는 많은 사람이 레일리 선생님이 그런 연구를 하는 이유를 이해하지 못했어. 그들이 보기에 하늘은 당연히 파란 것이었 거든. '왜'는 필요하지 않았지."

"그렇지만, 하늘은 황금색인걸요."

"그 사람들은 지구를 떠난 적이 없었어. 다른 색깔의 하늘이 있다 는 것을 어떻게 알았겠니? 레일리만 하늘의 색깔은 하늘 높은 곳에 있는 작은 입자들과 관계있다는 것을 알아냈지. 햇빛은 여러 빛깔의 다발인데, 그 작은 입자들을 만나면 여기저기로 마구 흩어진단다. 입 자의 크기는 제각각 달라서, 하늘의 색깔도 전부 똑같지 않은 거야."•

"그럼 우리 머리 위에도 있는 건가요, 그 작은 입자들이?"

"그럼. 100년 전에는 없었는데, 그때는 하늘이 검은색이었어. 나중 에 사람들이 하늘에 공으로 구성된 막을 펼쳐놓았고, 그 이후로는 하 늘이 황금색이 되었단다. 저 봐라, 얼마나 예쁘니?"

"그랬군요!"

귀귀가 뭔가 생각에 잠긴 듯한 표정으로 고개를 끄덕였다. 랑닝은

• 하늘이 파란 이유는 공기 중의 입자에 가시광선이 부딪혀 산란하는 현상 때문이다. 이 런 현상을 처음 발견한 사람의 이름을 따 레일리 산란이라고 한다.

그 모습을 보면서 저도 모르게 빙그레 웃고 말았다.

귀귀는 고개를 갸웃거리며 생각에 잠겨 있다가, 갑자기 진지한 얼굴로 말했다.

"나는 어른이 되면 하늘에 매일 다른 종류의 입자들을 뿌릴 거예요. 그러면 매일 다른 색깔의 하늘을 볼 수 있겠지요. 그렇죠?"

그 순간 랑닝은 가슴이 촉촉해지는 기분을 느꼈다. 새벽의 풀밭이 이슬로 적셔지는 듯한 그런 기분이었다. 조그만 세계, 조그만 꿈이지만 이 아이는 아름다운 빛깔의 하늘을 꿈꾼다. 랑닝은 자애롭게 귀귀의 머리를 쓰다듬었다.

"그럼, 그렇고말고. 앞으로 우리는 네가 제일 좋아하는 색깔로 하늘의 색깔을 바꿀 수 있게 될 거다. 바다에는 물고기가 살게 되고, 살랑살랑 흔들리는 해초도 볼 수 있을 거야. 비행선을 타고 화성에 놀러 갈 수도 있지. 그렇게 되면 좋겠지?"

귀귀는 그 말에 깜짝 놀라 조그만 입을 꼭 다물었다. 랑닝을 올려다보는 얼굴에서 속눈썹이 파르르 떨렸다. 잠시 후 귀귀가 말했다.

"정말이에요? 정말로 그런 일이 생기나요?"

랑닝이 웃음을 터뜨리며 귀귀를 안아서 무릎에 앉혔다.

"정말이지 않고! 우리가 화성에 놀러 갈 때 비행선 모양을 뭘로 하면 좋겠니? 코끼리 모양으로 할까?"

'밤'이 왔다. 집들은 채색된 막으로 덮였다. 할아버지와 어린아이 두 사람이 분수대에 조용히 앉아 있다. 둥근 분수대에 담긴 물이 하늘 빛깔을 그대로 반사한다. 마치 땅 위에 황금색 달이 떨어진 것 같다.

화성

멀리 상공에서 내려다보면 화성의 북반구도 널찍하고 새파란 바다를 품고 있는 것처럼 보인다. 그 바다는 수천 킬로미터까지 연면히 펼쳐져 있는 듯하다. 하지만 이런 그림은 오래가지 못한다. 고도가 낮아지면 그 바다가 무수한 작은 조각으로 쪼개져 크기가 제각각인 호수와 종횡으로 마구 교차되는 강줄기로 바뀐다. 그 모습은 조밀하게 짜인 그물처럼 보이기도 한다. 격자 칸 속에 맑은 물빛이 점점이 박혀 있는 그물이다.

이런 장면은 화성의 지면에서 8000미터 고도까지 유지된다. 그 아래로 하강하면 파란색이 다시 한번 조각조각 쪼개지는데, 이번에는 수없이 많은 규칙적인 작은 조각으로, 가지런하지는 않지만 나름 질서 있게 나뉜다.

그것은 지붕, 도시의 지붕이다.

화성의 지붕은 거대한 실리콘 전지 패널이다. 넓디넓은 붉은 평원에서 생존하려면 태양광은 유일한 의지처다. 화석연료도, 나무도, 아무리 써도 바닥나지 않는 중수重水●도 없는 화성에서 인간은 이 지붕을 이용해 생존한다. 전지 패널은 빛과 열을 품은 새의 날개처럼, 화성의 지붕에 펼쳐져 있다. 조그만 샘이 하나하나 모여 바다를 이루듯 도시는 날개의 가호 아래 성장했다.

패널 하나가 생성할 수 있는 에너지에는 아무래도 한계가 있기 마련이어서, 날개는 너무 높은 건물을 다 책임지지 못한다. 그래서 화성

● 중수소와 산소의 결합으로 만들어진 물. 보통의 물보다 무겁다.

의 도시는 제멋대로 위로 자라나지는 못했다. 화성의 건물은 투명한 수정으로 만든 큐브와 비슷하다. 철골 구조와 유리벽이 차곡차곡 쌓여 기묘한 형상을 만든다. 색조는 깨끗하고 시원스러우며, 선은 날렵하고 간결하다. 화성의 도시는 어디로나 연결되는 그물망이기도 하다. 건물은 이웃한 건물과 연결되고, 군락 사이에는 투명한 파이프 모양의 도로가 거미줄처럼 사방팔방 종횡무진 이어진다. 도시 바깥의 공기에서 자유롭게 호흡할 수 있는 사람은 없다. 암석 속의 이산화탄소를 빼내 대기의 농도를 높인다고 해도 여전히 산소가 너무 희박하다. 인간들은 유리 아래서 하늘을 올려다보았다. 도시는 이렇게 배열되었고, 마리네리스Marineris 협곡●에서 극관極冠●●까지 맹렬하지만 말없이 드넓은 바다 모양을 이루며 자리 잡고 있다.

이 바다에도 외따로 떨어진 섬은 있기 마련이다. 이런 섬을 찾아가는 것은 랑닝처럼 가볍고 작은 비행선으로 자주 다녀서 길에 익숙한 사람에게도 쉽지 않다. 그는 저공비행으로 네댓 바퀴는 선회하고서야 겨우 프로로지스 지구의 비행기 격납고를 찾아냈다. 격납고가 천천히 양쪽으로 열리고, 그의 비행선이 소리 없이 그 안에 착륙했다.

프로로지스 도서관은 남부의 열다섯 개 지구의 도서관 중 가장 규모가 크다. 랑닝은 매번 이곳에서 자신의 서고를 업데이트한다. 이번에는 특별히 바다와 식물에 대한 책을 많이 선택했고, 동화, 백과사전 그리고 지구 아이들이 창작한 이야기책 등을 골랐다. 그는 터치 화면을 통해 책 내용을 한참 동안 검토한 다음에야 '선택'을 눌렀다. 용량

● 화성의 북반구에 존재하는 태양계 최대의 협곡.
●● 지구의 북극처럼 화성 북반구 꼭대기에 위치한 얼음 땅.

이 큰 메모리 카드 하나가 컨베이어 벨트 입구에서 밀려나왔다.

랑닝은 정보센터로 들어가서 생명기술원의 형질전환식물 제5실험실을 눌렀다. 화면에서 검은 머리카락을 가진 여자아이가 작은 연못 옆에서 일어나더니 그를 향해 미소를 지었다.

"유전자 제5실험실입니다. 무엇을 도와드릴까요?"

랑닝은 그녀를 바라보며 상체를 살짝 숙여 인사를 하고 자신의 의문점을 설명했다. 여자아이는 귀여운 보조개를 만들면서 대답했다.

"마침 잘 질문하셨어요. 다른 식물이라면 어려울지도 모르겠지만, 담수에 사는 물풀 종류라면 전혀 문제없을 겁니다. 최근 몇 년간 저희 실험실에서 가장 주력하는 연구 분야예요."

그 말을 들은 랑닝은 기쁨에 겨워 물었다.

"그래요? 대규모 재배를 준비 중입니까?"

"구체적인 배경은 잘 모릅니다만, 정부 차원의 연구 프로젝트예요. 아시겠지만, 공기 중에 산소가 없다면 일반적인 식물은 살 수 없죠. 그래서 정부에서는 혐기성 조류•를 중점적으로 발전시키려 하는 상황입니다. 그러면 대기의 질을 향상하는 데 도움이 될 테니까요."

정말 그렇게 해야 한다. 랑닝은 그런 생각을 하며 찬성한다는 제스처를 해 보였다.

"잘된 일입니다. 언제 재배를 시작하나요?"

여자아이가 미간을 가볍게 찌푸리며 대답했다.

"기술적인 부분은 문제가 없어요. 연못에서 진행한 모의 재배 실험도 통과했고요. 다만 재배에 적합한 대규모 수역水域을 아직 선정하지

• 산소 없이 대사활동을 하는 생물을 혐기성 생물 또는 무산소성 생물이라고 한다.

못해 실행이 미뤄지고 있어요."

그렇게 말하며 여자아이가 미안한 듯 웃음을 지었다.

"더 자세한 상황은 저도 잘 모릅니다. 올해 처음 이 실험실에 왔거든요. 혹시 더 알고 싶은 정보가 있거나 샘플이 필요하시면 내일 이 시간에 리즈 선생님이 계실 테니 그분과 이야기를 해보시면 좋을 것 같아요."

랑닝은 웃으면서 감사 인사를 한 다음, 화면 연결을 끊었다.

도서관을 나온 후, 랑닝은 곧장 한스 선생의 집으로 갔다. 2층 건물은 호화롭지 않았고, 일반적인 거주 구역 건물과 다를 게 없었다. 다만 문 앞에 물방울 모양의 작은 광장이 만들어져 있어서 집주인의 신분을 드러내준다. 작은 광장에는 10여 미터 높이의 둥근 천장도 설치되어 있다. 물방울 모양 중 호를 그리는 둥근 쪽에는 균일한 간격으로 다섯 개의 터널 입구가 있다. 다른 쪽은 총독부의 붉은색 정문으로 바로 통한다.

랑닝을 위해 문을 열어준 사람은 루디로, 한스의 손자다. 그는 얇은 금속 방호복을 입고 있었다. 꼴이 조금은 해학적이었다. 랑닝을 보더니 그는 혀를 내밀며 웃었다.

"할아버지라서 다행입니다. 교육부의 럭 아저씨였다면 제 꼴을 보고 당장 소란을 피웠을 거예요."

"꼬맹아!"

랑닝이 웃음을 참으며 물었다.

"너는 어째 달라지지 않는구나. 이번에는 또 뭘 하느라 이 꼴이냐?"

루디가 눈을 깜빡이며 대답했다.

"그냥 장난 같은 거예요. 들어와서 보시면 바로 알걸요."

그는 그렇게 말하며 안쪽으로 손을 흔들었다. 량닝은 그를 따라 계단을 올랐다.

"할아버지는 안 계시니?"

"핑타이平泰의 재난 지역에 가셨어요. 이번에 피해가 꽤 심각한가 보더군요."

"재난 구역? 핑타이에 또 폭풍이 불었니?"

"모르셨어요? 지난주에 벌어진 일인데, 중심부에는 풍력이 10이나 되었어요. 다행히 폭풍이 금세 물러나긴 했는데, 그렇지 않았더라면 건물이 얼마나 많이 무너졌을지 모르겠어요."

량닝이 가볍게 한숨을 쉬었다. 이번에 처음 있는 일이 아니었다. 사나운 모래바람이 한 달 내내 화성 전체를 집어삼킨 적도 있었다. 이것 역시 인간들이 이 세계에 서로 이어지는 드넓고 복잡한 그물 형태의 건물을 건설한 이유 중 하나다. 이 붉은 대지에서 도시들은 서로 지탱해야만 물방울처럼 한순간에 증발해버리는 운명에서 벗어날 수 있었다. 그렇게 해도 화성의 가장자리는 여전히 종종 불규칙한 모양으로 찢겨나가곤 한다.

량닝은 루디를 따라 그의 실험실로 들어갔다. 그곳은 이 건물에서 가장 큰 방으로, 걸리적거리는 것 없이 탁 트여 있다. 량닝이 이곳에 올 때마다 이 방은 항상 엉망진창에다 예전의 모습은 찾아볼 수 없게 싹 뜯어고쳐져 있곤 했다. 어떤 때는 방 전체에 유리 덮개가 덮인 적도 있고, 어떤 때는 바닥에 모래를 온통 깔아놓은 적도 있었다. 이번에는 방이 특히나 어질러져 있었다. 막 기계 하나를 해체한 듯, 각종 계기판과 부품, 금속으로 된 기계 겉면 등이 방 한쪽을 차지한 채 여기저기 널려 있다.

"이것 좀 보세요."

루디가 금속 덮개 옆에 서서 손에 들고 있는 특이한 헬멧을 보여주었다. 아마도 20세기 초의 비행사들이 썼던 장비인 듯했다.

랑닝은 헬멧을 머리에 써보고 금속 덮개의 작은 창구를 통해 안에서 바깥을 바라보았다. 시야에 걸리는 작은 화면에 나비 도안이 분명히 보였다.

"어느 주파수대지?"

랑닝이 헬멧의 용도를 고주파 전자파를 가시 범위 내의 영상으로 변환하는 것으로 추측했다.

"X선이에요. 잘 보이세요?"

루디가 물었다. 목소리가 무척 흥분되어 있었다.

"원래 있던 CCD●의 각도 분해●● 기능으로도 잘 분별되지 않는데 이렇게 작은 것으로 바꿔 달면 더 그렇죠."

랑닝은 다시 자세히 화면에 나타난 도안을 살폈다.

"이 정도로 보이는데도 부족하다는 거야?"

그는 그렇게 말하며 헬멧을 벗었다. 미소를 지으며 루디의 눈을 들여다보았다.

"꼬맹이, 이 CCD는 어디서 난 거냐? 이 정도의 각도 분해 기능이면 일반적인 의료기기의 수준을 넘어서는 거야."

루디가 머리를 긁적이면서 웃는 얼굴로 코를 찡긋거렸다.

●　전하결합소자, 'Charge-Coupled Device'의 약자로 빛을 전기신호로 바꿔 영상을 얻는 장치.
●●　두 대상 사이의 각도를 측정하여 그 거리를 식별하는 레이더 기능.

"지난달에 YXT-4가 올라가고, PXA는 정식으로 은퇴했잖아요."

루디가 말하는 것은 전부 화성이 쏘아올린 X선 우주망원경이다. 화성의 우주 항공 기술은 줄곧 선구적이었다. 수백 개의 관측 위성이 화성 대기 바깥의 궤도를 장기적으로 돌고 있다. 랑닝은 루디의 조그만 머리통을 쥐어박으며 물었다.

"그걸 네가 어떻게 훔쳤어?"

루디는 별거 아니라는 듯 웃으며 대답했다.

"올해 스미스 교수님 수업을 듣잖아요? 성적이 너무 좋아서 교수님이 저에게 회수한 구식 위성의 부품을 선물로 주신 거예요."

화성의 아이들은 여덟 살부터 자유롭게 각종 연구소, 학교, 예술 단체, 정부 기관 등에서 자신이 좋아하는 수업을 골라 수강할 수 있다. 루디는 올해부터 우주항공센터에서 천문학 수업 세 가지를 수강한다. 스미스 교수는 고기능 위성 부문의 수석 과학자였다.

"알고 보니 의도적으로 그 수업을 들은 거로군."

랑닝이 허허 웃었다. 이제 열네 살인 이 남자아이는 늘 그에게 놀라움을 선사한다.

"아니에요!"

루디가 눈썹을 치켜세우며 진지하게 항의했다.

"저는 나중에 우주 원정 항해에 참여할 거라고요!"

"우주 원정? 대단한걸! 하지만 초록 털의 외계인을 만나는 게 두렵지 않니?"

루디가 입술을 삐죽였다.

"제가 지구의 어린애들처럼 아무렇게나 막 이야기하는 것 같아요? 전 엄청 진지해요. 스미스 교수님은 늦어도 내년이면 원정 계획이 새로 시작될 거라고 하셨어요."

"정말이냐?"

그 소식은 랑닝을 몹시 기쁘게 했다. 그는 오랫동안 '원정遠征'이라는 말을 듣지 못했다.

랑닝의 생각이 40년 전으로 거슬러갔다. 전쟁의 불꽃이 타오르던 시절, 한스와 함께 어깨를 나란히 하고 비행하던 때다. 둘은 2만 미터 높이의 올림푸스산에서 아래로 날아 내려가면서 공격하고, 방어하고, 추격하고, 후퇴했다. 그때는 기나긴 전쟁의 말기였다. 두 사람은 오셔니둠산의 산골짜기에 숨어 하늘을 뒤덮은 모래바람을 보며 전쟁이 끝난 후의 삶을 꿈꾸고, 미래의 도시를 꿈꾸고, 아득한 과거 우주 항해 시대를 꿈꿨다. 지금의 루디처럼, 눈동자에 희망을 가득 품고 있었다.

거실에서 갑자기 음악 소리가 들렸다. 랑닝은 추억 속에서 현실로 돌아왔다. 루디가 기쁜 듯 외쳤다.

"할아버지가 오셨어요!"

그렇게 말하며 폴짝폴짝 뛰면서 아래층으로 내려갔다.

한스 선생의 모습이 복도에 나타났다. 건장한 풍채에 고전적인 흰색 제복을 입고 있다. 그것은 그가 막 군중 집회에 참석하고 왔다는 것을 의미한다. 그의 분위기는 늘 그렇듯 차분하고 점잖았다. 짙은 갈색의 머리카락과 수염도 여느 때처럼 단정하게 정리되어 있다. 그는 랑닝을 보더니 평소처럼 미소 지으며 그의 어깨를 두드렸다. 그러나 랑닝은 한스가 그 어느 때보다 피곤해 보인다는 것을 알아차렸다. 깊은 파란색 눈동자가 더욱 침잠한 듯했다.

랑닝은 한스를 따라 작은 응접실로 들어갔다. 이곳은 타원형으로 생긴 작은 방이다. 옅은 파란색 유리가 멀리 보이는 절벽을 길고 폭이 좁은 그림으로 만든다. 두 사람은 자리에 앉아 길게 한숨을 내쉬었다. 편안한 소파는 두 사람의 그림자에 맞춰 각도를 조절했다. 급수기에서 뜨거운 김이 폴폴 나는 우유를 넣은 홍차가 나왔다. 인도의 향료 냄새가 은은하게 공간을 채운다.

한스는 랑닝을 위해 좋은 차를 권하며 말했다.

"자네 이메일을 받았어. 어제 교육부와 연락했네."

랑닝이 그의 말을 끊었다.

"요즘 많이 바쁘면 나중에 다시 이야기하세. 이런 일은 아주 급한 것은 아니니까."

"끝까지 들어보게."

한스가 창밖을 바라보며 평온한 목소리로 말을 이었다.

"사실 곡신성의 일은 나도 전부터 자네와 의논하고 싶었다네. 자네가 가서 곡신성 아이들을 화성에 보내 공부시키는 문제를 제안해줘. 내가 럭 교육부장과 이야기를 끝냈어. 곡신성에서 원한다면 며칠 후에 정식으로 정부에 요청서를 보낼 거야."

이 결정은 랑닝의 예상을 뛰어넘는 것이었다. 그는 잠시 망설이다가 고개를 끄덕였다.

"알겠어, 그렇게 하지."

한스도 가볍게 고개를 끄덕였다. 하지만 그의 목소리에는 계속 감정이 배어나지 않았다.

"다른 요청에 대해서 말인데, 그 문제는 그냥 접었으면 해. 물고기나 수초를 기를 필요는 없어. 식품 쪽으로는 내가 운송품의 종류를 늘리라고 지시하겠네."

"다시 한번 고려해줄 수는 없겠나? 이 일은 오로지 식품 문제만이 아니야. 아이들의 꿈과 더 큰 관련이 있다네. 한스, 자네도 그 아이들의 눈빛을 보면 알게 될 걸세. 마치 우리 어린 시절처럼……."

"랑닝."

한스가 말을 자르며 끼어들어 랑닝의 눈을 똑바로 응시했다.

"자네가 곡신성 아이들을 사랑하는 것은 나도 잘 아네. 나 역시 그 아이들을 사랑해. 하지만 꿈이라는 단어는 그렇게 쉽게 말할 수 있는 게 아니야. 꿈은 누구나 꿀 수 있지만 꿈을 실현하는 것은 다른 문제일세."

랑닝은 어쩔 수 없이 한숨만 쉬었다. 총독에게는 총독의 입장이 있다. 그는 더 말할 수 없었다.

"재난 지역 쪽은 좀 어떤가?"

한스가 묵묵히 찻잔을 한쪽에 내려놓았다. 티테이블의 측면에 설치된 보라색 단추를 누르자 테이블의 흰색이 점점 사라지더니 윗면이 빛나면서 사진과 글자들이 떠올랐다.

"직접 보게."

한스가 화면을 보며 말을 이었다.

"바다와 식생수림 없이는 모래폭풍을 쉽게 가라앉히기는 힘들 것 같군."

랑닝은 여러 자료를 열람하면서 물었다.

"지하수 탐사는 성과가 없었나?"

한스는 고개를 저었다. 그는 소파에 등을 파묻으며 쓰게 웃었다.

"전혀. 희망이 없어."

랑닝은 그것이 무엇을 의미하는지 잘 알았다. 그는 한스의 눈빛 깊은 곳에 쓰여 있는 우려를 읽어냈다.

총독에겐 직시하고 처리해야 하는 문제가 있다. 화성 개척자들이 처음에는 예상하지 못했던 문제다. 그들은 협곡과 강물이 흘렀던 흔적이 담긴 사진을 들고 의기양양하게 화성의 대지에 발을 디뎠다. 곧 대규모 지하 수원을 찾아내리라고 믿었다. 하지만 지금까지도 화성의 거대한 도시 네트워크는 극관의 얼음을 녹여 겨우 지탱하고 있다.

랑닝은 암담했다. 화성은 거꾸로 된 나라다. 이곳에는 정확한 자동화 시스템이 있고 빠른 속도로 이동할 수 있는 터널 교통 시스템, 계속해서 발전하고 갱신하는 생물학 기술력도 있다. 그러나 이곳 사람들은 처음부터 지금까지 단 한순간도 생존을 위해 투쟁하지 않은 적이 없다. 햇빛, 공기, 나무, 물 등을 얻기 위해 온갖 노력을 쏟았으며, 묵묵히 싸워왔다.

8일 후, 랑닝은 다시 총독부의 터널 열차에 몸을 실었다. 지난번에 떠난 이후, 그는 자신이 이렇게 빨리 돌아오게 될 거라고는 생각지 못했다.

터널 열차의 내부는 밝았고 잔잔한 음악이 흘렀다. 하지만 랑닝은 그런 것을 즐길 마음의 여유가 없었다. 그는 이틀 전 곡신성에서 나눈 대화를 계속 곱씹고 있다. 타이린 촌장의 뭐든지 꿰뚫어보는 듯한 미소와 담담한 말들을 말이다.

"드디어 오셨군요."

그때 타이린 촌장은 전임 촌장의 사진이 든 액자를 닦고 있었다. 사진 속 전임 촌장은 따사롭게 미소 짓고 있다.

지금 랑닝은 그 일 전체를 다시 생각해보니 모든 것이 명확한데, 그 순간에는 알아차리지 못했다. 뒤늦게야 느끼고 있는 것이다. 랑닝은 혹시 타이린 촌장 일가가 곡신성의 작은 마을이 어떻게 해야 할지를 누구보다 잘 알고 있지 않을까 생각했다. 그래서 촌장은 일찌감치 나쁜 예감을 가졌을 것이다. 그래서 촌장은 시험 삼아 물고기를 기르겠다는 제안을 한 것이었다. 결국 물고기를 기르는 것은 거부당하고, 오히려 아이들을 화성에 데려와 가르치겠다는 제안을 받았다. 그러니 모든 것은 이제 명확해졌다.

열차가 속도를 줄이다가 멈췄다. 열차 문이 양쪽으로 밀리며 열렸다. 총독부의 붉은 문이 눈앞에 드러난다.

한스를 만난 곳은 그의 서재였다. 그는 두 줄로 늘어선 옛날식 책장 사이에 서서 무거운 표정을 짓고 있다. 벽에 걸린 커다란 화면에서는 안경을 쓴 여자가 뭔가를 보고하는 중이다. 랑닝이 들어온 것을 보더니 그 여자는 따로 지시가 없었는데도 인사를 하고 통신을 종료했다.

화면이 점점 사라지고, 모니터가 평범한 사진으로 바뀐다. 곡신성 마을을 위에서 내려다본 부감도다. 랑닝은 한스가 이 사진을 무척 좋아했고, 자신이 처음 사진을 가져왔을 때부터 지금까지 10년 가까이 이 서재에 걸려 있었다는 것을 떠올렸다.

"앉게."

한스가 책상 앞에 놓인 등받이 높은 의자를 가리키며 말했다. 그의 뒤로 책장이 소리 없이 닫히고 있다.

랑닝은 앉지 않았다. 그는 책상을 짚고 한스를 정면으로 응시했다.

"한스, 나를 친구라고 생각한다면 진실을 말해주게. 이 사진이 마지막 기념이 되는 건가? 응?"

한스는 랑닝의 시선을 피하지 않았다. 그는 덤덤하게 고개를 끄덕였다.

"자네를 속일 생각은 아니었네."

"왜? 이 모습이 사라지는 게 아쉽지 않나?"

"아쉽지. 당연히 아쉬워. 하지만 화성 총독은 그런 것을 아쉬워해서는 안 되네. 지난주, 주민회의에서 곡신성 마을을 철거한다는 안건이 압도적인 표차로 가결되었어."

"좋아, 그렇다면 이유를 알려주게."

"첫 번째 이유는 아주 간단하네. 우리의 자원이 충분하지 않아. 소행성을 오가면서 생필품을 운송하는 비용이 너무 높아. 반대로 화성에서 광물을 채취하는 원가 비용은 점점 내려가고 있지."

"두 번째 이유는 뭔가?"

"우주 비행 기술이 발달하면서 예전에는 하지 못했던 일을 이제는 할 수 있게 되었다는 거지."

"그게 뭔가? 무슨 일을 할 수 있게 된 거냐고?"

"소행성에 로켓을 설치해서 화성 궤도에 가깝게 만들 수 있네. 그런 다음 소행성을 화성의 인력으로 붙잡는 것도."

"자네 말은 곡신성을 화성의 '달'로 만들겠다는 건가?"

한스는 바로 대답하지 않았다. 꽉 다문 입은 수북한 수염 아래서 엄숙한 선을 그리고 있다. 한참 동안 침묵하던 그가 다시 입을 열었다.

"아니야. 우리는 행성 자체를 분쇄할 생각이네. 이건 세 번째 이유와 연관되어 있어. 우리가 곡신을 필요로 하는 것은 광산업이 아니라 물 때문이야."

그 말을 듣고 랑닝은 긴장이 탁 풀렸다. 그는 목을 조이는 셔츠 단추를 하나 풀며 천천히 창가로 다가갔다. 창틀에 기댄 랑닝이 말을 이었다.

"드디어 핵심을 꺼냈군. 그게 자네들의 진짜 이유지? 그렇지 않나?"

한스는 조각상이라도 된 듯 꼼짝도 하지 않고 뻣뻣하게 서서 입을 열었다.

"탐색대가 마지막 보고서를 올렸어. 화성은 몇억 년 전에 물이 있었지만 알 수 없는 이유로 다 말라버렸네. 지금은 화성의 지하도 극단적으로 건조해. 대규모 지하 수원이 발견될 가능성은 거의 없다고 하네."

"그래서 곡신을 떠올렸다는 건가? 그렇게 작은 바다가 얼마나 도움이 될 거라고 생각하는 거야, 응?"

"그 바다만이 아닐세. 곡신에 물이 얼마나 많은지 모르나? 지하로 몇 킬로미터만 파고 들어가면 얼음층이 나와. 만약 그 얼음을 녹일 수만 있다면 지구의 담수량 총합과 맞먹는단 말일세. 그게 화성에 어떤 의미인지 알겠나? 제5유전자실험실이 지금 수초를 배양하고 있어. 우리한테는 진짜 호수와 남북을 가로지를 강이 필요하단 말이야."

한스는 더 말하지 않았다. 하지만 랑닝은 그의 말뜻을 다 알아들었다. 제5실험실의 수초뿐이겠는가. 물이 생기면 이어서 수많은 기술 개발이 꼬리를 물고 진행될 것이다. 대기 성분도 개선할 수 있고, 나무를 심어 숲을 조성할 수도 있다. 모래바람은 현저하게 줄어들 테고, 화성은 사람들이 살기 적합한 진정한 거주지로 거듭난다.

"다른 방법은 없는 건가?"

"목성의 수소를 가져와 태우자는 의견도 있었지. 하지만 자네도 생각해보게. 두 가지 방법의 비용에 얼마나 큰 차이가 있는지?"

랑닝은 한스의 말이 사실이라는 것을 잘 알았다. 이 결정을 되돌릴 가능성이 없다는 것도 알았다. 그러나 그는 곡신성이 철저히 부서진다면 니니, 귀귀 그리고 곡신성의 모든 주민이 자신의 집을 잃게 된다는 것도 알았다.

"알겠네. 나는 오로지 곡신성 주민들이 걱정일 뿐이야. 그들을 어떻게 할 생각인가?"

"대부분의 의원이 그들에게 따로 거주지를 건설해주자는 의견이야. 정부에서 충분한 구제 기금을 제공하고……"

그 말을 들은 랑닝은 점차 가라앉던 감정이 다시금 치솟는 것을 느꼈다.

"구제 기금? 그들을 줄곧 화성 사람들의 집에서 더부살이하게 만들겠다는 건가?"

"나도 그 말이 듣기 좋지 않다는 것은 아네. 하지만 자네도 화를 가라앉히고 생각해보게. 화성은 모든 작업이 칩 테크놀로지에 기반하고 있어. 광산업조차 자동화된 기계가 처리하는데 그들이 여기서 뭘 할 수 있겠나?"

"그래서? 자네의 그 '주민의회 의원'이라는 사람들은 도의적으로 할 일을 다 했다는 건가? 자비로운 신처럼 한 세계의 생존을 마음대로 지정해주겠다는 거야? 그런 건가? 곡신성 주민들의 마음을 생각해본 적은 있나?"

"랑닝, 나는 자네와 마음에 대해 이야기하고 있는 게 아닐세. 아직도 모르겠나? 인간의 역사는 마음을 논하지 않네. 지구에서 산업혁명, 에너지 혁명 등이 일어날 때, 인클로저 운동•을 바라보는 농민의 심정을 누가 신경 썼나? 사라져버린 커라마이克拉瑪依시에 살던 사람

• 15~19세기까지 유럽, 특히 영국에서 활발하게 진행된 농경지의 사유화 운동이다. 이 운동으로 농업보다 더 높은 수익을 가져오는 양모 생산을 위해 농경지를 목장으로 전환하기도 하고, 많은 농민이 농경지 소유주의 임금노동자로 바뀌었다.

들의 심정은?"•

"좋아, 좋다고! 이해했어!"

랑닝이 겉옷을 거칠게 집어들고 성큼성큼 서재를 나섰다.

"걱정 말게. 이 말을 그대로 그들에게 전해줄 테니! 그들의 보잘것 없는 '마음'이 자네의 거대한 '역사'를 발목 잡지는 못하겠지만."

그렇게 말하며 랑닝은 문을 쾅 닫았다. 한스가 뒤에서 뭐라고 말하는 듯했지만 랑닝은 제대로 듣지 않았다.

랑닝은 은발 머리를 헤집으며 복도를 걸었다. 복도의 모퉁이를 돌자 루디가 튀어나와 랑닝은 깜짝 놀랐다.

루디는 그의 할아버지를 닮은 깊은 파란색 눈동자를 가졌다. 그 애의 눈 속에 의기양양한 기색이 가득했다.

"랑닝 할아버지! 나오시길 기다렸어요. 제 헬멧이 완성되었거든요!"

랑닝은 억지로 웃는 얼굴을 만들며 말했다.

"그래? 참 잘되었구나."

그는 루디의 어깨를 두드려주었다.

"오늘은 내가 바쁜 일이 있으니, 다음에 와서 봐줄게."

루디의 얼굴에 실망이 깃들었다. 그 애는 코를 문지르며 말했다.

"저는 헬멧을 곡신성 촌장님께 보여드리고 싶었는데……."

"곡신?"

랑닝은 의아했다.

• 커라마이시는 중국 신장 위구르 자치구에 있는 도시로, 중국 최대의 유전이 위치해 있다. 작가는 미래를 배경으로 하는 이 소설에서 석유 자원 채굴을 위해 커라마이시 거주민들이 삶의 터전을 잃어버린 상황을 가정하고 있다.

"왜 곡신성 촌장에게 보여주려는 거니?"

"그야, 곡신성의 비행선은 주파수대 네 개만 사용 가능한 탐지기와 위치추적기를 설치했다고 들었거든요. 마침 PXA에 있던 X선 주파수대가 없다고 해서 이런 휴대용 헬멧을 쓰면 그들을 위해 눈이 한 쌍 더 생기지 않을까 생각했어요. 비록……."

"잠깐, 잠깐! 지금 뭐라고 했니? 곡신성의 비행선이라니, 그게 무슨 말이냐?"

루디는 잘 이해가 되지 않는다는 듯 눈을 끔벅였다.

"할아버지가 말씀하지 않았어요? 할아버지는 곡신성 사람들로 원정 항해의 선발대를 꾸릴 거라고 하시던데요. 그 소식을 듣고 뭔가 도움이 될 것을 만들고 싶었어요."

랑닝은 벼락이라도 맞은 사람처럼 뻣뻣하게 굳었다. 그의 머릿속에는 '원정 항해'라는 말만 빙빙 돌았다. 루디가 뭐라고 말을 이어도 하나도 들리지 않았다. 한참 후에야 그는 꿈에서 깬 것처럼 한스의 서재로 뛰어갔다.

"원정 항해라니?"

랑닝은 서재로 들어서자마자 한스가 큰 유리 앞에서 서서 먼 곳을 내다보고 있는 모습을 발견했다.

"루디가 말해주던가?"

한스는 고개도 돌리지 않았다. 하지만 목소리는 아까보다 훨씬 부드러웠다.

"그 녀석은 참을성이 없어. 이 일은 아직 정식으로 비준된 일도 아닌데."

"도대체 어떻게 된 일인가?"

몸을 돌린 한스의 얼굴빛은 무겁게 가라앉아 있다. 창밖으로는 벌써 가로등 불빛이 켜졌다.

"우리가 소행성 기지를 건설한 이유가 오로지 광산업 때문이라고 생각하나?"

랑닝은 타이린 노인이 했던 말이 번뜩 머릿속에 떠올랐다. "사람들이 이렇게 비싼 돈을 들여서 동화 속의 섬을 만들려는 거였겠어?" 그때는 슬픔과 안타까움만 느꼈는데, 지금 보니 더 깊은 의미가 있는 말이었다.

"사실 화성에는 광산업이 부족하지 않아. 그렇게 물자와 인력을 들여서 소행성을 개발할 필요까지는 없었지. 게다가 광산 채굴이 필요했다면 소행성에 공장은 왜 세웠겠나. 랑닝, 소행성 공장에서 뭘 만드는지 가본 적 있는지 모르겠군. 그곳 사람들이 주로 무엇을 가공하는지 알고 있나?"

"그게, 비행선이란 말이야?"

랑닝은 한스의 말뜻을 대강 알아차렸다.

"그래. 병이나 깡통 따위가 아닐세. 비행선, 거대한 비행선을 건조하고 있다네. 100년 전, 사람들은 곡신성에 우주 비행 기지의 발사 센터를 건설할 생각이었어. 너무 오래 끌었던 전쟁 때문에 계획이 한참 미뤄졌지만, 소행성 주민들은 그들의 역할을 멈춘 적이 없었다네. 전쟁이 끝난 후, 우리는 세 번이나 계획의 세부 사항을 수정했고, 소행성 주민들도 협조적이었네. 많은 노력을 쏟아주었지. 이제 계획의 마지막 단계가 멀지 않았어."

"그래서, 그들을 첫 승객으로 비행선에 태운다는 건가?"

랑닝은 처음부터 끝까지 상황을 가장 이해하지 못한 것은 자기 자신이라는 생각을 했다. 한스는 고개를 끄덕였다.

"예전의 계획에서는 비행선을 건조하는 임무만 맡았어. 원정 항해에 참여할 사람은 화성에서 뽑을 예정이었지. 하지만 지금은 달라졌어. 곡신성을 화성 궤도로 끌어오게 된다면, 소행성 발사 기지는 오로지 딱 한 번만 비행선을 발사하게 될 거네. 그래서 내 생각에는, 아무래도 그들이 원정 항해를 떠나는 게 좋겠다고 본 거야."

"목적지는 어딘가?"

"프록시마 항성●의 세 번째 행성."

"얼마나 항해해야 하나?"

"정확히는 알 수 없네. 20여 년쯤이 아닐까. 항해 상황에 따라 달라지겠지."

"성공 확률은?"

"알 수 없어. 위험은 분명히 있을 거네. 그건 확실해. 나는 전문가들이 최대한으로 예측한 결과로 계획을 짠다는 것만 말해줄 수 있어. 그리고 특별히 훈련받은 우주비행사들이 뒤를 따를 거야. 하지만 긴 항해 동안 어떤 일이 벌어질지는 아무도 몰라. 태양계 안에서조차 안전을 장담할 수는 없어. 그러니 랑닝, 그들에게 말해주게. 얼마든지 이 계획에 반대해도 좋다고 말이야. 가든지, 가지 않든지 선택은 그들에게 달린 걸세."

랑닝은 쓸쓸한 웃음을 띠었다.

"그게 무슨 선택인가? 한스, 자네라면 가겠나? 가지 않겠나?"

두 사람은 창가에 묵묵히 서서 한참을 보냈다. 창밖의 불빛 화려한

●　켄타우루스자리에 위치한 별로, 태양에서 가장 가까운 항성이다.

거리를 지켜볼 뿐이다. 총독부는 시가지로부터 멀리 떨어져 있다. 시내의 열차들이 이리저리 교차되며 달리는 모습이 보인다. 옅은 파란색 터널 등이 투명한 선을 그리며 움직인다.

"랑닝, 우리가 산 속 동굴에서 폭풍을 피했던 날을 기억하나?"

"오셔니둠산 동쪽에서 말이지? 그걸 어떻게 잊어. 42년 전이로군."

한스는 랑닝의 어깨를 두드렸다. 마른 얼굴에 슬쩍 슬픔이 어렸다.

"40년 전에 오늘을 상상할 수 있었나? 꿈꾸는 사람은 다들 대가를 생각하지 않으려 해. 하지만 사실 곡신은 우주 원정 항해를 준비하는 일련의 흐름 속 한 단계였어. 그 계획은 이제 시작일 뿐이야. 앞으로의 길이 더 길다네."

랑닝은 대답하지 않았다. 그는 어깨를 웅크리고 창틀을 짚은 채로 고개를 떨궜다. 한참 후에야 그가 피곤을 이기지 못한 목소리로 말했다.

"문제의 핵심은 꿈이 아니야. 역사의 수레바퀴도 아니고."

"아니라고? 그럼 뭐가 핵심인가?"

"타이린이 곡신성을 그렇게 인간미 넘치는 마을로 만들지 말았어야 한다는 거지."

랑닝은 몸을 기울여 유리창에 기댔다. 한스는 그를 보며 조용히 미소 지었다.

곡신

광장에 하늘로 날아갈 듯한 코끼리가 두 마리 놓여 있다. 하나는 크고, 하나는 좀 작다. 작은 코끼리는 원래 있던 조각상이고, 큰 코끼리는 새로 만든 비행선이다. 랑닝은 분수대 앞에 혼자 서서 두 마리의 코끼리를 응시했다. 자신이 마침내 이 마을을 만든 타이린 선생의 뜻을 이해했다고 느낀다. 창립자는 자신의 운명이 하늘 높이 비상하는 것이라는 사실을 늘 잘 알고 있었던 것이리라.

곡신성은 어쨌거나 뿌리가 없는 육지다.

낮에 있었던 마을 집회에서 촌장은 화성 정부의 의견을 사실 그대로 전달했다. 대부분의 주민은 아주 침착했다. 많은 사람이 선조가 이곳을 개척하고 정착하게 된 이유를 알지 못하면서도 이 마을의 고독감은 일찍부터 알고 있었던 것이 아닐까. 그들은 자신들이 돌아갈 곳이 없다는 것을 이미 이해하고 있었다. 시끌벅적한 지구, 정밀하고 질서정연한 화성. 어느 곳도 그들의 고향은 아니었다. 그들은 널찍한 대지에서 평생 희로애락을 느끼며 살아왔다. 화성의 심해 같은 도시에 매몰되느니 그들은 머나먼 여정을 떠나기를 선택했다. 계속해서 외로운 유랑을 이어가는 것, 그리고 앞날을 알 수 없는 항해를 하면서도 선조들이 남긴 영광을 유지하는 것.

니니는 마을 집회에서 랑닝에게 속삭였다. 자신은 맨 처음 수립된 원정 항해 계획에 고마움을 느낀다고 말했다. 그렇지 않았다면 곡신성에 이렇게 다양한 기체 발생 장치와 완벽한 가상 중력 시스템을 도입하지 않았을 것이기 때문이다.

"그 계획이 없었다면 이 마을도 없었겠지요. 여기서 100년간 살 수 있었으니 충분해요."

니니의 흰 얼굴에 결의가 떠올랐다.

"게다가 많은 사람이 지금까지 화성 사람들을 위해 비행선을 만들었다고 생각했는데, 이렇게 되면 지금의 결과가 그들에게는 더 기쁠 거예요."

이런 결과에 랑닝은 마음이 놓였다. 이 마을은 그가 생각한 것보다 더 강인했다.

하지만 어른들의 반응이 랑닝이 예상한 수준이었다면 아이들의 태도는 상상 그 이상이었다. 타이린 촌장은 아이들에게도 화성에 남을지 함께 항해할지 직접 선택하라고 했다.

랑닝은 한스가 자신에게 한 마지막 말을 기억하고 있다.

"아이들은 화성으로 데리고 오게. 어른들의 야심에 아이들까지 모험할 필요는 없어."

하지만 그가 타이린 촌장에게 이 말을 전했을 때, 촌장은 강경하고도 위엄 있게 대답했다.

"아이들이 직접 선택하도록 합시다. 아이들에게도 선택할 권리가 있어요."

"화성과 지구에서 아이들은 최고의 교육을 받을 수 있습니다. 항해에 나서면 위험한 일이 많을 겁니다. 아이들을 위해서 좀더 고려해주십시오."

랑닝은 한스의 제안을 촌장에게 잘 설명했다. 하지만 촌장은 그저 한마디만 남겼다.

"아이들을 위해서 직접 생각하고 결정하게 하려는 겁니다. 아이들은 이미 스스로 생각할 수 있습니다."

그래서 타이린 촌장은 아이들도 빠짐없이 집회에 참가하도록 했다. 아이들은 집회에서 가장 눈에 띄는 물결을 이뤘다. 촌장은 회의에서 모든 가정이 각자 결정할 수 있다고 말했다. 아이들이 화성에서 학교에 다니겠다고 결정하면 부모도 함께 남을 수 있다는 것이었다.

촌장은 고민할 시간을 일주일 주겠다고 했지만, 아이들은 그 자리에서 바로 웃음을 터뜨리며 뛰어나와 항해에 참가하겠다고 난리였다. 조그만 얼굴들에는 자부심이 가득했다. 누가 봐도 억지로 떠밀려 결정하는 것이 아니었다.

"당연히 항해할 거예요!"

아이들이 흥분해서 폴짝거렸다.

"여행은 그렇게 재미있지 않단다. 아무것도 보이지 않고 그저 깜깜한 우주만 보이는 거야."

랑닝이 일부러 아이들을 말려보았다.

하지만 아이들은 앞다퉈 외쳤다.

"깜깜하면 더 재미있지요!"

"별이 많잖아요? 책에서 읽었는데 우주에는 1000억 개의 별이 있대요!"

"항해하다가 목성에 들러서 놀 수도 있다고 했어요! 그렇죠?"

"어쩌면 우주 해적을 만날 수도 있겠죠? 그러면 광선검으로……."

"그러면 평생 지구의 열대우림과 대초원을 볼 수 없을 텐데."

"그곳에 가면 더 큰 열대우림과 더 넓은 대초원이 있을지도 모르잖아요! 어쩌면 지구 사람들이 본 적 없는 더 멋진 것들을 볼 수도 있어요!"

"궈궈, 너는 파란 하늘이 보고 싶지 않니?"

궈궈가 눈을 동그랗게 뜨고 대답했다.

"전 프록시마 항성에 가서도 여러 빛깔의 하늘을 만들 거예요!"

랑닝은 웃음을 터뜨리면서도 항성과 행성의 차이를 말해주지 않았다. 그러다 그는 별안간 아이들의 마음에서 꿈이란 이토록 간단한 것임을 깨달았다.

"이제 할아버지의 말을 이해하셨죠?"

니니가 랑닝의 옆에 서서 기쁨에 들뜬 아이들을 바라보며 말했다.

그랬다. 랑닝은 더는 이 원정 항해를 거절한 이유를 찾아낼 수 없었다. 위험? 낯설고 복잡한 도시보다 더 위험한 곳이 있을까? 교육? 자신이 사랑하고 존경하는 사람들과 함께 임무를 완수하는 것보다 더 좋은 교육이 있을까?

"니니, 만약 아이들이 다들 원정 항해에 참가하기로 한다면, 나도 너희와 함께 떠나고 싶다."

니니가 의아한 듯 랑닝을 바라보았다.

"왜요? 그러실 필요 없어요. 저희는 지금까지 해주신 일만으로도 선생님께 무척 감사드리는걸요."

랑닝이 온화하게 고개를 저었다.

"화성의 아이들은 무척 성숙하지. 무슨 일이든 자신이 검색하고 알아낸단다. 하지만 이 아이들은 달라. 곡신의 아이들은 내 이야기를 좋아하거든. 너도 알다시피 수다쟁이 할아버지는 이야기를 들어줄 사람이 꼭 있어야 해."

그렇게 말한 랑닝은 잠시 말을 멈췄다.

"게다가 나는 늘 원정 항해를 꿈꿨단다. 젊을 때의 꿈을 이루는 거야."

오후부터 마을의 아이들은 행복한 웃음을 그치지 않았다. 슬픔에 잠기기는커녕 기쁨에 겨운 따뜻한 기운이 가득했다. 아이들은 이미 여정을 구상하기 시작했고, 이 일은 그들에게 있어서 신기한 이야기책으로 직접 들어가는 것만큼이나 즐거운 경험이었다. 아이들은 고독도 공포도 모른다. 어쩌면 고독과 공포를 만들어내는 공허감을 모른다고 말해야 할 것이다. 그들의 마음은 작았다. 이야기를 채우고 나면 다른 것은 더 넣을 수 없을 만큼 작았다.

밤이 깊었다. 광장은 텅 비었다. 랑닝은 조용히 분수대를 바라본다. 마음이 행복으로 가득하다.

눈앞에 놓인 비행선은 아이들을 태우고 화성으로 가려던 용도였는데, 이대로 조각상과 함께 마을에 남겨두어야 할지도 모르겠다. 날아가는 코끼리 모양으로 이곳에 남아 영원히 기념이 될 것이다. 마지막 결과는 일주일 뒤에 나온다. 그동안 각 가정에서 떠날 것인지 남을 것인지 더 신중하게 고민할 것이다. 그러나 어떤 결과가 나오든 랑닝은 이제 상관없다는 생각이 들었다. 그는 자신이 가져왔던 이야기의 씨앗이 싹을 틔우고 뿌리를 내렸다는 것을 알게 되었다. 그것은 그에게 이보다 더 행복한 일이 없을 만큼 큰 기쁨이다.

랑닝은 다시 한번 고개를 들어 황금색 하늘을 바라보았다. 이 하늘을 몇 번이나 더 바라볼 수 있을지 모른다. 그는 아이들이 처음으로 하늘을 비행하는 순간을 상상했다. 처음으로 자신들이 살던 마을을 하늘에서 내려다보는 순간, 아이들이 느낄 전율을 상상했다. 랑닝은 풍경이란 마음속에 놀라움을 불러일으킬 때 특별히 더 아름답다고 생각한다. 지구 사람들도 이런 행복은 별로 누리지 못할 것이다.

깨끗한 물이 고요하게 흐르고 있다. 랑닝은 아이들과 함께 항해하는 자신의 모습이 기대되었다. 그 항해에 영원히 마침표가 없을지라도 행복할 것이다.

선산 요양원

深山療養院

한즈韓知는 자신이 길을 잃었다는 걸 모르는 상태다.

그는 천천히 걸음을 옮긴다. 하늘이 어두워지고 기온이 떨어지는 것도 느끼지 못했다. 또한 주변에 사람이 한 명도 없다는 사실도 몰랐다. 그는 산속을 혼자 걸으며 여행객이 많던 곳에서 모든 여행객이 흩어진 뒤에도 혼자서 산속으로 계속 걸음을 옮기고 있다. 그는 이 산의 입구 출입문이 이미 닫혔다는 것도, 집에서 가족들이 걱정하고 있다는 것도 몰랐다. 그는 몇 시간 후에 자신이 실종 처리되어 경찰이 수사에 나서게 될 것과 언론 매체의 주목을 받게 될 것도 몰랐다.

한즈는 생각에 잠겨 걷고 있다. 그는 너무 깊이 생각에 빠진 나머지 어느새 자신이 원래 무엇을 생각하고 있었는지도 잊을 지경이었다. 머릿속은 복잡했고, 자신이 겪은 일들이 빠른 속도로 스쳐가고 있었다. 남은 것은 어두운 그림자 뿐, 마지막에는 텅 비어버렸다. 처음부터 그 일을 생각하려던 것은 아니다. 생각하다보니 그 일에 사로잡혀버린 것뿐이다. 그래서 그는 저항이라도 하듯 그 일을 기억하지 않으려 했다.

머릿속에는 아내 안춘安純의 말이 불시로 떠올랐다 사라지곤 했다.

"내일 낮에 시간 있어?"

"별일은 없는데, 왜 그래?"

"우유병이 새는 것 같아. 시간 있으면 두어 개 사다줘. 일본에서 수입하는 피죤Pigeon사의 유리로 된 우유병. 화롄華聯에 가면 있어."

안춘은 그렇게 말하면서 옷장을 열고 한즈에게 셔츠 몇 벌을 꺼내주었다.

맞아, 아직 우유병을 사지 않았는데. 한즈는 그렇게 생각했다.

안춘은 셔츠를 다림판에 얹고 다림질을 시작했다. 다림질을 하면서 짐짓 자연스러운 목소리를 꾸미며 말했다.

"우리도 유모차를 사야지. 이번에 블랙프라이데이 할인 중일 때 하나 사자."

"얼마야?"

"비싼 것도 있고, 싼 것도 있지. 나는 중간 정도 되는 걸로 샀으면 해. 이 브랜드가 사용 후기가 좋아. 가성비나 품질도 최고라고 하고. 타오바오淘寶•에서는 5000위안이 넘는데, 블랙프라이데이라서 배송비 합쳐서 4000위안도 안 해."

"유모차 하나에 4000위안? 미쳤어?"

"유모차는 안전성과 편안함이 제일 중요하잖아! 아이가 매일 탈 건데, 흔들림이 심하면 안 돼. 그리고 가볍고 편한 것도 중요해. 낡아서 승강기도 없는 집인데 유모차를 들고 오르락내리락 할 것을 생각해야

• 중국의 유명한 인터넷 쇼핑몰.

지. 그리고 소재도."

"그래도 유모차잖아."

한즈는 아내의 말을 잘랐다.

"얼마나 자주 타겠어? 1년에 한두 번도 안 쓸 텐데."

"왜 안 써?"

안춘은 조금 흥분했다.

"날이 따뜻해지면 매일 나갈 거야. 넌 아이를 침대에 눕혀놓으면 다른 건 신경 안 써도 되는 줄 알지? 아이의 대뇌 발육은 엄청 빨라. 전문가들은 아이에게 쉼 없이 새로운 자극을 주라고 해. 밖에 나가서 새로운 것을 보지 않으면 어떻게 대뇌에 자극을 주니? 지능 발달이 가장 활발할 시기를 지나버리면, 네가 책임질 거야? 나는 정말 저렴하게 사는 거야. 다른 집 애들이 어떤 유모차 타는지 봤니? 우리 아파트에만 스토케Stokke 유모차를 산 집이 두 집이야. 그건 1만 위안이 넘어."

그때 샤오펑小朋이 울기 시작해서 안춘이 급히 달려가 아이에게 젖을 물렸다. 한즈는 아내를 따라 방 밖으로 나가야 하나 망설였다. 장모님과 안춘 두 사람이면 충분히 아이를 돌볼 것이라는 생각이 들었다. 자기가 가봐야 걸리적거릴 뿐이라는 생각도 했다. 그는 창밖으로 시선을 던졌다가 유리창에 비친 자신의 모습을 보았다. 표정이 없는 얼굴, 칠흑 같은 어둠 속에 창백한 얼굴이 둥둥 떠 있는 게 꼭 흡혈귀 같았다.

한즈는 굽어진 길을 따라 걸었다. 약간 경사진 비탈길을 따라 내려간 뒤, 갑자기 등장한 계단을 올라갔다. 그는 하늘이 다 어두워졌다는 것을 느꼈다. 하지만 이 계단이 그를 유혹하는 듯했다. 그는 무의식적으로 계단을 딛고 위로, 위로 올라갔다. 방향은 전혀 생각하지 않았다. 어렸을 때부터 지금까지, 그는 방향이 어디든 구애받지 않고 문제를 극복하면서 앞으로 전진하는 것을 좋아했다.

"한즈!"

점심 먹을 때, 장인어른이 뭔가 마음에 담아둔 말이라도 하려는 듯 술을 먼저 따라주면서 은근하게 말했다. 점심 먹은 뒤 사무실에 다시 가봐야 한다면서도 장인은 자신의 술잔을 들고 이런저런 말을 했다.

"요즘 저 두 사람이 다 집을 비우기가 쉽지 않지. 집이 다 조용하군. 우리 둘이 이렇게 대화를 나누는 것도 드문 일일세."

한즈는 자신의 술잔도 들어 올리며 단번에 잔을 비울 수밖에 없었다. 생강을 채 썰어 넣고 데운 황주黃酒•는 향이 좋지만 코를 찌르는 데가 있다. 술을 삼키자 코가 맵싸한 느낌에 한즈는 눈을 질끈 감아야 했다.

"이보게, 한즈."

장인이 다시 술잔을 채웠다. "자네가 딸아이랑 연애한 지도 2년은 되었지? 다른 사람 소개로 만났을 때 나도 딸애 엄마도 자네를 좋게 보지는 않았는데, 안춘은 자네를 좋아하더군. 그러면 된 거지. 딸이 좋다는데, 우리는 다 괜찮아. 내가 딸애 엄마한테 그랬다네. 한즈 녀석도 괜찮지, 똑똑하고 성실하고 우리 딸 눈에 눈물 낼 일도 없을 것 같고. 집안이 좀 처진다만 요즘 세상은 노력이 최고 아닌가, 앞으로 노력하면 되지 뭘. 내가 그랬다니까."

장인은 답답한 듯 술을 들이켰다. 손으로 입가를 쓱 훔치며 다시 말을 이었다.

• 중국술의 하나로, 빛이 누렇고 도수가 낮다.

"나는 남자라면 성공하려는 뜻을 품어야 한다고 생각해. 그래야 한 가정을 책임질 수 있는 거야."

"네, 맞는 말씀입니다."

한즈도 답답하긴 마찬가지라 단숨에 술잔을 비웠다.

"이번에 집을 산 일 말인데."

장인이 운을 떼웠다.

"안춘은 이번에 집을 사려고 마음을 딱 먹었더군. 나랑 딸애 엄마도 살 때가 됐다고 생각하고. 자네와 안춘이 계약금을 치를 때 좀 부족하다면 우리가 도와줌세. 많이 해주지는 못해도 100만 위안은 될 걸세. 두 사람은 남은 대출금만 갚도록 해. 물론, 자네도 심리적으로 부담이 있겠지. 그 돈을 거저 주는 것은 아니고 빌려주는 것이니까 나중에 성공해서 갚으면 돼. 너무 조급한 마음은 먹지 말고. 우리가 급히 돈이 필요한 것은 아니니까."

"아버님, 이 일은 좀더 두고 보는 게 어떨까요? 저는 아직 대출금 갚을 만한 능력이 안 됩니다."

한즈가 무뚝뚝하게 대답했다.

"인생에 부담감이 좀 있어야 자기가 발전하는 동력이 되는 거지!"

장인이 소리를 버럭 질러서 한즈는 깜짝 놀랐다.

"다 큰 사내자식이 말이야. 남자답게 굴어! 돈이 없으면 돈 벌 궁리를 해야지."

갑자기 안춘이 문을 열고 들어왔다. 품에는 쭝쯔粽子●처럼 이불로 돌돌 감싼 샤오펑이 안겨 있다. 오후의 대화는 그렇게 별안간 종료되

● 찹쌀을 대나무 잎이나 갈대에 싸서 삼각형으로 묶은 후 쪄서 먹는 음식.

었다.

한즈는 집에서 나와 곧장 교외로 향하는 시외버스를 탔다. 40분 후에는 삼림공원 입구에 서 있었다. 산들바람이 가볍게 불어와 땀을 식힌다. 머리를 두어 번 흔들고 나니 술기운도 반쯤 사라졌다. 그러나 나머지 절반의 술기운은 아무리 노력해도 깰 기미가 없다. 깨고 싶지 않은지도 모른다. 어질어질, 빙글빙글, 흔들흔들. 술이 사람을 취하게 하는 것이 아니라 사람이 취하고 싶어 취하는 거라고 했던가. 그는 삼림공원의 입장권을 끊고 산으로 들어갔다. 그때 벌써 태양이 서편으로 약간 넘어가 있었다.

한즈는 서른두 살이다. 박사학위를 받은 후 해외 유학을 가서 2년간 연구원으로 일하다 서른 살에 돌아왔다. 귀국 후에도 순조롭게 직장을 얻었다. 베이징 소재의 중간급 대학이었다. 명문대학은 아니지만 그래도 대학 순위를 매길 때 앞쪽에 포진하는 정도의 수준은 되는 학교. 요즘은 학계의 경쟁도 치열하다. 귀국하자마자 베이징 소재의 대학에서 강의를 하게 된 것은 그가 생각하기에도 나쁘지 않은 성과였다. 집안에서도 얼른 그에게 좋은 혼처를 잡아주려고 했다. 그는 두어 명을 만나본 후 곧바로 안춘과 결혼하기로 결정했고, 서너 달 지나고 바로 결혼했다.

새로운 직장, 결혼생활 그리고 곧이어 태어난 아기. 인생의 기쁨이 한꺼번에 몰아닥친 듯했다. 그러나 그는 이런 묵직한 사건들을 받아들이기가 벅찼다. 끊임없이 달려야 했다. 주변의 사람들은 전부 그를 채찍질하며 더 빨리 달리라고 성화였다. 한 가지 일을 겨우 받아들이고 나면 숨 쉴 틈도 주지 않고 다음 일이 닥쳐왔다. 앞서의 사건도 아직 이해하지 못한 부분이 많은데 당장 다음 사건이 눈앞에 도달하는 나날이었다. 현실감이 없었다. 어떨 때는 밤에 벌떡 깨어나서 방 한쪽에 놓인 아기 침대에 누워 있는 아이를 보면서 자신이 남의 집에 잘못 들어온 게 아닌가 하는 착각에 빠지기도 했다.

한즈라고 장인의 배려와 성의를 모르는 것은 아니다. 다만 그는 지금 이런 일을 생각하고 싶지 않았다. 그의 월급은 몇 천 위안에 불과하다. 각종 상여금이나 보조금을 추가해도 1만 위안에 미치지 못한다. 그런데 대출금은 매달 적어도 5000위안, 혹은 6000위안씩 갚아야 한다. 그렇게 되면 무슨 돈으로 생활을 한단 말인가. 그는 강사였고, 아직 연구 프로젝트를 맡아 진행할 자격은 되지 않는다. 연구 프로젝트 내부의 작은 과제를 신청할 수도 있지만, 많은 경우 학과 내의 다른 교수를 돕는 정도에 그칠 뿐이다. 과제 비용은 아주 적다. 따로 가외의 수입이 들어올 구멍도 없다.

그는 이런 것들을 생각하고 싶지 않았다. 이런 일만 생각하면 인생 자체가 잘못된 문으로 들어온 것 같은 느낌마저 들었다.

한즈는 재작년 막 베이징에 돌아왔던 때를 기억한다. 학과 내의 젊은 우吳 교수가 그를 이렇게 타이른 적이 있었다.

"되도록 빨리 부교수가 되게. 부교수가 된 다음에야 앞길이 열렸다고 할 수 있으니까. 지금 자네 앞에는 고생길만 훤해. 우선은 『네이처』 『사이언스』 같은 잡지에 논문을 싣겠다는 꿈은 버려. 최대한 논문 편수를 늘려야 하네. 중요한 것은 수량이야. 일단 정신 없이 달려서 교수직을 얻은 다음, 그때 가서 천천히 좋은 논문을 준비해도 늦지 않아."

"많이 쓰고 싶다고 마음대로 되는 게 아닌데요."

한즈는 그때 멍청하게도 이렇게 말했다.

"그건 어디에다 투자하느냐에 달린 문제야."

우 교수가 신비스럽게 말했다.

"이 안에도 쉬운 게 있고 어려운 게 있지. 예를 들어볼까? 얼마 전에 중국과학원의 어느 잡지가 과학기술 논문 인용 색인SCI*에 들어갔어. 그래, 바로 그『중국과학연구』말일세. 영문판도 있지. 이런 잡지는 수준이 그저 그래. 많이 투고하면 금세 논문 편수가 늘어날 거야. 이런 일은 자기가 알아서 신경을 써야 해. 다른 사람이 자네 대신 생각해주는 게 아니라고. 무슨 일이든 빨리 해야 해. 늦어질수록 어려워져. 자네도 알겠지만 역학 강의하는 장ᆽ 선생 말이야, 강의가 얼마나 훌륭한가? 강의 잘하기로 우리 대학에서 유명하지. 하지만 몇 년째 새 논문이 없어. 아직도 교수직을 못 얻었다면 앞으로도 얻기 힘들어. 우리 학과에는 새로 온 강사가 많지 않으니까 이 기회를 잘 잡아야지. 몇 년 뒤에 해외 유학파가 우르르 몰려올 텐데 그때 가서는 힘들어져. 잘 생각해보게. 정말로 논문을 투고할 생각이 있다면,『중국과학연구』쪽에 아는 편집자가 있어. 내가 가르치는 대학원생의 친구야. 내가 소개를 해주지."

한즈는 그때 어떻게 해야 할지 마음을 정하지 못했다. 그때는 아직 자신감도 있고 포부도 있었다. 그런 새로 시작하는 학술 잡지는 성에 차지 않았다. 그들이 한창 대학을 다닐 때 이런 식으로 논문을 마구잡이로 생산하는 것을 '물대기'라고 불렀다. 그도 이런 관행을 모르는 바가 아니었다. 중국만이 아니라 해외에서도 이런 식의 물대기 논문 발표로 얼렁뚱땅 졸업하는 사람이 없지 않았다. 그는 예전에 자기는 절대 그런 수준의 학자가 되지 않으리라 여겼다.

• 'Science Citation Index'의 약자로, 과학기술 분야 학술잡지에 게재된 논문의 색인을 수록한 데이터베이스.

하지만 몇 개의 연구 프로젝트를 더듬더듬 지나쳐오고 나니 생각이 달라졌다. 그때 우 교수가 새로 온 강사에게 그런 말을 해준 것은 사실 진심이 담뿍 담긴 조언이었던 것이다.

한즈는 가장 가파른 계단을 기다시피 올랐다. 어쩌면 계단이 몇 백 개쯤 되었는지도 모르겠다. 계단 꼭대기에 올라온 그는 숨이 턱에 차서 헐떡였다. 다리도 쑤시고 가슴은 돌덩이가 얹힌 듯했으며 입을 벌리고 헉헉대지 않으면 숨을 쉴 수가 없었다. 하지만 그의 마음은 어딘지 상쾌했다. 좀더 산을 타고 높이 올라가고 싶은 기분이었다. 어렸을 때부터 운동은 그의 스트레스를 해소하는 유일한 방법이었다. 예전에는 혼자서 트랙을 뛰었다. 한 바퀴, 두 바퀴, 자신을 짓누르던 감각이 다 사라질 때까지 쉬지 않고 뛰었다. 몇 바퀴를 뛰었는지도 세지 않았고, 지쳐 쓰러질 정도로 달렸다. 어쩌면 마라톤을 완주하는 만큼 뛰었을지도 모른다. 혼자만의 마라톤. 그는 항상 마른 편이었다. 케냐의 장거리 육상선수들이 흔히 그렇듯 길쭉하고 마른 몸매였다.

그는 계단 꼭대기에 서서 아래를 내려다보았다. 그곳은 산의 허리 쯤에 해당하는 곳으로, 경치를 감상할 수 있게 설치한 관망대였다. 이곳에서는 도시의 전경을 한눈에 볼 수 있다. 하늘은 이미 어두워졌다. 발아래는 시커먼 어둠이 무겁고 견고하게 자리잡았다. 멀리 지평선에는 마지막 남은 파란 하늘이 햇빛과 함께 가느다란 선으로 남아 있다. 그러나 도시의 불빛은 이미 켜졌고, 햇빛의 존재는 중요하지 않았다. 한즈의 술기운도 거지반 날아갔다. 그는 이제 집에 돌아가야 했다. 하지만 어째서인지, 집에 가고 싶지 않았다.

그는 이 어둠 속을 계속 걷고 싶었다. 자신이 어디로 가고 싶은지 몰랐다. 어릴 때는 가고 싶은 곳이 명확했고, 그렇게 지금까지 걸어왔다. 대학에서 물리학자가 되었다. 하지만 지금은 어디로 가고 싶은지 전혀 알 수 없었다.

그는 지금의 이런 심리가 공포라고 생각했다. 처음부터 줄곧 존재했던 공포다. 어릴 때는 쉼 없이 전진하는 것으로 그 공포를 회피했다. 하지만 지금은 공포가 수면 위로 올라왔다. 그는 더는 그 공포를 못 본 척 할 수 없었다. 애니메이션의 등장인물이 보통 그러지 않는가? 어둠 속을 달릴 때, 뒤를 돌아보지 않으면 계속 달릴 수 있다. 하지만 한 번이라도 뒤를 돌아보면 그 순간 바닥을 알 수 없는 저 아래로 추락한다.

한즈는 어렸을 때 아버지를 통해 재능을 발견했다. 그 후 이웃 사이에서 저 꼬마는 계산 신동이라더라, 기억력이 엄청나다더라, 시를 줄줄 외운다더라, 바둑 실력도 대단하다더라 하는 소문이 쫙 퍼졌다. 그들은 그의 집에 구경하듯 몰려와서 그에게 질문을 하거나 시를 외워보라고 하거나 바둑을 두자고 했다. 예전에 어른들이 그의 누나를 둘러싸고 노래를 불러보라거나 춤을 춰보라고 시키는 것을 보면서 누나가 안됐다고 생각했었다. 그런데 몇 년이 지나자 이제 그의 차례가 된 것이다. 그는 질문에 두어 마디 대답하고는 입을 꾹 다물었다. 바둑도 절대로 두지 않았다. 아버지는 이웃들의 격려에 힘입어 그를 데리고 방송국에도 갔다. 하지만 그가 제대로 협조해주지 않는 바람에 결국 프로그램에는 나가지 못했다. 그 후 그의 생활은 나름대로 평화를 되찾았다. 그러나 그는 아주 어린 나이부터 누군가 자신을 발견하면 이러쿵저러쿵 떠들어대고 또 자신을 잔뜩 칭찬한다는 사실을 알게 되었다. 초등학교 5학년 때, 그는 선생님의 추천을 받아 그 지역의 수학경시대회 준비반에 들어갔고, 6학년 때는 화뤄겅華羅庚 골든컵 수학경시대회에서 베이징 시 1등을 했다. 중학교 3학년 때는 수학과 물리학 두 가지 부문에서 전국 1등을 했다. 그는 서머스쿨을 거쳐 베이징 고등학교의 이과특별반에 들어갔다. 고등학교 3학년 때는 또 전국 1등을 두 번 했다. 경시대회에 출전할 중국 대표로는 뽑히지 못했지만 그래도 추천장학생으로 대학에 입학했고, 학부를 졸업한 후에는 박사학위를 받기까지 5년이 걸렸다.

그의 인생은 승리의 연속이었다. 그러나 어렸을 때부터 그는 자신이 진짜 천재인지 의심했다. 다른 사람이 그를 열심히 칭찬하면, 그게 자신이 아니라 다른 아이인 것처럼 느껴졌다. 그와는 달리 무슨 일이든 순조롭게 잘 풀리고 그것을 자랑스럽게 생각하는 또 다른 아이가 있는 것 같았다. 그는 자신과 그 아이의 차이점을 알고 있기 때문에 그 아이와 자신의 관계를 확정하기 어려웠다. 그는 천재란 우연히 손에 넣은 능력이 아닌가 의심했다. 한 순간은 재능이 있고 천재처럼 보이지만 다음 순간에는 재능이 다 사라진다. 사라진 재능은 다시 나타나지 않는다.

그는 자신이 무엇을 두려워하는지도 알았다. 중학교에 다닐 때쯤, 그는 국어 수업에서 송나라 때의 문인 왕안석王安石이 쓴 「상중영傷仲永」●이라는 글을 배웠다. 그 글을 배운 뒤부터 그에게는 불행이 시작되었다. 그 글은 그의 운명을 바꾸고, 그에게 삶의 이정표를 제공했다. 만약 그가 그 글을 이겨낸다면 그것의 인생도 이겨낸 것이 된다. 만약 그 글에 패배한다면 인생에 패배한 것이다. 어쨌거나 그는 이제 그 글

● 이 글은 중영仲永이라는 이름의 신동에 대한 내용으로, 어려서는 천재였던 중영이 아버지가 계속 공부하지 못하게 하는 바람에 어른이 되어서는 평범한 사람들과 똑같아졌다는 이야기를 담고 있다.

과 무관한 인생은 살 수 없게 되었다. 그 글은 그의 실패를 비춰주지는 않더라도 그의 공포를 비춰주고 있다.

한즈는 분명히 알았다. 그의 수많은 노력은 전부 이 공포를 덮기 위한 것이었다. 다람쥐가 겨울을 보낼 양식을 여름 내내 저장하는 것처럼 열심히 노력했다. 그의 심연은 그가 가진 능력과 그가 도달하기를 바랐던 경지 사이에 존재했다. 그만큼 넓고 깊었다. 그가 바라는 목표가 너무 높아서 실제의 모든 것은 단지 부서진 잔해에 불과했다. 그는 어쩌면 왕안석이 쓴 그 한 마디 "보통 사람과 다를 것이 없었다泯然衆人矣"는 말을 일찌감치 받아들여야 했는지 모른다.

지난 몇 년간, 그는 늘 쫓기는 기분이었다. 그의 뒤를 바짝 쫓으면서, 그가 숨이 차서 헐떡이게 만드는 것이다. '보통 사람과 다를 것이 없었다'는 바로 그 말처럼 말이다. 그는 과거의 수많은 칭찬이 역시 자신이 아닌 다른 사람에게 건네는 것이었다고 느끼기 시작했다. 그러니 언제든지 그 칭찬은 취소될 수 있었다. 그래서 그는 고생스럽게 최고의 위치에 올라간다는 감각을 느끼고 싶었다. 학부생 때 마라톤을 했던 것도 그 때문이었다. 그는 15킬로미터 이후부터 온몸에 힘이 빠지는 것을 느낀다. 30킬로미터가 지나면 몸이 마비되는 것 같다. 마지막에는 꿈을 꾸는 것처럼 멍한 상태로 다리만 움직인다. 그런 감각은 그를 기쁘게 했다. 그는 운동신경이 좋은 편도 아니었지만 운동은 그에게 안정감을 주었다. 적어도 달리는 동안에는 멈춰서 추락하지 않는다. 그래서 그는 야근을 하는 것도 좋아했다. 마라톤을 좋아했던 것과 같은 이유였다. 연속해서 15시간, 심지어 20시간씩 잠도 자지 않고 공부나 연구에 집중하면 머리는 어지럽지만 마음이 편했다. 그에게 필요한 것은 자신이 얼마나 힘들게 노력했는지 느끼는 것이었다.

그는 옛날의 미신적인 종교에서 자신의 몸을 학대하는 교도들의 심정을 일정 부분 이해할 수 있었다. 그것은 일종의 극대화된 초조함이었고 어떤 면에서는 충만함으로 부족함을 채우는 것이기도 했다. 공포의 심연은 이런 반복되는 피로로 채울 수 있었다.

그는 늘 노력했다. 미국에서 돌아온 후, 대학에서 강사로 일했다. 이것만 해도 다른 사람이 보기에는 아주 좋은 상황이었다. 그러나 그는 이것과 그가 원하는 수준의 삶과는 아직도 많은 격차가 있다는 것도 알았다. 이것은 0과 1의 문제. 1은 아인슈타인의 인생이고 0은 그 외의 인생이다. 그 사이에 '그럭저럭 좋은 인생'이라는 중간 지점은 없다.

다시 두 개의 모퉁이를 돌자 내려가는 비탈길이 나왔다. 길고 완만한 그 길을 따라 한참을 내려갔다. 길의 끝이 보이지 않았다. 발아래 닿는 느낌이 점점 푹신해지는 것을 보면 산 위의 험준한 돌길과는 달랐다. 하산하는 길은 구불구불하고 완만했다. 계단은 더 나오지 않는 대신 자갈길이 나타났다. 그의 몸은 땀으로 범벅이 되었다. 조심조심 걸음을 내딛을 때마다 돌멩이가 부딪히는 소리가 달캉달캉 들려온다. 그 소리에 어쩐지 마음이 놓이는 것 같다.

다시 한동안 걷다가 갈라진 길이 나왔다. 휴대전화의 GPS를 켰지만 지도 검색이 되지 않았다. 한즈는 자신의 머릿속에 남아 있는 삼림공원 입구 방향을 떠올리며 한쪽 길을 선택했다. 걸어가는 동안 그는 여전히 밤늦도록 귀가하지 않을 예정이라거나 충동적인 일을 할 생각은 전혀 없었다. 분명하게 말할 수 있는 기억은 거기까지였다. 적어도 그가 다음 날 파출소에서 경찰의 질문을 받고서 자신의 행적에 대해 제대로 설명할 수 있었던 것도 거기까지였다.

그는 아마도 한동안 더 완만한 비탈길을 걸어 내려왔을 것이다. 그러나 비탈길을 걸어 올라갔다가 다시 내려왔을 가능성도 없지는 않다.

그는 기억하지 못했다. 길은 갈라진 데가 많지도 않았고, 그는 자신이 매번 교차로에서 명확하게 하나의 길을 선택해 걸었다고 느꼈지만, 어쩌면 완전히 길을 잃고 근처를 빙빙 돌며 헤맸는지도 모른다. 시간은 아직 8시밖에 되지 않았다. 그러나 산속의 밤은 이미 새카만 어둠이었다. 그는 방향을 거의 분간하지 못했다. 그 뒤에는, 그는 홀연히도 익숙한 구역에 도착했다. 자신이 언제 이곳에 와봤는지는 기억나지 않지만 분명히 익숙한 느낌이었다. 그래서 그는 직감이 시키는 대로 꺾고 또 꺾으며 걸었다.

그런 다음 그는 그 안내판을 발견한다.

사실 안내판을 발견한 순간 이 길이 익숙하다는 느낌을 받았다. 그는 이곳에 온 적이 있다.

한즈는 그때 그의 집에서 어떤 난리가 났는지 모른다. 안춘은 그의 휴대전화에 몇 번 전화를 걸었지만 계속 통화권을 벗어났다는 말만 나왔다. 그의 사무실에도 전화했지만 받는 사람이 없었다. 친구들, 동료들 모두 그날 하루 그를 본 적이 없다고 했다.

한즈는 그로부터 네댓 시간이 지난 후, 한밤중이 되었을 때 안춘이 더는 기다리지 못하고 경찰에 실종신고를 한 사실도 모른다. 경찰은 즉시 출동해 그가 자주 가던 여러 장소를 탐문했다. 하지만 아무도 그의 소식을 알지 못했다. 괴담 취재의 욕망이 강렬한 베이징의 B급 신문에서는 젊은 학자의 실종에 관한 미스터리라며 기사를 냈다. 관련된 기사는 이튿날 아침에 모든 언론 매체에 실렸다. 아침 신문은 인터넷으로 퍼졌고 곧 누리꾼의 뜨거운 관심사가 되었다. 그 순간, 이 모든 상황을 한즈는 단 하나도 알지 못했다.

그가 아는 것은 그 안내판을 자신이 알고 있다는 사실이었다. 4년 혹은 5년 전, 그는 원래 반에서 친하게 지내던 친구와 함께 이곳에 와서 루싱陸星을 만났다. 그들은 올바른 방향이 어디냐를 놓고 꽤 격하게 입씨름도 했었다.

루싱, 그는 이 이름을 잊지 못한다.

이 안내판은 옛날에 유행하던 방식으로 원목에 갈색 글씨를 새긴 것이었다. 차분하고 조용한 느낌을 주는 안내판이다. '선산深山 요양원', 안내판에는 그렇게 새겨져 있다. 그 다섯 글자를 보며 그는 가슴이 두근거렸다.

그는 기억 속 방향을 따라 나아갔다. 자신이 그 요양원을 다시 보고 싶은 건지, 루싱을 만나고 싶은 건지, 아니면 그냥 머릿속을 맴도는 기억에서 벗어나기 위해 확실히 알고 있는 길을 따라 가는 것뿐인지 분명하지 않았다. 어쩌면 자신이 마주하게 될 장면을 직감적으로 예상하고 있었던 것인지 모른다.

요양원의 대문을 지나 안으로 들어가는 동안 그는 별다른 저지를 받지 않았다. 그때는 9시가 채 안 된 시간이었는데, 안내데스크에는 젊은 아가씨가 한 명 앉아서 부루퉁한 표정으로 노트북 컴퓨터로 한국 드라마를 보고 있었다. 눈을 떼지 못하고 보고 있으면서도 지겨워 하는 상태란 그 사람의 판단력이 가장 저하된 상태일 것이다. 안내데스크의 직원은 그에게 방문증을 건넸고, 빨리 나와야 한다고 당부했다.

한즈는 위층으로 올라갔다. 이 요양원은 산속에 있어서 방문객이 많지 않다. 밤 시간에는 전부 일찌감치 잠자리에 든다. 다른 방문객은 전혀 없었고, 주변은 이상할 정도로 조용했다. 이 요양원은 사립 의료 시설에 속하는데, 정신 계통에 복잡한 장애가 있는 환자를 수용한다.

이곳은 병원이기보다 휴양시설에 더 가까웠다. 1인실에 고요한 주변 풍경, 편안한 생활환경 그리고 비교적 선진적인 과학기술 연구 역량까지 갖췄다.

이 요양원에 들어오려면 일정 기준을 충족해야 한다. 복도는 사람을 기분 좋게 해준다는 옅은 주황색으로 칠했다. 명랑하고 밝은 색조지만 눈이 아프거나 너무 튀지는 않고 긴장을 푸는 데 도움이 되는 색이다.

한즈는 문에 적힌 숫자를 확인했다. 205, 206, 208 그리고 마지막으로 210이라 적힌 문 앞에 섰다.

그는 천천히 문을 밀었다. 방안에는 전등이 켜져 있지 않았지만 아주 어둡지도 않았다. 유리창을 통해 거대한 달이 비쳐 들어온다. 그는 루싱을 보았다. 그는 커다랗고 폭신한 베개에 기대어 침대에 걸터앉아 있다. 그의 시선은 창밖에 고정되어 있고, 얼굴에는 평온함과 더불어 어떤 막막함이 떠올라 있다. 침대 옆에는 두 줄로 눈에 잘 띄지 않는 계측기가 죽 늘어서 있다.

한즈는 문 앞에 잠시 서 있었다. 4년 혹은 5년 전 그때도 루싱은 이렇게 침대에 앉아 있었다. 당시 한즈는 아직 박사 과정을 밟을 때였는데, 학부 시절의 친구 몇 명과 루싱을 보러 왔었다. 똑같은 방이다. 아마도 210호는 아니었을 것이다. 그게 한즈가 루싱을 마지막으로 본 날이었다. 그 다음 몇 년간 그는 다시 이 요양원에 온 적이 없다. 머릿속에 떠올린 적도 없었다.

지금 보니 루싱은 좀 마른 듯했다. 원래도 말랐었지만 지금은 십대 시절도 돌아간 것 같은 모양새다. 표정은 담담하면서도 차가웠다. 무감정하면서도 살짝 당황해하는 듯한 얼굴은 정말로 루싱의 고등학교 시절을 떠올리게 한다. 그 시절 루싱은 친구들과 잘 어울리지 않았고, 혼자서 멍하니 생각에 잠겨 있기 일쑤였다. 그때의 표정이 꼭 지금과 같았다.

한즈는 가볍게 헛기침을 했다. 루싱은 그 소리를 듣고 느리게 고개를 돌렸다. 눈은 그보다 더 시간이 걸려서야 초점을 맞춘 듯했다. 그러고도 다시 한참 지나서 루싱의 입이 느릿느릿 미소 비슷한 것을 띤다.

"왔구나."

"응."

루싱의 첫 마디에 한즈도 가볍게 대꾸했다.

"지나가는 길에, 들렀어."

"앉아."

한즈는 침대 옆의 둥근 의자에 앉았다.

"어때?"

한즈가 물었다.

"나?"

루싱이 고개를 숙이고 자신을 살폈다.

"잘 지내. 넌 어때?"

"그저 그래."

루싱이 한즈의 눈을 잠시 똑바로 바라보았다. 그의 미간에 보일 듯 말 듯 주름이 잡혔다.

"즐겁지 않네?"

한즈는 루싱이 이렇게 직설적으로 말할 줄은 몰랐기 때문에 무의식적으로 손을 내저었다.

"그건 아니야, 보통이지 뭐. 요 며칠 할 일이 많아서, 좀 정신이 없어서."

"무슨 일?"

"그냥 별 것 아니야. 자질구레한 일들."

한즈는 자조했다.

"집안의 이런저런 일들이라 별로 말할 것도 없어. 아이가 태어나니할 일이 많긴 해."

"아이 낳았어?"

"응, 이제 4개월 좀 넘었다."

루싱은 이 소식을 듣고도 별로 놀란 것 같지 않았다. 가만히 고개를 끄덕이고는 전부터 알고 있었던 사실처럼 말을 이었다.

"아이, 많이 좋아하지?"

한즈는 잠깐 말문이 막혔다.

"많이 좋아한다고는 말 못하겠네. 조금은 예쁘지. 나도 어디가 잘못된 건지 모르겠어. 어떨 때는 참 좋아. 하지만 대부분은 그냥 다 귀찮아. 밤에는 자주 보채. 한두 시간마다 한 번씩 깨서 우니까 밤새 잠도 잘 못자는 날이 많아. 나는 아내더러 무슨 방법을 찾아야 하는 거아니냐고 했지만, 아내는 아기 때는 우는 게 정상이라면서 나를 원망하더라."

한즈는 말을 마치고 저도 모르게 당황했다. 루싱을 보자마자 이렇게 불만을 토로할 생각은 아니었다. 몇 년 만에, 요양원에서 치료 중인 친구를 만나서 할 이야기는 더더욱 아니었다. 그는 자기가 너무 철없이 굴었다는 생각이 들었다. 제 자식이 밤에 깨어 젖을 먹는 것조차 투덜대는 못난 아빠가 된 것 같았다. 이런 모습은 그가 바라는 자신의 모습과는 너무나 거리가 멀다.

"요즘 어떻게 지냈어?"

그는 급히 화제를 돌려 루싱의 근황을 물었다.

"여기 생활은 편안하니?"

"좋아."

"매일 뭐 하면서 보내?"

"아침 먹고, 산보하고, 돌아와서는 사고력 연습을 해. 점심 먹고, 낮잠 자고, 오후에는 사고력 연습을 해. 저녁 먹고, 그런 다음 사고력 연습을 해."

"사고력 연습이 뭔데?"

루싱은 손가락으로 자기 머리를 가리키면서 시선으로는 침대 옆에 놓인 계측기를 향해 눈짓했다.

"생각만으로 기록하는 거야."

한즈는 루싱의 관자놀이에 얇고 둥근 금속판이 붙어 있음을 발견했다. 머리카락으로 반쯤 가려져 있어서 어두운 방에서는 잘 보이지 않았다. 아마 뇌파를 측정하는 장치인 듯한데, 무선으로 신호를 보내는 모양이다. 침대 옆의 계측기에는 모니터나 계기판 같은 것이 부착되어 있지 않다. 그래서 한즈는 계측기가 어떤 신호를 잡아내는지는 알 수 없었다.

"통증이 느껴져?"

그가 루싱에게 물었고, 루싱은 고개를 저었다.

"아니."

루싱은 후두부를 톡톡 두들기며 말을 이었다.

"여기도 두 개 더 붙어 있어."

루싱은 편안하고 이성적으로 보였다. 그 순간에는 루싱이 처음 발병

했던 때의 모습도 떠오르지 않았다. 그는 눈앞의 평온하고 온화한 남자와 예전의 고독하고 말수 적은 남학생을 연결하기 어려웠다. 특히 자살하려는 경향이 있었던 정신질환자와는 더욱 더 연결할 수 없었다.

이곳의 치료가 효과적인가보다. 한즈는 그렇게 생각했다. 아니면 루싱의 병세가 그렇게 심각한 것은 아니었는지도 모른다.

한즈는 그때 당시 루싱의 병세가 갑자기 심해진 것이 이상하다고 생각해왔다. 그는 루싱의 정신질환도 느꼈고, 그 직전에 루싱에게서 뭔가 이상한 낌새 같은 것도 눈치 챘다. 하지만 루싱이 자살을 기도했다는 소식을 전해 듣고 충격을 받았다. 전혀 그럴 거라는 예상을 하지 못했기 때문이었다.

그 일은 7, 8년 전의 일이다. 그들은 대학원생이었다. 한즈는 물리학과, 루싱은 수학과였다. 원래는 나쁘지 않은 상황이었다. 갑자기 어느날, 한즈가 실험실에서 복잡한 매개변수를 붙잡고 씨름하는데, 중학교 동창생이 뛰어 들어오더니 루싱에게 일이 터졌다고 알려주었다. 다행히 구조되어 생명에는 지장이 없지만, 정신병원에 입원하게 되었다는 소식이었다. 한즈는 너무 놀라 벌떡 일어섰다. 충격 때문에 자신의 손바닥이 키보드를 눌러서 모니터에 이상한 문자열이 끝없이 나열되고 있는 줄도 알아채지 못했다. 동창생은 루싱이 자살을 기도하기 전 불교에 대해 이야기한 적이 있다고 알려주었다. 그때 루싱의 말이 아리송하고 정신없어서 잘 알아듣기 힘들었다고 했다.

한즈는 루싱과 고등학교 1학년 때부터 같은 반이었다. 둘은 초등학교 때부터 수학경시대회 준비를 시작했고, 중학교 때는 물리학 경시대회에서 1등을 해서 베이징에 있는 고등학교 특별반에 입학했다가 졸업 후 똑같이 곧바로 추천 입학 전형으로 베이징 대학과 칭화 대학에 들어갔다. 경시대회는 둘에게 일상생활이나 다름없었다. 둘은 먹고 마시고 호흡하는 것처럼 초등학교 1학년 때부터 대학 2학년까지 줄곧 수학과 물리학 경시대회에서 힘들게 노력했다. 루싱은 경시대회 특별반에서 가장 말이 없는 녀석이었다. 나이도 다른 친구보다 어렸다. 늘 혼자서 창가에 앉아 문제를 풀곤 했다.

루싱에게 일이 생겼다는 소식을 들은 한즈의 마음속에 메마르고 떫은 감정이 치솟았다. 봄바람에 모래가 입안에 들어온 것 같은 까끌거리는 심정이었다. 그는 지난 몇 년간 루싱과 함께 보낸 시간을 떠올렸다. 드문드문 연락을 주고받았지만 의미 있는 연락은 없었다. 인간관계라는 것이 이렇게 취약한 것임을 그때야 느낄 수 있었다. 매일 한 교실에서 부대끼며 지냈던 친구였다. 그런데 이런 일이 발생하고 나서 생각하니 서로 거의 타인이나 다름없다는 생각이 들었다. 고등학교 때 친구들이 이 일을 계기로 오랜만에 한데 모였다. 다들 옛 이야기를 하면서 각자 마음속에 담고 있는 기억이 제각각임을 알게 되었다.

그런 충격 속에서 한즈는 다시 기억을 되짚어보았다. 고등학교 3학년 때 가장 중요한 국제 경시대회 직전을 떠올렸다. 그와 몇몇 친구가 함께 중국 대표단에 선발되어 집중 수업을 들었다. 집중 수업의 마지막 날, 대표단 내에서 시험을 치른 후 한즈와 또 다른 한 명이 교실을 청소하고 있을 때였다. 의자를 뒤집어 책상 위에 올리고, 바닥을 닦는 중이었다. 루싱이 갑자기 나타났다. 그는 늘어선 책상 사이를 지나 교실 맨 뒤까지 왔다.

"네가 1등이야."

루싱이 한즈에게 말했다.

"뭐라고?"

"성적이 나왔어. 네가 1등이야."

그 전의 몇 차례는 전부 루싱이 1등이었다. 한즈는 몇 마디 겸손한 말을 해야 하나 생각했지만 아무 말도 나오지 않았다. 루싱은 그대로 몸을 돌려 가버렸다. 한즈는 루싱이 기분 나빴는지 아닌지, 자신의 태도가 오만했었는지 아닌지, 어느 쪽도 제대로 판단할 수 없었다.

이튿날, 학교에 돌아갔는데 수업이 없어서 한즈는 혼자 기숙사에서 책을 읽고 있었다. 루싱이 문을 두드리고는 바둑을 둘 줄 아는지, 바둑이 좋은지 장기가 좋은지 물었다. 루싱의 표정은 조금 굳어 보였다. 한즈는 당황스러웠고, 좀 갑작스럽다고 느꼈다. 한즈는 바둑을 별로 두고 싶지 않았다. 루싱의 강요하는 듯한 태도가 불편했다. 그는 부드럽게 거절하려고 했는데, 말을 하고보니 생각보다 훨씬 냉담하게 밀어내는 말투가 되었다. 그는 겨루는 게 싫다고 말했다. 어느 누구와도 겨루고 싶지 않다고 말이다. 루싱은 다시 물었다. 그럼 장기를 둘래? 아니면 사국군기四國軍棋●는 어때?

나중에 떠올려보니 루싱이 바둑을 두자고 권한 것은 도전이 아니라 전날의 경쟁에 대한 화해의 제스처였던 것 같다. 루싱은 좀 어리숙한 방식이기는 했으나 그에게 바둑을 권하면서 소통하고 싶어 하는 마음을 드러냈던 것이다. 평소보다 태도도 부드러웠다. 다른 친구들이 그런 것처럼 같이 놀고 싶다는 의미였으리라.

하지만 한즈는 거절했다. 이때만 생각하면 한즈는 마음이 아팠다.

세월은 금세 흐른다. 특별반 친구들은 다들 대학을 마치고 세상에 나갔다. 몇 명은 연구원이 되었다. 두 명은 미국에, 한 명은 일본에 갔

● 중국기원中國棋院에서 개발한 두뇌 게임의 일종으로, 중국 청소년 사이에서 인기를 끌었다.

다. 그러나 과학 연구가 아닌 다른 길을 선택한 친구가 더 많았다. IT 기업에 입사한 친구도 있고, 초등학교에서 수학경시대회 전문 교사가 된 친구도 있다. 몇 명은 금융업에 투신했고, 한 여학생은 아이를 낳은 뒤 전업주부가 되었다. 안춘과 비슷하게 유아용품 인터넷 쇼핑몰에서 벗어나지 못하는 삶을 살고 있다. 그들의 시간도 평범한 사람들의 일상과 비슷해졌다. 비용과 수익을 고민하며 별 재미가 없는 일상 말이다.

루싱의 일이 있고, 친구들도 다 흩어진 뒤로도 4년 혹은 5년이 흘렀다. 어떤 비극적인 사건이 끼어들지 않는다면 아마 다들 한데 모이는 일이 쉽지 않을 터였다.

대학 강사가 된 일은 한즈에게 별다른 성취감을 주지 못했다. 그는 자신이 바라던 경지가 무엇인지 잘 알고 있었다. 선배 과학자의 업적을 이어받아 새로운 시대를 개척하고 우주를 통일하는 것. 그러나 하이젠베르크의 시대는 저물었고, 슈뢰딩거 방정식과 같은 것은 더 이상 나타날 수 없다. 그는 승진할 수도 있고 집을 살 수도 있다. 하지만 그것으로는 아무것도 보상받지 못한다. 그는 어떤 일이 중요한지, 의미 있는지, 통찰력 있는지, 창의적인지, 천재적인지 잘 안다. 그리고 어떤 일이 그렇지 못한지도 안다.

그는 지금까지 노력해서 얻은 것이 두 장짜리 학력증명서, 빌린 집한 칸, 복작이는 생활이라는 것을 알아차렸다. 이런 것들을 다 제외하고 생각하면 무엇이 남을까? 아무것도 남지 않는다. 양파처럼 한 겹한 겹 벗겨낼수록 작아지고, 마지막에 가서는 아무것도 남지 않는다. 어쩌면 모든 노력은 양파의 겉껍질을 지키기 위함이 아닐까? 알고보면 텅 비어 있다는 것을 다른 사람에게 들키지 않기 위한 껍질.

보통 사람과 다를 것이 없었다.

"고민이 있어 보이네."

루싱이 갑자기 입을 뗐다. 한즈는 자신이 옛 기억에 사로잡혀 넋을 빼고 있었음을 깨달았다. 얼른 정신을 차리고 대답했다.

"아, 아니야. 그냥 좀 생각할 게 있어서. 일에 대해서 생각했어."

"무슨 일을 하나?"

"연구 비슷한 거야, 늘 하던 일."

"어떤 연구?"

"입자물리학."

한즈가 빠르게 대답했다.

"실험을 해. 나는 이론 쪽이 더 좋았지만 나중에 보니까 내가 이론에 많이 약하더라고. 알다시피 내가 생각이 막 뻗어나가는 사람은 아니잖아. 학부 때는 양자물리학 이론을 전공하려고 생각했지만 나중에는 나한테는 그만한 사고력이 없다는……. 어, 나는 방정식을 수정하고 어쩌고 하는 것도 하고 싶지 않아서 지금은 실험을 해."

"너한테 잘 맞을 것 같다."

"어쩌면. 하지만 실험에는 자본이 많이 필요해. 해외에서는 괜찮았는데, 귀국한 뒤로는 내가 연구비를 따야 해서 쉽지가 않네. 막 귀국한 강사가 받을 수 있는 연구비는 제한적이고. 연구비가 부족하니 실험 결과도 잘 안 나오고. 그러면 연구비를 또 못 따고."

"귀국한 게 후회돼?"

"그건 아니야."

한즈는 기억을 더듬었다.

"처음에 우리 과 주임교수가 한 말이 있는데, 중국에서 입자물리학과 관련된 큰 연구 계획이 있다고 했어. 귀국하면 기회가 많을 거라고 하더라. 하지만 연구 계획이 있는 건 사실인데 확실히 시작되는 데까지는 또 다른 문제야. 귀국하고서야 알게 된 거지만, 이곳에는 눈치 볼 일이 많아."

"눈치 볼 일이라니?"

"예를 들면, 우리 학과에서 얼마 전에 아주 규모가 큰 연구 프로젝트를 하나 준비하고 있었어. 대형 강입자 충돌기LHC 같은 커다란 에너지를 쓰지 않고 힉스장Higgs field의 성질을 측정하는 거였어. 그러면 당장 세계 물리학의 최전선에 서는 거지. 원래는 다들 긍정적이었는데 연구심사위원회 이틀 전에 중국과학원 쪽에서 우리를 마구 공격해대는 거야. 우리 대학의 실험 설계에 허점이 있다면서 심지어 국가기밀 보장까지 들먹이며 인터넷에 글을 올리더군. 실은 그쪽에서는 중성미자 관련 실험 프로젝트로 연구비를 신청한 상황이었지. 그래서 나쁜 여론을 조성하면서 우리를 압박한 거야. 그들은 사적으로 심사위원들을 찾아가서 로비를 했다고도 해. 그들이 제안한 연구는 10여 년간 준비한 것이라 통과되지 않으면 수많은 사람이 직장을 잃는다고 했대. 결국 심사위원회 내부에서도 의견이 갈려서 엉망진창이 되었지."

"피곤하겠구나?"

"그래."

한즈는 지난 며칠간의 초조함과 불안함을 떠올렸다.

"피곤하지 않을 리가 있어? 죽겠다."

"그럼, 넌 어떻게 하고 싶어?"

"모르겠어. 나는 그냥 우리가 힘들게 몇 년씩 공부한 게 고작 이런 일을 하려고 그랬나 싶은 생각이 들더라."

"나도 그런 생각을 해. 넌 우리가 공부한 목적이 뭐였던 거 같아?"

"나한테 묻는 거야? 나는 네가 더 잘 알 거라고 생각했는데."

한즈가 자조적으로 말했다.

"내가 뭘 알겠어? 나는 요즘 매일 실험실에 출근했다가 퇴근하면 아내에게 잔소리를 듣는 삶을 살고 있는 걸. 매일 아이, 아이. 가끔은 아내가 나라는 사람을 생각이나 하면서 사나 싶다니까. 아이 낳고 나더니 완전히 딴 사람이 되었어. 정말 답답하다. 참, 내가 루싱 너에게 이런 이야기를 하고 싶었나봐. 평소에는 나도 대화할 사람이 없거든. 너라면 누구보다 잘 알거야. 적어도 우리는 몇 년씩이나 같이 문제를 풀면서 보냈으니까. 그러니까 내 말은…… 사람이 왜 자식을 낳으려고 하는 걸까?"

"왜?"

"나도 모르겠어. 인간은 자유로운 존재야. 하고 싶은 일을 하면서 살면 돼. 그런데 아이가 생기면 당장 달라져. 아이를 기르기 위해서는 돈도, 집도 있어야 하고, 하고 싶은 일이 있어도 그럴 자유가 없지. 네 생각에는 우리가 왜 자기 자신을 이렇게 만드는 것 같아? 진화심리학에서는 인간은 번식하기 위해서 삶을 영위한다고 말하더라. 나는 그런 학설은 딱 질색이야. 하지만 어떻게 반박해야 할지는 모르겠어. 대를 이어가려고 산다면 지식을 배워서 뭐하나 하는 생각 안 드니? 우리가 수학과 물리학을 배운 의미는 뭘까? 지식을 배우는 것은 성공하기 위해서인가? 결혼해서 자식을 낳고 대를 잇는 것이 더 쉬워질 테니까. 나는, 그렇다면 뉴턴은 왜 결혼도 하지 않고 자식도 낳지 않았냐는 말이지."

"다들 잘 이해가 안 된다고 생각할 거야."

"맞아! 정말 그렇다니까! 나도 그 사람들에게 어떻게 말해야 좋을지 모르겠어. 듣기 싫은데 말문을 막을 멋진 반박도 떠오르지 않으니 말이야. 번식이 인간의 최종 목표라는 게 말이 돼? 인류에 이르도록 진화해왔는데 동물과 조금이라도 달라야 하지 않겠어? 지식이라는 게 우주에서는 무슨 의미가 있는 걸까?"

한즈가 쓸쓸한 표정으로 루싱을 바라보았다. 루싱이 공감한다는 눈빛을 보낸다.

"너 많이 흥분한 것 같구나."

"응, 그런지도 모르겠다. 요새 너무 힘들어서."

"불만이 있으면 다 털어놔."

"그러고 싶어! 정말! 하지만 어디다 털어놓겠어? 어디에도 불가능해. 집에서는 내가 제일 서열이 낮아. 장인어른에게 풀겠니? 아니면 길에서 만난 사람에게 풀겠니? 학교에 가서 학과 주임교수에게 원망을 쏟아야 하나? 그때 왜 나한테 귀국을 권했냐! 강사 월급 몇 천 위안으로 어떻게 살라는 거냐! 학교에서 빌려주는 교직원 아파트가 뭐 그리 비싸냐! 이런 얘기를 할 수 있겠어?"

"해보지도 않고 어떻게 알아?"

"해보라고? 막 원망을 퍼부어? 농담 하냐? 그래도 우리가 몇 년씩 공부를 했는데 저급하게 소리 지르면서 싸울 수는 없지, 안 그래? 애초에 불가능해. 어떤 것들은 그냥 뼛속 깊이 박혀 있는 걸. 듣기 싫은 소리를 하는 사람이 있어도 뭐라고 하겠어, '이해합니다'라고 해야지. 가끔은 아무도 없는 곳에 가서 소리를 지르고 싶을 때가 있어. 슬픈 일이지."

"밖으로 표현하면 나아질 거야."

"그래서 권투도 배웠지. 권투를 하면 스트레스가 풀린다더군. 그런데 내가 힘이 부족해서 샌드백을 때리는데 오히려 샌드백에 이리 치이고 저리 치이네. 어릴 때 너무 운동을 하지 않아 그런가봐. 나는 총을 쏴도 명중한 적이 없긴 하지. 순식간에 모든 것을 내려놓고 다 엎어버리는 그런 상상을 해. '다 꺼져!'라고 외치는 느낌 같은 거 말이야."

"다 터뜨리는 느낌."

"응, 비슷해. 아무것도 신경 쓰지 않는 느낌이라고 할까?"

"그럼 내가 너에게 뭔가 줄게."

루싱이 작은 서랍에서 검은색 직육면체를 하나 꺼냈다.

"이건 폭탄이야. 중성자탄이지. 여기를 누르고, 안전장치를 빼면 터지는 거야. 네 마음에 들지 않는 곳을 찾아서 이걸 터뜨려. 그곳에 있는 모든 것이 다 터져버리면 네 마음의 분노도 가라앉을 거야. 너를 속박하던 모든 것이 다 터지는 거지. 내 말 믿어, 어려운 일도 아니야. 넌 예전부터 이렇게 하고 싶었던 거야."

한즈가 깜짝 놀랐다.

"어떻게 이런 것을 갖고 있어?"

"너는 몰랐겠지만, 여기는 비밀기지야. 여러 가지 실험을 많이 해. 너무 자세히 묻지 말고, 얼른 가. 이곳은 밤에 문을 잠그니까, 그러면 나가지 못하잖아. 정문으로 나가서 왼쪽 길을 따라 쭉 가면 산 아래로 내려갈 수 있어."

그렇게 말하면서 루싱은 손에 들고 있던 직육면체를 한즈의 손에 들려주었다.

한즈는 자신이 어떻게 하산했는지 잘 기억하지 못했다. 그가 기억하는 것은 터덜터덜 요양원을 나왔다는 것, 누군가에게 붙잡힐 것 같아서 계속 달렸다는 것이었다. 요양원 사람들이 자신과 루싱의 비밀을 알고 뒤쫓아오는 것 같았다. 그는 자신의 심장이 미친 듯 뛰던 것을 기억한다. 심장이 입 밖으로 튀어나올 것만 같았다. 요양원의 정문을 나와 한참을 달리고서야 겨우 숨을 골랐다. 목구멍이 찢어질 것처럼 아팠고 가슴도 터질 것만 같았다. 자신이 하산한 길도 기억하지 못했고, 흐릿한 화면만 머릿속에 떠올랐다. 모퉁이를 돌 때 보였던 우거진 나무숲, 공포스러운 그림자, 산 아래로 내려와 보였던 전등 불빛이 반짝거리는 시가지 그리고 비틀거리는 자신의 발걸음.

그는 겨우 택시를 잡아탔다. 손바닥에 땀이 흥건했다. 그는 당혹스럽고 초조했다. 잠을 자고 싶었지만 긴장감 때문에 잠도 잘 들지 못했다. 그는 자기 자신에게 곧 도착할 거야, 곧 도착할 거야 하고 반복해서 중얼거렸다.

그는 학교에 도착했다. 성큼성큼 걸어 캠퍼스 안으로 향했다. 깊은 밤, 대학 캠퍼스에는 아무도 없었다. 가로등 불빛이 수풀의 음영을 더 무시무시하게 만든다. 이유는 모르겠지만 그는 멀리서 흰 빛을 본 사람처럼 줄곧 달리면 그곳에 도착할 것 같은 느낌에 휩싸였다. 머릿속이 백지 상태다. 긴장하여 숨도 잘 쉬지 못했다. 그러나 여기까지 오는 동안 겪은 일들에 대해서는 이상할 정도로 침착했다.

학과 사무실로 달려갔지만 문이 잠겨 있다. 옆문도 마찬가지로 잠겨 있다. 그는 신경질적으로 문을 흔들며 철로 된 창틀이 튼튼한지 가늠해보았다. 그는 학과 사무실에 오기 전에 본 수풀에서 이리저리 뭔가를 찾고 있었다. 드디어 크기와 무게가 적당한 돌을 찾아냈다. 그는 젖 먹던 힘까지 모아 옆문을 내리쳤다. 쾅 하는 소리와 함께 옆문의 유리창이 박살났다. 유리조각이 바닥에 흩뿌려진다. 손으로 남은 유리조각을 뗐는데, 그러다가 손바닥 끝부분을 살짝 베였다. 팔뚝을 타고 피가 방울방울 흐른다. 결국 한 사람이 들어갈 정도의 공간이 나왔다. 학과 사무실 안으로 들어갔다.

그는 실험실로 갈까 사무실에서 할까 망설이다가 마지막으로 건물 로비에서 손을 쓰기로 마음을 먹었다. 그는 덜덜 떨리는 손으로 루싱이 준 검은색 직육면체를 꺼냈다. 손이 너무 떨리는 바람에 두 번이나 바닥에 그걸 떨어뜨릴 뻔했다. 그는 한 손으로 그것을 들고, 한 손으로는 바지에 손을 문질러 땀을 닦았다. 그는 스위치를 찾으려 이곳저곳 마구잡이로 눌러댔다. 검은 상자 위에는 몇 개의 둥근 단추가 달려 있었는데, 처음에는 그게 스위치라고 생각했다. 그런데 눌러지지 않았다. 그는 그것을 뒤집어 반대쪽을 살폈다. 그쪽에는 약간 헐거운 장치 같은 것이 보여서, 시험 삼아 잡아당겨 보았지만 성과는 없었다.

그는 약간 미칠 것 같은 심정이 되어 펄펄 날뛰었다. 그러다가 그것을 바닥에 떨어뜨리기도 했는데, 그때는 놀라서 심장이 멎는 줄 알았다. 당장 폭발할 거라고 생각했기 때문이다. 그러나 상자는 멀쩡했다. 그는 다시 상자를 집어 아까보다 훨씬 조급한 손길로 이곳저곳을 누르고 두드렸다. 반응이 없자 그는 계단 난간에 상자를 처박았다. 충격으로 상자의 잠금쇠가 풀리기를 바라면서 말이다. 처음에는 자신의 안전을 고려했지만 곧 조급해져서 아무것도 눈에 보이지 않는 상태가 되었다. 상자를 들고 주변 물건들을 부수었다. 유리, 금속, 대리석 등등.

결국 어느 순간 그는 상자의 잠금쇠를 으스러뜨리다시피 해서 상자를 열었다. 눈앞에 새하얀 빛이 터졌다.

그는 정신을 잃었다.

얼마나 시간이 흘렀는지 모르지만, 그는 병원에서 깨어났다.

그곳은 공립 병원의 응급실이었다. 복도에는 신음소리와 울음소리로 가득했다. 창밖을 보니 이미 날이 밝았다. 흐릿한 햇빛이 깊이 잠든 사람들 위를 차갑게 비춘다. 한즈의 머릿속은 여전히 멍한 상태였고, 조금만 움직여도 머리가 깨질 듯 아팠다. 물을 마시고 싶었지만 아는 사람이라곤 보이지 않았다. 그는 멀리서 안춘이 걸어오는 모습을 보고 그녀를 부르려고 했지만 소리가 입 밖으로 나오기도 전에 다시 깊은 잠에 빠졌다.

나중에 그는 집에 돌아왔다. 그리고 파출소에 가서 조서를 써야 했다.

파출소에 도착한 뒤, 그는 사건의 결과와 그 후의 상황을 알게 되었다. 그가 그날 밤 늦은 시간까지 귀가하지 않자 가족은 경찰에 신고를 했다. 경찰서에서는 대중교통 운영기관에 협조를 구해 그날 밤에 이미 실종자 광고를 내보냈다. 이튿날 아침에도 그를 찾는 실종자 광고가 나갔다. '찾았다'는 파출소의 전화가 집으로 걸려올 때까지 광고는 계속되었다.

그는 학과 건물의 경비실에서 일하는 아저씨에게 발견되었다. 인사불성으로 건물 로비의 차가운 바닥에 쓰러져 있었다. 그의 발치에는 검은색 약 상자가 떨어져 있었다. 그는 충동적으로 건물의 상당한 부분을 훼손했다. 게시판, 정수기, 조각상 등등. 결국 조각상이 위로 넘어지는 바람에 조각상에 얻어맞아 그는 기절했다. 다행히도 생명에는 지장이 없었다. 조각상이 한쪽으로 비뚜름하게 넘어져서 그의 머리에는 부딪히지 않았기 때문이다.

그는 멍하니 조서를 작성했다. 제대로 설명할 수 있는 일이 많지 않았기 때문에 설렁설렁 되는 대로 조서 작성이 끝났다. 건물 파손도 심각한 수준이 아니어서 이틀 구류 후에 귀가 조치되었다. 학교에서도 몇 가지 징계를 받았다. 정직 처분을 포함해 벌금 및 추후의 행실을 관찰한다는 조건이 붙었다.

그날부터 한즈는 몹시 무기력해졌다.

그의 마음은 막막함과 당혹함으로 가득했다. 그날의 일을 떠올리려 애썼지만 기억 속에서 길을 잃고 헤매다 현실로 돌아올 뿐이었다. 동시에 몹시 공허하고 환멸을 느꼈다. 실의에 빠진 그는 기억을 새롭게 정리하기가 쉽지 않았다. 그는 자신이 루싱을 만났는지도 확신하지 못했다. 이에 더해 가족이 쉼 없이 그를 원망하고 질책하고 사건 정황을 캐묻는 것 때문에 그는 현실로 돌아오고 싶지 않았다.

그의 두뇌는 현실생활을 거부했으며 끊임없이 추상적인 문제 주변을 맴돌았다. 인간은 우주에서 어떤 지위를 가지는가? 인간이 지혜와 지식을 연구하는 목적은 무엇인가? 인간의 지식 탐구 행위와 생리적인 일상생활은 어떤 관련이 있는가? 설마 전자는 단지 후자를 이루기 위한 수단인가? 양자를 엄격히 구분해야 한다면 무엇을 선택하고 어느 것을 포기해야 할 것인가?

그는 점점 멍하니 보내는 시간이 늘었고, 말수가 줄었으며, 초조해했다. 먹는 일에 흥미가 현저히 떨어졌고, 불규칙한 생활을 이어갔다. 가족이 말을 걸어도 무시하기 일쑤였다.

석 달이 흘렀다. 가족은 더는 견딜 수 없었다. 그는 병원에 갔다. 병원에서는 기초적인 진료를 마친 후, 그를 선산 요양원에 입원시켜 좀 더 전반적인 치료를 하기로 했다.

다시 요양원에 발을 들였을 때 그의 정신이 별안간 크게 흔들렸다. 그는 현실감과 일정 정도의 긴장감을 회복했다. 그는 자신의 문제가 긴장감의 상실 때문이었음을 깨달았다. 그는 어깨를 붙든 안춘의 손을 털어버리고 큰 보폭으로 건물 안쪽으로 달려갔다. 안내데스크의 아가씨가 그를 막아보려 했지만 그는 직원을 밀쳤다.

그는 2층으로 올라갔다. 문패에 적힌 숫자를 보면서 그는 원하는 숫자를 찾기까지 100년은 지난 것처럼 느껴졌다. 210!

그는 문을 벌컥 열었다. 침대 위에 앉은 루싱의 모습이 보이길 기대했지만, 그는 없었다.

루싱의 방에는 나이 지긋한 의사만 있었다. 옅은 녹색 의사복을 입고 벽 옆에 서서 뭔가 기록하는 것처럼 보였다.

"루싱은요?"

한즈는 중심을 잃고 조금 비틀거렸다. 그는 대뜸 질문을 던졌다.

의사가 그를 흘낏 쳐다보았다.

"산책하러 나갔습니다."

"어디로 갔죠? 루싱을 만나야 합니다."

"누구십니까? 무슨 일로 루싱을 찾는 거지요?"

"나는 루싱을 만나야 해요. 물어볼 게 있습니다."

의사가 그를 슬쩍 훑어보며 부드럽게 질문했다.

"새로 온 환자인가요? 어제 접수된 새 환자 파일에서 당신 사진을 봤어요."

"네, 맞아요. 루싱은 어디로 갔냐니까요?"

"그에게 무엇을 물을 겁니까? 대답을 해주면 루싱이 간 곳을 알려주겠습니다."

"나는……."

한즈가 손을 비틀며 겨우 대답했다.

"그날 밤 나에게 그 일을 벌이도록 종용한 이유가 뭐냐고 물을 겁니다."

"그가 당신에게 종용했다는 일이 뭐죠?"

한즈는 어떻게 대답해야 할지를 몰랐다.

"그러니까, 그러니까 나를 속여서 폭, 폭……."

의사는 그가 더듬거리자 더 캐묻지 않았다. 다만 온화한 말투로 말했다.

"루싱의 상황을 잘 모르는 것 같군요. 그의 정신적 상황에서는 당신에게 뭔가를 종용한다는 게 불가능합니다."

"뭐라고요?"

한즈는 크게 당황했다.

"루싱은 아직 정상적인 심리상태가 아니에요. 그는 계속 치료를 받고 있습니다. 사실상 평소에는 깨어 있는 시간도 많지 않아요."

의사가 한즈의 얼굴에 떠오른 믿을 수 없다는 표정을 보았는지, 손에 들고 있던 차트를 건네주었다.

"자, 여기 보세요. 루싱의 진료기록입니다. 가벼운 자폐 현실감 와해, 소통 장애. 다시 말해서 인공지능 상태이므로 자신이 한 일을 스스로 인식하지 못합니다. 얼굴과 표정을 구분하지도 못하고, 사람과 소통이 불가능해요."

"그럴 리가요. 며칠 전에도 그와 한참이나 대화를 나눴는걸요."

"루싱과 얼마나 알고 지냈는지 모르겠지만 루싱은 사실 대뇌에 가벼운 장애를 일으킨 전형적인 환자예요. 약간 자폐 증세가 있지만 심각하지는 않고요. 가족은 그가 수줍음이 심해서 사람과 사귀지 못한다고 생각하고 제대로 치료를 하지 않았지요. 사실상 그는 타인의 정서를 잘 인지하지 못합니다. 사람의 얼굴 표정을 보아도 반응하지 않습니다. 정서의 인지를 담당하는 뇌 구역의 발달이 정체되었기 때문이죠. 그 뇌 구역에 문제가 있는 사람은 일반적인 수준을 뛰어넘는 놀라운 수학 능력 혹은 관찰력을 보여주기도 합니다. 하지만 인간관계에서 문제를 겪기 쉽고, 그것이 그 자신의 다른 문제와 겹치면서 자살 충동을 느끼게 되었지요. 그리고 일종의 의식 불명 상태가 됩니다."

"하지만 루싱은 저와 대화할 때는 멀쩡했다고요."

"그건 우리의 실험이었습니다. 사실 그는 자동적으로 응답하는 것뿐입니다. 우리는 그의 대뇌에 일정한 자극요법을 실행했고 프로그램을 연결해서 프로그램이 그의 대뇌 신호를 통해 상대방의 정서를 해독하여 자동화된 반응을 보이도록 시스템화했습니다. 연습을 거치면서 최종 목표는 그가 스스로 타인의 정서를 구분할 수 있게끔 학습하게 하는 것입니다. 아시다시피, 정서를 식별하는 일은 매우 복잡한 능력입니다. 아주 고차원적인 신경 네트워크를 거쳐야 하는 일이고요."

한즈는 경악했다.

"내가 프로그램과 대화를 했다는 말입니까?"

"그건 아닙니다. 프로그램은 표정과 언어 신호를 종합하고 식별하는 프로세스만 갖고 있습니다. 대화를 생성하는 것은 프로그램의 기능이 아니에요. 프로그램은 신호를 해독해 루싱의 대뇌에 입력할 뿐입니다. 그렇게 해서 루싱이 상대방이 표현하는 의미를 올바르게 이해할 수 있게 해주는 거죠. 대답 역시 프로그램이 만드는 것이 아니지요. 프로그램은 다만 루싱이 해독된 내용에 바탕해 자동 응답하게 할 뿐입니다. 그래서 어느 정도까지는 루싱의 표현은 역시 해독이기도 합니다. 사실은 루싱의 의견이 아니라 상대방의 생각이고, 그는 당신이 말하고 싶은 것을 그대로 입 밖에 내어 말하는 것뿐이라는 뜻입니다."

한즈는 멍청한 표정으로 의사의 설명을 들었다. 그는 한참 지나서야 겨우 정신을 차렸다.

"말도 안 돼. 루싱은 나에게 가짜 폭탄을 주고 날 속였어요. 내가 자신을 속였단 말입니까? 그건 불합리하잖아요."

"나 자신만이 나를 속일 수 있는 겁니다. 무슨 일이든지 당신이 믿을 마음이 있어야 믿게 되지요."

"그렇지만."

"그 사실을 받아들이기 어렵겠죠. 인간은 다들 자기 자신을 이해하길 원하지 않아요. 하지만 그 과정을 언젠가는 겪게 됩니다."

한즈는 어딘지 익숙한 감각이 치밀어 오른다고 느꼈다. 하지만 감각에 대해 말로 표현하기는 어려웠다.

"의사 선생님, 저에게는 무슨 문제가 있는 것 같습니까?"

의사가 미소를 지으며 말했다. 그의 미소는 아주 온화했다.

"간단하게 설명하기는 어렵군요. 전면적인 검사를 해야 진단이 가능합니다. 하지만 외부세계에 대한 인지능력, 나 자신에 대한 인지능력, 둘 중 하나 혹은 둘 다에 문제가 생겼을 겁니다. 루싱은 아주 머리가 좋은 사람이지요. 그의 외부세계에 대한 인지에는 문제가 없습니다. 그의 문제는 자기 자신에 대한 인지능력에 있었지요."

"외부세계를 잘 인지할 수 있으면 자기 자신을 인식하지 못하나요?"

"보통은 그렇지 않습니다. 다만 반대로 말하면 아마도 그럴 가능성이 있기는 합니다. 『성경』에 이런 말이 나오지요. 신은 자신의 모습을 본 따 인간을 창조했다고요. 자기 자신을 인지하는 것은 이 우주의

신을 인지하는 것과 아주 다르지 않습니다."

한즈의 두뇌는 회로가 끊긴 것처럼 짧은 공백 사이사이 무의식적인 불꽃으로 일렁이고 있다. 그는 뭔가를 깨달은 듯했다. 우주와 자신의 관계에서, 생겼다 말았다 하는 모종의 연결고리가 있다는 것을 느끼고 있다. 하지만 그것은 언어로는 다 표현할 수 없는 부분이었다. 그는 한 순간 심리의 의의, 지능의 발전, 우주의 진화를 조금이나마 이해하게 된 듯했다. 그러나 이런 감각은 너무도 파편화되어 있어서 털끝하나 붙잡을 수 없었다. 우주에 대한 이해, 인간에 대한 이해는 서로 연결되어 있다. 어느 정도는 서로 합쳐진 상태라서 인간의 몸에서 우주를 보게 된다. 그 속에 많은 중요한 의의가 담겨 있다. 그의 두뇌는 어리숙했다. 깨진 조각을 맞춰 하나의 온전한 그림으로 만드는 일은 불가능하다는 생각이 들었다. 그는 두통을 느꼈고, 마음속의 초조함과 불안은 조금이나마 가라앉은 듯했다. 그는 손바닥으로 자신의 관자놀이를 꾹꾹 눌렀다.

그때 뒤쪽 문이 열렸다. 한즈가 고개를 돌리니 루싱이 서 있다.

루싱은 손으로 문틀을 짚고 편안하고 다정한 표정을 짓는다. 한즈를 본 순간 그의 얼굴에 약간의 의아함이 스친다. 한즈는 그의 표정 변화를 알아차렸다. 루싱은 지금 관자놀이에 붙여둔 작은 원형 도구를 뺀 상태다.

한즈가 뭐라고 말을 꺼내려고 했는데, 루싱이 한 발 빨랐다.

"너는……."

루싱의 표정이 더욱 어색함과 당황스러움으로 물들었다.

고독한 병실

孤單病房

진료실에는 치나齊娜와 한이韓姨만 남아 당직을 서고 있다. 다른 간호사들은 기분 좋게 퇴근했다.

치나는 기분이 별로 좋지 않다. 남자친구와 냉전 중인 아가씨가 기분 좋을 리는 없다. 그녀는 남자친구에게 연락하지 않고, 그의 전화도 받지 않으리라 굳게 결심했다. 하지만 몰래 그가 인터넷에 남기는 흔적을 관찰했고, 자기 계정에서 현재 상태 메시지를 수정했다. 분명 그도 수정한 내용을 보았을 것이다.

그녀는 방에 있는 모든 가구 표면의 모니터 기능을 켰다. 탁자 위와 차트 수납장의 옆면, 약장 겉면에 전부 인터넷 화면이 떠 있다. 색색의 웹사이트, 과장된 웃음소리와 하늘을 바라보는 울울함이 소리 없이 나타났다 사라진다. 화면들은 화려한 벽지를 이룬다.

인터넷 접속 도우미가 여기저기 돌아다니며 치나 대신 폴의 행적을 찾는다.

한이는 병실을 확인하러 갔다. 치나는 확인할 것이 뭐 있냐는 생각이다. 그 사람들은 늘 그런 상태다. 건강히 잘 살지는 못하지만 그렇다고 쉽게 죽지도 않는 그들은 자주 볼수록 피곤하다. 하지만 한이는 매일 정해진 시간에 맞춰 병실 순회를 돈다. 한이는 음식을 절대 남기지 않고 마지막 쌀 한 톨까지 긁어먹는 사람이다. 모자와 장갑은 어디나 두어도 상관없다. 치나는 한이와 자신이 완전히 다른 세계 사람이라고 생각했다.

만약 슬픔이 단백질이라면, 누가 나의 소화제일까?

치나는 이런 글귀를 썼고 헤헤 웃으며 좋아했다. 이어서 뭐라고 쓰면 좋을지 고민 중이다.

그때 한이가 대기실로 돌아왔다.

"다녀왔어. 21번 침대에 문제가 있어."

치나는 움직이고 싶지 않았다. 그녀는 한이가 고개를 숙이고 작은 수첩을 꺼내 이것저것 쓰는 동안 기다렸다.

"무슨 문제?"

"가보면 알 걸. 또 충격을 받으면 어째야 할지 걱정이네. 양을 늘려야 하는 것 아닌지 모르겠어."

한이가 덧붙였다.

"확인 좀 해줘."

두 사람은 복도를 걸었다. 치나는 인터넷 도우미를 진동 모드로 바꾸고 휴대전화는 주머니에 넣었다. 흰 가운의 단추를 채우자 치나의 굴곡 있는 몸매가 드러났다.

복도에는 사람이 없었다. 텅 빈 수술침대와 수액병이 벽면에 기대 놓여 있다. 그 옆에는 수거를 기다리는 커다란 의료용 쓰레기가 놓여 있다. 천장에는 두 줄로 백색등이 달려 있고, 벽에 걸린 대뇌 사진을 비춘다. 조명 효과로 더욱 공포스럽게 보인다.

치나는 사탕을 하나 꺼내 입안에 던져 넣으며 말했다.

"이해를 못하겠어. 그 집 식구들도 참 이상하다니까. 병도 없는 사람을 입원시키다니. 죽을 사람도 아닌데 집에서 돌보면 얼마나 좋아."

한이가 다정다감하게 말했다.

"그렇게 말할 수는 없지. 가까운 사람이나 가족은 걱정이 되는 게 당연하잖아. 우리가 이해해야지."

"네네, 너는 살아 있는 보살님이고 나는 악귀야차예요."

치나가 두 손을 흰 가운 주머니에 넣고 팔딱팔딱 뛰듯이 계단을 내려갔다.

한이는 별로 노여워하지도 않고 말했다.

"우리 병원은 어쨌든 설비가 잘 되어 있고 전문가들이 돌봐주잖아."

"됐어."

치나도 웃으면서 말했다.

"낡은 뇌파 계측기가 좋은 설비야? 지금은 어느 집에서나 자기를 위해 전극 두 개를 사서 머리에 붙이고 자기가 집에서 직접 입력도 할 수 있어. 그렇게 하면 병원 뇌파 계측기보다 훨씬 나을 거야."

"그래도 우리는 프로그램이 있잖아. 기계에 따라 생성되는 프로그램이라 중복되는 것도 없고 효과도 좋아."

"중복되든 말든 무슨 상관이람? 그 사람들이 매일 입력하는 것이 무엇인지 기억이나 할 것 같아? 무작위로 오리 100마리를 데려와서 실험해도 비슷한 효과가 나올 걸."

두 사람은 병실 문 앞에 도착했다. 한이가 먼저 걸음을 멈추고 호흡을 가다듬었다.

"어떤 사람들은 다른 방법이 없어서 이곳에 오는 거야. 집에서도 몇 명이나 다 이 병 때문에 드러누우면 돌볼 사람도 없으니까 다들 불쌍한 사람이지."

치나는 말없이 혀만 쏙 내밀었다.

한이는 안경을 밀어 올리면서 학교 사감 선생님처럼 말했다.

"이 현상은 심각한 수준이야. 지난주 회의에서도 말했지만, 현재 입원 환자가 점점 늘어나고 있어. 이미 인구의 일정 비율 이상을 차지하지. 심각한 문제야. 이러다가 정상적으로 타인에게 관심을 기울이는 사람이 점점 줄어들고 입원자들은 점점 늘어날 거야. 악순환이지. 마지막에는 모두들 병원에 입원해서 사는 수밖에. 이 문제를 쉽게 생각하면 안 돼. 새로운 사회 문제는 충분히 연구하고 대처해야 더 심각해지지 않는다고. 내가 며칠 전 쓴 책에서 이 문제를 깊게 다뤘어. 그 책이 곧 출간될 텐데, 이 문제를 가장 상세하게 연구한 기록일 거야. 사회학 내용도 일부분 인용했어. 관심 있으면 다음 주에 책이 나오면 초판본을 줄게."

치나는 일부러 한이 뒤를 돌아보며 말했다.

"어머, 20호는 왜 앉아 있는 거야?"

한이가 얼른 몸을 돌렸다.

"어? 뭐라고?"

"다시 누웠네."

한이는 더 말하지 않고 치나와 함께 병실로 들어갔다. 치나는 들어가자마자 병실에 있는 가구 표면, 그리고 벽면의 화면 모니터를 전부 켰다. 인터넷 페이지가 방안에 가득 찼다. 그녀는 얼른 자기 상태 메시

지부터 확인했다. 댓글이 두 개 달린 것을 보았다. 다 친한 친구가 남긴 이모티콘으로, 폴의 반응은 없었다. 그녀는 조금 오기가 생겨서 인터넷 페이지의 도우미 팡팡ㅐㅐㅐㅐ의 엉덩이를 두드리는 것으로 성질을 풀었다. 팡팡은 다시 드넓은 인터넷의 바다로 뛰어들어 정보 검색을 시작했다. 한이는 병실에 가득한 화려한 불빛이 불만스러운 듯했다. 치나에게 화면을 끄라고 말하고 싶었지만 치나는 들은 체도 하지 않을 것이다.

두 사람은 21호 환자를 일으켜서 앉혔다. 21호는 약간 경련을 일으키고 있었다. 한쪽 손이 가슴 앞에 올려져 있는데 두 손가락이 비틀리고 꼬여 있다. 신체는 힘없이 간헐적으로 경련한다. 두 사람이 그녀를 앉혀서 입술과 얼굴을 쓰다듬고 손과 팔 부분도 안마했다. 물을 먹이고 약을 삼키도록 도왔다. 21호는 살집이 있는 여성으로, 사십대였다. 머리숱은 적고 피부는 무척 매끄럽다. 앉아 있을 때도 그녀의 눈은 감겨 있다. 치나는 이 환자가 의식을 잃은 지 오래되었다는 것이 떠올랐다.

"사람이 이렇게 되면 무슨 의미가 있어?"

치나가 한숨을 쉬며 말했다.

"어떻게 살든, 사는 건 사는 거야. 사실 이 환자도 일반 사람과 크게 다를 것은 없어."

"내가 이렇게 된다면 차라리 죽는 게 낫겠어. 매일 다른 사람 말에 의지해서 살다니, 죽어버리는 게 나아."

"그럼 뭐에 의지해서 살아? 내 책에도 이런 점에 대해 썼는데……"

두 사람이 21호에게 뇌파 측정기를 연결했을 때, 20호가 갑자기 호흡이 가빠졌다. 마치 질식하는 것 같이 거칠게 숨을 쉬면서 헐떡였다. 어떻게 해도 호흡이 잘 되지 않는지 헉헉거리는 모습이 몹시 고통스러워 보였다. 20호는 못생기고 왜소한 남자다. 의식이 없는 상태지만 가족은 평생 그의 습관에 따라서 머리카락을 한 올도 흐트러짐 없이 한쪽으로 빗어 넘겨주었다. 그는 환자복의 칼라를 꽉 움켜쥐고 있다. 그는 숨을 헐떡이며 이마를 잔뜩 찌푸렸는데, 표정이 몹시 고통스러워 보인다. 버둥거리는 힘이 너무 세서 두 사람은 한참 씨름하고서야 그를 제대로 눕히고 전극을 머리에 붙일 수 있었다. 뇌파 측정기가 켜지고, 전류가 입력되기 시작하자 그는 천천히 안정을 되찾았다.

20호 환자의 병은 전형적이었다. 처음 병을 발견했을 때는 다들 폐나 기관지에 문제가 생겼다고 생각했다. 하지만 어떻게 검사를 해도 병이 발견되지 않았고, 산소를 공급해도 효과가 없었다. 앉거나 누운 자세도 통증에는 도움이 되지 않았다. 오진으로 두 사람이 죽었다. 어떤 사람이 뇌파 측정기를 떠올린 뒤에야 이 기이한 질병이 대뇌 착란으로 인한 호흡곤란임이 밝혀졌다.

이때, 인터넷 도우미가 알림을 보냈다. 한 여성의 인터넷 페이지에서 폴의 흔적을 발견했다는 것이었다. 그가 댓글을 달았다.

치나는 급히 수납장 옆으로 달려가서 폴이 남긴 글을 확인했다. 짧은 한 마디, '지지합니다'뿐이었지만 눈을 찌르는 듯했다. 그가 댓글을 남긴 사람은 그들의 친구가 아니라 누구나 다 알만 한 공인이자 유명인사였다. 한 과학기술 회사의 미녀 모델로, 최근에 새로운 과학기술 보급자로 인기를 끌고 있다. 그녀는 과학 발전의 추세에 대해 종종 의견을 개진하는데, 폴은 그녀의 계정을 늘 관심 있게 지켜보곤 했다. 사실 그녀가 말하는 것은 근본적으로 중요하지 않았다. 중요한 것은 그녀의 미모였다. 치나가 보기에, 그녀는 신상품 광고를 찍을 때 제품보다는 자기가 잘 나오도록 사진을 찍는 게 더 중요했다. 우스운 것은 그런데도 수많은 사람이 그녀를 둘러싸고 칭찬을 한다는 것이다.

치나는 덜덜 떨면서 자기 계정에 한 마디를 남겼다.

허영에 빠진 사람은 부끄러움을 알아야 한다.

그녀는 '지지합니다'라는 말이 칼로 변해 자신을 찌르는 것 같다고 생각했다. 폴은 냉전 중인 자신에게는 지금까지 메시지 하나 보내지 않고 있다. 그런데 유유자적 미녀의 계정에 덜렁 '지지합니다' 따위를 남기는 것이다. 세상에! 치나는 더 살 수 없다는 생각을 했다. 폴이 댓글을 단 포스팅이 무엇인지 슬쩍 살폈다. "신상품 소개. 인터넷에서 신분을 감출 수 있는 투명 망토예요. 인터넷 도우미를 숨길 수 있답니다." 하, 그러니까 나한테서 철저히 숨겠다는 거야? 그녀는 화가 잔뜩 났다.

치나는 참지 못하고 다시 한번 자기 상태 메시지를 갱신했다.

슬픔은 나가 죽어라. 나는 기억에게 물을 주겠다.

그녀는 다시 화를 인터넷 도우미에게 풀었다. 공처럼 통통한 도우미를 잔뜩 때려주었다. 도우미는 화도 내지 않고 다시 인터넷 화면 속을 이리저리 도망다닌다. 구석에 도망가서는 물기어린 눈으로 그녀를 올려다본다. 그녀는 울화를 삼키며 인터넷을 밀쳐놓고 한이 옆으로 돌아왔다. 한이는 22호, 23호 환자의 이마와 얼굴을 닦고 있다.

"곧 11시야."

한이가 손목시계를 보며 말했다.

"실험실 온도설정계를 보러 가야 해. 남은 일은 부탁할게."

그녀는 평온한 발걸음으로 병실을 나갔다. 등이 아주 꼿꼿했다.

11시 정각. 1분도 늦지 않는다.

혼자 남은 치나는 버림받았다는 슬픔을 이기기 힘들었다. 그녀는 울고 싶었다. 하지만 엉엉 두어 번 소리 내보아도 눈물이 나오지 않았다. 그녀는 발을 구르면서도 마음속으로 슬픔이 부풀어 오르는 느낌을 받았다. 마음속의 텅 빈 구멍을 메우지는 못했다. 그녀는 인터넷 화면을 전부 껐다. 병실이 순식간에 어두워졌다. 수납장과 벽면도 아무것도 없는 회백색으로 돌아왔다. 금속 재질의 차가운 평평함, 무슨 일에도 눈 하나 깜짝하지 않는 잔혹한 신神처럼, 멀리서 그녀를 바라보고만 있다.

치나는 거친 동작으로 모든 뇌파 측정기를 켰다. 필요한 정보를 생성하고 전극을 연결했다. 전극은 환자들의 머리에 아무렇게나 툭툭 붙였다. 그녀는 자신의 기분이 좋지 않은 것이 뇌파 측정기의 정보 생성에 영향을 미칠지 아닐지 알 수 없었다. 영향을 미친다고 해도 상관하지 않는다. 치나는 지금 남자친구와 헤어지기 직전이다. 영원히 의식을 잃고 있을 사람들에게 신경 쓸 여력이 없었다. 22호는 과거 잘나갔던 여자 연예인이다. 젊었을 때는 아름다웠지만 늙는 것도 빨랐다. 서른이 되었을 때는 아무도 관심을 두지 않는 연예인이 되었다. 23호는 룸펜이다. 글을 써서 다른 사람과 싸움을 벌이는 게 일이었다. 그는 요즘 인기 있는 작가는 다 머저리이며, 자기 자신이야말로 위대한 작가라고 떠벌였다. 카프카나 조설근曹雪芹•도 생전에는 소설이 출간되지 않았다면서, 그렇기 때문에 자기 작품도 출간되지 않는다는 것이다. 그들은 모두 특정한 프로그램을 갖고 있고, 그것으로 적합한

• 중국의 4대 기서 중 하나로 불리는 『홍루몽紅樓夢』의 작가.

언어를 생성한다.

치나는 모든 측정기 화면에 뜬 언어를 살폈다. 뇌파를 통해 적절한 전류가 입력되는지 확인하기 위해서다.

전류는 콸콸 흐르고 있다.

"좋아요! 멋지게 살아야죠! 당신 몸매는 최고야! 당신이 말한 피부 관리법을 집에 가서 써봤더니 정말 효과가 좋았어요! 당신은 최고의 미인! 풍만하고 섹시하죠! 말라빠진 것들보다 훨씬 아름다워요! 그것들은 성냥개비죠, 못났어!"

이것은 21호 환자에게 보내는 것이다.

21호는 침대에 쭈뼛쭈뼛 몸을 일으켜 앉았다. 얼굴에 달콤한 미소가 번진다. 살집이 있는 배가 침대 시트에 쓸려서 시트 한 쪽이 비어져 나왔다. 치나는 어쩔 수 없이 온힘을 다해 그녀를 끌어당겨 바로 눕히고, 침을 닦아주었다.

"우리 가족은 전부 당신의 팬이죠! 정말 대단해요! 나는 당신의 강연을 듣는 게 제일 좋아요! 당신이 정말 유머러스하다고 생각한답니다! 나는 죽고 싶은 생각도 있었는데, 당신 강연을 듣고 용기가 생겼죠!"

이것은 20호 환자에게 보내는 전류다.

20호의 몸이 경련을 시작했다. 허리가 활처럼 휘고, 언어가 입력되는 리듬에 맞춰 몸도 펄떡거렸다.

"나 기억하세요? 당신 팬이 된 지 10년이에요! 당신의 연기는 최고예요! 지금의 스타 배우들보다 훨씬 대단하죠! 요즘은 시대가 타락했어요, 난 당신을 영원히 기억할 거예요! 당신은 범접할 수 없는 배우예요! 사랑해요!"

이것은 22호 환자에게 보내는 전류다.

22호는 늘 조용한 편이다. 그녀는 눈을 감고 누워서 입꼬리만 살짝 올린다. 두 손은 가슴 위에 가지런히 모아 쥐고 있다. 마치 성모 마리아처럼 말이다.

"힘내세요! 당신은 인류의 양심입니다! 가장 용감한 전사죠! 멍청한 놈들이 하는 말에는 신경 쓰지 마세요! 그놈들은 당신의 평판을 끌어내리려고만 해요! 그놈들이 당신을 공격하는 것은 당신이 바른말만 하기 때문이고요! 이 시대가 당신을 기억할 거예요!"

이것은 23호 환자에게 보내는 것이다.

그는 좀 시끄러운 환자다. 수동적으로 뇌파가 전해오는 말을 듣기만 하는 게 아니라 입속으로 웅얼웅얼 계속 뭔가를 말한다. 언어의 높낮이를 기록하는 것을 따라서 어떤 관점을 반복, 또 반복해서 이야기하는 것이다. 치나는 그의 발음을 잘 알아듣지 못한다. 다만 그가 다양한 목소리와 다양한 언어로 똑같은 말을 반복한다는 것만 안다. 23호 환자는 힘이 넘친다. 그의 전류 입력은 마치 전장에서 울리는 북소리 같다.

치나가 모든 것을 정리했을 때는 자정이 지나 있었다. 그녀는 몹시 피곤해하며 빈 침대에 걸터앉았다. 몸도 마음도 다 지쳤다. 이 세상에 그녀 혼자 남은 기분이다. 금속으로 둘러싸인 재미없는 방 안은 그녀의 단조로운 심정을 더 뒷받침하는 것 같다. 그녀는 휴대전화를 꺼내 인터넷상의 반응을 살폈다. 밤이 깊었다. 다들 잠들었는지도 모른다. 아까 올린 글에는 댓글이 달리지 않았다. 폴의 흔적도 없다. 전류만이 지루한 흐름을 계속한다. 그녀는 무력하게 병실 한가운데 주저앉았다. 회색 벽과 바닥이 이 순간 전 세계처럼 느껴진다.

어쩌면 딱 한 번은 괜찮지 않을까? 그녀는 홀연히 그런 생각에 사로잡혔다. 딱 한 번만.

그녀는 빈 침대에 누워 전극 몇 개를 자신의 이마에 붙였다. 눈을 감고, 기기의 밤색 스위치를 눌렀다. 기기가 웅 소리를 내며 그녀 대뇌의 사고 과정을 스캔한다. 그런 다음, 그녀에게 자장가 같은 낮은 재잘거림, 친구의 결의에 찬 맹세, 꼬장꼬장한 노인의 훈계 같은 소리가 들려왔다. 그녀의 마음을 부드럽게 주물러주든 듯한 평온한 감각이 차올랐다. 호흡이 평온해지자 회색 병실이 사라진다. 그녀는 아침 햇살이 내리쬐는 싱그러운 초원을 본다.

"당신의 내면은 아주 깊고 훌륭합니다. 경박한 사람들은 그걸 몰라주지요!"

목소리가 들려온다. 믿음직한 목소리가 그녀의 머릿속에 부드럽게 울린다.

"당신은 못생기지 않았습니다. 그런 경박한 미인들보다 떨어지지 않아요. 그저 당신은 자신을 뽐내는 것을 좋아하지 않는 것뿐입니다. 허영심은 수치스러운 것입니다. 자기 자신을 드러내는 사람은 언젠가는 사람들 입에 오르내리게 됩니다! 당신은 그 여자들보다 생각이 깊어요! 당신을 사랑하는 사람은 반드시 이 사실을 알아줄 겁니다."

치나는 이 말을 듣고 편안해졌다. 세계가 충만했다. 폴이 멀게 느껴졌고, 더는 그렇게 중요하지 않게 생각되었다. 그녀는 자신이 잠들었는지 혹은 깨어 있는지 분명하지 않았다. 그저 햇살 아래 초록빛 나뭇잎이 그녀 주변을 빙글빙글 돌고 있다고 느꼈다. 그녀는 저도 모르게 반쯤 잠들었다. 계속 이렇게 있어도 좋을 것 같았다.

섬세한 감성과 냉철한 이성의 교집합

하오징팡은 현재 중국에서 가장 주목받는 젊은 SF 작가다. 2016년 SF계의 노벨상이라 불리는 최고 권위의 SF 문학상인 휴고상Hugo Award 중편소설 부문을 수상하면서 이름이 알려졌다. 한 해 전인 2015년에 류츠신劉慈欣이 『삼체三體』로 휴고상 장편소설 부문을 수상한 후 2년 연속 중국 작가의 수상이라 더욱 화제가 되었다.

『고독 깊은 곳』은 하오징팡이 2010년에서 2016년까지 발표한 중단편소설을 묶어낸 소설집으로, 휴고상 수상작 「접는 도시」가 수록된 첫 책이다. 「접는 도시」는 인구가 엄청나게 불어난 베이징의 미래 모습을 그린다. 인구를 감당하지 못한 베이징은 '도시를 접는다'는 기발한 대안을 내놓는다. 도시를 접어서 네모반듯한 큐브 형태로 만든 다음 지반을 뒤집으면 또 다른 도시가 나타난다. 24시간을 주기로 지반이 뒤집히는데, 한쪽 면이 지상에 나와 있는 동안 반대쪽 면의 도시는 접힌 상태로 지하에서 휴면한다. 도시를 접어서 공간을 알뜰하

게 사용하는 것처럼 보이지만 실상은 시간을 나누어 쓰는 셈이다. 제
1공간은 지반의 한쪽 면을 온전히 사용하면서 24시간 활동 24시간
휴면의 주기로 살아가는 데 반해, 지반의 다른 한쪽 면은 제2공간과
제3공간이 함께 사용하는 탓에 주어진 24시간 중 제2공간 사람들이
16시간, 제3공간 사람들이 8시간을 쓴다.

소설 속에서는 살아가는 공간으로 구분했지만 누가 보아도 상류
층, 중산층, 서민층의 은유다. 현실세계에서도 사회적 계급에 따른 차
별과 불평등이 존재하지만 적어도 시간은 누구에게나 동일한 자원이
다. 하지만 「접는 도시」에서는 제3공간 사람들이 48시간 중 8시간만
깨어 있고 40시간은 강제로 잠들어야 한다. 서민이 상류층과 중산층
에게 시간을 빼앗기는 것이다. 시간을 빼앗기다니, SF소설에서나 나오
는 이야기일 뿐 현실적으로 말이 안 된다고 생각하기 쉽다. 하지만 시
간 대신에 적당한 다른 말을 넣어보면 바로 지금의 우리 현실이 된다.

그녀의 소설은 과학기술에 대한 엄격하고 정밀한 설정과 묘사가 특
징인 하드 SF보다 인물과 그들의 감정에 집중하면서 이야기를 풀어
가는 사회과학 기반의 소프트 SF에 속한다고 볼 수 있다. 『고독 깊은
곳』에 실린 작품들을 살펴보아도 미래, 우주, 외계인을 소재로 하면서
실상은 우리가 살아가는 현실사회를 고찰하는 이야기가 대부분이다.

「접는 도시」에서는 제3공간 주민인 라오다오가 딸의 유아원 등록
비를 벌기 위해 위험을 무릅쓰고 제1공간으로 몰래 숨어들면서 벌어
지는 이야기를 다룬다. 같은 세계관을 공유하는 두 작품 「현의 노래」
와 「화려한 한가운데」는 지구를 침략한 외계인에 맞서 목숨을 건 저
항운동을 펼치는 사람들의 이야기다. 작품 속 상황을 우리나라의 일
제강점기로 치환해 읽어보면 의미심장하게 다가오는 대목이 많다. 개

인적으로는 지식과 정보의 전수, 인간과 책 그리고 복사본(카피)의 관계를 이야기 속에 녹여낸 단편 「마지막 남은 용감한 사람」이 특히 인상 깊었다.

하오징팡은 중국 SF소설계에서 가장 섬세한 문장을 쓰는 작가라고 평가받는다. 시적인 은유와 우아한 감성이 도드라지는 표현력, 치밀한 인물의 내면 묘사 등이 그녀의 특징이자 장점이다. 그러면서도 현실을 냉철하게 관찰하는 사회의식, 전달하려는 주제를 깊이 있게 사색하는 이성의 힘이 작품 전반에서 느껴진다. 『고독 깊은 곳』은 하오징팡의 작품 색채를 잘 보여주는 소설집이자 그녀가 SF 작가로서 점차 무르익어가는 지점을 포착한 스냅사진 같은 책이다. 한국 독자들에게 즐겁고 의미 있는 책이 되기를 기대한다.

고독 깊은 곳

1판 1쇄 2018년 12월 28일
1판 3쇄 2021년 11월 15일

지은이 하오징팡
옮긴이 강초아
펴낸이 강성민
편집장 이은혜
편집 강성민
마케팅 정민호 김도윤
홍보 김희숙 함유지 김현지 이소정 이미희

펴낸곳 (주)글항아리 | 출판등록 2009년 1월 19일 제406-2009-000002호
주소 10881 경기도 파주시 회동길 210
전자우편 bookpot@hanmail.net
전화번호 031-955-2696(마케팅) 031-955-2682(편집부)
팩스 031-955-2557

ISBN 978-89-6735-582-1 03820

잘못된 책은 구입하신 서점에서 교환해드립니다.
기타 교환 문의 031-955-2661, 3580

www.geulhangari.com